Michael Marrak

Das Aion

Kinder der Sonne

Michael Marrak

DAS AION

KINDER DER SONNE

Ravensburger Buchverlag

Bibliografische Information Der Deutschen Bibliothek

Die Deutsche Bibliothek verzeichnet diese Publikation in der Deutschen Nationalbibliografie; detaillierte bibliografische Daten sind im Internet über **http://dnb.ddb.de** abrufbar.

1 2 3 10 09 08

Dieses Werk wurde vermittelt durch die
Literarische Agentur Thomas Schlück GmbH,
30827 Garbsen.

Umschlaggestaltung | Sabine Reddig
unter Verwendung einer Illustration von Peter Gric
Redaktion | Ulrike Metzger

Printed in Germany

ISBN 978-3-473-35281-4

www.ravensburger.de

Inhalt

Teil 3 | Die Nomadenstadt

Diese Welt, dieselbe von allem, hat weder ein Gott
noch ein Mensch geschaffen, sondern sie war immer,
ist immer und wird sein ewig lebendes Feuer,
sich entzündend nach Maßen und erlöschend nach Maßen.

Heraklit von Ephesos

Prolog

Für einen kurzen Moment ließ Mira sich von einem aufschreckenden Käuzchen ablenken, das im Schutz der Nacht ein kleines Nagetier erbeutet haben musste. Trotz der Dunkelheit war das Mädchen die enge Häuserschlucht hinaufgerannt, hatte zwei, drei Stufen auf einmal genommen, eine Hand in den Saum seines Mantels gekrallt, die andere zur Orientierung an der vorbeirasenden Häuserwand ausgestreckt.

Nun hatte sie sich vor Aufregung dazu verleiten lassen, dem erschrocken davonflatternden Nachtvogel nachzublicken. Mira verfehlte eine Stufe und stolperte. Beim Versuch, den drohenden Sturz abzufangen, verlor sie zwei der silbernen Blätter, die sie bei sich trug. Das Mädchen stieß einen leisen Fluch aus, rannte ein paar Stufen abwärts und las den verlorenen Schatz wieder auf. Geschwind verstaute es die Blätter in seiner Manteltasche und hastete weiter.

Die Treppe war stellenweise so schmal, dass Mira die Häuserwände links und rechts mit den Fingerspitzen hätte berühren können, wenn sie beide Arme ausstreckte. Ihre Stufen führten in einem weiten Bogen empor auf einen menschenleeren Platz, der von gedrungenen, fensterlosen Gebäuden umgeben war. Im Mondlicht glitzerte sein Boden von Tausenden und Abertausenden von Glimmerstückchen, die in den

Pflastersteinen eingeschlossen waren. Mia fühlte sich, als liefe sie über den Sternenhimmel.

Das Mädchen lauschte nach verräterischen Schritten und Stimmen, doch es hörte nur den Wind, der durch nahe Baumkronen rauschte. Keine Wachen, kein lichtscheues Gesindel, der Platz war verlassen. In seinem Zentrum befand sich ein weiter Kreis grob behauener Steinquader, der einen runden, hüfthohen Sockel umschloss. An seiner der Treppe abgewandten Seite erhob sich ein mächtiger Schatten. Auf den ersten Blick sah er aus, als hätte jemand einen Haufen Säcke übereinandergestapelt. Ohne im Schritt innezuhalten, eilte Mira um den Steinkreis herum. Der Schatten besaß einen riesigen, runden Kopf, der auf einem krummen Schwanenhals saß und so platt war wie ein Brotfladen. Erst als Mira schwer atmend vor ihm stand, verharrte sie für einen Moment. Im Mondlicht wirkte ihr Gegenüber wie eine gigantische, vornübergebeugte Denkerstatue, die – beide Ellbogen auf die Knie gestützt – zu Boden starrte.

»Jadamon?« Das Mädchen sah sich verstohlen um und trat über den Steinwall hinweg. »Jadamon, wach auf!«

Der Schatten hob langsam den Kopf. Dabei knirschte es, als reibe Stein auf Stein. »Ich schlafe nicht, Mira«, erklang eine tiefe, sandige Stimme. »Ich schlafe nie.«

»Entschuldige.« Das Mädchen senkte den Blick. »Es sah aber so aus …«

»Glaube nicht immer, was du siehst«, murmelte Jadamon. »Glaube nur das, was du weißt. Ich habe lediglich zwei Nachtmarbeln beobachtet, die vor einer Stunde hier vor mir auf dem Boden gelandet sind. Seitdem streiten sich die beiden, ob sie rechts- oder linksherum um meine Füße wandern sollen. Im Augenblick diskutieren sie über die Wahrscheinlichkeit, dass auf der linken Seite ein Marbelwolf lauert …«

»Das kannst du doch gar nicht hören«, sagte Mira.

»Und ob ich das kann! Eine der beiden ist gerade dabei, das Terrain neben meinem linken Fuß auszukundschaften. Die zweite sitzt nur rum und macht ein griesgrämiges Gesicht. Sieht aus, als wäre sie beleidigt.«

»Aber Nachtmarbeln sind *sooo* winzig!«, rief das Mädchen gedämpft und hielt Daumen und Zeigefinger so nah zusammen, dass kaum noch ein Haar dazwischengepasst hätte.

»Ich weiß«, gab Jadamon zurück. »Doch ich habe scharfe Augen. Ich kann von hier aus die Spinne sehen, die über dem Arbeitszimmerfenster des Magistraten dort oben ihr Netz webt.«

Mira warf einen Blick hinab in Richtung Marktplatz. Bis zum Haus des Magistraten waren es gut und gerne dreihundert Meter Luftlinie.

»Die Spinne hingegen«, fuhr Jadamon fort, «kann all die Beschlüsse, Formulare, Urkunden und Erlasse erkennen, die der Magistrat unterschreibt, und webt die Informationen für mich in ihr Netz. Ich brauche sie dann nur noch abzulesen, und schon weiß ich, was ich wissen muss.«

Mira verzog den Mund. »Lass mich raten: Die Spinne beim Magistraten ist nicht die einzige.«

»Natürlich nicht. Viele wichtige Häuser erfordern viele fleißige Spinnen. Ich besitze ein wahres Netzwerk von Informanten.« Und mit einem verschwörerischen Unterton fügte Jadamon hinzu: »Ist natürlich eines meiner Berufsgeheimnisse.

Sag's also keinem weiter … Oh, Flint kommt zurück.« Jadamon sah wieder in die Dunkelheit zu seinen Füßen, wo sich die beiden winzigen Insekten befinden mussten.

»Flint?«

»Mhm …«

»Du hast ihnen Namen gegeben?«, fragte Mira verwundert.

»Natürlich.«

»Aber – es sind doch nur Nachtmarbeln!«

»Na und? Vielleicht kann ich sie dazu überreden, für mich zu arbeiten. Flint hier« – er deutete mit seiner großen, vierfingrigen Hand auf den Boden –, »könnte im Fell eines Hundes nachts durch die Gassen streifen und mir am nächsten Morgen den Klatsch und Tratsch der Leute erzählen.«

»Ich muss dir auch etwas sehr Wichtiges erzählen«, sagte Mira ungeduldig.

»Ich müsste dafür natürlich noch einen streunenden Hund rekrutieren«, überlegte Jadamon, ohne auf das Mädchen zu achten. »Und Farfal hier – nun, für die finde ich bestimmt auch noch eine Aufgabe. Ich könnte sie im Gefieder eines Vogels einquartieren und endlich damit beginnen, überregional zu arbeiten …« Der Schatten verstummte. »Hm, ich merke, es interessiert dich nicht so besonders.«

»Doch, aber …«

»Na ja, du hast Recht, es sind schließlich nur Marbeln.« Jadamon zuckte mit den Schultern, worauf Sand zu Boden rieselte. »Und dass eine von ihnen einen Arbeitsvertrag unterschreibt, ist so wahrscheinlich wie ein Federfrosch-Küken, das versucht, den Wurf einer getrockneten Kotkugel nachzuahmen, welche von einem magenkranken Cie-Käfer geschleudert wird, um einen Schützenfisch zu reizen, der sich durch das Spucken von Bachkieseln bemüht, eine Schmetterlingslarve von einem Farnblatt zu schießen, die damit beschäftigt ist, ihren Kokon zu weben und dabei von einem Nada-Nadllib beobachtet wird, der gelangweilt auf einem Ast liegt und Sandwürmer kaut …«

Mira trat nervös von einem Fuß auf den anderen. »Jadamon …«

»Ja?«, kam es gedehnt aus der Dunkelheit.

»Nebethaum ist weg.«

Der Schatten sah das Mädchen eine Weile schweigend an. »Weg? Wie weg?«

Mira biss sich nervös auf die Unterlippe. »Fort«, erklärte sie. »Verschwunden. Dort, wo er stand, klafft nur noch ein großes Schlammloch.«

»Oha …« Jadamon erhob sich knirschend und sah aus über drei Metern Höhe auf das Mädchen herab. »Das ist interessant. Davon wusste ich ja noch gar nichts. Abgehauen, sagst du? Einfach aus dem Staub gemacht?«

»Das glaube ich kaum, bei seiner Größe.«

»Bestimmt hat man ihn gefällt, für Bauholz. Ich habe gehört, am Osthang sei ein Neubaugebiet geplant.«

»Gefällt?!«, empörte sich Mira. »Jadamon, der Nebethaum ist heilig!«

»Hm, dann ist er womöglich abgestürzt. Vielleicht hat er gestern Abend einen über den Durst getrunken und das Gleichgewicht verloren. Er stand immerhin ziemlich nah an der Klippe …«

»Jadamon«, unterbrach ihn Mira, »wir reden hier über einen einhundert Meter hohen Baum.«

»Bist du wirklich sicher, dass er fort ist?«, zweifelte Jadamon. »Vielleicht hat er ja nur eine Winterdepression …«

»Ich habe ihn mit eigenen Augen im Boden versinken sehen!«, sagte das Mädchen und kam ein paar Schritte näher.

»Das Überschreiten der Absperrung der Weissagezone ist eigentlich verboten«, murmelte der Schatten.

»Ach, hör doch auf!«, brummte Mira. »Das wüsstest du doch selbst nicht, wenn du nicht vor lauter Neugier rübergegangen wärst und das Schild dort hinten gelesen hättest.«

»Vielleicht hat Nebethaum sich ja nur nach innen gestülpt, um seine Wurzeln zu putzen«, überlegte Jadamon.

»So ein Unsinn.« Mira griff in die Tasche ihres Mantels und zog drei silberne, im Mondlicht glänzende Blätter hervor, die sie Jadamon vor die Füße warf. »Hier«, sagte sie. »Das ist alles, was von ihm übrig geblieben ist!«

Ihr Gegenüber hob die Blätter auf und ließ sie nachdenklich durch seine Finger wandern. Sie klimperten wie wertvolle Münzen. »Puh«, stieß Jadamon schließlich hervor. »Das ist beunruhigend. Lass mich kurz nachdenken. Was ist mit seinem Botentier? Ist es ebenfalls verschwunden?«

»Welches Botentier?«

»Diese neunmalkluge Chimäre, die sich ständig im Geäst herumgetrieben hat.«

»Amber? Nein, sie konnte sich retten.«

»Hierher, in die Stadt? Oh …« Der Schatten ließ sich nachdenklich auf seinen Steinsockel zurücksinken. »Dann ist sie alles andere als gerettet«, sagte er. »Andererseits eröffnet das ganz neue Perspektiven. Falls du ihr heute Nacht noch begegnen solltest, frag sie doch bitte, ob sie für mich arbeiten möchte.« Jadamon deutete auf die Stelle, wo die Marbeln herumlungern mussten, und ergänzte: »Zu den üblichen Konditionen, versteht sich.«

»Kannst du nicht mal für einen Moment ernst bleiben?«, sagte Mira verärgert. »Der Weltenbaum ist verschwunden. Etwas Schlimmeres hätte gar nicht passieren können!«

»Tja, kleine Jägerin, erst wenn etwas Außergewöhnliches geschieht, erkennen wir, dass diese Welt uns fremd ist«, sprach Jadamon. »Wir sind beide hier gestrandet – mit dem kleinen Unterschied, dass ich mich mit der Welt bereits ein paar Jahrtausende länger auseinandersetze.«

Mira erschauderte leicht und blickte über die Dächer der Stadt hinab auf das Meer, das im Mondlicht glitzerte. »Was hat es mit diesem Botentier auf sich?«, fragte sie. »Ich meine, wem überbringt Amber denn überhaupt Botschaften? Den Leuten, die dem Nebethaum eine Frage stellen?«

»Den beiden …« Jadamon deutete mit dem Zeigefinger der rechten Hand in die Höhe und mit dem der linken Hand zu Boden. »Den beiden … nun, wie soll ich dir das erklären?«

»Wie jemandem, der keinen blassen Schimmer hat«, gab Mira zurück.

»Gar nicht so einfach«, gestand Jadamon und blickte das Mädchen nachdenklich an. »Wie alt bist du?«

»Ein Orakel sollte das eigentlich wissen«, sagte Mira. Als Jadamon weiterhin schwieg, seufzte sie: »Vierzehn Jahre, drei Monate und elf Tage.«

»Du zählst die Tage?«

»Ich könnte stattdessen auch Nachtmarbeln dressieren.«

Jadamon ließ ein leises, amüsiertes Lachen hören. »Nun, dann bin ich fast dreihundertmal so alt wie du«, sagte er. »Aber gut, ich will es trotzdem versuchen.« Er blickte hinauf in den Nachthimmel, als könne er die Erklärung in den Sternen lesen, dann sagte er: »Jeder lebendige Weltenbaum beherbergt zwei Schöpfungstiere, eines unter seinen Wurzeln und eines in seiner Krone. Von Natur aus sind die beiden sich spinnefeind, reden aber trotzdem miteinander. Allerdings nicht persönlich, denn dazu sind sie viel zu eitel. Jeder Weltenbaum besitzt daher ein Botentier, das die Nachrichten zwischen den beiden rauf und runter transportiert.«

»Was denn für Nachrichten?«

»Nun, eigentlich nur überflüssiges Zeug. Gehässigkeiten.«

»Sie beleidigen und beschimpfen sich?«, staunte Mira. »Die ganze Zeit über?«

»Das Aion wird sich schon etwas dabei gedacht haben«, sagte Jadamon ausweichend.

Mira zog unzufrieden ihr Kinn an die Brust. Kein Zweifel, Jadamon wusste mehr über diese Tiere, als er zugeben wollte. Aus irgendeinem Grund schien dem Orakel die Sache jedoch unangenehm zu sein.

»Wie auch immer«, fuhr er fort, »die Weltenbäume bilden die Brücke zwischen allem Irdischen und dem Aion. Verschwindet oder stirbt einer von ihnen, nimmt er die Lebenskraft seiner Welt mit sich.«

»Dann gibt es außer dem Nebethaum noch andere …«

»Keine lebendigen, Mira«, dämpfte Jadamon die Hoffnung des Mädchens. »Denn auf jeder Welt darf nur ein einziger

Weltenbaum gedeihen und wirken. Aber offenbar ist selbst das jemandem zu viel …«

»Was meinst du damit?«

Jadamon schüttelte träge seinen Kopf. »Stell dir einfach mal vor, die Welt selbst wäre ein unfassbar großer Baum«, begann er. »Und stell dir vor, das Aion wäre das Tier in der Baumkrone …«

»Dann müsste folglich noch ein zweites Tier existieren, das so mächtig ist wie das Aion, aber unter den Wurzeln lebt«, vollendete Mira das Gedankenspiel.

»Eine ausgleichende Kraft«, nickte Jadamon. »So ist es.«

»Und lass mich raten: Die beiden sind sich spinnefeind und reden nicht miteinander.«

»Ganz genau.«

Mira verstand plötzlich, worauf Jadamon hinauswollte. »Dann brauchen wir etwas, das zwischen ihnen vermittelt – bevor alles aufhört zu existieren. Ein Botentier!«

»Oh, sicher kein Tier«, beteuerte Jadamon.

»Was dann?«

»Das weiß ich nicht. Niemand außer dem Aion weiß das.«

Mira biss sich wieder auf die Unterlippe. »Wie viele Weltenbäume gab es denn?«

Der Schatten winkte müde ab. »Diese Welt ist alt«, wich er aus. »So alt, dass über die alten Bäume nur noch Legenden erzählt werden.«

»*Wie viele?*«

Jadamon schwieg eine lange Zeit und betrachtete die drei silbernen Blätter. »Sieben, Mira. Aber sie sind schon lange tot …« Er sah das Mädchen eindringlich an, dann fragte er:

»Willst du mir nicht endlich erzählen, wie alles begonnen hat, kleine Menschenfrau? Es ist doch kein Zufall, dass es dich in diese verrückte Stadt verschlagen hat.«

Mira atmete hörbar ein und aus. Dann setzte sie sich zögernd neben den riesigen schwarzen Schatten auf den Steinsockel. »Das ist eine lange Geschichte …«

»Die Nacht ist jung«, ermutigte sie Jadamon. »Und ich habe Zeit, Mira. Mehr Zeit, als du dir vielleicht vorstellen kannst.«

Teil 1 | Die mechanische Wüste

Alles, was ihr Menschen heute liebt und bewundert,
vermag sich morgen schon aufzulösen
in einem sanften Hauch kosmischer Glut.

Helios, Sohn des Hyperion

1 | Beute

Die Echse saß auf dem Scheitel der Düne.

Ihr Kopf zuckte auf und ab, als würde sie einer in der Ferne sitzenden Artgenossin zunicken. Dabei hob sie mal das rechte Hinterbein und das linke Vorderbein, dann wieder das rechte Vorderbein und das linke Hinterbein, um die Gliedmaßen nicht zu lange dem heißen Wüstensand auszusetzen. Sie verhielt sich beinahe wie eine richtige Echse, und Mira kam es so vor, als würden die Tiere Tag für Tag etwas dazulernen und ihre Fluchtinstinkte schärfen. Während der vergangenen Stunde, in der sie die Dornschwanzagame verfolgt hatte, hatte sie oft gezweifelt, ob sie diesmal nicht auf einer falschen Fährte war. Doch jetzt, als die Echse auf der höchsten Stelle der Düne saß und ihre Blicke über die Wüste gleiten ließ, waren Miras Bedenken wie ausgelöscht. In ihren Augen glühte das Feuer einer Jägerin.

Die Agame drehte ihren Kopf ruckartig, Millimeter für Millimeter. Jedes Mal, wenn sie innehielt, leuchteten ihre kleinen Augen in der Abenddämmerung für einen Sekundenbruchteil auf wie die Blitzlichter einer Kamera. Als das Tier seinen Kopf abwandte, sprang Mira blitzschnell aus ihrer Deckung, spannte die Schleuder und jagte das Geschoss mit vernichtender Präzision ins Ziel.

Der pflaumengroße Stein traf die Echse mit voller Wucht, ehe diese Anstalten machen konnte zu flüchten. Von dem Stein mitgerissen, verschwand das Tier als zappelndes Etwas hinter der Düne. In der Befürchtung, ihre Beute zu verlieren, rannte Mira, so schnell es der nachgiebige Sand erlaubte, zu der Stelle, an der die Echse gesessen hatte. Der Hang auf der anderen Seite der Düne lag im Schatten der untergehenden Sonne, doch Miras Augen durchdrangen das Dunkel mühelos. Auf halber Höhe der Düne nahm sie eine Bewegung wahr und rutschte flink darauf zu. Bevor die Agame es schaffte, sich im lockeren Sand zu vergraben, hatte Mira sie gepackt und hielt den sich windenden Körper fest umschlossen. Dann kletterte sie auf den Dünenkamm zurück und betrachtete ihre Beute im Sonnenlicht.

Die Echse bewegte sich träge, wobei sie ständig dieselben Bewegungen wiederholte. Es war ein fließendes Vor- und Zurücksetzen der Beine, fast so, als würde sie weiterhin über den Boden laufen, während ihre Augen unaufhörlich aufleuchteten und wieder erloschen. Ihr Leib und der dicke, mit Stachelschuppen besetzte Schwanz leuchteten in grellem Gelb, um möglichst viel Sonnenlicht zu reflektieren, wogegen der Kopf und die Beine der Agame pechschwarz gefärbt waren. Während Mira das Reptil begutachtete, zuckte dessen Kopf plötzlich herum und starrte sie an, wobei das Blitzen in seinen Pupillen für Sekunden intensiver wurde.

Erschrocken ließ Mira die Echse fallen und sprang einen Schritt zurück. Aus einem Reflex heraus fischte sie einen weiteren Stein aus ihrer Manteltasche, legte ihn in die Schleuder, zielte auf den Kopf des Reptils und schoss. Der Kiesel stampfte den Vorderkörper der Echse mit einem dumpfen Schlag in den Sand. Nur ihr Hinterleib – zwei zuckende Beine und der lange dünne Schwanz – ragten noch hervor. Schließlich erlahmten die Bewegungen und die Echse rührte sich nicht mehr.

Mira wartete gespannt. Dann ließ sie sich auf die Knie nieder und kroch zögernd zu dem kopfüber im Boden steckenden Reptil. Erst als sie überzeugt war, dass es sich nicht mehr rühren würde, zog sie es am Schwanz aus dem Sand, um es zu begutachten.

Der Kopf der Echse war beschädigt und wirkte unnatürlich platt. Zudem war sie an einer Seite fast komplett aufgerissen. Das rechte Vorderbein stand in verdrehtem Winkel ab, das Maul war halb geöffnet und das rechte Auge aufgeplatzt. Allerdings trat kein Blut aus den Wunden. Durch den Riss schimmerte Metall unter der Reptilienhaut hervor. Haarfeine, bunte Kabel durchzogen den gesamten Echsenleib, liefen am Halsansatz zusammen und mündeten im Schädel. Aus dem zerstörten Auge rieselten Glassplitter, und das klaffende Loch im Kopf der Agame ermöglichte einen Blick auf eine Vorrichtung, die der Blende einer winzigen Kamera ähnelte.

Abgesehen von dem verdrehten Beingelenk schien die Mechanik der Echse unversehrt zu sein, stellte Mira fest. Aber die Elektronik war mit Sicherheit hinüber. Das Mädchen schürzte die Lippen. Dieses Exemplar machte rein optisch nicht mehr viel her, aber immerhin war es das größte, das sie in den vergangenen Tagen erlegt hatte. Alle anderen Echsen waren wesentlich kleiner und bereits nach dem ersten Treffer mit der Schleuder außer Gefecht gewesen.

Miras Vater hatte vor Tagen eines der Tiere ins Carinea-Institut geschickt. Er war der Ansicht, dass es dort einige Leute bestimmt interessieren würde, was neuerdings so alles in der Beta-Zone herumkroch.

Mira wickelte das Reptil in ein Tuch und verstaute es in ihrem Beutel. Eine Weile blieb sie noch auf dem Dünenkamm sitzen und betrachtete die tief stehende Sonne. Ihr Vater hatte ihr ausdrücklich verboten zu jagen, nachdem er gestern Mittag eine Nachricht aus dem Institut erhalten hatte. Dabei war seine Stimme streng und zugleich sorgenvoll gewesen. Mira hatte seine Anordnung wieder einmal ignoriert. Das bedeutete wohl, dass es heute Abend Ärger geben würde. Natürlich konnte Mira ihre Beute über Nacht verstecken und erst morgen vor Eröffnung des Marktes abholen. Dann allerdings würde sie wegen der schlechten Qualität ihrer Ware weniger Geld bekommen. Der nächtliche Frost und der Morgentau taten der Elektronik der Kreaturen nicht gut.

Nachdenklich wischte Mira den Sand vor sich glatt. Dann öffnete sie ihren Lederbeutel und kippte die gesamte Tagesbeute vor sich auf den Boden: zwei Schlangen, ein Skorpion und die Echse. Viel war das nicht. Es gab Tage, da erlegte Mira mehr als das Doppelte. Sogar ein junges Quokka hatte sie jüngst abgeschossen.

Eine der Schlangen hatte einen unschönen Knick. Wahrscheinlich waren ihre Metallgelenke durch den Treffer mit der Schleuder in Mitleidenschaft gezogen worden. Der Skorpion war am meisten lädiert. Eine seiner Zangen stand in unmöglicher Verrenkung vom Körper ab, die andere war abgebrochen und lag daneben. Von seinen sechs Beinen fehlten zwei, und der Giftschwanz hatte eine aufgeschossene Stelle, durch die das Mädchen die rote und weiße Kabelinstallation erkennen konnte. Falls Mira ihn morgen ebenfalls auf dem Markt verkaufen wollte, stand ihr eine lange Nacht bevor, um ihn zu reparieren.

Sie verstaute die mechanischen Tiere wieder in ihrem Beutel. Dann erhob sie sich, warf ihren Ledersack schwungvoll auf den Rücken und machte sich auf den Nachhauseweg.

Mira lief zügig, denn sie musste vor Sonnenuntergang zurück im Dorf sein. Eine Weile wanderte sie durch ein ausgetrocknetes Flussbett, durch das nach jedem Gewitterregen eine reißende, sandig gelbe Wasserflut strömte. Zu beiden Seiten des Wadis ragten die Dünen fast zweihundert Meter hoch auf, gewaltige Sandwogen mit steilen Kämmen. Über einen Hunderte von Metern langen, sanft ansteigenden Hang erklomm Mira den Dünenkamm zu ihrer Linken, sah sich kurz um und beschleunigte dann ihre Schritte, da die Sonne sich bereits dem Horizont näherte. Die Luvhänge – die dem Wind ausgesetzten Dünenseiten – waren relativ trittfest. Die Leehänge dagegen, jene steilen, im Windschatten liegenden Dünenseiten, waren bodenlos weich und die weiten, oft mit Treibsand bedeckten Täler zwischen den Dünen tückisch.

Im Slalom lief Mira durch das Dünenlabyrinth, dessen große, lang gestreckte Täler von Querdünen durchbrochen waren. Hier und dort lagen vom Wind geschaffene Strudellöcher auf ihrem Weg. Es waren fünf bis zehn Meter tiefe Trichter, an deren Grund sich nicht selten Sodras eingegraben hatten; mannsgroße Insekten, die erst bei Anbruch der Nacht unter dem Sand zu wandern begannen. Die Sonne hielt die Sodras aber nicht davon ab, auch bei Tag ein versehentlich in den Trichter gerutschtes Lebewesen zu sich in den Sand hinabzuziehen.

Mit angehaltenem Atem schlich Mira an einem der Löcher vorbei. Sein Rand war übersät mit halb im Sand vergrabenen Rippenknochen und dem Schädel eines unglücklichen Tieres. Solange die Sonne nicht gerade im Zenit stand, lag der Grund der Strudellöcher im Schatten. Die Augen von der grellen Sonne geblendet, erkannte man daher nicht sofort, wie tief die Senken waren und was sich auf ihrem Grund verbarg. Rutschte man in einen der Trichter hinein, gab es kaum noch ein Halten, ehe man nicht den Grund erreicht hatte. Sah man dann vor seinen Augen die Spitzen der fast einen Meter langen Sodra-Fangzangen aus dem Sand ragen, war es meistens schon zu spät.

Wind kam auf und brachte die Hänge der Dünen zum Fließen. In einer Sandlawine glitt Mira einen steilen Leehang hinab in den Schatten einer tiefen Senke, dann den nächsten Hang wieder hinauf. Sie schwitzte, obwohl es bereits sehr kühl geworden war. Endlich, hinter dem Grat der letzten gewaltigen Sandwoge, sah sie das Dorf.

Minutenlang blieb Mira auf dem Dünenkamm sitzen. Mehr als zweihundert Meter unter ihr lag eine Ebene, die sich bis zum Horizont erstreckte. Sie war bedeckt von Sand und Geröll, ohne eine natürliche Erhebung. Das Dorf glich von hier oben einem riesigen Häuserrad. Seine Speichen wurden von acht schnurgeraden Straßen gebildet, die von den mit Akazien, Dattelpalmen und Tamarisken bewachsenen Randbezirken der Siedlung zum Dorfplatz im Zentrum führten. Überragt wurden die Häuser lediglich von dem gedrungenen Turm des Bethauses und den zwölf über das Dorfareal verteilten Flutlichtmasten.

Jenseits der Siedlung erstreckten sich Plantagen mit geometrisch angelegten Feldern, die riesige grüne Kreise bildeten. Dort bauten die Dorfbewohner Getreide und Luzerne für das Vieh an. Das nötige Wasser wurde von Motorpumpen aus tiefen Brunnen heraufbefördert und in kilometerlange Sprinkleranlagen geleitet. Inmitten der Plantagen erhob sich eine gewaltige Ruine, die aussah wie eine zerborstene Steinkuppel. Mira erinnerte sich an eine Zeit, als die Kuppel noch intakt und das Gebäude Teil der Plantagen gewesen war. Der Anblick der Ruine weckte bei ihr jedes Mal böse Erinnerungen, die sie oft bis tief in die Nacht hinein verfolgten.

Zwischen den Plantagen und dem Dorf erhob sich ein vierzig Meter hoher Sendemast, über den die Siedler mit dem Carinea-Institut oder den Oasen von Akréré oder Quaram in Verbindung standen.

In unmittelbarer Nähe des Dorfes lag ein fast quadratisch angelegtes Areal. Es war wesentlich kleiner als die Getreidefelder, und vom Kamm der Düne aus betrachtet wirkte es im Licht der Abendsonne wie ein bizarrer Kakteenwald. Doch wenn man genau hinsah, erkannte man, dass es Steinplatten und Holzkreuze waren. Das Feld jenseits der Siedlung war der Friedhof. Es gab dort fast mehr Gräber, als Menschen im Dorf lebten …

Mira fröstelte. Die ersten Hausfenster waren bereits erhellt und entlang der Straßen brannten Laternen. Der Wind war heftiger geworden, blies aus dem Sand unter Mira eine Mulde aus und ließ ihren Körper langsam tiefer sinken. Würde sie hier oben sitzen bleiben, hätte die Düne sie bis Sonnenaufgang verschluckt, wie alles, was sich nicht mehr bewegen kann. Wer in der Wüste weiterkommen will, muss ständig auf der Flucht sein, um nicht eines Tages lebendig begraben zu werden.

Einhundert Meter vor dem Dorf wurde Mira von schallendem Hundegebell empfangen. Aus dem Schatten der Akazien, die den Rand der Siedlung vor dem ärgsten Wind schützten, schnellten zwei braunschwarze Körper hervor. Die Hunde rannten auf das Mädchen zu und umkreisten es lärmend, während ihre Schwänze wild in der Luft peitschten.

»Mekaj! Tessa!« Mira ging in die Knie und umarmte beide Hunde gleichzeitig mit einem freudigen Lächeln. »Hört auf!«, rief sie, als die Tiere übermütig an ihr emporsprangen, und wehrte die feuchten Hundezungen ab.

Zu dritt erreichten sie die ersten Häuser. Eine Gruppe von Männern spielte im Licht von Öllampen *Toope.* Als Figuren dienten ihnen flache, weiße Steine und dunkle Schiddlegg-Hörner. Ihr fünfeckiges Spielbrett war der mit kleinen Aushöhlungen versehene Wüstenboden. Ganz am Rand der Versammlung lag bäuchlings einer der Dorfmechaniker und versuchte, die Einzelteile eines Sandschlittenmotors wieder zu einem funktionierenden Ganzen zusammenzufügen. Als Mira über die Ringstraße, die das gesamte Dorf umgab, auf eine der Speichenstraßen gelangte, die ins Zentrum führte, fiel ihr auf, dass irgendetwas anders war als sonst. Das Mädchen hielt inne, woraufhin sofort auch die Hunde abwartend stehen blieben.

Ringsum herrschte reges Treiben. Die sonst so geruhsamen Dorfbewohner huschten aufgeregt zwischen den Häusern umher. Stimmengewirr erklang allerorten, doch niemand beachtete den anderen, geschweige denn Mira und die Hunde. Alles strebte Richtung Dorfplatz.

Feierte man etwa ein Fest?

Nein, davon hätte Mira etwas gewusst. Neugierig stellte sie sich auf die Zehenspitzen, konnte aber trotzdem nichts erkennen. Die beiden Hunde hoben plötzlich ihre Köpfe, als hätten sie eine Witterung aufgenommen. Ohne zu zögern, liefen sie in die Dunkelheit eines überdachten Innenhofes, der sich in unmittelbarer Nähe zur Straße öffnete. Mira wartete eine Weile, doch die Hunde kamen nicht wieder. Ein paar Atemzüge lang blieb alles ruhig, dann erschallte lautes Gebell aus dem Hof, gefolgt von einem schmerzerfüllten Winseln. Tessa kam aus der Dunkelheit gerannt, als hätte ihr ein Sandrochen in den Schwanz gekniffen. Sie schlug einen Haken und verschwand eilends die Hauptstraße hinunter. Kurz darauf tauchte auch Mekaj aus der Dunkelheit auf, allerdings nicht so ungestüm wie Tessa. Er hatte sein rechtes, scheinbar verletztes Hinterbein angewinkelt und humpelte der Hündin langsam hinterher.

Mira zog scharf die Luft ein. Sie schloss die Hände um den Tragriemen ihres Rucksacks und ging langsam auf den Innenhof zu. Erkennen konnte sie nichts, doch glaubte sie, ein amüsiertes Kichern aus der Dunkelheit zu hören. Dann trat sie in den Schatten und blieb mit pochendem Herzen stehen.

Irgendwo aus der Finsternis kam ein leises, metallisches Klopfen.

»Wer ist da?«, fragte Mira, obwohl sie bereits ahnte, wer sich dort hinten im Schatten versteckt hielt.

Wieder hörte sie das Kichern. Dann zischte eine Streichholzflamme, und geblendet von dem plötzlichen Licht erkannte sie das hämisch grinsende Gesicht von Jumper.

»Du natürlich!«, fauchte Mira.

Jumper entzündete eine Öllampe und platzierte sie neben sich auf einer Holzkiste. Ein Stück entfernt hockte Jumpers Freund Saliv und starrte Mira mit großen Mandelaugen und hängender Unterlippe an. Egal, ob Saliv ein Mädchen, einen leckeren Kuchen oder ein Schiddlegg-Euter betrachtete, er machte dabei immer das gleiche Gesicht. Eigentlich tat er Mira leid. Zumindest mehr als dieses verschlagene Aas von Jumper.

»Hi, Mira«, grüßte Jumper und sah grinsend zu ihr herauf.

»Hi, Mira …«, kam es wie ein Echo von Saliv.

»Hallo, Saliv.«

Jumpers Augen blitzten. Die Tatsache, übergangen worden zu sein, schmeckte ihm überhaupt nicht.

Mira verschränkte die Arme vor der Brust und sah Jumper herausfordernd an. Der stämmige Junge hatte als Kind bei einem Unfall beide Beine verloren. Seitdem wuchtete er seinen Körper auf den Händen voran.

»Na, was ist?«, fragte Mira. »Was wollt ihr? Nur Hallo sagen und Hunde verprügeln?«

Jumper gab Saliv einen ungeduldigen Schubs.

»Wir – äh …«, begann Saliv.

Mira legte ihren Kopf schräg. »Ja?«

»Hast du Ware dabei?«

»Ware ist es erst morgen«, wich Mira aus. Sie wusste nur zu gut, worauf die beiden hinauswollten.

»Dürfen wir sie sehen?« Jumper leckte sich die Lippen.

»Sie sehen?«, plapperte Saliv nach.

»Morgen«, entschied Mira. »Auf dem Markt, wie alle anderen auch.«

Sie wandte sich um, doch Jumper sprang auf beiden Händen blitzschnell nach vorne und krallte seine Finger in Miras Mantel. In seiner anderen Hand blitzte plötzlich ein Messer, das er Mira an die Kniekehle legte.

»Nein, jetzt!«, entschied er grimmig. »Oder willst du, dass ich dir die Sehne durchschneide?«

Mira sah verärgert zu Jumper hinab.

»Ich will sie nur mal sehen«, grinste Jumper. »Und vorbestellen.«

Saliv rutschte von seiner Kiste und trat einen Schritt heran. »Jumper, du hast gesagt, dass wir ...«

»Halt die Klappe!«, fuhr Jumper ihn an und schlug ihm von hinten gegen die Beine. Saliv riss die Augen noch ein Stück weiter auf und kippte hintenüber. Wimmernd blieb er im Sand liegen und hielt sich seine schmerzenden Ellbogen.

Mira funkelte Jumper wütend an. Sie wusste, welch enorme Kraft in seinen Armen steckte und dass er ihr damit weit überlegen war. Das lange Laufen – oder besser gesagt: Hüpfen – auf seinen Händen hatte ihm Bärenkräfte verliehen, die Mira ebenso fürchtete wie beneidete. Jumpers Oberarmmuskeln waren so mächtig wie Pumpkolben. Wenn er wollte, konnte er sich mit den Armen mühelos den Sendemast hinaufhangeln –

vierzig Meter senkrecht am Gestänge empor bis auf die Funkplattform, ohne dass seine Muskeln dabei erlahmten.

Mira streifte den Rucksack von der Schulter, öffnete ihn und schüttete seinen gesamten Inhalt auf den Boden.

»Die sind ja alle kaputt«, beschwerte sich Jumper, nachdem er die Tiere begutachtet hatte.

»Sie sind zumindest vollständig«, konterte Mira. »Was man von dir nicht grade behaupten kann …«

Ehe sie sichs versah, spürte sie keinen Boden mehr unter den Füßen. Dann prallte sie so hart auf den Rücken, dass ihr die Luft wegblieb. Jumper zog sich heran und beugte sich mit dem Messer über sie. Seine Augen blitzten gefährlich.

»Du wirst so etwas nie wieder sagen!«, stieß er Wort für Wort hervor. Seine Stimme bebte vor Wut und sein Atem ging keuchend. »Nie wieder! Sonst fehlt dir auch bald ein Stück! Deine hübsche Nase vielleicht oder …« Sein Blick wanderte über ihren Körper. Er grinste und drückte ihr einen feuchten Kuss auf die Lippen. »Nie wieder, kapiert!«, wiederholte er flüsternd. Ruckartig ließ er von Mira ab, stopfte ihre Beute zurück in den Rucksack und warf ihn ihr vor die Füße. »Ich erwarte dich morgen auf dem Markt. Sei pünktlich!«

Mira erhob sich wortlos, wobei sie ihren schmerzenden Rücken ignorierte. Saliv saß ruhig da und beobachtete das Geschehen.

Es war zwecklos, Jumper in dieser Situation zu widersprechen und ihn damit noch mehr zu reizen. Sollte er ihr Schweigen deuten, wie er wollte.

»Na los, steh auf!«, forderte Jumper Saliv barsch auf. »Geh zu Rico und beschaff mir etwas zu essen. Ich habe Hunger.«

Jedes Mal, wenn Mira den beiden begegnete, bedeutete das Ärger. Ärger für Mira wohlgemerkt, nicht für Jumper. Der bekam zumeist das, was er wollte. Er war ein äußerst verschlagenes Beispiel für einen Beta. Seine verkrüppelten Beine hatten ihn zu einem Außenseiter gemacht, und das Einzelgängerdasein hatte seinen Charakter verdorben. Manchmal wünschte sich Mira, eine Ambodruse zu ihm locken zu können … Jumper war kaum älter als Mira, doch er nutzte seine Kräfte den anderen gegenüber rücksichtslos aus. Nur ein einziges Mal hatte sie ihn schwach, fast hilflos erlebt: auf dem Friedhof, wo er still vor einem der Gräber gekauert hatte.

Der geistig etwas zurückgebliebene Saliv hing an ihm wie eine Klette. Er war Jumpers rechte Hand oder vielmehr: seine linke, denn Jumper behandelte ihn mehr wie einen Sklaven. Der arme Kerl gehorchte Jumper aufs Wort und machte sich in seiner naiven Treuherzigkeit für ihn die Hände schmutzig.

Missgelaunt lief Mira die inzwischen fast menschenleere Speichenstraße ins Dorfzentrum hinunter. Mittlerweile schienen sich alle Bewohner auf dem Dorfplatz eingefunden zu haben. Miras Neugier, was dort wohl für so viel Aufregung sorgte, war seit ihrer Begegnung mit Jumper ein wenig verflogen. Wieder wischte sie sich mit dem Ärmel ihres Umhangs über die Lippen, und als sie an einem Brunnen mit Handpumpe vorbeikam, wusch sie sich das Gesicht, bis ihre Haut vom kalten Wasser fast taub war. Was bildete sich dieser Widerling von Jumper eigentlich ein, sie zu küssen? War das etwa seine neue Masche?

Bis zum kommenden Morgen würde Mira sich überlegen, wie sie ihn auf dem Markt vor allen Leuten bloßstellen konnte.

Irgendetwas würde ihr schon einfallen. Und falls nicht ihr, dann garantiert Bausch. Der Kapitän hatte immer eine gute Idee. Von grimmiger Genugtuung erfüllt, beschleunigte Mira ihre Schritte wieder. Etwas Außergewöhnliches ging dort auf dem Dorfplatz vor, und dank Jumper war sie wieder mal die Letzte, die erfuhr, was. Als sie jedoch kaum noch fünfzig Meter von dem Menschenauflauf entfernt war, erklang hinter ihr eine vertraute Stimme und rief ihren Namen.

Mira zuckte zusammen und drehte sich erschrocken um. Ein Ärgernis kommt selten allein, durchfuhr es sie, denn der hochgewachsene Mann, der forschen Schrittes auf sie zukam, war niemand anderes als ihr Vater. Er war in seinen hellbraunen Abendumhang gekleidet und hatte die Hände in schwarzen Ausgehhandschuhen verborgen. Seine Miene war ernst und gespannt und Mira deutete sie im ersten Moment als Zorn.

»Tut mir leid«, begann sie zu stottern, als ihr der Rucksack und dessen Inhalt bewusst wurden. »Ich dachte, es könnte … ach, Mist …«

»Ich habe dich bereits überall gesucht«, erklärte ihr Vater, als er sie erreicht hatte. »Wo hast du denn gesteckt?«

»Ach … ich hatte nur eine … äh … Besprechung …«

Ihr Vater hob zweifelnd die Augenbrauen. »Lass mich raten: mit deinem speziellen Freund Jumper?«

»Er *ist* nicht mein Freund!«

»Ah, schon hast du dich verraten.« Er klopfte ihr den Staub aus dem Mantel. »Und, wie ist deine Besprechung verlaufen?«, fragte er scheinheilig. »Was tut dir heute weh?«

Mira schnaubte. »Nichts.«

»Na, dann ist ja alles bestens.« Er legte eine Hand auf ihre Schultern und zog sie mit sich. »Komm, wir sollten uns jetzt beeilen.«

»Was ist denn eigentlich los?«

»Hast du gejagt?«, erkundigte ihr Vater sich stattdessen. Seine Stimme klang erwartungsvoll.

»Ja«, antwortete Mira kleinlaut und spürte einen Knoten im Magen.

»Allein?«

»Ja …«

»Und? Hattest du Erfolg?«

»Natürlich.« Sie musste schlucken.

»Gut. Das ist gut.«

Gut? Mira verstand die Welt nicht mehr. »Aber …«

»*Heute* ist es gut«, unterbrach sie ihr Vater. »Wenn du es je wieder allein tust, sperre ich dich für den Rest des Jahres in deinem Zimmer ein. Hast du mich verstanden?«

»Ja.«

»Versprich es mir, dass du gehorchst!«

»Das ist nicht fair …« Es gab für Mira kaum etwas Schlimmeres als ein erzwungenes Versprechen.

»Na?«, drängte ihr Vater.

Mira schwieg eine Weile. »Na gut, versprochen«, murrte sie schließlich. »Wohin gehen wir?«

»Dorthin, wohin alle gegangen sind – zum Dorfplatz.«

»Was ist denn überhaupt los?«, wiederholte sie ihre Frage.

»Du hast Besuch.«

»Besuch!?« Mira glaubte, ihren Ohren nicht zu trauen. »Bei uns? Wir hatten doch noch nie Besuch.«

»Hin und wieder schon«, sagte ihr Vater leise, während sie sich dem überfüllten Marktplatz näherten. »Du kannst dich nur nicht mehr daran erinnern, weil du zu jung warst …«

»Was denn für Besuch?«, wollte Mira wissen. Dann erst begriff sie, was ihr Vater gesagt hatte, und wäre fast gestolpert. »Ich?«, japste sie. »*Ich* habe Besuch? Aber – von wem denn? Woher? Wieso?«

»Jemand aus dem Carinea-Institut ist gekommen.« Obwohl ihr Vater leise sprach, glaubte Mira, einen Anflug von Besorgnis aus seiner Stimme herauszuhören. »Der Sohn eines alten Bekannten.«

»Du hast Freunde im Institut?«

»Es ist ein Kollege«, erwiderte ihr Vater. »Wir haben bis zu den Sonnenstürmen gemeinsam in den Plantagen gearbeitet.«

»War er damals auch krank?«, fragte sie.

Ihr Vater hielt unmerklich im Gehen inne. »Wie kommst du denn darauf?«

Mira zögerte mit ihrer Antwort. »Bausch hat mir davon erzählt.«

»Bausch …!« Ihr Vater sprach den Namen mit hörbarer Verachtung aus. »Ich werde mich mit dem alten Säufer mal unterhalten müssen, glaube ich.« Er schob sich im Laufen eine Handvoll Nüsse in den Mund und schwieg, bis sie den Dorfplatz erreicht hatten.

2 | Der Besucher

Der Fremde, der sich Mira als Benoît vorstellte, hatte wunderschöne Hände und ein helles, ebenmäßiges Gesicht. Nie zuvor hatte das Mädchen einen Menschen mit so heller Haut gesehen. Kein einziger Hautfleck oder gar eine Narbe entstellte sein Gesicht oder seine Hände. Benoîts Augen waren klar und grün und sein Haar so hell und so kurz, dass Mira erst beim zweiten Hinsehen erkannte, dass er überhaupt welches hatte.

Nach einer zurückhaltenden Begrüßung seitens Benoît löste sich die neugierige Menschenmenge kurz nach Sonnenuntergang zügig auf, und auch Miras Vater beeilte sich, mit ihr und dem Besucher zu sich nach Hause zu gelangen. Benoît schaute dabei hin und wieder aufmerksam in den wolkenlosen Himmel, während ihr Vater eher angespannt das Dämmerlicht studierte. Mira selbst hatte zwar von den Ambodrusen gehört, aber noch nie eine zu Gesicht bekommen. Ihr Vater predigte fast täglich, dass sie gefährlich seien und Menschen, die ihnen *begegneten*, für immer verschwinden würden. Aus diesem Grund dürfe Mira niemals nach Sonnenuntergang nach draußen gehen. Man könne nicht hören, wenn eine Ambodruse über einem schwebe, hieß es. Und die Menschen, die sie fing (und fraß, wie Mira von Bausch erfahren hatte), verschwänden lautlos.

Bausch hatte erzählt, dass Fußspuren, die man von den Vermissten gefunden hatte, abrupt aufgehört hätten, so, als wären die Menschen von etwas in die Luft gerissen worden. Wenn Bausch genug trank, wurde er gewöhnlich für eine kurze Zeit sehr redselig. Zumindest so lange, bis er *zu viel* getrunken hatte und wieder in sein übliches Schweigen verfiel, welches ihm ebenso anhaftete, wenn er zu wenig getrunken hatte. Diese kurze Phase der Gesprächigkeit war es, die Mira suchte, wenn sie bei ihm war.

Staunend drehte Benoît den mechanischen Skorpion in seinen Fingern. Ebenso fasziniert darüber, wie der Fremde aus dem Institut Miras Tagesbeute studierte, starrte Mira auf seine Hände und in sein Gesicht. Benoît mochte etwa fünf Jahre älter sein als sie selbst: neunzehn, allerhöchstens zwanzig. Möglicherweise war er aber auch weitaus älter und sah nur so jung aus, weil seine Haut so hell und makellos war. Hin und wieder warf Mira ihrem Vater einen unschlüssigen Blick zu, nachdem Benoît ihr die eine oder andere unangenehme Frage gestellt hatte. Sobald ihr Vater jedoch mit einem ermutigenden Nicken reagierte, antwortete sie leise, aber ernst.

»Sag, Mira, sind das die einzigen dieser Tiere, die du bisher gefunden hast?«

Das Mädchen schüttelte den Kopf. »Alle anderen habe ich verkauft, auf dem Markt.«

Benoît zog eine Augenbraue hoch. »Verkauft?«

»Na ja …« Mira verzog die Mundwinkel, als sie an Jumper denken musste. »Die meisten jedenfalls.«

»Wann hast du das erste dieser Tiere gefangen?«

»Ich habe noch nie eines gefangen …«

Der Fremde runzelte die Stirn. »Heute waren es immerhin vier Stück, die du erwischt hast.«

»Nein.« Mira biss sich auf die Unterlippe. »Hätte ich sie gefangen, würden sie noch leben. Sie sind tot. Ich habe sie *erlegt*, nicht gefangen, Sansar.«

Benoît lächelte. »Ja, da hast du Recht. Aber ich bin kein Herr. Nenn mich einfach nur Ben.«

Ein Sympathiepunkt für den Fremden. Mira nickte und sah wieder auf Benoîts Hände.

»Nun, wann hast du zum ersten Mal eines davon erlegt?«, fragte er.

»Vor etwa fünf Wochen.« Mira betrachtete ihre Zehenspitzen. Vor lauter Aufregung hatte sie vergessen, den Sand von den Füßen zu wischen, bevor sie das Haus betreten hatte.

»Hast du jemals beobachtet, woher diese Tiere kommen?«

»Aus einem Loch in der Wüste.«

»Aus einem Loch?«, fragte Ben überrascht.

Miras Blick zuckte kurz hinüber zu ihrem Vater, dann wieder auf ihre Füße. »Aus einem tiefen Krater, der ganz unten ein Loch hat. Das Loch spuckt sie aus.«

»Sie kommen nicht herausgekrochen?«

»Nein, sie fliegen heraus. Es ist wie bei einem Springbrunnen, nur viel größer …«

Bens Blick war ins Leere gerichtet, während er zeitlupenhaft seine Nasenflügel massierte. »Weißt du noch, wo diese Stelle ist?«

»So ungefähr. Ich war nur einmal dort. Zuerst kam ein komisches Geräusch aus dem Loch und …« Mira stockte. Ihr

Vater saß auf seinem Arbeitstisch und strich mit einer Hand durch seinen Bart, während er in der anderen eine Teetasse hielt. Dem Mädchen fiel auf, dass die Tasse in seiner Hand zitterte, als er sie zum Mund führte.

»Und dann, was ist passiert?« Ben legte den Skorpion auf den Tisch und schenkte sich Fruchtsaft nach.

»Dann …« Mira schluckte. »Dann wurde das Geräusch immer lauter … und plötzlich kamen Hunderte von Schlangen aus dem Loch herausgeflogen. Um mich herum wimmelte es auf einmal von Schlangen. Ich bekam furchtbare Angst und bin davongerannt.«

Für eine Weile herrschte Stille im Raum. Ben sah Mira an, als würde er darauf warten, dass sie sich ebenfalls in eine Schlange verwandelte. Ihr Vater schwieg, doch an der Art und Weise, wie er atmete, erkannte Mira, dass er ziemlich aufgewühlt war. Sie konnte es ihm nicht verübeln, denn sie hatte ihm nie etwas von dem Vorfall erzählt. Betreten sah sie von einem zum anderen und betrachtete schließlich wieder ihre Zehen.

Bens Miene wirkte ausdruckslos, aber Mira spürte, dass er konzentriert nachdachte. Er atmete hörbar aus, trank sein Glas leer und ergriff wieder den ramponierten Skorpion. Dann stellte er das Licht der Lampe heller und verlangte von Miras Vater eine Zange und eine Schale. Das Gefäß platzierte er auf dem Tisch und hob die Kreatur so darüber, dass sich ihr Hinterleib über der Schale befand. Dann nahm er die Zange, setzte sie an den Schwanz des Skorpions und brach den künstlichen Giftstachel ab. Es gab ein leises Knacken, ansonsten passierte nichts. Ben nickte wie zur Bestätigung, dann setzte er die Zange an das hintere Ende des Schwanzes und brach auch diesen entzwei. Teile einer filigranen Maschinerie kamen zum Vorschein, ebenso die vertrauten roten und weißen Kabel. Etwas Farbloses tropfte zudem aus der »Wunde« in die Schale. Mira sog scharf die Luft ein. Sie hatte nicht den leisesten Hauch einer Ahnung, was Ben damit bezweckte, ihre Beute in noch mehr Einzelteile zu zerlegen. Den Skorpion jedenfalls konnte sie nun getrost von ihrer Verkaufsliste streichen.

Ben legte Tier und Zange beiseite und widmete sich der Flüssigkeit in der Glasschale. Mira beobachtete neugierig, aber immer noch ratlos, wie der Besucher aus dem Institut einige Tropfen der Substanz auf bunte Papiere träufelte oder in kleinen Ampullen vermischte. Den größten Teil der Flüssigkeit füllte er in ein elektrisches Gerät, das mit einem handtellergroßen Monitor versehen war. Auf diesem wanderten Lichtbögen und -linien in verwirrendem Zickzack durcheinander, überlagerten sich und vereinigten sich schließlich zu einer stabilen Lichtkurve. Es folgte ein Signalton, dann erschien in der rechten oberen Monitorecke eine Formel.

Ben wischte sich über die Augen.

»Und?«, fragte Miras Vater, der das Schweigen offenbar nicht mehr ertrug.

Ben sah auf. »Ich habe mich während der gesamten Fahrt hierher gefragt, wie weit die Konstrukteure in ihrer Perfektion gegangen sein mögen. Zumindest wissen wir nun, dass diese … *Kreaturen* glücklicherweise nicht entwickelt wurden, um zu schaden oder gar zu töten.«

»Welche Konstrukteure?«, fragte Mira.

»Diejenigen, die diese kleinen Roboter gebaut haben. Schau her …« Ben nahm wieder den Skorpion und hielt ihn ins Licht der Lampe. »Das *Opisthosoma,* der Körper eines Skorpions, besteht aus einem breiten Mittelkörper und einem langen, aus schmaleren Chitinringen gebildeten Hinterkörper. Nur ist dieser kleine Kerl hier nicht aus Chitin, sondern fast vollständig aus Metall.« Er klopfte mit dem Skorpion gegen den Tisch. Es klang hohl und blechern.

Miras Vater kam herbei, griff sich einen Stuhl und setzte sich dazu. Er schien immer noch aufgeregt zu sein, denn sein rechtes Knie wippte unablässig auf und ab.

»Für gewöhnlich besitzt das *Opisthosoma* an seinem Ende eine Giftblase mit einem ansitzenden Stachel«, fuhr Ben fort. »Mit diesem Stachel lähmen Skorpione ihre Beute. Während der Stich einiger Arten relativ ungefährlich ist, sind die *Buthus-* und *Leiurus*-Skorpione sehr gefürchtet. Der Stich eines *Buthus*-Skorpions verursacht heftige Schmerzen, die stundenlang andauern können.« Ben hielt das, was von Miras Beute übrig geblieben war, in die Höhe. »Das hier ist die perfekte Nachbildung eines *Centurio*-Skorpions. Sein Stich kann bei einem Menschen mitunter tödlich sein – insbesondere bei einem sehr jungen wie dir.«

Mira starrte auf das Metalltier in Bens Hand.

»Ich hatte befürchtet, dass die Konstrukteure ihre Schlangen, Echsen und Skorpione mit Gift ausgerüstet hätten, aber zu meiner Beruhigung beschränken sie sich bei der Fertigung ihrer Geschöpfe vorwiegend auf die Fortbewegung und auf das Sehen. Zwar existiert eine Nachbildung der Giftblase, aber sie enthält lediglich eine Art … Maschinenöl – ohne Harze und Säuren und in einer mir nicht vertrauten Verbindung.« Er drehte den Monitor so weit herum, dass nun alle die Formel lesen konnten.

$$C_8H_{36}?_6O_2$$

Miras Vater beugte sich interessiert vor. »Wofür steht das Fragezeichen?«

Ben legte die Stirn in Falten und zuckte mit den Schultern. »Irgendein unbekanntes chemisches Element, das der Computer nicht analysieren kann. Vielleicht …« Er stockte. »Nein, frag mich nicht, keine Ahnung. Irgendeine Komponente, die es hier nicht gibt. Ein völlig unbekanntes Molekül. Aber alles in allem ist es Öl und es erfüllt seinen Zweck …«

»Augenblick.« Miras Vater zog den Monitor zu sich heran. »Was meinst du mit ›hier‹?«

Ben hob beide Hände, als wolle er sich vor der Frage schützen, dann machte er eine weit ausholende Geste und sagte: »Hier – innerhalb der Zonen.«

Das Mädchen glaubte den Herzschlag ihres Vaters zu hören, als dieser sich zurücklehnte. Sie musterte ihn, dann Ben, der gebannt auf den Monitor starrte, und sah schließlich wieder zu ihrem Vater. »Was habt ihr?«, fragte sie. »Warum seid ihr so still?«

»Es ist nichts, Kleines.« Ihr Vater legte seine knorrigen Hände auf ihre und drückte sie. »Wir denken nur nach.«

»Es gibt etwas an diesen Kreaturen, das mir weitaus mehr Kopfzerbrechen bereitet als ein unbekanntes Ölgemisch«, brach Ben nach einer Weile das Schweigen. Er ergriff nun die

Echse, nahm ein Skalpell, setzte es im Nacken des Reptils an und vollführte einen tiefen Schnitt bis zur Maulspitze.

Miras Unterkiefer sank angesichts der Verstümmelung ihrer Marktware herab. Mit offenem Mund starrte sie entgeistert auf Bens Hände, die, ohne zu zögern, ihre Tagesbeute skalpierten. Als der Besucher dem Reptil die Haut vom Schädel zog, ertönte ein hässliches Geräusch, das Mira eine Gänsehaut über den Rücken jagte. Schließlich war die Dornschwanzagame so demoliert, dass Mira sie ebenfalls von der Angebotsliste streichen konnte. Ein bleckendes Metallgebiss grinste ihnen entgegen. Es war Teil eines chromglänzenden Echsenschädels, dessen Augen aussahen wie zwei winzige Vergrößerungsgläser.

Ben tippte mit der Skalpellspitze gegen die freiliegenden Augäpfel. »*Das hier* macht mir Sorgen!« Er nahm eine kleine Taschenlampe und leuchtete in die Linsen. »Zuerst dachte ich, es wären nur elektronische Sehvorrichtungen, damit sich die künstlichen Tiere orientieren können, Hindernisse wahrnehmen oder in der Lage wären, gegebenenfalls auf Bewegungen oder mögliche Gefahren zu reagieren.«

»Aber?«, fragte Miras Vater.

»Nun, wir haben hier zwei Objektive mit Sucher, Blende, Iris – und eine Art Sender, der mit allem verbunden ist. Anscheinend ist jede dieser Kreaturen, ob Schlange, Echse oder was weiß ich alles, eine Art von Laufbodenkamera.« Und mit ernster Stimme fügte er hinzu: »Ich glaube daher, dass alles, was diese *Augen* sehen, irgendwohin gesendet wird.«

Sekundenlang herrschte im Zimmer Schweigen.

»Sie fotografieren uns?«

»Ich möchte es nicht beschreien, Leron, aber ich halte es für sehr wahrscheinlich.«

Miras Vater schüttelte fast schon trotzig den Kopf. »Wer oder was sollte denn einen derartigen Aufwand betreiben, um ausgerechnet *uns* hier draußen in der Zone zu beobachten oder zu filmen?«

»Das haben wir uns auch gefragt«, gestand Ben. »Bis jemand die naheliegendste Möglichkeit aussprach.«

»Und zwar?«

»Dass das Interesse dieser geheimnisvollen Maschinenkonstrukteure womöglich keinesfalls euch allen gilt, sondern nur einigen wenigen ...«

Mira sah, wie sich die Augen ihres Vaters zu schmalen Schlitzen verengten. »Was heißt ›einigen wenigen‹?«, fragte er gefährlich leise.

Ben warf einen kurzen Blick auf Mira, woraufhin das Mädchen gebannt die Luft anhielt. Auch der lauernde Gesichtsausdruck ihres Vaters verlor sichtlich an Grimmigkeit.

»Sie?«, fragte er verblüfft.

»Es ist nur eine Vermutung, Leron, aber falls sie sich als zutreffend erweisen sollte, gilt das Interesse der Konstrukteure bestimmt nicht nur ihr, sondern auch den anderen ihrer Art. Allerdings besitzt Mira von den achtzehn Kindern, die als Betas geboren wurden, das stabilste Genom. Morphologisch, physiologisch und genetisch betrachtet ist sie daher das interessanteste Objekt.«

»Wofür?«

»Für alles, was artspezifisch relevant und wertvoll ist: DNA, Knochenmark, Hautzellen mit natürlichem UV-Schutz, hochsensible Sinnesorgane, Metabolismus … Aus wissenschaftlicher Sicht sind die Betas genetische Schatzkammern. Das gilt sowohl für den zivilen Bereich« – er hielt die Überreste des Skorpions in die Höhe – »als auch für den militärischen …«

»Militär?« Miras Vater bedachte seinen Besucher mit einem zweifelnden Blick.

»Klingt das so abwegig?«, frage Ben. »Der Savornin-Bannkreis vereint Teilgebiete von nicht weniger als neunzehn ehemals souveränen Staaten in sich. Irgendjemand könnte die Gunst der Stunde nutzen, um die Karten neu zu mischen – frei nach dem Motto: Wieso teilen, wenn man alles haben kann? Eine intakte Wüstenfarm, die aus einem der größten fossilen Grundwasserreservoirs versorgt wird, ist in einem Lebensraum, der nur aus Wüste besteht, ein bedeutender Trumpf. Strahlenresistente Soldaten sind ein weiterer.

»Könnte bitte vielleicht auch *mir* mal jemand erklären, worum es gerade geht?«, erregte sich Mira. »Ich kann es nicht leiden, wenn man sich über mich unterhält, als wäre ich nicht da!«

Ihr Vater bedachte sie mit einem halb überraschten, halb verärgerten Blick, erwiderte jedoch nichts.

»Findest du nicht, dass sie mittlerweile alt genug ist, um gewisse Dinge über sich und ihre Art zu erfahren?«, fragte Benoît, der den Blick richtig zu deuten wusste.

Mira erschrak und verkrampfte sich ein wenig. Schlechte Idee. Ganz heikles Thema. Das gibt Ärger. In dieser Beziehung kannte sie ihren Vater nur zu gut.

»Dem Gesetz nach ist sie volljährig«, fuhr Ben unbeirrt fort. »Folglich hat sie uneingeschränkten Zugriff auf die Archive und Chroniken und kann selbst entscheiden, was und wie viel sie wissen will.«

»Laut *eurem* Gesetz«, entgegnete Miras Vater hörbar gereizt. »Es verlor seine Gültigkeit an dem Tag, als ihr beschlossen habt, euch selbst die Nächsten zu sein. Meine Tochter könnte ein normales Leben führen, wenn das Institut uns nach dem letzten Sturm beigestanden hätte. Alle, die hier in den vergangenen zwanzig Jahren geboren wurden, könnten ein normales Leben führen …«

»Das ist nicht wahr, Leron«, widersprach ihm Ben. »Und das weißt du. Das wirklich Traurige daran ist, dass du versuchst, diesen Selbstbetrug auf deine Tochter zu projizieren, weil du die Sonne für dein persönliches Unglück nicht zur Rechenschaft ziehen kannst.«

»Die Vergangenheit ist heute nicht weniger grausam als damals«, rechtfertigte sich Miras Vater. »Ich habe zu viele Menschen daran zerbrechen sehen. Dieses Wissen ist kein Segen, sondern ein Fluch, der bereits schwer genug auf meiner Tochter lastet.«

»Gewiss, Leron«, entgegnete Ben gleichmütig. »*Dein* Fluch!« Es wirkte auf Mira, als suche er bewusst die Konfrontation. »Es ist das ewige Lied der vom Glück Begünstigten und der vom Schicksal Verratenen, nicht wahr?« Er lächelte schal, wurde jedoch sofort wieder ernst. »Aber es ist ein großer Unterschied, ob Männer an Ignoranz und Realitätsflucht zerbrechen«, fuhr er fort, »oder ob sie diesen Irrglauben an ihre Kinder vererben und ihnen einreden, sie seien Aussätzige, die Beta-Zone ein Käfig und wir eure Hüter – und sie daran zerbrechen lassen.«

»Wer von uns beiden ist durch die Hölle gegangen, du oder ich?«, erregte sich Miras Vater. »Nicht einmal dein alter Herr kann diese Erfahrung mit uns teilen.«

»Du legst die Prioritäten auf Alter und Erfahrung?«, gab Ben zurück. »Kein Problem, Leron. Rufen wir die Dorfältesten zusammen und lassen sie über das Mädchen entscheiden. Oder hast du gegen den Ältestenrat ebenfalls Vorbehalte? Ist er dir zu senil? Sind nicht genug Witwer dabei? Oder haben sie einfach nur keine Betas als Kinder und sind somit von vornherein in allen Belangen inkompetent?«

»Ihr hättet zumindest den Frauen helfen können«, klagte Miras Vater. »Wir besaßen keine Vitaminpräparate zur Blutregeneration, hatten nicht ausreichend Antibiotika, um die Infektionsgefahr der Verstrahlten zu mindern. Wir besaßen nicht die Möglichkeiten, Dekontaminationen oder Bluttransfusionen durchzuführen. Aber ihr habt euch lieber in euren Strahlenschutzbunkern versteckt. Anstatt uns zu helfen, habt ihr die Augen vor uns verschlossen. Die meisten von euch wissen nicht einmal, dass es uns hier draußen überhaupt gibt, geschweige denn unsere Kinder. Komm mir daher nicht mit rostigen Gesetzen und einer Verfassung aus der alten Welt. Ihr könnt den Savornin-Bannkreis unter eure Knute zwingen, aber innerhalb der Beta-Zone ist jeder das Gesetz und der Hüter seines eigenen Kindes!«

Mira sah Ben mit angehaltenem Atem an. Der Besucher seufzte und schwieg eine lange Zeit, wobei er die Hände vor sein Gesicht legte und nachzudenken schien. Vielleicht weinte er auch, überlegte Mira.

Wenn sie weinte, tat sie es genauso …

Miras Vater blickte ziellos durch den Raum, als würde er dem Flug eines nur für ihn sichtbaren Wunsches folgen. Als sie klein war, hatte Bausch ihr erzählt, dass Wünsche fliegen könnten wie Schmetterlinge. Und wenn ein Wunsch sich auf einem Menschen niederließ, dann ging er für ihn in Erfüllung.

Als Ben die Hände wieder vom Gesicht nahm, traf sich sein Blick mit dem Miras. Sie musterte ihn und schaute schließlich traurig wieder auf ihre eigenen bronzefarbenen Hände. Ob alle Menschen im Institut so schön waren wie Benoît?

»He.« Ben setzte ein freundliches Lächeln auf. Es wirkte ehrlich, woraufhin Mira ihn erwartungsvoll ansah. »Hast du Lust, morgen einen kleinen Ausflug zu unternehmen?«

»Das kommt nicht infrage!«, brauste Miras Vater auf, der zu ahnen schien, was Ben beabsichtigte.

»Ich werde mit ihr ins Institut fahren«, erklärte Ben in sachlichem Ton.

»Dort hättet ihr sie vor fünfzehn Jahren hinbringen sollen – gemeinsam mit ihrer Mutter, die mit ihr schwanger war.«

»Lass endlich die Vergangenheit ruhen, Leron«, bat Ben. »Die Menschen hier sind nicht unseretwegen gestorben. Es war höhere Gewalt. Niemand hatte damals mit einem vierten Sturm gerechnet. Es grenzt an ein Wunder, dass überhaupt so viele von euch die *Flares* überlebt haben.« Ben hob die halb enthäutete Echse in die Höhe. »Du weißt ebenso gut wie ich, dass es diese Agamen längst nicht mehr geben dürfte, geschweige denn die Skorpione oder die Giftnattern. Diese Echsen- und Schlangenarten sind seit fast einem Jahrhundert ausgestorben. Die Angelegenheit ist für ein paar hohe Tiere in Carinea zu brisant geworden, um sie totzuschweigen. Vor allem der alte Ismael ist ganz schön ins Schwitzen gekommen, als er meinen Bericht gelesen hat. Ich weiß nicht, welche schlafenden Hunde ich geweckt habe, aber viele befürchten, dass die Sache mit den mechanischen Kreaturen außer Kontrolle geraten könnte.«

»Mira wird die Beta-Zone nicht verlassen!«, entschied ihr Vater, ohne auf Bens Worte einzugehen. »Sie ist schließlich *meine* Tochter!«

Ben blieb ruhig und sah ihm tief in die Augen. »Natürlich, Leron«, antwortete er schließlich, wobei Mira nun einen warnenden Unterton in seiner Stimme wahrnahm. »Und an deiner Stelle würde ich alles dafür tun, dass sie es auch bleibt. Vor allem würde ich ihr endlich die Wahrheit sagen – ehe es dafür zu spät ist.«

Eine endlos erscheinende Zeit sahen sich die beiden in die Augen. Während Ben dem Blickduell standhielt, ohne ein einziges Mal zu blinzeln, gab Miras Vater erschöpft auf und starrte auf den Computermonitor, der noch immer die chemische Formel anzeigte. Schließlich erhob er sich, trat an eines der vergitterten Fenster und sah nach draußen. Mira hörte seinen Atem beben. Obwohl er ihr den Rücken zuwandte und auf die staubige, von Laternen erhellte Straße starrte, spürte sie seinen Zorn. Er erfüllte jeden Winkel des Zimmers und verdrängte alle Wünsche hinaus in die Dunkelheit der Nacht, wo vielleicht schon eine hungrige Ambodruse lauerte. Insgeheim fragte sich Mira, ob die Ambodrusen womöglich auch die Wünsche der Menschen fraßen.

»Nein«, sagte Ben so unverhofft, dass das Mädchen erschrocken zusammenzuckte. Ben lächelte aufmunternd und reichte ihr seine Hand. Mira starrte sie an, dann hob sie ihre eigene – hässliche braune – Hand und legte sie fast ängstlich in die seine. Ben schloss seine Finger um sie, woraufhin Mira eine beruhigende, wohltuende Wärme erfüllte. »Es gibt nirgendwo ein Tier, das unsere Wünsche frisst«, sagte Ben. »Man kann sie vielleicht vertreiben, aber irgendwo findet man sie irgendwann wieder, zusammen mit seinen Hoffnungen. Wünsche sind scheue Wesen.«

»Können sie denn wirklich fliegen?«

»Oh ja …« Ben streichelte ihre Hände, und sie wünschte sich, etwas von seiner Schönheit würde auf sie übergehen.

Ihr Vater stieß sich vom Fenster ab und schlurfte zurück zu seinem Stuhl. »Ich werde euch begleiten«, sagte er.

»Das geht nicht«, entgegnete Ben.

»Bitte?«

»Ich habe nur einen Durchgangscode für Mira. Tut mir leid, Leron, aber außer uns beiden kann niemand die Grenze passieren.«

Die *Barriere*, korrigierte Mira ihn in Gedanken. Die Beta-Zone war wie der riesige, sie umschließende Savornin-Bannkreis von einer unsichtbaren Barriere umgeben, die die Menschen daran hinderte, von einer Zone in die andere zu gelangen. Laut Bausch war es, als stünde man vor einer dicken unüberwindbaren Mauer aus Glas.

Wüsste ihr Vater, wie viel Bausch ihr bereits darüber erzählt hatte, würde er den alten Mann wahrscheinlich kopfüber in einen ausgetrockneten Brunnenschacht werfen.

3 | Der Kapitän

Der Traum begann mit dem Brummen mächtiger Rotoren und zauberte ein Lächeln auf Bauschs Lippen. Der alte Mann öffnete die Augen und sah sich in der Steuergondel um. Es beunruhigte ihn nicht, dass ihre Fenster keine Scheiben besaßen und der Wind ungehindert in die Kabine fuhr. Bis auf Bausch war die Gondel vollkommen leer. Es gab weder Sitze noch Wandschmuck, ebenso wenig Instrumente oder gar ein Steuerrad. Bausch benötigte kein Steuer, um das riesige Luftschiff zu lenken. Es flog, wohin auch immer er wollte, denn es war *sein* Traum.

Mit klopfendem Herzen blickte er empor zu dem riesigen, sandfarbenen Rumpf des Zeppelins. Dicht unter den Wolken glitt er dahin, illuminiert von Blitzen und Wetterleuchten. Mit einem Wink seiner Hand sorgte Bausch schließlich dafür, dass die Steuergondel sich in Luft auflöste. Unter Bausch erstreckte sich ein endloses Gebirge. So weit sein Auge reichte, erhoben sich Berggipfel und schroffe Felsklippen, Grate und Zinnen, die in der Ferne mit den Wolken zu verschmelzen schienen. Als die ersten Regentropfen fielen, breitete der alte Mann die Arme aus und schloss die Augen. Bald kam es Bausch vor, als sei er selbst der Zeppelin. Er spürte das Prasseln des Regens auf seinem Körper, fühlte den Wind, der über seine nasse

Haut strich, und gab sich dem Gefühl hin, dass nichts und niemand ihn aufhalten konnte.

Als der Regen nachließ, hing dichter Nebel in den Schluchten und Tälern. Bausch zog die Bugspitze nach oben und ließ den Zeppelin steil emporsteigen. Um ihn herum knisterte die Luft, als flöge er durch ein elektrostatisches Feld, dann durchbrach er die Wolkendecke und fand sich unter einem strahlenden Himmel wieder. Der regennasse Rumpf des Luftschiffs glänzte im Licht der Sonne. Dort, wo sie sich auf der Hülle spiegelte, erzeugte sie grelle Reflexe, die das Auge blendeten.

Selbst als das Wolkenmeer bereits kilometerweit unter ihm lag, brach Bausch den Steigflug nicht ab, sondern zwang den Zeppelin hinauf in Regionen, in denen die Luft eisig war und der Himmel eine stahlblaue Farbe besaß. Aus weiter Ferne drang das Summen einer Türklingel an Bauschs Ohren. Der alte Mann beachtete es nicht, sondern stieg höher und immer höher hinauf, höher als jeder Zeppelin zuvor, über die Grenzen der Atmosphäre. Als die ersten Sterne über dem Luftschiff zu funkeln begannen, erklang erneut das Summen, länger und eindringlicher diesmal und nicht mehr so weit entfernt wie zuvor. Bausch fühlte, wie ihm die Kontrolle über den Zeppelin entglitt. Die Maschine begann sich aufzulösen, verlor immer größere Teile ihrer Außenhülle, die wie trockenes Laub abblätterten. Als sich endlich der Sternenhimmel über ihr öffnete, war sie nur noch ein Gerippe aus Metall, das schließlich lautlos zerbarst …

Wieder summte die Türglocke. Bausch öffnete mühsam die Augen und setzte sich ruckartig auf. Die leere Weinflasche, die auf seinem Schoß gelegen hatte, fiel polternd zu Boden und rollte unter ein Bücherregal. Der alte Mann rieb sich die Augen und erhob sich benommen, dann schlurfte er zur Vordertür und öffnete die Schlösser. Als er die Pforte einen Spaltbreit aufgezogen hatte, erschien eine schmale Hand in der Öffnung und drückte den Türflügel ungeduldig nach innen.

»Na, endlich!«, begrüßte ihn eine vor Kälte bebende Mädchenstimme. »Ich dachte schon, du lässt mich hier draußen erfrieren …«

»Mira?« Bausch rieb sich die Müdigkeit aus den Augen. »Was willst du denn hier mitten in der Nacht, Prinzessin? Du weißt doch, dass du nach Sonnenuntergang nicht mehr draußen herumspazieren sollst. Wenn dich eine Ambodruse wittert, dann …«

»Bitte, darf ich reinkommen?« Miras Stimme zitterte vor Kälte.

Bauschs Augen verengten sich, als hätte er Mühe, seine Besucherin im Dämmerlicht des Flures zu erkennen. »Ist etwas mit deinem Vater?«, nuschelte er.

»Nein. Ich möchte dich etwas fragen.«

Bausch rülpste und äugte argwöhnisch in die Höhe. »Ambodrusen hört man nicht, Prinzessin. Erst wenn sich ihr Fangarm um deinen hübschen Schwanenhals schlingt und dich in die Höhe reißt – aber dann ist es eh zu spät. Geh nach Hause. Beeil dich und lass dem Kapitän seinen Schlaf.«

Seinen Rausch, korrigierte ihn Mira in Gedanken. »Bitte, Bausch. Du bist mein Freund. Siehst du denn nicht, dass ich friere?«

Der alte Mann stöhnte angesichts ihrer Hartnäckigkeit gequält auf. »Wenn dein Vater erfährt, dass du bei mir bist …«

»Danke!« Mira stellte sich auf die Zehenspitzen und hauchte Bausch mit ihren von der nächtlichen Kälte eisigen Lippen einen Kuss auf die runzlige Wange.

»Ja, aber … Moment mal!« Bausch reagierte viel zu träge, um das an ihm vorbeischlüpfende Mädchen zurückhalten zu können. »Das ist die falsche Richtung, Prinzessin!«, rief er ihr nach.

Als der alte Mann in den Wohnraum zurückgeschlurft kam, hatte Mira es sich bereits im Schneidersitz auf Bauschs großem Sofa bequem gemacht und sich zwischen Dutzenden von Kissen in zwei Wolldecken gewickelt. Die Decken rochen nach Palmwein, wie fast alles im Haus. Auf dem Holztisch vor der Couch standen Dutzende von Steingutflaschen, dazwischen ein paar wenige aus Glas, in denen tote Insekten schwammen.

Bauschs Wohnung bestand hauptsächlich aus diesem Tisch, umgeben von überquellenden Regalen, die kaum einen Blick auf die eigentlichen Zimmerwände erlaubten. Den Rest des Inventars bildeten ein Sofa, drei Sessel – und natürlich Bausch, dem sein spärliches silbergraues Haar in wirren schulterlangen Strähnen vom Kopf hing.

Auf dem Tisch lag ein aufgeschlagenes Buch, dessen Seiten mit gelben und braunen Stockflecken übersät waren und es aussehen ließen, als besäße es eine ansteckende Krankheit. Der muffige Geruch des vergilbten Papiers stach Mira unangenehm in die Nase. Ehe Bausch es verhindern konnte, hatte sie den Wälzer zu sich auf den Schoß gezogen.

»*Mysterium Cosmographicum*«, entzifferte sie den Titel auf dem Einband. Ohne hinter den Sinn des seltsamen Namens zu kommen, begann Mira, in dem stinkenden Buch zu blättern. Eine komplizierte Abbildung, die fast ein Drittel einer Buchseite einnahm, erregte ihre Aufmerksamkeit. Die Zeichnung zeigte ein seltsames Gerät. Es erinnerte an eine Waage, auf der man eine Obstschale platziert hatte. In ihr befanden sich weitere, immer kleinere Gerüste und Gefäße. In der größten Schale lag ein Würfel, der eine zweite, wesentlich kleinere Schale umschloss. Darin ruhte eine dreiseitige Pyramide. In dieser wiederum eine noch kleinere Schale und in ihr ein Mira völlig unbekanntes Gebilde, das aus vielen kleinen Dreiecken zusammengesetzt war. Immer kleiner wurden die Gefäße und Körper, und aus ihrem Zentrum, so bildete Mira sich ein, starrte sie – verborgen hinter unzähligen Strichen – ein winziges Auge an. Es betrachte sie mit dem Ausdruck eines Kobolds, der überrascht war, in seinem Versteck aufgespürt worden zu sein.

Das Mädchen blinzelte verwirrt und das Auge verschwand.

»Was ist das?«, fragte sie Bausch, der sich ihr gegenüber in einen der Sessel gelümmelt hatte und ganz offensichtlich mit dem Schlaf kämpfte.

Der alte Mann reckte den Hals. »Eine stilisierte Armillarsphäre«, erklärte er. »Ein antikes astronomisches Messgerät.«

Unter der Zeichnung stand ein verblasster Text. Mira musste sich anstrengen, um ihn zu entziffern.

Würfel = Erde, las sie, *Tetraeder = Feuer, Oktaeder = Luft, Ikosaeder = Wasser. Dem Universum entspricht der fünfte platonische Körper, das Dodekaeder.*

Erneut betrachtete Mira die Zeichnung und verglich sie mit dem Sinngehalt des Textes. »Was ist das für ein Buch?«, fragte sie.

»Ein sehr, sehr altes, Prinzessin«, murmelte Bausch und knetete seine geschlossenen Augen. »Es wurde Jahrhunderte vor den Sonnenstürmen geschrieben. Sei vorsichtig, wenn du darin blätterst.«

Mira warf einen ehrfürchtigen Blick auf die vergilbten Seiten. »Die Sphäre der Erde«, begann sie stockend zu lesen, »ist das Maß für alle anderen Bahnen. Umschreibe sie mit einem Dodekaeder. Die es umspannende Sphäre ist der Mars. Seine Bahn umschreibe mit einem Tetraeder. Die es umspannende Sphäre ist der Jupiter. Die Bahn Jupiters umschreibe mit einem Würfel. Die ihn umspannende Sphäre ist der Saturn. Nun lege in die Erde ein Ikosaeder. Die ihm innewohnende Sphäre ist die Venus. In die Venusbahn lege ein Oktaeder, die ihm innewohnende Sphäre ist der Merkur.« Mira hielt verwirrt inne und las die Überschrift des Kapitels.

Verknüpfung des Himmelsaufbaus
mit den Harmonien der diatonischen Tonleiter

»Du meine Güte, Bausch, verstehst *du*, was das heißen soll?«

Der alte Mann erzeugte ein undefinierbares Grunzen und schien mit den auf dem Tisch verteilten Flaschen ein »Raus bist du«-Spiel angefangen zu haben.

»Was ist eine diatonische Tonleiter?«, fragte Mira.

»Das würdest du sowieso nicht verstehen, Prinzessin.« Bausch stand auf und nahm Mira das Buch ab. Er klappte es vorsichtig zu und ging mit ihm zu einem der vielen, bis zur Decke reichenden Regale, wo er es in eine Lücke schob. Das Mädchen bildete sich ein, ein zufriedenes Schmatzen der angrenzenden Bücher zu vernehmen, als sie ihren Artgenossen wieder in ihren Reihen fühlten.

In Bauschs Regalen reihten sich weitaus seltsamere Bücher mit noch eigentümlicheren Titeln Rücken an Rücken aneinander. Manchmal glaubte Mira fast, dass einige von ihnen verzaubert waren und sich in einer uralten, geheimnisvollen Sprache miteinander unterhielten. Einer Sprache, die aus leisem Rascheln und Knacken bestand. Ab und zu hatte Mira sich staunend in Bauschs Wohnung umgesehen und war auf Werke wie das eines gewissen Chandra Wickramasinghe mit dem Namen *Die Lebenswolke* gestoßen, oder die *Astronomischen Briefe* von Tycho Brahe. Einige der Bücher hatten ihr besonderes Interesse geweckt, da Bausch ständig bemüht war, sie vor Miras neugierigen Händen und Blicken zu verstecken. Bücher mit Titeln wie *Das Buch der Verdammten* oder *Die brennende Welt.*

Der alte Mann setzte sich zurück in seinen Sessel und leckte sich nervös über die Lippen. »Sag mal, Prinzessin, du bist doch wohl nicht nur gekommen, um herumzuschnüffeln, oder?«

»Nein.«

»Nun, dann nehme ich an, dass du einen gewichtigen Grund hast, mich mitten in der Nacht zu wecken.«

»Kannst du mir etwas mehr über die Stürme erzählen?«, fragte Mira. »Was sind *Flares*?«

»Flares …?« Bausch sah das Mädchen verwundert an.

»Und wer war *Nathan*?«

Der alte Mann wirkte schlagartig nüchtern. »Wie um alles in der Welt kommst du denn darauf?«

»Vater hat sich mit Ben gestritten …«

»Ben? Ist das der Fremde, der heute eingetroffen ist?«

»Ja. Eigentlich heißt er Benoît. Er kommt aus dem Institut, wegen der Tiere aus Metall.«

»Ein Mann aus dem Institut, soso … Die beiden haben sich gestritten?«

»Ja.«

»Und du hast gelauscht.«

Mira nickte. »Stimmt es, dass die Menschen außerhalb der Beta-Zone anders sind als wir?«

Bausch war nun wirklich erstaunt. »Darüber haben sie sich gestritten?«

»Nein. Sie stritten sich über mich. Vater ist immer noch wütend auf die Leute aus dem Institut, weil sie uns nach den Sonnenstürmen nicht zu Hilfe gekommen sind. Er sagte, uns Betas hätte geholfen werden können, und wir könnten heute ›normal‹ sein, doch Ben widersprach ihm. Er nannte Vaters Worte Spiegelfechterei und redete über etwas namens *Mutagenese.* Und uns Betas bezeichnete er als *Hom…*« Sie überlegte kurz. »*Homo su…*«

»*Homo superior*«, half ihr der alte Mann.

»Ja, genau, das war es! Kannst du mir sagen, was Ben damit meint?«

Bausch sah das Mädchen nachdenklich an. Als Mira erkannte, dass er ihr nicht antworten würde, betrachtete sie ihre Hände. Schließlich fragte sie: »Bausch, sind alle Menschen außerhalb der Zone so schön wie Ben?«

»Hast du das nicht längst in der Schule gelernt?«, wich der alte Mann aus.

Mira schüttelte den Kopf. »Vater hat dem Lehrer verboten, in meiner Gegenwart darüber zu sprechen.« Sie bedachte Bausch mit einem vorwurfsvollen Blick. »Das weißt du doch.«

»Oh, ja …« Der alte Mann wirkte verlegen, während seine Augen sehnsüchtig die Flaschen auf dem Tisch studierten. »Tut mir leid, Prinzessin, das habe ich vergessen.«

»Ich habe es dir erst vorgestern wieder erzählt!«

»Jaja.« Bausch lächelte entschuldigend. »Wir kennen uns doch erst seit vorgestern …«

Mira schürzte verärgert die Lippen. »Wir kennen uns seit zehn Jahren, Bausch! Ich gehöre hier praktisch schon zum Inventar.«

»Willst du einen Schluck Tee?«, wich der alte Mann aus. »Ich habe ihn vor einer Stunde frisch aufgebrüht.«

»Du trinkst zu viel, Bausch. Du trinkst so viel, dass du alles, was ich dir erzähle, wieder vergisst. Du bist wirklich ein nachlässiger Freund!« Das Mädchen senkte verletzt den Blick. »Ich habe nichts von dem vergessen, was du mir erzählt hast. *Ich* nicht …«

Bausch hielt es nicht mehr aus, schnappte sich die ihm am nächsten stehende Flasche, entkorkte sie und nahm gierig ein paar Schlucke. Mira beobachtete verstohlen, wie sein Adamsapfel dabei auf und ab hüpfte. Nachdem er seinen Durst gestillt hatte, leckte Bausch sich mit der Zunge die glitzernden Tropfen von seinen Lippen, verschloss die Flasche wieder und lehnte sich mit zufriedenem Gesichtsausdruck in seinem Sessel zurück. Die Flasche behielt er in den Händen und streichelte sie wie ein lieb gewonnenes Haustier, indes er seine junge Besucherin wieder vergessen zu haben schien. Mira erwartete jeden Moment, dass die Palmweinflasche in Bauschs Schoß vor übertriebener Zuneigung zu schnurren anfing, und eine heftige Welle von Ekel und Wut wallte in ihr auf. Sie ertappte sich dabei, wie sie auf eine Flasche eifersüchtig wurde!

Bauschs selige Schnarchgeräusche schlugen schließlich dem Fass den Boden aus. Mit einem lauten Husten machte Mira sich wieder bemerkbar. Der alte Mann zuckte erschrocken zusammen. Verdattert riss er die Augen auf (eine Schnecke hätte es nicht schneller gekonnt!) und blinzelte in den Raum. Dann erkannte er Mira und lächelte sie überrascht an.

»Nanu, Prinzessin«, säuselte er, »bist du schon lange hier?«

Mira verspürte große Lust, Bausch anzubrüllen, doch sie unterdrückte ihre Wut und schüttelte nur den Kopf.

»Du bist einfach eingeschlafen!«, beschwerte sie sich.

»Ich habe nur nachgedacht.«

»Du lügst.«

»Nein, Prinzessin. Es ist nur das Gleiche.« Bausch stand ächzend auf und hielt Mira eine Hand hin. »Komm, ich werde dir etwas zeigen. Aber du musst mir vorher versprechen, dass du niemandem etwas davon erzählst. Schon gar nicht deinem Vater!«

»Etwas über die Menschen außerhalb der Zone?« Mira rutschte von der Couch und sah Bausch erwartungsvoll an.

»Etwas über die Vergangenheit ...«, antwortete der alte Mann geheimnisvoll. Er stellte sich vor eines der Regale und streckte seinen knorrigen Arm durch die Bücherwand, während er in der anderen noch immer die halb leere Flasche hielt. »Na, verdammt, wo ist er denn?«, murmelte Bausch und suchte offensichtlich etwas hinter dem Regal. Mira erwartete, dass er ein besonders gut verstecktes Buch hervorfischte, aber zu ihrer Überraschung hellte sich lediglich sein Gesicht auf, und er sagte: »Ah, ja!«

Ein Geräusch ertönte, als ob hinter dem Bücherregal ein verborgener Mechanismus in Gang gesetzt würde. Kurz darauf strich ein kühler Lufthauch um Miras Beine, der sie frösteln ließ. Verunsichert warf das Mädchen einen Blick auf Bausch, der sich schnaufend gegen das Regal lehnte – dann klaffte vor Mira plötzlich eine mannshohe, rechteckige Öffnung in der Wand. Die Dunkelheit dahinter schien jegliche Wärme aus Bauschs Zimmer einzuatmen wie das Maul eines hungrigen Riesen.

»So«, meinte der alte Mann und rieb sich die Hände. »Gib mir dein Ehrenwort, dass du niemandem davon erzählst. Wenn der Dorfrat davon erfährt, lässt er mich einsperren!«

»Ich bin der schweigsamste Mensch der ganzen Zone«, flüsterte Mira.

Bausch sah das Mädchen streng an. »Hand aufs Herz!«

Mira legte geistesabwesend ihre rechte Hand auf die Brust. Beklommen blickte sie auf den Absatz einer Metalltreppe, die in eine lichtlose Tiefe hinabführte.

»Was – ist dort unten?«

Bausch aktivierte eine abwärtsführende Kette kleiner, in die Decke eingefasster Lampen. »Die Vergangenheit, Prinzessin. Geschichten aus der alten Welt!«

Der Gang, in den die Treppe mündete, war das genaue Gegenteil von Bauschs Säuferklause. Fein gearbeitete Teppiche bedeckten einen staubbedeckten Metallfußboden oder überzogen hohe, von elektrischen Lampen beleuchtete Wände. Zwischen den Wandteppichen hingen Dutzende von Bildern, Fotografien mit seltsamen Strukturen, die Mira nicht zu deuten wusste. Manche von ihnen sahen aus wie das Innere riesiger Häuser. Andere zeigten weiße Berge von unglaublicher Höhe oder riesige Wasserflächen. An einem Bild mit schwarzen Türmen, in denen Tausende von Lichtern glühten, blieb Mira fasziniert stehen. Ein weißer Mond hing am nachtblauen Himmel.

»Ist das die Stadt, aus der Ben kommt?«, fragte Mira staunend. »Sie ist voller Licht, obwohl es Nacht ist. Hat man dort keine Angst vor den Ambodrusen?«

Bausch rümpfte die Nase. »Diese Stadt gibt es nicht mehr, Prinzessin. Zumindest ist sie für uns unerreichbar geworden.« Er nahm einen Schluck aus seiner Flasche. »Komm weiter!«, drängte er. Dann drehte er sich um und lief zu einer großen Tür am Ende des Flurs. Nachdem er sie geöffnet hatte, winkte er Mira heran und trat hindurch.

Der Raum hinter der Tür war oval und kaum breiter als Bauschs Wohnzimmer, doch fast dreimal so lang. Eine Reihe großer Fenster war in beide Wände eingelassen, aber sie gestatteten weder einen Ausblick auf eine Landschaft noch den in ein geheimnisvolles, von unwirklichem Licht erfülltes Höhlensystem. Hinter den Scheiben gab es nichts als Sand. Mira fragte sich verwundert, wieso man einen Raum, der sich unter der Erde befand, mit Fenstern versah. Einige von ihnen waren mit Metallplatten abgedeckt oder mit Holzlatten vernagelt worden. Auf dem Boden unter ihnen entdeckte Mira teilweise fast hüfthohe Sandhaufen, so, als seien manche der Scheiben geplatzt und der Wüstensand durch sie ins Innere gerieselt. Bausch musste die kaputten Fenster schließlich notdürftig verrammelt haben.

In der Mitte des Raumes gruppierten sich zehn Sessel um einen langen schwarzen Tisch, auf dem ein pyramidenartiges Metallgebilde stand. Von ihm führten sechs Kabel zu wiederum sechs kugelförmigen Gegenständen, die wahllos auf den Sesseln verteilt lagen. Ein seltsames Mobiliar, wie Mira fand.

Sie trat an einen der Sessel heran und ließ ihre Hände über das fremdartige Material gleiten. Es war glatt und nachgiebig und erwärmte sich unter ihren Fingern. Die kugelförmigen Objekte auf den Sesseln hingegen waren starr, dafür jedoch sehr leicht und allem Anschein nach hohl. Neugierig untersuchte Mira die am nächsten liegende Kugel und warf einen fragenden Blick zu Bausch.

Der alte Mann sah das Mädchen an, dann zog er sein Hemd über den Kopf und stand mit entblößtem Oberkörper vor ihr. Mira ließ die Kugel auf den Sessel plumpsen und wich erschrocken ein paar Schritte zurück, während sich ein flaues Gefühl in ihrer Magengrube ausbreitete. Auf Bauschs linker Brustseite prangte ein handgroßes Feuermal in der Form eines auf dem Kopf stehenden Dreiecks, daneben ein kleineres, fingernagelgroßes, das aussah wie ein menschlicher Schädel.

Zuerst regte sich nichts in Bauschs Gesicht, fast so, als müsse er überlegen, weshalb er sein Hemd ausgezogen hatte. Dann begann er breit zu grinsen und sagte: »Wenn der Wind reitet auf seinem Ross namens Sturm, dann hütet euch, ihr kleinen Riesen, dann hütet euch!«

Er hob eine der Kugeln auf und ließ sich in den dazugehörigen Sessel fallen. Das Grinsen wich aus Bauschs Gesicht, und er sah plötzlich dreimal so alt aus. Mira hatte Bausch oft nach seinem Alter gefragt und jedes Mal eine andere Antwort erhalten. Wenn sie die niedrigste und die höchste Angabe als Spanne nahm, dann musste er zwischen 60 und 130 Jahre alt sein. Ersteres war für sie noch vorstellbar, Letzteres klang hingegen einigermaßen absurd. Oder vielleicht doch nicht? Hielt der Palmwein Bausch jung? Oder war er womöglich viel jünger, und der Alkohol hatte ihn alt gemacht?

Bausch nahm wieder einen Schluck aus der Flasche und sah etwas verschämt durch den Raum. Dann schenkte er Mira einen seltsamen Blick und streckte seine faltige, vernarbte Hand nach ihr aus.

»Komm her, Prinzessin«, forderte er sie auf. »Zeig mir deine Hände.«

Mira schüttelte den Kopf und blieb stehen.

»Ich tue dir nichts. Wolltest du nicht wissen, warum Ben so feine Hände hat und eine so helle Haut? Warum er so *schön* ist, und wir Alten im Vergleich zu ihm aussehen wie Manganknollen?«

Mira nickte, hielt aber weiterhin Abstand zu Bausch. Sein sonnengegerbter, schrumpeliger Oberkörper erinnerte sie an eine riesige, getrocknete Feige.

»Komm, setz dich«, forderte Bausch Mira mit schwerer Zunge auf. »Ich tue dir doch nichts.«

Mira zögerte, dann nahm sie auf dem Sessel Platz, der Bausch gegenüberstand. Den Tisch zwischen sich und ihm zu wissen, beruhigte sie ein wenig.

»Mir ist kalt.«

»Ja.« Bausch stellte endlich die Flasche beiseite und stand wieder auf. »Du hast Angst …« Er ging um den Tisch herum zu Mira, die verkrampft im Sessel versank, und nahm ihr das kugelförmige Objekt aus den Händen, das sie an sich presste wie ein versteinertes Stofftier.

»Glaub mir, ich tue dir wirklich nichts.«

»Wo sind wir hier?« Miras Stimme war nur ein Flüstern.

»In der Steuergondel der *Nathan.*«

Der Blick des Mädchens huschte durch den Raum. »Was ist denn eine Steuergondel?«

»Darauf wirst du vielleicht von ganz alleine kommen.« Bausch setzte sich in den Nachbarsessel und hielt das seltsame Kugelgebilde vor sich in die Höhe. »Das hier ist ein Videohelm, ein sogenannter *Datavisor.* Du musst sehr vorsichtig damit sein, denn er ist sehr alt und daher sehr empfindlich. Fällt er zu Boden, ist er mit Sicherheit kaputt. Ich hoffe, er funktioniert überhaupt noch …« Bausch klappte den Helm in zwei Hälften auseinander und stülpte diese Mira behutsam über den Kopf. »Erkennst du noch irgendetwas?«, fragte er, nachdem er das Visier vor ihrem Gesicht geschlossen hatte. Seine Worte drangen gedämpft an Miras Ohren.

»Nein.« Ihre Stimme bebte. »Was hast du vor?«

»Ich zeige dir, was euch von uns und den Menschen aus dem Savornin-Bannkreis unterscheidet«, murmelte Bausch. »Und warum wir in der Beta-Zone leben. Du willst es doch noch wissen, oder?«

Miras Puls schien sich vervielfacht zu haben. Sie spürte sein Pochen im Kopf, in den Armen und tief unten im Bauch. »Ja«, antwortete sie beklommen. »Aber ich habe Angst. Was macht dieses Data-Ding?«

»Es zeigt dir Bilder aus der Vergangenheit. Sie werden direkt auf deine Großhirnrinde übertragen.«

»Auf meine Großhirnrinde?«

»Auf …« Bausch hob den Helm etwas an und tippte Mira an den Hinterkopf. »Hierher, unter den Schädelknochen, auf die Sehrinde des Okzipitallappens, wohin alle elektrischen Signale transportiert werden, die deine Netzhaut als Bilder einfängt.«

»Was?«

»Ach, vergiss es.« Bausch drückte den Helm wieder auf ihre Schultern und murmelte etwas Unverständliches. Sie spürte seine Hand auf ihrem Arm liegen.

»Ich sehe jetzt mit dem Hinterkopf?«, fragte Mira verdutzt.

»So ähnlich. Ich erkläre es dir ein andermal.« Der alte Mann nestelte an dem Helm herum. »Das, was du gleich siehst, wird dir vorkommen wie die Wirklichkeit. Du musst dich nicht davor fürchten, denn es ist nur ein Film. Eine Aufzeichnung aus der Vergangenheit.«

»Wie ein Tagebuch?«

»Ja, wie ein Tagebuch, nur in Bildern.« Bausch klopfte gegen den Helm. »Alles okay da drin?«

Das Mädchen nickte, woraufhin der Druck von Bauschs Hand von ihrem Arm verschwand. Mira fühlte sich wie in finsterster Nacht ausgesetzt. Fieberhaft überlegte sie, was der alte Mann wohl tat, während sie blind und nahezu taub im Sessel saß. Ein kurzer Signalton ertönte, dann begann es vor ihren Augen nervös zu flackern. Schließlich verwandelte sich das Flackern in ein ruhiges, einförmiges Grau, das Miras gesamtes Sichtfeld einnahm. Nachdem aus dem Grau wieder weltraumtiefes Schwarz geworden war, begannen schließlich Bilder vor ihr abzulaufen.

Die Dunkelheit verwandelte sich in einen endlosen Sternenhimmel. Ein blau-weißer Planet schob sich von unten ins Bild, gleichzeitig wurde eine Jahreszahl im rechten oberen Bildrand eingeblendet. Sie zeigte das Jahr 2037.

»Der Planet, den du siehst, ist die Erde«, erklang Bauschs Stimme so unverhofft aus den Kopfhörern, dass Mira zusammenzuckte. Offenbar hatte der alte Mann sich ebenfalls einen der Helme über den Kopf gestülpt und sah nun dasselbe wie sie.

»Sie sieht wunderschön aus«, fand Mira. »Wie ein riesiges blaues Juwel.«

»Oh ja, das war sie.« Bauschs Stimme klang verträumt. »Das war sie wirklich …«

Aus den Kopfhörern drang nun eine fremde Stimme und begann in einer unbekannten Sprache zu erzählen. Der Planet wurde kleiner und verlor sich in der Schwärze des Alls, dann schwenkte das Bild plötzlich so schnell, dass Mira sich erschrocken an die Sessellehnen klammerte.

»Keine Angst, Prinzessin«, vernahm sie Bauschs Stimme. »Wir fliegen nicht wirklich. Du siehst nur einen Film …«

Vor Mira tauchte nun eine riesige, strahlende Kugel auf, von deren Oberfläche sich glühende Lichtbögen lösten, nur um kurz darauf wieder herabzusinken und mit ihr zu verschmelzen.

»Das ist unsere Sonne«, erklärte Bausch. »Ihr Durchmesser beträgt fast 1,4 Millionen Kilometer. Das ist so viel wie 109 nebeneinander aufgereihte Erdkugeln. Unser Planet würde 1,3 Millionen Mal in die Sonne hineinpassen. Und dennoch ist sie nur ein Zwerg im Gegensatz zu Sternen wie Cephei oder Canis Majoris, deren Durchmesser zweitausendmal größer ist.

Im Kern unserer Sonne verschmelzen in jeder Sekunde 464 Millionen Tonnen Wasserstoff zu 460 Millionen Tonnen Helium. Die dabei entstehende Energie, ein Strom hochenergetischer Teilchen, wird in alle Richtungen des Weltalls geschleudert. Die Erde besitzt einen natürlichen Schutzschild gegen diesen Sonnenwind, die Magnetosphäre. Ohne sie wäre auf unserem Planeten nie höheres Leben entstanden.

Doch die Sonne ist ein launischer, unberechenbarer Stern. Manchmal, in Abständen von einigen Zehntausend Jahren, beginnt sie zu flackern, und aus dem Sonnenwind wird ein Sonnensturm.

Die ersten Vorboten dieses Flackerns zeigten sich damals nur als minutenlange, aber intensive Sonneneruptionen, sogenannte Superflares. Nach ein paar Tagen normalisierte sich die Sonnenaktivität jedoch wieder. Die Schäden an den Stromnetzen wurden repariert, das Leben auf der Erde nahm seinen gewohnten Gang.

Im März 2039 begann die Sonne jedoch erneut zu flackern – und diesmal sollte alles anders kommen …« Während Bausch einen Schluck aus seiner Weinflasche nahm, flimmerten vor Miras Augen Ausschnitte aus Nachrichtensendungen und Videos, die von Menschen aus aller Welt aufgenommen worden waren. Sie zeigten außergewöhnlich grelle Sonnenaufgänge, flirrende Nordlichter oder zahllose Feuer, die sich durch Wälder und Buschland fraßen. »Der Sonnensturm begann ohne Vorwarnung mit dem Ausfall mehrerer Sonnenobservatorien«, fuhr Bausch fort. »Die Astronomen gaben ihm den Namen *Sol-Aleph*, nach dem ersten Buchstaben des hebräischen Alphabets. Kurz nach den Observatorien fielen Weltraumteleskope, Nachrichten- und Fernmeldesatelliten aus. Von der Sonne lösten sich Megaflares, die zu gewaltig waren, um von der Magnetosphäre der Erde aufgehalten zu werden, und trafen nahezu ungefiltert die Oberfläche. Magnetstürme nie gekannten Ausmaßes erreichten die Erde. Hunderte von Flugzeugen fielen wie Steine vom Himmel, nachdem Kurzschlüsse ihre Elektronik lahmgelegt hatten oder sie infolge globaler Radarausfälle in der Luft kollidierten. Tausende von Schiffen blieben liegen und trieben navigations- und antriebslos auf dem Meer, während Polarlichter bis zum Äquator die Nacht zum Tag machten. Weltweit kollabierten alle Fernmeldesysteme, die Stromnetze ganzer Länder brachen zusammen, Kraftwerke fielen aus, die Elektronik kam zum Erliegen.

Der Sturm hielt ohne Unterbrechung zwei volle Wochen an. Dann, eines Morgens, ging die Sonne wieder auf, als sei nichts geschehen. Die wirtschaftlichen und technologischen Schäden, die der Strahlensturm verursacht hatte, überstiegen alles bis dahin Vorstellbare. Damals, so waren sich Wissenschaftler, Politiker und Kirchenoberhäupter etwas vorschnell einig, sei die Menschheit noch einmal mit einem blauen Auge davongekommen.

Drei Monate später – die Welt hatte sich kaum erholt – traf völlig unvorbereitet ein weiterer Superflare den Planeten; der Beginn eines weiteren Sonnensturms. Gegenüber *Sol-Aleph* war die Intensität von *Sol-Beth* um ein Vielfaches höher und die Astronomen gebrauchten zum ersten Mal das apokalyptische Wort ›Nova‹. Allerdings gab es kaum jemanden, den ihre Hiobsbotschaft erreichte, denn die globale Kommunikation war vollständig zusammengebrochen. Innerhalb weniger Tage warf *Sol-Beth* die Welt auf den Informationsstand des Mittelalters zurück. Jede leitfähige Metallkonstruktion auf der Erde stand unter Strom. Spannungsentladungen in Gebäuden, Kraftwerken, Pipelines oder auf Bahntrassen lösten unzählige Feuer aus. Es gab kaum eine Stadt auf der Welt, die nicht brannte. Die Flammen trieben die Menschen auf die Straßen, wo sie jedoch dem Strahlensturm ungeschützt ausgesetzt waren.«

Vor Miras Augen spielten sich albtraumhafte Szenen ab. Sie sah riesige Städte, die bis zum Horizont in Flammen standen, während Scharen von Menschen auf den von Rauch verdunkelten Straßen umherliefen, hilflos herumirrend zwischen liegen gebliebenen, teils brennenden Fahrzeugen, entstellten Leichen, streunenden Tieren und dem Müll aus Wohnungen und geplünderten Geschäften. Viele von ihnen trugen kaum einen Fetzen Kleidung am Körper, sei es, weil diese von hungrigen Tieren zerfetzt oder von anderen Menschen heruntergerissen worden war – oder ihren Körpern verbrannt war …

»Tiere, die das Magnetfeld der Erde zur Orientierung nutzten, begannen verrückt zu spielen«, fuhr Bausch mit Erzählen fort, während es vor Miras Augen Vögel regnete und riesige schwarze Wolken aus Insekten den Himmel über den brennenden Städten zu verdunkeln begannen. »Delfine und Wale strandeten zu Tausenden an den Küsten, Millionen von Vögeln, die tagelang orientierungslos umhergeflogen waren, fielen vor Erschöpfung tot vom Himmel. Die Insekten begannen sich gegenseitig zu fressen oder mit erschreckender Aggressivität auf alles zu stürzen, was sich am Boden bewegte. Ganze Städte wurden von Ameiseninvasionen heimgesucht, Schwärme aggressiver Bienen und Wespen fielen über Mensch und Tier her.

Sol-Beth dauerte kaum eine Woche, doch er verwüstete nahezu alles, was der erste Sonnensturm verschont hatte.

Als er vorüber war, gab es keine Insekten mehr, die Pflanzen bestäuben konnten. Das Getreide war buchstäblich auf den Feldern verbrannt, die Obstplantagen verdorrt, der Boden unfruchtbar. Auf den Flüssen trieben kilometerlange Teppiche verendeter Fische, die Küsten erstickten unter den Kadavern an Land gespülter Meerestiere. Die ganze Welt roch nach Tod und Verwesung.

Schlimmer, so glaubten die Menschen damals, konnte es nicht mehr kommen. Und für die Dauer eines trügerischen Jahres schienen sie sogar Recht zu behalten – bis zum verhängnisvollen 15. Juni 2040 …«

Die Aufzeichnung stoppte unvermittelt, gefror zum Furcht einflößenden Standbild eines hell glühenden Himmels. Mira hörte Bauschs Atmen über die Helmlautsprecher.

»Was ist denn?«, fragte sie mit belegter Stimme.

Der alte Mann schwieg einige Sekunden, dann fragte er: »Willst du das wirklich sehen, Prinzessin?«

Mira musste schlucken. Schließlich nickte sie kaum merklich. Zuerst geschah nichts, bis ihr einfiel, dass Bausch ebenfalls einen Helm trug und sie daher gar nicht sehen konnte. »Ja«, sagte sie leise.

»Na gut«, brummte Bausch. »Aber sag nicht, ich hätte dich nicht gewarnt.« Dann begannen vor Miras Augen Bilder abzulaufen, die sie niemals wieder vergessen würde. Sie brannten sich in ihr Gedächtnis ein, als wäre es die wütende Sonne selbst, die sie ihr zeigte.

»Der dritte Sonnensturm«, fuhr Bausch mit Erzählen fort, »dauerte fast elf Monate. Die Astronomen nannten ihn *Sol-Gimel*, die Theologen hingegen bezeichneten ihn als *Ekpyrosis*, den Weltenbrand. Er blies die Magnetosphäre der Erde und den Van-Allen-Gürtel hinfort und röstete den Planeten wie ein Stück Fleisch am Spieß. Die kosmische Strahlung traf ungebremst und ungefiltert die Erdoberfläche. Es war, als würde über jedem Ort der Welt die Strahlung einer Atombombe freigesetzt werden – mit dem Unterschied, dass dieses Strahlenbombardement nicht nur ein paar Sekunden, sondern ganze elf Monate unvermindert anhielt.

Wer sich im Freien befand und sich nicht zu schützen vermochte, verbrannte innerhalb von Minuten. In den Megastädten der Welt irrten Millionen von Menschen hilflos durch die Straßen, erblindet, taub und halb verbrannt. Die ionisierende Strahlung drang in die Zellen ein und zerstörte die DNA von mehr als neunzig Prozent aller Landlebewesen.

Als *Sol-Gimel* im Mai 2041 endlich abklang, waren siebzig Prozent aller Menschen tot und mehr als die Hälfte der Überlebenden litt unheilbar an der Strahlenkrankheit. Sie starben in den darauffolgenden zehn Jahren an Krebs, Multiorganversagen oder inneren Blutungen.

Im Jahr 2045 lebten von den ehemals über sieben Milliarden Menschen der Erde nur noch 100 Millionen. Zwei Drittel von ihnen überlebten die folgenden zehn Jahre nicht, da die Voraussetzungen für eine ausreichende medizinische Versorgung fehlten, oder sie verhungerten, weil es kaum noch natürliche Nahrungsmittelressourcen gab. Die Strahlung hatte bei vielen sowohl das Knochenmark als auch die weißen Blutkörperchen zerstört, sodass selbst harmlose Infektionen meist tödlich endeten.

Von den verbleibenden kaum drei Prozent der ursprünglichen Weltbevölkerung litten achtzig Prozent an Sterilität, dauerhafter Immunschwäche oder Unfruchtbarkeit. Die Strahlung hatte zu Erbgutveränderungen geführt, die somatische Mutationen bei Neugeborenen zur Folge hatten. Missbildungen, Tod- und Fehlgeburten waren an der Tagesordnung. Innerhalb zweier Jahrzehnte war die Weltbevölkerung von sieben Milliarden auf weniger als 40 Millionen gesunken – einem Stand wie vor 6000 Jahren.

Aber das Wichtigste war: Es gab noch Menschen, und nicht alle waren unheilbar erkrankt!«

Die Bilder veränderten sich, ließen das Leid, den Tod und die zerstörten Städte am Horizont zurück. Unter Mira erstreckte sich nun die Wüste. Das Mädchen hatte das Gefühl, über Sanddünen und felsige Bergrücken zu schweben. Die Aufnahme gab ihr etwas Friedliches, Vertrautes zurück, doch es war schwer, das Grauen zu verdrängen, das sie zuvor gesehen hatte.

Bausch stellte den Ton wieder etwas lauter, woraufhin ein tiefes, gleichmäßiges Brummen zu hören war. Ein eigenartiges, sandfarbenes Flugobjekt kam ins Bild, das majestätisch über der Wüste schwebte. Es erinnerte Mira an eine fette, unglaublich träge Rakete. Sie besaß vier große, kurze Stummelflügel am Heck und wurde von fünf Rotoren angetrieben, die für das dumpfe Brummen verantwortlich waren.

»Ist das ein Zeppelin?«, fragte Mira mit belegter Stimme und wischte sich die Tränen von den Wangen.

»Ja, Prinzessin«, antwortete Bausch. »Das war die *Nathan.* 216 Meter lang und so sanft im Flug, als würdest du in einer Wolke schweben. Ich habe sie geliebt …« Bausch seufzte schwer, dann drangen Schluckgeräusche, aus den Kopfhörern, gefolgt von einem leisen Rülpsen. »Entschuldige die Störung«, murmelte der alte Mann. »Wo waren wir stehen geblieben?«

»Kurz hinter dem Weltuntergang«, erklärte Mira.

»Ah ja, richtig. Wie gesagt, es gab uns noch. Unsere alten Städte waren nicht mehr bewohnbar, die Flüsse verseucht und die Felder verbrannt – aber Mutter Erde hatte auch für diesen Fall vorgesorgt. Sie besitzt ausgedehnte, unterirdische Wasserreservoirs mit unbelastetem Wasser, das sich seit Jahrtausenden tief unter der Oberfläche gesammelt hat: der Ogallala-Grundwasserspeicher oder das Iullemeden-Reservoir im Norden Amerikas. An das Iullemeden-Reservoir angeschlossen sind mehrere ehemalige Green-Desert-Projekte zur Urbarmachung der südlichen Sahara, wie beispielsweise das Carinea-Institut oder auch unsere Plantagen.

Wir hatten angefangen, uns hier in der Wüste wieder eine bescheidene Existenz aufzubauen. Es gab eine halbwegs funktionierende Infrastruktur, und in den Ortschaften, die in das südliche Green-Desert-Projekt eingegliedert wurden, kehrte sogar wieder Leben ein. Da es keine flugtüchtigen Transportflugzeuge oder intakte Flughäfen mehr gab, übernahmen Leichthelikopter und eine kleine Flotte von Zeppelinen wie die *Nathan* den Personen- und Frachtverkehr.«

»Die *Nathan* war ein Frachtzeppelin?«, fragte Mira.

»Nein«, erwiderte Bausch. »Aber ich wünschte oft, sie wäre es gewesen ...« Mira hörte ihn wieder trinken, dann fuhr er mit schwerer Stimme fort: »Ich beförderte damals Passagiere kreuz und quer über die Sahara – von Tunis bis nach Kano, von Marrakesch bis nach Khartoum oder von Bamako bis nach Kairo. Die Flüge wurden von Spähdrohnen begleitet, die meist ein Stück vorausflogen oder das Gebiet hinter dem Zeppelin im Auge behielten – denn auch wenn es kaum noch Menschen und erst recht keine Kriege mehr gab, lebten immer noch genug Verrückte auf der Welt, die sich vom Schicksal benachteiligt fühlten und die Wüste unsicher machten. Bewaffnete Banden, die nachts die Außenbezirke der Städte plünderten und sich tagsüber einen Spaß daraus machten, mit alten Feldhaubitzen auf die Zeppeline zu schießen, in der Hoffnung, sie zur Notlandung zu zwingen und reiche Beute zu machen.«

»Haben sie auch auf dich geschossen?«, staunte Mira.

»Oh ja, Prinzessin, mehrmals sogar. Aber sie haben die *Nathan* dank der Drohnen nie getroffen. Ich wusste immer, wo diese Sandratten lauerten, und konnte einen Bogen um das Gebiet fliegen. Meistens waren die Haubitzen dieser Krümelkacker so alt, dass sie beim ersten Schuss auseinanderflogen, weil die Munition noch in den Mündungsrohren explodierte.« Bausch lachte gehässig und bekam prompt einen Hustenanfall. »Die Aufzeichnungen aus den Drohnen ließen sich später an die reicheren Passagiere verkaufen«, fuhr er nach einem tiefen Schluck aus der Palmweinflasche fort. »Die Leute liebten es, ihren Freunden und Verwandten von den Überflügen zu erzählen – vor allem, wenn sie dabei noch beschossen wurden und die Geschichten dramatisch ausschmücken konnten.« Er schwieg eine Weile, dann sagte er mit ernster Stimme: »Ein Vierteljahrhundert lang ging alles gut – bis zum vierten Sonnensturm. Diesmal gab es keine Astronomen mehr, die ihm einen Namen geben konnten, doch der Tradition folgend nannten wir ihn *Sol-Daleth.*

Ich befand mich an diesem Morgen auf einer Routinereise von Tripolis nach Kano, also von Nord nach Süd, einmal quer über die Wüste. Der Flugkorridor führte entlang des 10. Längengrades und damit genau über dieses Dorf. Uns fiel zwar auf, dass die Morgensonne ungewöhnlich hell schien, doch wir führten es auf die Lichtverhältnisse über der Wüste zurück. Als die Flares die Erde erreichten, befand sich die *Nathan* knapp acht Kilometer nördlich des Dorfes. Ich flog in einer Höhe von 1500 Metern und hatte 66 Passagiere sowie 14 Mann Besatzung an Bord. Und dann ...«

Bausch verstummte. Über die Außenhülle des Zeppelins begannen plötzlich elektrische Entladungen zu zucken. Der Heckrotor explodierte mit einem Lichtblitz und setzte das Leitwerk in Brand, während davonwirbelnde Rotorblätter das rechte Höhenruder zerfetzten. Das riesige Luftschiff neigte sich schwerfällig zur Seite, als hätte eine mächtige Sturmböe es erfasst, dann explodierte auch eine der Propellergondeln auf der Steuerbordseite, worauf die Hülle Feuer fing. Einen dunklen Rauchschweif hinter sich herziehend, begann die *Nathan* zu sinken und in immer steilerem Winkel dem Erdboden entgegenzustürzen, während sich über ihr das Blau des Morgenhimmels durch den Sonnensturm in ein geisterhaftes Gelbgrün verwandelte.

Mira krallte ihre Finger in die Polster des Sessels. Dann streckte sie die Hände in einer hilflosen Geste aus, als wollte sie den brennenden Zeppelin mit bloßen Händen auffangen, um das drohende Unglück zu verhindern. Kurz bevor er auf der Ebene aufschlug, schloss Mira die Augen, doch sie vermochte es nicht, den Ton abzuschalten, der aus den Lautsprechern drang.

Als sie die Augen wieder öffnete, sah sie zahllose Dorfbewohner, die aus ihren Häusern gerannt kamen. Die Spähdrohnen kreisten hoch über der Wüste und zeichneten auf, wie die *Nathan* kaum zwei Kilometer vom Dorf entfernt niederging. Bildstörungen begannen die Aufzeichnung zu überlagern, dann erloschen die Bilder vor Miras Augen, nur um Sekunden später aus einer anderen Perspektive weiterzulaufen. Eine der beiden Spähdrohnen trudelte in weiten Spiralen zu Boden und zerschellte auf der Ebene. Die übrig gebliebene Drohne filmte weiter, bis der Strahlensturm auch ihrer Elektronik zuzusetzen begann und die Aufnahmen ebenfalls von Bildstörungen unterbrochen wurden. Mira erkannte noch, wie zahllose Dorfbewohner zu Fuß oder auf Sandschlitten zur Absturzstelle eilten. Erst als ein Großteil der Siedler bereits zu dem havarierten Luftschiff aufgebrochen war, um den wenigen Überlebenden zu Hilfe zu eilen, bemerkten sie, dass irgendetwas nicht stimmte – doch da war es bereits zu spät. Die wenigsten hatten trotz der morgendlichen Kühle dickere Kleidung an und waren dem Strahlensturm hilflos ausgeliefert …

Als die Ersten von ihnen wie in Krämpfen zu Boden sanken, erloschen die Bilder. Aus den Helmkopfhörern drang ein Geräusch, das sich wie ein verhallender Schrei aus Hunderten von Kehlen anhörte, dann herrschte Stille, begleitet von leisem Rauschen.

»Was … ist denn?«, presste Mira mühsam hervor.

»Die Aufzeichnung ist zu Ende«, erklärte Bausch. »Und wenn du an meiner Stelle wärst und dich von hier aus beobachten könntest, wärst du genauso erleichtert darüber wie ich.«

Mira antwortete nicht. Stattdessen versteckte sie sich minutenlang in der gnädigen Dunkelheit des Helmes. Bausch war es schließlich, der ihr die Apparatur behutsam abnahm und sie in die Wirklichkeit zurückholte. Sein Blick wurde sorgenvoll, als er ihre Tränen und ihren abwesenden Gesichtsausdruck erkannte.

»Alles in Ordnung, Prinzessin?« Eine Weinfahne wehte Mira ins Gesicht. Sie schmeckte Blut. Ohne es zu bemerken, hatte sie sich die Unterlippe wund gebissen. Sekundenlang blickte sie den alten Mann an – und durch ihn hindurch. Dann nickte sie, unfähig, einen Ton zu sagen. Bausch hatte sich ein frisches Hemd übergezogen, aber seine Augen wirkten glasiger denn je.

Kurze Zeit später saß Mira wieder auf Bauschs Sofa, den Körper in Wolldecken geschlungen und eine Tasse heißen Minztee in den Händen. Noch immer zitterte sie, doch es rührte von einer Kälte, die von innen kam. »Aber was hat das alles mit diesem *Homo superior* zu tun?«, fragte sie zwischen zwei Schlucken. »Ist das nur ein anderes Schimpfwort für Betas? Erzähl mir den Rest.«

Bausch starrte eine Weile teilnahmslos vor sich hin. »Der Rest, ja … Deine Geschichte, hm? *Eure* Geschichte …« Er kratzte sich geistesabwesend. »Wenn du ihn unbedingt hören willst …«

Statt zu antworten, nickte Mira nur schwach.

»Na gut, warum auch nicht. Irgendwann gibt es schließlich für alles ein erstes Mal.« Er zündete sich eine seiner Zigarren an, deren scheußlicher Gestank einen ganzen Schwarm Ungeziefer zu befreien vermochte. »*Sol-Daleth* dauerte lediglich zwei Tage«, erklärte Bausch, nachdem er die ersten Qualmwolken zur Decke geblasen hatte. »Es war fast, als hätte die Sonne zum Abschluss noch einmal zynisch geblinzelt und gesagt: ›vergesst mich nicht, ihr kleinen Kriecher da unten!‹

Über die Hälfte der Menschen an Bord der *Nathan* waren beim Absturz des Zeppelins ums Leben gekommen. Den meisten der Überlebenden war jedoch kein glücklicheres Schicksal beschieden. Viele von ihnen waren durch den Strahlensturm gezeichnet oder von Verbrennungen entstellt worden – ebenso wie die fast 500 Dorfbewohner, die uns zu Hilfe geeilt waren.

Was uns bald darauf weit mehr schockierte als die Tragödie der *Nathan* oder die Strahlenkrankheit, war die Entdeckung der Barriere. Ich werde nie vergessen, wie es ist, mitten in der Wüste mit einem Kleinbus voller Schwerverletzter plötzlich gegen eine unsichtbare Wand zu fahren. Der Bruch in meinem rechten Bein, den ich mir dabei zugezogen hatte, ist nie ganz verheilt.

Ein paar Stunden nach dem Unfall erreichte ein über Funk alarmiertes Ärzteteam des Carinea-Instituts die Barriere. Wir flehten sie um medizinische Hilfe an, baten um Medikamente und darum, die am schwersten Erkrankten ins Institut bringen zu dürfen – doch es war absolut unmöglich. Wir standen einander gegenüber, konnten uns sehen und hören, doch weder ihnen noch uns war es möglich, die Barriere zu durchdringen. Diese Ohnmacht und Hilflosigkeit war etwas, das dein Vater dem Institut bis heute nicht verziehen hat, als wären die Menschen dort für die unsichtbare Grenze verantwortlich. Er ist und war seit jeher ein rational denkender Mensch, für den so etwas wie eine höhere Macht nicht existiert. Durch die Strahlenschäden ans Bett gefesselt, hatte er sich damals seine eigene Wahrheit zusammengereimt – und ich fürchte, an diesem Irrglauben, entstanden aus Verbitterung, Zorn und Verzweiflung, hält er bis heute fest.«

Bausch starrte seine Zigarre an, als könne er für einen Moment selbst nicht glauben, was er da für ein Kraut rauchte, dann fragte er: »War er je dort?«

»Wo?« Mira blinzelte den alten Mann verwundert an. »Im Institut?«

»An der Barriere. Hat er sie je mit eigenen Augen gesehen, sie berührt? Und sich von ihrer Unüberwindbarkeit überzeugt?«

Das Mädchen zuckt mit den Schultern. »Das weiß ich nicht. Er hat nie etwas davon erzählt.«

»Ich wette, er war nie dort«, brummte Bausch. »Das hätte sein Weltbild zu sehr erschüttert.« Er machte eine Pause, dann sagte er: »Der größte Schock für alle war jedoch die Entdeckung der äußeren Barriere. Davon haben wir hier in unserem tollen Scheinreservat erst sehr viel später erfahren. Das Institut hatte nach Sol-Daleth wochenlang erfolglos versucht, Kontakt mit Radiostationen, Funkzentralen oder anderen wissenschaftlichen Einrichtungen auf der ganzen Welt aufzunehmen. Die Einzigen, die geantwortet hatten, waren ein blinder Amateurfunker im alten Djado und der Cargoflughafen von Gao.« Bausch gähnte so herzhaft, dass Mira befürchtete, er könnte seinen Zigarrenstummel verschlucken. »Der Erste, der auf die äußere Barriere gestoßen war, war ein Helikopterpilot aus Assara, möge er in Frieden ruhen. Man fand die Trümmer seiner Maschine zwanzig Kilometer nördlich von Sokoto, nachdem man die Koordinaten aufgesucht hatte, an denen sein Funkspruch abgerissen war. Die äußere Barriere umschließt nahezu die gesamte nordafrikanische Wüste. Bis heute weiß niemand, was dahinter los ist, ob es die Welt, wie wir Alten sie einmal kannten, noch gibt, oder ob alles zur Hölle gefahren ist. Seit Sol-Daleth gab es keinen Kontakt mehr zu jemandem, der sich auf der anderen Seite befindet.

Vor einigen Jahren hatten Techniker des Instituts herausgefunden, wie es möglich ist, zumindest für wenige Minuten eine Lücke in der inneren Barriere zu schaffen, durch die ein Mensch oder ein Fahrzeug auf die andere Seite hinüberwechseln kann. Doch dies kam für die Dorfbewohner und die Passagiere, die den Absturz der *Nathan* schwer verletzt überlebt hatten, viel zu spät. Viele Menschen hier im Dorf wie etwa dein Vater vermuten daher bis heute, dass die Barriere, die das Dorf umgibt, in Wirklichkeit ein Konstrukt des Instituts ist, eine künstlich geschaffene Quarantänegrenze – erst recht, seit es euch Betas gibt. Ich weiß, dass es nicht so ist, aber auf mich hört ja keiner …«

»Was hat das denn mit uns zu tun?«, wunderte sich Mira.

Bausch schnaubte verächtlich durch die Nase. »Überhaupt nichts, Prinzessin, das ist es ja. Alle sagen, die Sonne sei nicht mehr die Alte, ihre Strahlung sei schädlicher, heißer, zerstörerischer. Höherer Blödsinn, wenn du mich fragst. An der Sonne hat sich seit den Flares kaum etwas geändert, wohl aber an der Erde. Oder besser gesagt: an unserem Schutzschild. Die Magnetosphäre hat sich wieder stabilisiert, aber die Ozonschicht, die die Erde seit Urzeiten vor der ultravioletten Strahlung geschützt hat, ist seit dem dritten Sonnensturm so gut wie nicht mehr vorhanden. Und das ist fast genauso verhängnisvoll wie ein fehlendes Magnetfeld. Oder anders ausgedrückt: Das endgültige Ende der Menschheit ist nur noch eine Frage der Zeit.«

Bausch kicherte schadenfroh vor sich hin. Man hörte ihm deutlich an, dass er inzwischen mehr getrunken hatte, als gut für ihn war.

»Und dann habt ihr Betas das Licht der Welt erblickt!«, rief er plötzlich so laut, dass Mira zusammenzuckte. »Es dauerte eine Weile, bis man herausfand, dass sich euer genetischer Code von dem herkömmlicher Menschen unterscheidet. Ihr seid etwas Neues, eine Mutation, von der man nicht wusste, ob sie ein Fluch oder ein Segen ist – die Rettung der Menschheit oder ihr endgültiger Untergang. Fakt ist: Ihr Betas seid resistent gegen die ungefilterte Sonnenstrahlung. Fast schien es, als hätte die Evolution die Schnauze gehörig voll gehabt von den Eskapaden der Sonne und daher die passende Antwort geliefert: *Homo superior,* den hohen, den überlegenen Menschen.

Im Institut glaubt man, dass *Sol-Daleth* für die Veränderung der Erbsubstanz eurer Mütter verantwortlich war. Wusstest du, dass es euch nur hier gibt? Nur hier, in diesem gottverlassenen Wüstenkaff, und sonst nirgends?«

Er gluckste belustigt, dann schwieg er. Als Mira befürchtete, er sei wieder eingeschlafen, fragte sie: »Willst du damit sagen, wir Betas sind keine Menschen?«

Bausch öffnete ein Auge. »Natürlich seid ihr Menschen, Prinzessin«, nuschelte er. »Nur eben ein wenig … anders. Eine Variation.« Er öffnete kurz auch das zweite Auge und sah Mira an. »Ihr seid Kinder der Sonne!«

4 | Alpha Carinea

Sie brachen kurz nach Mittag auf.

Ben hatte ein robustes, plump wirkendes Gefährt vor Miras Haus geparkt, ein beigefarbenes Quad mit Ballonreifen und massiven Überrollbügeln. Seine riesigen Hinterräder ließen es aussehen wie eine fette Kröte auf Rädern. Ben nannte es einen Dünenbuggy.

Mira hatte nach ihrem nächtlichen Besuch bei Bausch bis in den späten Vormittag hinein geschlafen, und als sie aufstand, fand sie das Gefährt auf der Straße umringt von einer neugierigen Menschentraube. Ben musste mindestens dreißig vor Begeisterung johlende Kinder die Speichenstraße hinauf- und hinunterfahren, ehe er dann mit Mira das Dorf verlassen konnte.

Als sie schließlich aus der Siedlung fuhren, spürte Mira im Rücken die neiderfüllten Blicke der Zurückgebliebenen und platzte fast vor Stolz. Ganz besonders freute sie sich über das griesgrämige Gesicht von Jumper. Er war hinter den Reihen der Schaulustigen auf einen Laternenmast geklettert und beobachtete Miras Abfahrt von dort oben wie ein Raubvogel von seinem Ansitz. Als sich ihre Blicke für einen Moment kreuzten, konnte sich das Mädchen ein gefälliges Grinsen nicht verkneifen.

Zwei Stunden benötigten sie für die Fahrt durch die Wüste, dann hatten sie die Grenze der Beta-Zone erreicht. Für einen ungeübten Beobachter war die Barriere gänzlich unsichtbar. Nur ein eigenartiges, kaum hörbares Singen erfüllte die Luft in ihrer Nähe. Ben stoppte den Buggy auf der Straße und stieg aus.

»Warst du hier schon einmal?«, fragte er.

»Nein«, gestand Mira. »So weit draußen noch nie.«

Ben musterte das Mädchen eine Weile, dann sagte er: »Deine Augen verraten sehr viel über dich.«

Mira senkte den Blick.

»Willst du mir nicht erzählen, was dich bedrückt?«, fragte Ben.

Das Mädchen holte tief Luft, stieß sie dann zischend wieder aus und zuckte mit den Schultern. »Ach, nichts.«

»Schlecht geträumt?«

Mira wurde wütend. Sie sah kurz zu Ben, der mit dem Rücken zu ihr gewandt ein paar Meter vor dem Buggy stand. Selbst wenn sie etwas bedrücken sollte, was ging ihn das an?

»Auf der Erde lebte vor langer Zeit ein Dichter«, begann Ben zu erzählen, während er die unsichtbare Barriere zu studieren schien. »Er war Römer und hieß Quintus Horatius Flaccus, aber als Dichter nannte er sich Horaz.« Ben drehte sich herum und schaute dem Mädchen direkt in die Augen. »Eines seiner Gedichte beginnt mit den Worten: *Niemals frage du nach, Wissen bringt Fluch …*«

Mira wurde trotz der Wüstenhitze eiskalt. Ihr Blick klebte an Bens Augen. Sie wollte wegsehen, aber sie konnte nicht. Erst als Ben kurz blinzelte, brach der Bann. Mira hätte am liebsten vor hilfloser Wut losgeheult. Stattdessen rieb sie nur ihre Augen, die flimmerten, als hätte sie für einen Moment in die Sonne gestarrt. Ben schlenderte langsam heran und setzte sich auf das rechte Vorderrad des Buggys.

»Dein Vater hat sicherlich Recht«, sprach er leise. »Es ist nicht gut, gewisse Dinge zu früh zu erfahren. Aber noch schlimmer ist es, *alles auf einmal* zu erfahren.«

Mira sah Ben an. »Woher weißt du davon?«, fragte sie. Und erschrockener: »War Bausch etwa …?«

»Nein, keine Sorge«, winkte Ben ab.

»Aber …«

Ben berührte mit dem rechten Zeigefinger zuerst seine, dann Miras Stirn. Mit einem geheimnisvollen Lächeln erhob er sich wieder und tat so, als würde er vor dem Buggy etwas auf dem Boden suchen.

Er kann es tatsächlich!, dachte Mira aufgeregt. *Er kann meine Gedanken lesen!*

Sie beobachtete, wie Ben einen faustgroßen Stein vom Boden aufhob und ihn die Straße entlangschleuderte. Als er gegen die unsichtbare Barriere prallte, gab es einen tiefen, dumpfen Ton wie ein Gongschlag. Dann fiel der Stein fünfzehn Schritte vor dem Buggy zu Boden und markierte das Ende der Zone.

»Die Grenze ist hier in Bodenhöhe so massiv wie eine acht Meter dicke Felswand«, erklärte Ben Mira, die nun ebenfalls ausgestiegen war. »Das Kraftfeld reicht unseren Messungen zufolge bis in eine Tiefe von 40 Metern und bis in eine Höhe von fast sechzehn Kilometern. Nach oben hin wird es jedoch immer schwächer. Ein Mensch könnte die Barriere bereits in zehn Kilometern Höhe unbeschadet durchdringen, von ein paar Prellungen mal abgesehen, wenn er es zu schnell angeht. Die Ambodrusen schaffen es erst in vierzehn Kilometern Höhe. Aber sie schaffen es.«

»Gibt es die etwa wirklich?«, staunte Mira.

»Oh ja, es gibt sie. Hast du noch nie eine gesehen?«

»Nein.«

»Es sind die größten Geschöpfe, die es seit den Sonnenstürmen gibt. Aber abgesehen von ihrer Größe ist jede Ambodruse im Grunde nur ein riesiger Ballon voll heißer Luft; allerdings ein sehr gefährlicher ...«

Mira musste schlucken, als sie sich ein solches Tier vorzustellen versuchte.

Ben zog einen stiftähnlichen Gegenstand aus seiner Tasche, ging auf die Barriere zu und richtete ihn auf einen unbestimmten Punkt über der Straße. In einer Höhe von vielleicht 50 Metern schälte sich daraufhin eine kleine, silbern glänzende Kugel aus der Unsichtbarkeit und sank wie am Faden gezogen zügig zu Boden.

»Was ist *das* denn?«, wunderte sich Mira, als die Kugel vor Ben schwebte.

»Eine Tordrohne. Sie sorgt dafür, dass die Barriere sich nicht schließt, während wir mittendrin stecken.« Ben tat etwas, das Mira nicht mitverfolgen konnte. Es sah aus, als streichle er die silberne Kugel und füttere sie mit kleinen, roten Plastikchips, die in einer schlitzartigen Öffnung verschwanden. Augenblicke später stieg die Drohne wieder in Himmel hinauf und wurde unsichtbar. Ben kam zum Buggy zurückgelaufen, startete ihn und fuhr langsam auf die Barriere zu. Der Aufprall blieb aus, und ehe Mira sichs versah, lag die Beta-Zone hinter ihnen.

»Was hast du der Kugel gegeben?«, erkundigte sie sich.

Ben lächelte geheimnisvoll und schwieg.

Kurz vor Einbruch der Dämmerung erreichten sie das Termit-Massiv, auf dem sich das Carinea-Institut befand. Ben erzählte Mira, dass der Bergrücken der Überrest eines weitläufigen Plateaus war, das sich vor Jahrmillionen einmal mehr als doppelt so hoch über das umliegende Land erhoben hatte. Damals wäre es auch nicht von Wüste, sondern von fruchtbarem, mit Wiesen und Wäldern bedecktem Land umgeben gewesen, durchzogen von Flüssen und Bächen, die unzählige Seen gespeist hätten. Womöglich könnte das Massiv einst sogar eine Insel in einem sehr flachen Ozean gewesen sein, in einem Binnenmeer, dessen Wasser nahezu die gesamte Tiefebene ausgefüllt hatte.

Kurz bevor die Straße, der sie folgten, bergauf zu führen begann, kamen sie an einer riesigen, sanft ansteigenden Rampe vorbei. Sie führte auf die Bergflanke der Hochebene zu und endete 100 Meter von der Straße entfernt an drei riesigen, geschlossenen Toren. Jedes von ihnen war über fünf Meter hoch und fast fünfzehn Meter breit. Obwohl sie aus Metall gefertigt waren, sahen sie aus, als hätte man sie aus Sand modelliert.

»Das sind Hangartore«, erklärte Ben, als Mira ihn danach fragte. »Für die Hovercrafts.«

Der Buggy bewältigte die Bergstraße, die hinauf zur Hochebene führte, ohne Mühe. Beeindruckt bewunderte Mira aus ungewohnter Höhe das endlose Dünenmeer. Nie hätte sie gedacht, dass die Wüste, in der sie lebte, so groß war.

So endlos …

Das Carinea-Institut lag am Ende der Bergstraße, unmittelbar am Rand des Hochplateaus. Ein gepflegter, von schmalen, gepflasterten Wegen durchzogener Grünstreifen, auf dem Bäume und Sträucher wuchsen, umgab die Station. Zwischen den Bäumen schlängelte sich ein künstlich angelegter Bach, über den hier und da kleine Brücken führten. Es war das erste Mal, dass Mira einen Park sah. Er war fast noch schöner als die Parks auf den Fotografien in Bauschs Büchern. Auffällig war allerdings, dass sich kein Mensch im Freien aufhielt.

Das Hauptgebäude des Instituts bestand aus einer gewaltigen Kuppel von über zweihundert Metern Durchmesser, die wie ein riesiges Gewächshaus auf dem Plateau aufragte. Von ihr führten überdachte Hochstege zu fünf kleineren Kuppelgebäuden, die sich rings um die Zentralkuppel erhoben. Das gesamte Institut war voll von wunderschönen Menschen in weißer, blauer und schwarzer Kleidung, zumeist dünnen Anzügen oder Overalls. Die Luft in der Station war frisch und kühl, ihre Räume lichtdurchflutet und voller seltsamer Möbel und eigenartiger technischer Geräte. Alles wirkte sauber und geordnet, die Menschen schweigsam und beschäftigt. Jeder ging irgendeiner Arbeit nach, ohne dass Mira deren Sinn erkennen konnte. Staunend stellte das Mädchen fest, dass nicht nur hellhäutige Menschen wie Ben im Institut lebten, sondern auch zahlreiche Alphas, deren Haut hellbraun bis fast schwarz war, wobei dies keine Folge der Sonnenstürme sein konnte, denn sie waren fleckenlos und ohne Narben. Manche der Alphas unterhielten sich in einer eigentümlichen, akzentuierten Sprache, die Mira nicht verstand, deren Klang ihr aber irgendwie vertraut war.

Ein dicker, schwebender Mann, der sich als Dr. Gayot vorstellte, holte Mira und Ben schließlich ab und geleitete sie hinauf in ein riesiges, halbmondförmiges Büro. Dort standen sie nun an einem großen Glastisch beisammen und fachsimpelten über Miras Beute. Besser gesagt: Ben und der Doktor fachsimpelten, während Mira den seltsamen fliegenden Wissenschaftler anstarrte und erstaunt die Fähigkeiten seines Schwebestuhls beobachtete.

Dr. Gayot besaß keinen menschlichen Unterkörper. Sein dicker Wanst ging in eine voluminöse Metallhalbkugel über, die einen halben Meter über dem Boden schwebte. Der Doktor nannte sie einen Leviator. An seiner Vorder- und Unterseite war der mechanische Unterleib mit dünnen Metallgliedmaßen ausgestattet, die unablässig herumfuhrwerkten wie die Beine einer geschäftigen Spinne. Zwei von ihnen besaßen Greifzangen. Andere endeten in eigenartigen Kugeln, die Lichtstrahlen aussandten, oder gingen in dünne Stifte über. Sechs dieser künstlichen Gliedmaßen wuchsen aus Dr. Gayots Taille, die wie ein breiter Metallgürtel geformt war. Vier weitere, wesentlich massivere, hingen angewinkelt und scheinbar nutzlos an der Unterseite des Leviators. Insgeheim fragte sich Mira, ob dem Wissenschaftler vor langer Zeit womöglich das Gleiche widerfahren sein mochte wie einst Jumper …

Dr. Gayots menschliche obere Hälfte war in einen kurzen, sandfarbenen Mantel gekleidet, der knapp über der künstlichen Taille endete. Darunter trug er ein fast bis zum Platzen gespanntes Hemd, dessen Kragen zumeist unter einem Doppelkinn verborgen war. Mira schätzte das Alter des Doktors auf Anfang bis Mitte fünfzig. Seine im Licht der Deckenlampen glänzende Glatze wurde von einem bunten Stirnband umrahmt. Die fleischigen Lippen und die runden, leicht hervortretenden Augen verliehen ihm etwas Fischartiges. Die wenigen Haare, die ihm noch geblieben waren, hatte der Wissenschaftler zu einem dünnen, seitlichen Pferdeschwanz gebunden, der von einem silbernen Ring zusammengehalten wurde.

»Ja, das ist zweifellos die Nachbildung eines *Centruroides*«, bestätigte Dr. Gayot. Er drehte beeindruckt die Überreste des künstlichen Skorpions, den Ben im Dorf in Einzelteile zerlegt hatte, in seinen Händen. »Woher stammt dieses außergewöhnliche Stück?«

»Ich hatte gehofft, dass Sie uns darauf eine Antwort geben könnten.« Ben leerte den gesamten Inhalt seines Rucksacks auf dem Tisch aus. Mechanische Echsen, Schlangen und eine kleine Schildkröte purzelten scheppernd übereinander.

»Du lieber Himmel«, entfuhr es dem Doktor. »Sind das ausnahmslos Replikate?« Er griff sich alle Modelle auf einmal. »*Coleonyx … Tiliqa nigrolutea … Scincus scincus …*«, sprach er aufgeregt und provozierte Mira damit zu einem verhaltenen Lachen.

Der Wissenschaftler bedachte das Mädchen mit einem tadelnden Blick, woraufhin Mira rasch aus einem der Fenster schaute, die das Labor wie ein gläserner Gürtel umgaben.

Als Dr. Gayot die Echsen in Augenschein nahm, begann er schließlich mit Fachausdrücken wie »Eozän« und »Paläozän«

um sich zu werfen. Ben erklärte Mira, dass es sich dabei um Erdzeitalter handelte, die fünfzig Millionen Jahre in die Vergangenheit zurückreichten.

Als das Gespräch so wissenschaftlich wurde, dass Mira nicht mehr folgen konnte, begann sie die Fensterfront entlangzustreifen. Lange blickte sie hinab auf die Wüste und fragte sich dabei, ob sich den Ambodrusen wohl ein ähnliches Panorama bieten mochte wie ihr von hier oben. Die Sonne war mittlerweile hinter den Horizont gesunken und ließ feine Schleierwolken im Abendrot glühen. Der Park, der das Institut umgab, wurde nun von Laternen erhellt. Jeder Baum, so schien es, besaß eine eigene Laterne, in deren Licht zahllose Falter und Mücken herumschwirrten.

Dr. Gayot tauchte plötzlich neben Mira auf und sah ebenfalls nach draußen. »Gefällt es dir?«, wollte er wissen.

Mira nickte. »Sind die Bäume echt?«

»Nein, natürlich nicht. Die Sonne würde sie innerhalb weniger Wochen verbrennen. Die echten findest du nur im Wald. Weißt du, was ein Wald ist?«

»Ja.«

»Warst du schon mal in einem?«

Das Mädchen schüttelte den Kopf.

»Selbstverständlich nicht …« Dr. Gayot nickte wie zur Bestätigung. »Wir haben hier einen Wald. Er ist nicht besonders groß, aber zumindest groß genug, dass du dich darin verirren könntest.«

Mira schaute sich irritiert um, doch in welche Richtung sie auch blickte, sie entdeckte nur Wüste, Felsen und die schmale Zufahrtsstraße, über die sie mit dem Buggy hergelangt waren.

»Glaubst du mir nicht?«, erkundigte sich Dr. Gayot in einem Tonfall, der Geheimnisvolles vermuten ließ.

Mira zuckte die Schultern. »Ich sehe keinen Wald.«

»Natürlich nicht, junge Dame. Aber du stehst direkt über ihm.«

Das Mädchen warf einen Blick auf den Fußboden.

»Dort unten?«

Ben nickte.

»Darf ich ihn sehen?«, fragte Mira.

Dr. Gayot blickte auf ein Gerät, das aussah wie ein Chromometer mit einem kleinen Bildschirm. »Im Augenblick läuft das Bewässerungsprogramm und danach beginnt die Nachtsequenz. Die angenehmste Zeit für einen Arboretum-Besuch ist vormittags. Ich denke, das ließe sich morgen Früh eventuell einrichten ...« Er starrte einige Sekunden lang auf die künstlichen Tiere und murmelte: »Vorher müsstest du uns allerdings ein paar äußerst wichtige Fragen beantworten. Weißt du noch, wo genau sich die Öffnung befindet, aus der diese Maschinentiere auftauchten?«

Mira nickte gedankenverloren.

»Würdest du sie wiederfinden?«

»Ich glaube schon.«

»Mhm ...« Dr. Gayot tauschte einen raschen Blick mit Ben. »Wie lange warst du zu diesem Ort unterwegs?«

»Wenn man schnell läuft, ist man in einer guten Stunde dort«, erklärte Mira.

»Aber nicht jeder Mensch vermag so schnell zu laufen wie ihr Betas«, bemerkte der Doktor. »Wie *weit* ist es ungefähr bis zu dieser Öffnung?«

Mira überlegte einen Moment. »Mit einem Sandschlitten sind es zwanzig Kilometer, wenn man dem Wadi bis zur Mündung in die Sijr-Ebene folgt«, erklärte sie. »Vielleicht 25 Kilometer …«

Ben sah das Mädchen überrascht an. »Du läufst diese Strecke in einer Stunde?«, staunte er.

Mira zuckte mit den Schultern.

»Barfuß durch die Wüste und ohne Wasser?«

»Ich kenne ein paar Plätze, wo Jassar-Melonen wachsen.«

Der Doktor schwieg. Ihm war anzumerken, dass ihn etwas beschäftigte. Er schwebte vor die Fensterscheibe und sah lange hinaus auf die Wüste. Fast wirkte es, als würde er in den fernen Dünen ein geheimes Muster suchen. Dann tippte er mit den Fingerspitzen auf eine getönte, rechteckige Stelle am Rand der Scheibe, die Mira bis dahin nicht aufgefallen war. Sie veränderte sich daraufhin zu einer leuchtenden Tastatur mit Zahlen- und Schriftzeichenfeldern aus Licht. Dr. Gayots Finger huschten über die Zeichen, woraufhin sich das gesamte Fenster verdunkelte. Auf seiner Oberfläche erschien eine Landkarte, die ebenfalls nur aus Licht zu bestehen schien.

Dr. Gayot schwebte ein Stück zurück, um sich einen Überblick über das Gelände zu verschaffen. »Hier, an der Grenze von Geröllwüste und Sandwüste, liegt die Beta-Zone«, erklärte er schließlich und ließ auf der Karte eine elliptische Form blinken. »Fast genau im Zentrum der Zone befinden sich die Oasen von Iférana.«

Mira staunte, als auf der Karte ein Symbol aufleuchtete, das einem Wagenrad mit acht Speichen glich. Zum ersten Mal hörte sie, dass ihr Dorf einen Namen besaß.

»Hier unten«, fuhr Dr. Gayot fort, »knapp 150 Kilometer südöstlich von Iférana, liegen das Termit-Massiv und das Institut.« Er deutete auf ein Symbol, das das Carinea-Institut kennzeichnen musste, ein Baum unter einem Halbkreis. Dann vergrößerte er den Ausschnitt mit Miras Dorf und der umgebenden Sandwüste. Nun waren sogar einzelne Häuser und Straßen zu erkennen.

»Nehmen wir als Ausgangspunkt das Ende der nach Westen führenden Speichenstraße.« Dr. Gayot tippte das zur Sandwüste gelegene Ende der Siedlung an. »Dann ziehen wir eine Gerade mit einer Länge von einmal zwölf und einmal fünfzehn Kilometern nach Westen. Wenn wir jeweils eine Toleranz von vielleicht fünf Grad berechnen, um die Wahrscheinlichkeit einer leichten Richtungsabweichung einzukalkulieren« – mehrere rote Lichtbahnen wanderten auf der Landkarte in die Wüste hinein – »so erhalten wir dieses trapezförmige Areal, in dem die von Mira beschriebene Öffnung liegen müsste.« Die Linien verschwanden, woraufhin eine rötliche Tönung das berechnete Gebiet markierte. Dr. Gayot starrte eine Weile darauf, dann murmelte er: »Falls sich das Mädchen nicht geirrt hat, liegt der Ort mitten im ehemaligen Sperrgebiet.«

Ben sah den Wissenschaftler überrascht an.

»Welches Sperrgebiet?«

»Das Terrain um die Absturzstelle der *Demeter.*« Dr. Gayot wandte sich ab und schwebte ziellos durch das Büro.

»Einen Moment!« Ben folgte dem Wissenschaftler und versperrte ihm den Weg. »Soll dass heißen, einen halben Tagesmarsch vom Dorf des Mädchens entfernt liegt ein Schiffswrack in der Wüste?« Mira erkannte so etwas wie Fassungslosigkeit in seinem Gesicht.

»Ja, so ist es«, bestätigte Dr. Gayot. »Seit über siebzig Jahren liegt das Wrack dort.«

»Aber – es gab doch gar kein Flüchtlingsschiff dieses Namens.«

»Die *Demeter* war auch kein Flüchtlingsschiff.« Dr. Gayot umkurvte Ben und schwebte zu einem Wandschrank. Ihm entnahm er eine schlanke Flasche und ein dickwandiges Glas, füllte es zwei Finger voll mit der dunkelgrünen Flüssigkeit aus der Flasche und kippte das Getränk, ohne abzusetzen, in sich hinein. Er stellte Glas und Flasche wieder zurück und starrte eine Weile auf die geschlossenen Schranktüren. »Es war ein unbemannter Frachtzeppelin«, sprach er zu den Türen. »Er wurde Ende 2057 auf die Reise geschickt, sechzehn Jahre nach dem dritten Sonnensturm …« Ruckartig wendete Dr. Gayot in der Luft und schwebte zurück zur Fensterfront.

Ben schüttelte sekundenlang ungläubig den Kopf. »Warum ist darüber in keinem der Archive etwas verzeichnet?«

»Höhere Politik. Die *Demeter* stand damals unter Militärkommando. Und wo keine Menschenleben zu beklagen sind, bedarf es auch keines Gedenkens. Aus den Augen, aus dem Sinn, wie es so schön heißt. Dort draußen liegt nichts weiter als Schrott und Stahl. Es war eine Ironie des Schicksals, dass die *Nathan* damals nur knapp zwanzig Kilometer weiter östlich havarierte.«

»Gibt es Aufzeichnungen über dieses Luftschiff?«, fragte Ben interessiert. »Über seine Ausrüstung, den Zweck seiner Reise? Wenn es ein Frachtzeppelin war, was hatte er geladen?«

Dr. Gayot lächelte müde. »Dazu brauchen wir keine Aufzeichnungen, Ben, das kann ich dir auch sagen: Es war eine Terramotus-Anlage. Der Prototyp einer selbstständig arbeitenden Fabrik, die fähig war, ohne menschliche Hilfe eine funktionierende Biosphäre zu errichten. Die Lebensversicherung der Flüchtlinge sozusagen. Daher auch der Name des Luftschiffes. *Demeter* war im antiken Griechenland die Göttin des Ackerbaus und der Fruchtbarkeit. Für den damals nicht auszuschließenden Fall weiterer heftiger Sonnenstürme hätten die Menschen in der Anlage Schutz finden sollen – in der Höhle der *Demeter*, um es vielleicht mythologisch zu umschreiben. Vertrauen war gut, Sicherheit war besser. Ob weitere Flares oder atmosphärische Störungen, von der Strahlung veränderte Mikroben, mutierte Bakterien, schädliche Sporen oder giftige Insekten; niemand konnte sagen, was für Überraschungen die Wüste nach den Strahlenstürmen für die Menschen bereithielt.«

»Eine Terramotus-Anlage.« Ben ließ den Begriff über seine Zunge fließen. »Eine sich selbst erbauende Fabrik …«

»Ja, sozusagen. Lernfähig dazu. Wäre die *Demeter* nicht abgestürzt, hätte die Anlage zu arbeiten begonnen, sobald das Luftschiff gelandet wäre. Ihre Aufgabe wäre es gewesen, organische Stoffe zu sammeln und zu reproduzieren, um so Schritt für Schritt eine bewohnbare Biosphäre zu erschaffen.«

»Aber woher hätte sie die Rohstoffe dafür nehmen sollen, und vor allem die Energie, um zu funktionieren?«

»Aus dem Sonnenlicht«, erklärte der Doktor. »Und aus dem Sand.«

»*Sand?*«, echote Ben.

»Genauer gesagt: aus Silizium. In der Natur kommt es nicht in reiner Form vor, sondern ist immer chemisch gebunden, meist mit Sauerstoff als Siliziumdioxid. Und das ist nichts anderes als gewöhnlicher Quarzsand und Quarzgestein, aus dem drei Viertel der Erdkruste bestehen – oder drei Viertel der Wüste, je nachdem. Die Terramotus-Anlage hätte in ihm alle Grundstoffe zum Bau einer Biosphäre gefunden: vom Baustoff für die Innenwände über Kupfer für elektrische Leitungen und den mannigfaltigen Verwendungen von Silikon bis zum Silizium für die Halbleitertechnik.

Ursprünglich waren die Terramotus-Anlagen für die Verarbeitung von Regolith konzipiert worden, um daraus Helium und Sauerstoff zu gewinnen. Ihr geplantes Einsatzgebiet wäre auch nicht die Sandwüste gewesen, sondern der Mond und der Mars, wo sie die Lebensbedingungen für Minen- und Wissenschaftskolonien hätten schaffen sollen. Der Prototyp an Bord der *Demeter* war kaum größer als eines unserer Hovercrafts und wog nicht einmal zwei Tonnen. Er besaß einen Raupenantrieb, ein Schürfrad, Solarzellen und einen kleinen Redoxreaktor zur Metallgewinnung.« Dr. Gayot hob die Roboterschildkröte empor und sah nachdenklich in ihre Objektiv-Augen. »Aber *so* etwas – das ist absolut unmöglich. Zumal nichts von Menschenhand Geschaffenes den Absturz der *Demeter* heil überstanden haben kann, geschweige denn bis heute funktionieren würde. Das wäre völlig paradox.«

»Dann sollten wir uns davon überzeugen und nachsehen, was in der Wüste vor sich geht«, erklärte Ben. Er packte die künstlichen Tiere wieder in den Rucksack und sah Dr. Gayot auffordernd an.

»Was, jetzt?«, entgegnete der dicke Wissenschaftler entsetzt und warf einen Blick aus dem Fenster. Die Nacht war längst angebrochen. Lediglich über dem Horizont leuchtete noch ein violettroter Lichtstreif. »Sofort?«

»Nein«, bestimmte Ben. »Wir brechen morgen Mittag auf. Aber vorher lösen Sie Ihr Versprechen ein und zeigen Mira den Wald.«

5 | Herrscher der Winde

Andächtig ließ Bausch seinen Blick über die grasbewachsene Hochebene schweifen, welche zum Meer hin in eine fast einhundert Meter hohe Sandsteinklippe abbrach. Tausende von Menschen hatten sich auf der schmalen Plateauzunge des East Hill versammelt, um den Überflug der riesigen Skycat-Luftschiffe mitzuerleben. Fünf der über dreihundert Meter langen Zeppeline waren kaum eine Stunde zuvor feierlich von den historischen Luftschiffhallen in Cardington aus gestartet. Auf ihrem Weg nach Paris überflogen sie nun den südenglischen Küstenort Hastings, bevor sie den britischen Kanal Richtung französische Küste überquerten.

Obwohl es nur eine Aufzeichnung war, sah Bausch ebenso gebannt wie die damaligen Besucher der Veranstaltung hinüber zu den Baumwipfeln, die das Plateau im Norden begrenzten. Zuerst hörte man nur das tiefe, anschwellende Brummen von zwei Dutzend Luftschiffrotoren. Als dann der erste der riesigen Katamaran-Zeppeline über den Bäumen auftauchte, begann Bauschs Herz schneller zu schlagen. Er konnte sich nicht erinnern, wie oft er sich die Skycat-Chroniken aus dem Jahr 2026 bereits angesehen hatte, doch jedes Mal war es für ihn, als sei es das erste Mal. Die Aufzeichnung war mit klassischer Musik unterlegt, welche dramatischer und bewegender wurde, je näher die riesigen Luftschiffe den Klippen kamen. Die Menschen begannen zu filmen und zu fotografieren, wobei immer noch Schaulustige mit dem *East Hill Cliff Railway* auf der Plateauzunge ankamen, einer bereits zu damaliger Zeit über einhundertzwanzig Jahre alten Standseilbahn. Alles strömte aus dem verschlafenen Hastings und den umliegenden Küstenorten herauf, um den Überflug der riesigen Luftschiffe zu erleben.

Dann geschah etwas Sonderbares: Die Zeppeline – eben noch in majestätischem Flug begriffen – wurden langsamer, wobei das Brummen ihrer Rotoren gemeinsam mit der Musik in einem dissonanten Missklang erstarb. Gleichzeitig erstarrten auch die Menschen zur Bewegungslosigkeit – die gesamte Aufzeichnung fror ein.

Bausch schüttelte den Kopf, als hoffte er, einen Wackelkontakt im Datavisor auf diese Weise beheben zu können – doch das Bild blieb still und stumm. Es musste sich um einen Datenfehler handeln. Womöglich hatte der über einhundert Jahre alte Datenträger mittlerweile Schaden genommen oder das Lesegerät war defekt.

Gerade als Bausch seine Hand zum Helm führte, um die Wiedergabe zu stoppen, traf ihn ein Regentropfen im Gesicht. Bausch zuckte zusammen und wischte sich instinktiv über die Wange, dann betrachtete er verwundert seine Finger. Das Erstaunliche daran war nicht, dass sie tatsächlich nass waren, sondern dass er überhaupt fähig war, sie zu sehen. Fast war es, als sei er leibhaftig am Ort des Geschehens und selbst ein Teil der historischen Aufzeichnung geworden. Gleichzeitig spürte Bausch ein leichtes Kribbeln, als ob ein schwacher Strom durch seinen Körper floss. Verwundert sah er sich um, dann blickte er an sich herab und starrte auf seine nackten Füße. Er befand sich tatsächlich auf dem Plateau! Halb entblößt stand er inmitten Tausender Schaulustiger und war froh, dass die Aufzeichnung defekt war und ihn niemand sah.

Doch war sie wirklich defekt? Oder war er einfach nur im Sessel eingenickt und träumte?

Staunend schritt Bausch durch die Reihen der Besucher, den Blick abwechselnd in die Gesichter der Menschen und hinauf zu den Zeppelinen gerichtet.

»Vincent!«, drang in diesem Moment eine ferne Stimme an seine Ohren.

Überrascht wirbelte Bausch herum. Mit diesem Namen hatte ihn seit fast zwanzig Jahren niemand mehr gerufen! Argwöhnisch sah er sich um, suchte in den Reihen der Schaulustigen eine verdächtige Bewegung oder einen verräterischen Blick – doch alles um ihn herum blieb in der Zeit erstarrt. Lediglich jenseits der Klippen herrschte ein eigenartiges, unnatürlich wirkendes blaues Glühen.

Bausch ging vor bis zum Rand der Steilwand und blickte in die Tiefe. Das Meer war verschwunden. An seiner Stelle klaffte ein kilometertiefer Abgrund, aus dem sich eine gigantische Konstruktion aus Metall, Glas und Sandstein erhob. Ihre Ausmaße waren so gewaltig, dass sie längst unter ihrem eigenen Gewicht hätte zusammengesackt sein müssen.

An ihrem Rand, kaum einen Steinwurf von Bausch entfernt, stand ein kleines menschenähnliches Wesen. Es hielt sich so nah am Abgrund auf, dass der alte Mann befürchtete, der leiseste Windhauch könnte es von der Kante wehen. Der

Fremde war in einen ärmellosen, blau schimmernden Mantel gekleidet und sah zum Plateau herüber, ohne zu blinzeln. Bausch konnte nicht sagen, wie alt das Wesen war. Es wirkte jung und unendlich alt zugleich.

»Hallo, Vincent«, grüßte es ihn. Seine Stimme klang eigenartig dumpf, als wäre die Weite der Landschaft um sie herum nur Blendwerk.

»Woher kennst du diesen Namen?«

»Aus deinen Gedanken.«

Staunend ließ Bausch seinen Blick über die gigantische Konstruktion wandern. Sie bestand nicht aus einem einzigen kompakten Körper, sondern war verschachtelt und verästelt, mit kilometerlangen Auswüchsen, wie ein monströses Ganglion. Ein leises, aber unangenehmes Summen lag in der Luft, das seinen Ursprung zweifellos im Inneren des riesenhaften Konstrukts hatte. War das, was er sah, ein Kraftwerk? Oder eine Maschine?

»Ist das ein Traum?«, fragte Bausch die kleine, blau gekleidete Gestalt.

»Nein, Vincent. Daher ist es wichtig, dass du mir gut zuhörst.«

»Was bist du?«

»Meine Erscheinung ist nur ein Aspekt eines größeren Ganzen. Ich könnte jederzeit eine andere Gestalt annehmen, auch wenn diese ebenfalls nur eine Illusion wäre. Für Erklärungen bleibt jedoch keine Zeit, Vincent. Dieser Kontakt findet statt, um euch vor den Dienern der Wucherung zu warnen. Die *Arisi* sind in großer Gefahr.«

»Wovon redest du?«

»Von euren Kindern«, erklärte das Wesen. »Jenen, die ihr Betas nennt. Bringt sie zu den Brunnen, schnell!«

»Zu den Brunnen?«, stutzte Bausch. »Aber … wozu?«

»Schnell!«, drängte das Wesen. Dann verblasste es mitsamt der riesigen Maschine. Augenblicke später wogte an ihrer Stelle wieder das Meer. Auch die Menschen begannen sich langsam zu bewegen, während die Luftschiffe ihren unterbrochenen Flug fortsetzten. In die aufklingende Musik, das tausendstimmige Raunen der Plateaubesucher und das Brummen der Zeppelinrotoren mischte sich das weit entfernte Heulen einer Sirene.

Bausch tastete nach dem Visier, klappte es hoch, deaktivierte den Videohelm und zog ihn vom Kopf. Augenblicklich erfüllte der Sirenenlärm den gesamten Raum. Er schwoll an, hielt sich für 30 Sekunden knapp unter der Schmerzgrenze und flaute wieder ab. Ehe der Alarm gänzlich verhallt war, heulten die Sirenen simultan erneut auf.

Als Bausch sich verwirrt umsah, stellte er fest, dass der Boden zu seinen Füßen fast knöcheltief unter Wasser stand. Dass so dicht unter der Oberfläche Grundwasser in die Gondel eindrang, obwohl die Brunnen in den nahen Plantagen fast neunzig Meter tief dafür gebohrt werden mussten, konnte sich Bausch kaum vorstellen. Unter dem Haus musste eine Wasserleitung geplatzt sein. Was ihn mehr verwunderte als das Wasser selbst, war, dass es im Zwielicht der Gondel unmerklich zu glühen schien, als wäre ihm eine schwach phosphoreszierende Substanz beigemischt.

Bausch sprang auf, verlor dabei jedoch das Gleichgewicht und fiel vornüber auf den überfluteten Boden. Dabei erkannte er, dass es nicht das Wasser war, welches leuchtete, sondern ein in ihm treibendes, kaum wahrnehmbares Geflecht hauchdünner Fäden und Fasern, so fein wie Spinnenseide. Eine Art lumineszierende Alge oder ein leuchtender Süßwasserpilz?

Als hätte das Wasser nur darauf gewartet, von Bausch entlarvt zu werden, begann es sich plötzlich wie auf ein geheimes Kommando hin zurückzuziehen. Lautlos versickerte es in den Rissen und Spalten des maroden Gondelbodens. Nach wenigen Sekunden zeugte von seiner Anwesenheit nur noch ein feuchter Film auf dem Metall.

Erneut heulten die Sirenen auf. Fluchend kämpfte sich Bausch wieder auf die Beine, taumelte aus der Steuergondel und stürmte die Treppe hinauf in die Wohnebene. Oben angekommen, schlug ihm der Alarmton mit voller Lautstärke entgegen. Einer der Sirenenmasten stand nur zehn Schritte von seinem Haus entfernt. Draußen auf der Straße herrschte Tumult. Sämtliche Dorfbewohner schienen auf den Beinen zu sein und schrien durcheinander, Frauen und Kinder am lautesten. Als Bausch ebenfalls aus dem Haus lief, um dem Aufruhr auf den Grund zu gehen, flammten die Scheinwerfer an den fast zehn Meter hohen Flutlichtmasten auf. Alle schwenkten hinauf zu dem Hunderte von Metern breiten Kamm der riesigen Wanderdüne, der die Ebene von der Sandwüste abgrenzte.

Die Bewohner, zumeist aus dem Schlaf geschreckt, rannten in Richtung Zentrum. Bausch bahnte sich einen Weg durch die vorbeieilenden Leute und starrte auf das, was die Flutlichter aus der Dunkelheit gerissen hatten: Der gesamte Dünengrat war voll von Menschen. Sie standen reglos auf dem

Kamm, Schulter an Schulter, und sahen auf das Dorf hinab. Aus der Ferne glich eine Gestalt der anderen, besaß die gleiche Größe wie ihre Nachbarin, die gleiche Statur, trug die gleiche Kleidung. Reglos standen sie auf der Stelle, während der Nachtwind an ihren Mänteln und den langen schwarzen Haaren zerrte, und warteten.

Über ihnen schwebten jene gigantischen Kreaturen, welche die Bewegungssensoren ausgelöst hatten und die noch immer lärmenden Sirenen aufheulen ließen: neun Ambodrusen, ebenfalls Leib an Leib, nahezu reglos auf der Stelle schwebend. Nur eine von ihnen, ein riesiges Weibchen, dessen ballonförmiger Körper den der anderen an Masse noch übertraf, tanzte aus der Reihe. Es tauchte auf und ab, kreiste sichtlich erregt um ihren acht Artgenossen, berührte sie mit ihren Fangarmen, ohne dass diese darauf reagierten. Das Weibchen schien das einzige sich normal verhaltende Geschöpf des Schwarms zu sein. Das reglos lauernde Verhalten der acht Männchen erschien Bausch völlig abnorm, ja, geradezu andressiert, falls ein derartiger Vergleich bei diesen Monstern überhaupt angemessen war. Weitaus untypischer war das Gruppenverhalten. Nie zuvor hatte Bausch erlebt, dass Ambodrusen im Schwarm jagten. Sie waren Einzelgänger und duldeten selbst in der Paarungszeit nur einen einzigen Partner in ihrer Nähe.

Das Unheimlichste jedoch war die Identität der geisterhaften Armee auf dem Dünenkamm.

Während die Menschen Richtung Dorfplatz eilten, lief Bausch – die Augen ungläubig auf den Grat gerichtet – als Einziger in Richtung Ortsrand. Die schweigenden Gestalten auf der Düne waren ausnahmslos weiblich. Ihre Köpfe wanderten wie in Zeitlupe nach links und nach rechts, begleitet vom ständigen, rhythmischen Aufblitzen ihrer Augen, als hielten sie diese geschlossen, und reflektierten bei jedem kurzen Öffnen das Licht der Flutscheinwerfer. Alle besaßen identische Haare, trugen den gleichen Rucksack, den gleichen Mantel – und denselben Namen: Mira!

Von einem Augenblick zum anderen änderte sich das Verhalten beider Gruppen. Die Ambodrusen setzten sich plötzlich in Bewegung. Jedoch schwebte nur eine von ihnen direkt auf das Dorf zu. Die anderen begannen es zu umkreisen. Bausch schien es, als würden die Tiere ferngesteuert. In gleicher Weise verhielten sich die Miras. Jedoch bewegten sich diese in einem nahezu übermenschlichen Tempo die Düne hinab, wortlos, lautlos, wie Figuren eines in Zeitraffer laufenden Films. Binnen weniger Sekunden standen fünf der Mira-Geschöpfe am Ortsrand und blockierten die Straße. Dort verharrten sie und warteten erneut. Bausch war sicher, dass innerhalb von Minuten alle acht Speichenstraßen und sämtliche Ausfallgassen des Dorfes von weiteren Miras versperrt sein würden.

Die Ambodrusen hatten sich mittlerweile ebenfalls rings um die Siedlung verteilt. Bis auf das Weibchen, das sichtlich verwirrt war vom Gebaren ihrer Artgenossen, schwebten sie in mathematisch exakt anmutenden Abständen über den Ortsausgängen der acht Speichenstraßen. Die Flutlichtscheinwerfer machten das Dilemma deutlich: Keiner der Bewohner würde aus dem Dorf hinausgelangen, ohne sein Leben aufs Spiel zu setzen, und niemand außer den Ambodrusen und den Miras herein.

Sekundenlang herrschte gespenstische Stille. Dann begannen alle Ambodrusen langsam auf das Dorfzentrum zuzuschweben. Sekunden später zerrissen erste verzweifelte Schüsse die Stille, abgegeben aus einzelnen Handfeuerwaffen der Dorfbewohner. Ihnen folgte das Knattern und Donnern der doppelläufigen Haubitzen, die auf den Gebäuden postiert waren. Die Blitze zahlloser Mündungsfeuer zuckten über den Dächern, grelle Geschossspuren erhellten den Himmel, doch die Ambodrusen, welche zweifellos von den Kanonen getroffen wurden, schwebten unbeeindruckt weiter. Lediglich das aufgeregte Weibchen flüchtete sich in größere Höhe, wo die Projektile aus den Haubitzen es nicht erreichten.

Gleichzeitig mit den Ambodrusen hatte sich auch die Armee der Miras wieder in Bewegung gesetzt, synchron, wie lebensgroße, ferngesteuerte Puppen. Sie taten gemeinsam einen Schritt – Pause – ein weiterer Schritt – Pause …

Fassungslos schüttelte Bausch, der nun nahezu allein auf der Straße stand und den Miras entgegensah, den Kopf. Was um alles in der Welt ging hier vor sich? Dieser Angriff lief mit der Präzision eines Computerprogramms ab.

Das eigentliche Grauen, das nun sogar Bausch entsetzt zurücktaumeln ließ, waren jedoch keinesfalls die Ambodrusen oder die gespenstischen Miras, sondern die Kreaturen, die in diesem Moment zu Hunderten aus der Wanderdüne hervorgekrochen kamen. Zuerst bewegte sich nur der Sand und glitt in einer breiten Lawine den Hang hinab. Dann erfassten die Scheinwerfer die ersten Fangzangen, die aus dem Sand heraus schossen. Einen Atemzug später quoll eine endlose Armee riesiger, bleicher, unförmiger Körper aus der Düne hervor und wand sich mit ihren beinlosen Leibern neben- und übereinander den Hang hinab auf das Dorf zu. Und während die ersten der Kreaturen bereits in die vordersten Häuser eindrangen, quollen hinter ihnen immer mehr Sodras aus dem Sand und folgten ihnen nach …

6 | Biosphäre

Eine melodische Tonfolge lockte Mira aus dem Schlaf.

Zuerst konnte sie die fremden Klänge nirgends zuordnen und baute sie einfach in ihren verblassenden Traum ein. Als der Klingelton ein zweites Mal erklang, schlug Mira schließlich die Augen auf. Desorientiert schaute sie sich im Liegen einige Sekunden lang in der ungewohnten Umgebung um, bis ihr wieder bewusst wurde, wo sie sich befand: in einem Gästezimmer des Carinea-Instituts.

Nachdem Ben sie am Vorabend auf ihr Quartier begleitet hatte, um ihr die wichtigsten Dinge und ihre Funktion zu erklären, hatte Mira noch zwei Stunden damit verbracht, die neuen Räumlichkeiten zu erkunden, sämtliche Schränke und Schubladen zu öffnen und alle elektrischen Geräte an- und auszschalten. Dennoch erschien ihr nun alles wieder fremd.

Als das Klingeln zum dritten Mal ertönte – lauter diesmal und drängelnd lange –, sprang Mira endlich auf und lief zur Tür. Im letzten Moment fiel ihr ein, dass sie kaum etwas am Leib trug, und wickelte sich rasch in eine der farbenprächtigen Decken, die über allen Sitzmöbeln lagen.

Vor der Tür wartete ein Alpha, der nicht viel älter sein konnte als Mira. Er hatte dunkle, lockige Haare und ein schmales, scharf geschnittenes Gesicht mit seegrünen Augen, die sie unter buschigen Augenbrauen verärgert anfunkelten. Der Fremde war etwa einen halben Kopf größer als Mira und in eine Art Overall aus einem mattgrauen, seidig schimmernden Stoff gekleidet, der von einem breiten, ebenfalls grauen Gürtel gehalten wurde. Unter dem linken Arm trug er ein Kleiderbündel, mit der freien rechten Hand bediente er hektisch ein kleines metallisches Gerät, das leise Piepstöne von sich gab. Dabei stand er so schief da, dass Mira befürchtete, er könnte umfallen.

»Na, endlich!«, stöhnte er, nachdem das Mädchen die Tür geöffnet hatte, und ließ das Metallding in seiner Hosentasche verschwinden. »Ich dachte schon, die Evolution hätte bei euch mit den Ohren gespart.« Er richtete sich zu voller Größe auf und ließ seinen Blick an Miras Körper hinabgleiten, wobei seine Augen für ihren Geschmack etwas zu lange an einer bestimmten Stelle verharrten. Dann sagte er: »So seht ihr Betas also in natura aus. Na, wie ein *Homo sapiens* 2.0 kommst du mir nicht gerade vor.«

»Hä?«, machte Mira verdutzt. »Homo zweipunkt was?«

Der Alpha grinste spöttisch. »Na, immerhin kannst du sprechen. Ich heiße Jiril. Roly-Poly wünscht, dass ich dir den Wald zeige.«

»Wer?«

Der Alpha verdrehte genervt die Augen. »Na, der Doktor!« Er blies die Backen auf und hampelte kurz wie eine dicke Spinne auf dem Flur herum. »Vorher solltest du allerdings duschen«, bemerkte er. »Und dann das hier anziehen. Unser Ökosystem ist nämlich ziemlich empfindlich.« Jiril drückte Mira das Kleiderbündel in die Hände, wobei er vermied, ihr direkt in die Augen zu schauen. Stattdessen sah er an ihr vorbei und machte dabei ein erstauntes Gesicht. Schnell schlug sich jedoch so etwas wie Missbilligung darin nieder. »Hast du etwa auf dem Boden geschlafen?«, wunderte er sich beim Anblick der neben dem Bett liegenden Decke.

»Ja …«

»Warum *das* denn?«

Mira starrte über ihre Schulter und wünschte sich, das Bett möge zum Leben erwachen und ihr Jiril gegenüber die Peinlichkeit einer Erklärung abnehmen.

»War dir das Bett etwa nicht fein genug?«, fragte der Alpha mit einem geringschätzigen Unterton in der Stimme.

»Doch, aber … es ist zu weich …«

»Zu weich?«

Mira nickte betreten.

»Du lieber Himmel«, stöhnte Jiril. »Und das auf nüchternen Magen … Na ja, meinetwegen kannst du auch im Kleiderschrank schlafen, ist mir egal. Ich warte in der Kantine auf dich.« Er wandte sich um, dann hielt er in der Bewegung inne und erklärte: »Den Korridor entlang, mit dem Lift sechs Etagen nach unten, dann die vierte Tür links. Aber trödle nicht zu lange rum, ich hab nicht ewig Zeit.«

Mit diesen Worten zog er die Tür schließlich hinter sich zu. Mira glaubte jedoch, noch ein leise gemurmeltes »Steinzeitgöre« zu hören, bevor sie ins Schloss fiel. Sie starrte die Tür einige Sekunden lang an, dann schnitt sie eine Grimasse und streckte ihr stellvertretend für Jiril die Zunge heraus.

Verärgert stapfte sie ins Badezimmer, schmiss das Kleiderbündel auf den weiß gekachelten Fußboden und betrachtete sich trotzig in dem riesigen Wandspiegel. Insgeheim hoffte sie, dass der eingebildete Alpha bereits an seinem Frühstück erstickt war, ehe sie die Kantine gefunden hatte. Jiril hätte wahrscheinlich kaum das unerträgliche Gefühl nachvollziehen können, in dem weichen Bett wie auf Treibsand zu liegen und langsam darin zu versinken …

Eine halbe Stunde später schlich Mira in ungewohnter Kleidung barfuß den Flur entlang zu den Aufzügen. Da Jiril ihr nicht erklärt hatte, wie man die Kabinen rief, wartete sie, bis eine kleine Gruppe von Institutsmitarbeitern auftauchte und einen Lift betrat, dessen leuchtender Richtungspfeil nach unten zeigte. Es waren zwei Frauen in ebenfalls weißer Kleidung und ein Mann in einem knielangen hellblauen Mantel. Eine der Frauen hatte leuchtend rote Haare, was Mira veranlasste, sie immer wieder verstohlen anzustarren.

Nachdem das Mädchen hinter den Alphas als Letzte in die Kabine geschlüpft war, herrschte im Lift eine unangenehme Stille. Zu allem Überfluss begann nun auch noch das Wasser aus Miras nassen Haaren vom Ende ihres Pferdeschwanzes verdächtig laut auf den Kabinenboden zu tropfen.

Die beiden weiblichen Alphas begannen zu flüstern. Obwohl sie sich in einer fremden Sprache unterhielten, glaubte Mira zu ahnen, worüber sie miteinander tuschelten. Sie konnte ihre Hände unter der Kleidung verstecken, aber nicht ihr Gesicht und ihre Füße …

Es ist nur ein dummes Gefühl, sagte sie sich, spürte jedoch, wie ihr bereits der Schweiß auf die Stirn trat. Nein, es war mehr als nur ein Gefühl …

Es war …

Mira schüttelte den Kopf, als wollte sie Schwärme fremder Gedanken daraus vertreiben.

»Geht es dir nicht gut?«, fragte in diesem Moment der Mann in dem blauen Mantel besorgt.

Mira blinzelte ihn an, unsicher darüber, ob er wirklich in verständlichen Worten zu ihr gesprochen hatte.

»Du musst die Beta sein, die Benoît gestern mitgebracht hat«, stellte die schwarzhaarige Frau freundlich lächelnd fest. Und mit einem vielsagenden Blick in die Runde: »Die halbe Station spricht bereits über dich.«

Mira fühlte, wie ihr die Schamröte ins Gesicht schoss. Peinlich berührt, versuchte sie zumindest ihre Hände unter ihrer Kleidung zu verbergen.

»Nein, nicht so, wie du denkst«, erklärte der Mann, dem Miras Verlegenheit offenbar nicht entgangen war. »Alle hier sind nur furchtbar neugierig.«

»Aha …«, murmelte Mira und starrte auf ihre Zehen.

Die beiden Frauen tuschelten miteinander wieder in dieser eigenartigen Sprache, dann fragte die mit dem leuchtend roten Haar: »Dürfen wir ein Foto von dir machen?«

Mira sah auf. »Foto?«, plapperte sie verständnislos nach.

»Zu Erinnerung«, erklärte die Schwarzhaarige und zog einen schlanken silbernen Metallstift aus ihrer Kleidung, der kaum länger war als Miras kleiner Finger.

»Stell auf Sequenz!«, forderte die Rothaarige ihre Kollegin auf.

»Klar doch.« Die Frau hielt den Stift in der ausgestreckten Hand vor sich und ließ ihn schließlich los – doch statt herunterzufallen, blieb er einfach in der Luft schweben. An seiner Spitze blinkte immer hektischer ein gelber Lichtpunkt. Die drei Alphas rückten um Mira herum zusammen, dann wurde die Kabine plötzlich von einer Folge greller Blitze erhellt.

Mira duckte sich erschrocken. »Hören Sie auf damit!«, rief sie. »Schalten Sie das ab!«

»Keine Panik, Kleines«, lachte die Frau, welcher der blitzende Stift gehörte. Im selben Moment stoppte der Lift und die Kabinentüren glitten auf. Mira drängte sich durch Menschen hindurch, die vor dem Eingang warteten, und eilte den Korridor entlang, ohne zu wissen, wohin sie lief.

»Komisches Ding«, hörte sie die Rothaarige noch sagen, dann war sie außer Hörweite.

Mira verlangsamte ihren Schritt und zwang sich zur Ruhe. Für gewöhnlich war sie nicht so schreckhaft, doch die Lichter hatten in ihr eine unangenehme Erinnerung geweckt – an die blitzenden Augen der Echse, die sie gestern erlegt hatte …

Ob das Institut doch etwas mit den künstlichen Tieren in der Wüste zu tun hatte?

Noch halb geblendet von den Blitzlichtern erreichte Mira schließlich die Kantine. Sie versuchte Jiril an einem der zahllosen Tische zu entdecken, doch überall, wo sie hinschaute, tanzten nur dunkle Flecken vor ihren Augen. Nachdem sie sicher war, dass er sich nicht im Raum aufhielt, tat sie es den anderen Neuankömmlingen gleich und bediente sich am Frühstücksbüfett.

Als Mira ihr Tablett durch die Kantine balancierte, fühlte sie zahllose Blicke auf sich ruhen. Während die Erwachsenen sich auf neugierige Blicke beschränkten, redeten die Jüngeren über sie – und gaben sich dabei wenig Mühe, dies vor ihr zu verbergen.

»Das muss sie sein!«, hörte Mira hinter sich eine weibliche Stimme flüstern.

»Schaut euch nur ihre Haut an!«, staunte ein Mädchen im Flüsterton. »Das sieht aus wie Goldstaub!«

»Ich habe gehört, dass Betas völlig resistent sind gegen UV-Strahlung«, wusste ein anderes zu erzählen.

»Sun-Blocker 3000«, witzelte der Junge neben ihr, worauf alle am Tisch verhalten zu lachen begannen.

Kümmere dich nicht um sie, erklang eine beruhigende Stimme in Miras Kopf. *Haltung bewahren! Geh einfach weiter, als wären sie nicht da.*

Mira spürte, wie ihr der kalte Schweiß auf die Stirn trat. Sie presste die Lippen zusammen, während sie fast schon mechanisch einen Schritt vor den anderen tat.

»Dr. Gayot hat uns erzählt, dass Betas eine völlig neue Blutgruppe haben«, raunte an dem Tisch, an dem sie gerade vorbeikam, ein Junge einem anderen ins Ohr. »Und mit uns immunologisch inkompatibel sind.«

»Ich habe gelesen, sie könnten bei Dunkelheit genauso gut sehen wie Katzen«, gab dieser zurück.

»Mein Vater sagt immer, ihr Gehör sei so gut, dass sie die Sandflöhe husten hören«, scherzte ein Mädchen am selben Tisch.

Schlagartig wurde es in der Kantine verdächtig still. Das Schweigen der Leute war jedoch noch viel bedrückender als ihr Gerede. Mira hatte das Gefühl, keine Luft mehr zu bekommen. Am liebsten hätte sie ihr Tablett fallen lassen und wäre aus der Kantine gerannt.

»Falls du Jiril suchst, der ist kurz runter in den Hangar«, erklang plötzlich eine bekannte Stimme neben ihr.

Mira sah kurz zur Seite, blieb dann jedoch abrupt stehen, als sie Ben erkannte.

»Tut mir leid, ich habe dich wirklich nicht gesehen«, stotterte sie.

»Oh, das ist nicht deine Schuld«, gestand Ben. »Ich blende mich gerne aus dem Bewusstsein der anderen aus, wenn ich meine Ruhe haben will.«

»Darf ich mich zu dir setzen?«, bat Mira. Ohne eine Antwort abzuwarten, ließ sie sich gegenüber von Ben auf einen freien Stuhl sinken. Sie hatte das Gefühl, dass ihre weichen Knie sie keine Sekunde länger getragen hätten.

»Na, wie fühlt man sich als Gesprächsthema Nummer eins?«, erkundigte sich Ben, als ihre Anspannung ein wenig gewichen war.

Mira zuckte die Schultern und stellte ihre Teetasse ab. »Ich bin mir nicht sicher, ob die Leute Angst vor mir haben oder sich einfach nur über mich lustig machen«, gestand sie.

Ben nickte verständnisvoll. »Oft geht das eine mit dem anderen einher«, erklärte er.

»Aber wieso sollten sie Angst haben? Ich bin doch nur eine Beta …«

»Eben deshalb!« Ben sah das Mädchen ernst an. »*Weil* du eine Beta bist. Und lass ab jetzt bitte das Wörtchen ›nur‹ weg, okay? Das ist ein ziemlich abwertendes kleines Adverb. Ich wünschte oft, *ich* wäre ein Beta!«

Mira hörte auf zu kauen. »Was?«, fragte sie mit vollem Mund. »Wieso das denn?«

Ben schüttelte nur den Kopf und winkte ab. Offensichtlich behagte ihm das Thema nicht sonderlich.

»Was hast du?«, wollte Mira wissen.

»Ich ärgere mich über die Verstocktheit deines Vaters. Er hätte dir längst ein paar grundlegende Dinge erklären müssen. Aber er hält es scheinbar für vernünftiger, sowohl die Vergangenheit als auch die Gegenwart totzuschweigen.«

»Bausch hat mir viel über die Vergangenheit erzählt«, warf Mira ein.

»Aber nicht genug über die Gegenwart«, erkannte Ben. »Sonst würdest du anders über dich denken.«

Mira senkte den Blick und starrte in ihre fast leere Tasse. »Warum sollte Vater das tun?«

Ben seufzte schwer. »Weil er noch immer wütend ist«, antwortete er. »Und verbittert. Das konnte ich gestern spüren. Aber er fühlt sich auch verantwortlich – und auf eine gewisse Art und Weise sogar schuldig, weil er sich einredet, dass … dass ihr …«

»Dass wir Betas Missgeburten sind?«, vollendete Mira den Satz, ohne eine Regung zu zeigen. Aus den Augenwinkeln heraus sah sie, dass Bens Hände zittern.

»Aber das seid ihr nicht«, sagte er mit tonloser Stimme. »Bei Gott, nein, das seid ihr nicht …«

Der Rest des gemeinsamen Frühstücks gestaltete sich als schweigsames Beisammensein, dessen beklemmender Bann erst gebrochen wurde, als Jiril in der Kantine aufkreuzte.

Anhand der wenigen Worte, die er mit Ben wechselte, konnte Mira heraushören, dass die beiden sich nicht sonderlich grün zu sein schienen.

»Der Pferdeschwanz steht dir«, bemerkte Jiril, als er mit Mira zu den Liften unterwegs war. »Aber wieso läufst du barfuß rum?«

Mira warf einen Blick auf ihre Füße. »Du hast mir keine Schuhe gebracht.«

Der Alpha zog die Augenbrauen hoch. »Hast du denn keine dabei?«

Mira schüttelte den Kopf.

Jiril seufzte ergeben, sagte jedoch nichts weiter.

Mit dem Lift ging es anschließend so weit hinab, dass Mira bereits befürchtete, der Junge treibe einen dummen Scherz mit ihr. Als der Aufzug seine Fahrt in die Tiefe endlich beendete und die Türen aufglitten, öffnete sich vor ihnen ein schmuckloser, von einer trüben Deckenlampe beleuchteter Tunnel, der fünf Meter entfernt vor einer breiten Metalltür endete. Das Rauschen eines Gebläses erfüllte die Luft. Als sich die Lifttüren hinter Mira und Jiril geschlossen hatten, standen die beiden in schummrigem Halbdunkel. Lediglich unter der Metalltür schimmerte ein heller Lichtstreif. Mira verspürte einen unangenehmen Druck auf den Ohren. Die Luft roch nach feuchter Erde, der Steinboden unter ihren Füßen war rau und kalt.

»Wo sind wir?«, fragte sie, als sie Jiril zur Tür folgte.

»In der Überdruckschleuse.« Er legte eine Hand auf die Metallklinke. »Bereit?«

»Wofür?«

Statt zu antworten, drückte Jiril die Tür mit einem kräftigen Stoß auf. Eine Flut aus Licht ergoss sich im selben Augenblick in den Tunnel. Sekundenlang war Mira von der plötzlichen Helligkeit geblendet und wich zurück. Mit zusammengekniffenen Augen folgte sie Jiril schließlich hinaus auf eine mit Steinplatten gepflasterte Terrasse, die nach wenigen Metern in einer breiten Treppe endete. Sechs Stufen führten hinab auf eine ebene, von knöchelhohem Gras bewachsene Wiese, die kaum einen Steinwurf entfernt an einen Wald grenzte.

Der Wald …

Mira machte zwei, drei zögerliche Schritte, dann blieb sie stehen und ließ ihren Blick fassungslos über die Baumkronen schweifen. Wie mächtige grüne Schirme ruhten sie auf schlanken, fast 50 Meter hohen Baumstämmen. Doch damit reichten sie längst noch nicht bis an die Decke der riesigen Höhle, von der zahllose grelle Lichter auf den Wald herabstrahlten. Scheinbar endlos erstreckte sich die Halle in die Ferne, so weit, dass Mira im Dunst, der über den Bäumen hing, kaum das gegenüberliegende Ende zu erkennen vermochte. Vögel flatterten über dem Blätterdach umher. Nie gehörte Geräusche von Tieren und sich im Wind bewegenden Pflanzen drangen an Miras Ohren.

»Der Wind ist natürlich künstlich«, erklärte Jiril, als er erkannte, wie beeindruckt das Mädchen war. »Große Ventilatoren versetzen die Luft in Bewegung. Sie erzeugen einen Luftstrom, der direkt über uns hereingeleitet wird.« Er deutete steil in die Höhe, wo unterhalb des Daches riesige, vergitterte Rohre in die Halle mündeten. »Am anderen Ende der

Biosphäre wird die Luft dann wieder angesaugt und hierher zurückgeleitet. So weht ständig ein sanfter Wind durch den gesamten Wald. Wer das nicht gewöhnt ist, holt sich sehr schnell eine Erkältung …«

»Was sind das für Lichter?«, staunte Mira beim Anblick der strahlenden Höhlendecke.

»Halogenscheinwerfer«, erklärte Jiril. »Sie simulieren das alte Sonnenlicht. Morgens um sieben Uhr werden sie angeschaltet. Nach einer Stunde strahlen sie so hell wie jetzt, und das zwölf Stunden lang, bis sie abends um acht Uhr langsam wieder ausgehen.«

»Altes Sonnenlicht?«, wunderte sich Mira. »Warum denn kein neues, frisches?«

Jiril begann laut zu lachen. »Du lieber Himmel, du bist vielleicht eine Eule«, amüsierte er sich. »Kein *altes* Sonnenlicht, Beta, sondern *das alte!* So, wie es früher war, als es auf der Oberfläche noch Wälder gab.«

»Heißt das, früher war das Licht gesünder als heute?«

»Na klar. Schau dich doch mal an.«

Mira zuckte zusammen. Gleichzeitig schoss eine Woge aus Wut und Scham durch ihren Körper.

»Das Licht der Sonne setzt sich aus verschiedenen Strahlungen zusammen, die eine unterschiedliche Wellenlänge besitzen«, erklärte Jiril, dem gar nicht bewusst zu sein schien, wie verletzend er Mira gegenüber war. »Diese Wellenlänge wird in Nanometern gemessen. Ein Nanometer entspricht einem milliardstel Meter. Je kürzer die Wellenlänge, desto energiereicher und auch gefährlicher ist die Strahlung, die auf die Erdoberfläche trifft. Früher hat die Sonne dafür gesorgt, dass Pflanzen und Wälder gediehen. Heute jedoch verbrennt sie alles.«

Mira machte ein verzweifeltes Gesicht. Bausch hatte ihr nie erzählt, dass Sonnenstrahlen eine bestimmte Länge besitzen. Sie holte Luft, um zumindest *irgendetwas* Schlaues zu sagen, doch Jiril war bereits die Treppe hinuntergelaufen und hatte einen schmalen, gepflasterten Weg betreten, der in den Wald hineinführte.

Zweifelnd betrachtete Mira ihre Hände und Arme, dann ging sie dem Alpha hinterher.

»Wir befinden uns hier etwa 300 Meter unter dem Institut und bereits 100 Meter unter Wüstenniveau«, erzählte Jiril, ohne sonderlichen Wert darauf zu legen, dass Mira ihm zuhörte. »Wir nennen die Biosphäre einfach nur den ›Park‹ – weil hier alles künstlich gepflanzt wurde. Er ist fast einen Kilometer lang, an seiner weitesten Stelle 400 Meter breit und erstreckt sich quasi unter dem gesamten Berg.«

»Ist es denn dann nicht ziemlich gefährlich, hier zu arbeiten?«, bemerkte Mira. »Was ist, wenn die Höhlendecke einstürzt? Dann bricht doch der ganze Berg in sich zusammen, mitsamt dem Institut ...«

Jiril zog die Augenbrauen hoch. »Das wird nicht passieren«, sagte er. »Die Höhlendecke ist so konstruiert, dass sie sich selbst trägt. Man nennt so etwas ein Tonnengewölbe. Zudem sind überall Detektoren verteilt, die kleinste Erschütterungen messen, falls es mal ein Erdbeben geben sollte. Also mach dir keine Sorgen, Beta. Dir fällt schon nicht der Himmel auf den Kopf.«

»Mein Name ist Mira!«

Jiril winkte ab. »Meinetwegen.« Er schritt, ohne zu warten, auf den Wald zu. »Komm schon«, rief er über seine Schulter, als das Mädchen nicht sofort folgte. »Laufen wir einmal quer durch, dann muss ich wieder an die Arbeit.«

Der Fußweg führte nicht einfach schnurgerade durch die Anlage, sondern schlängelte sich wie ein verwunschener Pfad durch den Wald. Staunend wanderte Mira zwischen riesigen Bäumen umher, studierte Pilze und Pflanzen, kletterte über mächtige Wurzeln oder ließ ihre Finger über die von Moos und Flechten bedeckte Rinde der Bäume gleiten. Die in Licht gebadeten Baumkronen strahlten im reinsten Grün, das sie jemals gesehen hatte. Tausende von dünnen Lichtfingern drangen durch das dichte Blätterdach bis auf den Waldboden und schufen tanzende Vorhänge aus künstlichen Sonnenstrahlen, in denen Insektenschwärme herumschwirrten. Der Wald mit seinen unbekannten Farben und Geräuschen klang nicht nur faszinierend, er besaß auch einen Geruch, wie Mira ihn nie zuvor gerochen hatte.

»Anis und Mandel«, klärte Jiril sie auf. »Das kommt von den Pilzen. Nach dem Regen riecht man es am deutlichsten.«

»Regen?«, staunte das Mädchen. »Hier unten regnet es?«

»Klar«, nickte Jiril. »Aus einer Sprinkleranlage, die über die gesamte Hallendecke verteilt ist. Wir stimulieren das Wasser mit den Schwingungen und den Tonfrequenzen von Sauerstoff, was sich positiv auf das unterirdische Wachstum auswirkt.«

»Sieht es so wie hier auch in einem echten Wald aus?«

»Das *ist* ein echter Wald«, sagte Jiril.

Mira ballte für einen Moment die Hände zu Fäusten. »Ich meine, wie in einem *natürlichen* Wald«, erklärte sie, verärgert über die demonstrative Begriffsstutzigkeit des Alphas, hinter der sich vermutlich nur Überheblichkeit verbarg. »So, wie er früher überall auf der Welt war.«

Jiril schwieg eine Weile, dann sagte er: »Woher soll ich das wissen? Es gibt draußen keine Wälder mehr …«

Sie überquerten eine Holzbrücke, die über einen schmalen Bachlauf führte. Gerade als Mira sich erkundigen wollte, wohin das Wasser floss, erklang ein Stück entfernt ein leises Knacken von Ästen, gefolgt von sich nähernden Schritten, die von einem leisen Surren begleitet wurden.

Jiril, der es ebenfalls hörte, blieb abrupt stehen. Er blickte in die Richtung, aus der das Geräusch kam, verzog gequält das Gesicht und sagte: »Duck dich!«

»Wieso?«, fragte Mira erschrocken. »Was ist das? Ein Tier?«

»Nein, das ist Delius«, flüsterte Jiril und zog sie mit sich hinter einen mächtigen Baum. »Der, äh … Förster. Aber der muss uns hier nicht unbedingt sehen …«

Mira kiebitzte hinter dem Baum hervor, begierig zu erfahren, was in aller Welt ein Förster war. Die Schritte wurden lauter, dann tauchte surrend und stampfend eine seltsame Gestalt zwischen den Bäumen auf. In der einen Hand trug sie einen mit Pflanzenresten gefüllten Sammelkorb, in der zweiten einen Rechen – und in der dritten …

Mira blinzelte ungläubig.

Dem Förster wuchs ein dritter Arm direkt aus der Brust! In dessen Hand hielt er einen dünnen Metallstock mit einer leuchtenden Spitze, womit er ein Rudel seltsamer kleiner

Tiere – oder Pflanzen? – vor sich hertrieb. Die Geschöpfe sahen aus wie fette rote Rüben und trugen jede einen dichten Schopf aus grünen Blättern auf dem Kopf. Als Delius sich kurz umdrehte, um einen Nachzügler dieser Rüben-Tiere zur Gruppe aufschließen zu lassen, erkannte Mira, dass er sogar noch einen vierten Arm besaß. Er ragte ihm aus dem Rücken, hing jedoch nur untätig herab.

Delius war eine Maschine, wie die Kreaturen aus der Wüste! Ein Roboter!

»Was sind das für komische Tiere, die er da vor sich herscheucht?«, fragte Mira flüsternd.

»Rotwurzel-Agassen«, zischte Jiril. »Eine von Dr. Gayots Züchtungen. Wir nennen sie nur Rotzwurzeln – weil sie ständig niesen müssen und herumschleimen, wenn es regnet.«

Aus einem unerfindlichen Grund kam plötzlich Unruhe in die seltsamen Wesen. Sie begannen aufgeregt zu gurren, worauf Jiril, der das Unheil zu ahnen schien, ein deutlich vernehmbares »Oh, bitte nicht …!« ausstieß. Dann riss das gesamte Agassen-Rudel jäh aus und kam flink auf das Versteck der beiden zugehüpft. Ehe Mira sichs versah, hatten die Rotwurzeln sie und Jiril eingekreist und sprangen aufgeregt zwischen ihren Beinen umher. Aus dem Hintergrund hörte das Mädchen Delius heranstapfen, wobei der mechanische Förster Geräusche von sich gab, die nur aus Pfeif-, Klapper- und Klicklauten bestanden. Ob sie von seinen Gelenken stammten oder eine eigenartige Robotersprache waren, konnte Mira nicht heraushören. Jedenfalls klang es mit ein wenig Fantasie wie eine Schimpftirade.

»Na, das kann ja heiter werden«, murmelte Jiril.

Mira schubste einige der Agassen, die auf ihren Beinen herumkrabbelten, von sich herunter. »Ist dieser Förster-Roboter gefährlich?«

»Delius, gefährlich?« Der Alpha schnaubte amüsiert durch die Nase. »Dieser Blechschädel hat den Intellekt einer laufenden Gießkanne ...«

»Das habe ich gehört, Sansar Jiril!«, polterte eine metallische Stimme über ihnen.

Mira warf den Kopf herum und starrte den Roboter an, der hinter dem Baum hervortrat und sich nun vor ihnen aufbaute. Delius war mindestens zwei Meter groß und besaß im Vergleich zu seinem relativ dünngliederigen, mattbraun lackierten Körper einen klobigen Kopf, der an eine Dose oder einen über den eigentlichen Kopf gestülpten Eimer erinnerte. Ein halbes Dutzend Kameraaugen umgaben sein Metallhaupt, mit denen Delius wahrscheinlich in alle Richtungen gleichzeitig blicken konnte. Um seine Augen herum verteilten sich Dutzende von bunten Lämpchen. Ein Mund oder eine Nase konnte Mira nicht erkennen, nur eine runde, lautsprecherartige Öffnung und drei horizontale Schlitze, aus denen ein Geräusch zu hören war, das sich wie das Summen eines Ventilators anhörte. Delius trug einen dunkelgrünen Overall, dessen Taschen mit allem möglichen Krimskrams vollgestopft waren. Den Metallstab mit der leuchtenden Spitze hatte er auf Jiril gerichtet, seine restlichen drei Arme hingen abwartend herab.

»Aufenthaltserlaubnis bitte!«, verlangte Delius.

Mira machte große Augen. »Wir brauchen eine Aufenthaltserlaubnis für den Wald?«

»Natürlich nicht«, brummte Jiril. »Das ist reine Schikane. Ich lebe schließlich hier. Dieser Blechschädel ist sozusagen mein Angestellter. Aber er kann mich nicht leiden.«

»Wieso nicht?«

Jiril wand sich. »Das ist im Augenblick nicht so wichtig.« Und in einem offensichtlichen Anflug von Heldenmut fügte er an Delius gewandt hinzu: »Spiel dich nicht so auf, Tonne. Geh gefälligst arbeiten!«

»Ich arbeite immer, Sansar Jiril«, erklärte Delius ungerührt. »Kontinuierlich 122 Stunden, in Rekonvaleszenz-Intervallen von zwölf Stunden, von denen acht Stunden für meine Ladezeit beansprucht werden und vier Stunden für meine Wartung. Das entspricht einer Nettoarbeitsleistung von 90,16 Prozent pro Wachphase. Laut meinen Berechnungen kann sich eure Nettoarbeitszeit mit dieser Leistung nicht messen, Sansar Jiril.«

Mira konnte sich ein amüsiertes Schnauben nicht verkneifen, worauf sie sich einen wütenden Blick Jirils einfing. »Sei gefälligst still!«, fuhr er sie an.

»Ihr bewegt euch außerhalb der vorgeschriebenen Kontrollzeiten innerhalb des Biosphäre-Reservates«, schnarrte Delius. »Eure Aufenthaltserlaubnis, bitte!«, wiederholte er.

»Außerhalb, innerhalb – innerhalb, außerhalb«, äffte Jiril den Roboter nach.

»Und für die weibliche Besucherin außerdem Impfpass, Desinfektionsbescheinigung, Schweiß- und Speichelanalysebeleg, Atemluftkontrollquittung und Hautschuppenuntersuchungsbestätigung.«

»Was!?«, japste Mira. »Speichelanalyse? Wieso *das* denn?«

»Menschen neigen dazu, grundlos und wahllos überflüssige Sekrete abzusondern«, erklärte Delius, wobei er den Stab mit der glühenden Spitze nun auf Mira richtete. »Zudem verlieren sie fortwährend Haare und Hautschuppen, transpirieren Körperflüssigkeit, sondern infizierte Atemluft ab und kontaminieren so wertvollen Nährboden. Diese Spuckerei und natürliche Zersetzung des menschlichen Organismus ist einfach unerträglich! *Unerträglich! Unerträglich! Unerträglich! Uner…*«

Jiril hob blitzartig ein Bein und rammte seinen Fuß mit voller Wucht gegen den Bauch des Roboters. Der Stoß, der einen Menschen wie Mira womöglich meterweit zurückgeschleudert hätte, zwang Delius gerade mal zu einem unbedeutend kurzen Schritt rückwärts. Dafür geschahen drei andere Dinge gleichzeitig: 1) an Delius' Metallschädel gingen alle Lichter aus, 2) der Roboter verstummte augenblicklich und rührte sich nicht mehr, und 3) das Agassen-Rudel nahm erschrocken Reißaus und verschwand gurrend im Unterholz.

Mira sah erst Delius, dann Jiril erstaunt an. »Musste das sein?«

»Dieser Blechbolzen geht mir mit seinen Moralpredigten und Grundsatzdiskussionen echt auf den Zeiger«, rechtfertigte Jiril sein rabiates Verhalten und massierte seinen schmerzenden Fuß.

»Warum tut er das überhaupt?«

»Weil ich ihm während einer seiner inaktiven Ladephasen mal den Spruch *ora et labora* auf die Brust graviert habe. Und *omina mea mecum porto* auf seinen Rücken.«

»Was heißt das?«

»Frag ihn doch«, grinste Jiril. »Vielleicht verrät er's dir ja. Jedenfalls hat er deswegen ein spezielles Auge auf mich geworfen. Inzwischen ist es sogar zur Mode geworden, dass ihn die Studenten während seiner Rekonvaleszenspausen bemalen. Manchmal merkt er es danach nicht und läuft mit diesen blöden Sprüchen die ganze Zeit durch den Wald. Das ist zum Brüllen komisch.«

»Was denn für Sprüche?«

»*Ordnung muss sein,* und solches Zeug. *Ich bin der kleine Saubermann* oder *Von drauß' vom Walde komm ich her.*« Er kicherte schadenfroh, während er in Erinnerungen schwelgte.

Mira zog eine Grimasse. »Na, dann wundert's mich nicht, dass er spinnt. Ist er jetzt kaputt?«

»Der?« Jiril streckte sich und klopfte kräftig gegen den Metallkopf des Roboters. »Ich wünschte, er wäre es endlich. Der hat gerade nur einen vorübergehenden Blackout. Mattscheibe, verstehst du?«

Zweifelnd hob Mira die Augenbrauen. »Jetzt wird er dich erst recht im Visier haben.«

»Ach, soll er doch. Los, machen wir, dass wir hier wegkommen, bevor sein Notstromaggregat anspringt und er wieder zu sich kommt.«

War Jiril mit Mira zu Beginn ihres Besuches recht gemütlich durch den Wald geschlendert, schien er es nun ziemlich eilig zu haben, die Biosphäre wieder zu verlassen.

Nachdem die beiden etwa zwei Drittel des Reservats durchquert hatten, fiel Mira in einiger Entfernung zum Weg ein ungewöhnlich grell gefärbtes Etwas auf dem Waldboden auf.

Zuerst hielt sie es für ein verlorenes Kleidungsstück oder eine große, leuchtend gelbe Blume. Dann, als sie ein zweites Mal hinsah, erkannte sie, dass die vermeintliche Blume sich bewegte.

»Warte mal kurz«, flüsterte sie, doch Jiril war schon zu weit entfernt, um sie zu hören. Daher verließ Mira allein den Weg und schlich sich an das gelbe Etwas heran. Das komische Geschöpf strebte derweil schnurstracks auf eine große, von den Kunstsonnen beschienene Lichtung zu.

Aus der Ferne erklang ein gedämpfter Fluch, dann hörte Mira, wie Jiril nach ihr rief. Statt zu antworten, winkte sie ihm aufgeregt zu, worauf er heftig zu gestikulieren begann. Offenbar hielt Jiril nicht viel davon, durch den Wald zu bummeln. Erst als Mira keine Anstalten machte, zu ihm aufzuschließen, kam er mit energischen Schritten herbeigelaufen.

»Was zum Kuckuck ist denn jetzt schon wieder los?«, beschwerte er sich, als er das Mädchen erreicht hatte.

Mira hob einen Zeigefinger an ihre Lippen: »Pssst, nicht so laut!«, zischte sie. »Da vorne bewegt sich was!«

»Das ist ein Wald, verdammt noch mal«, regte Jiril sich auf. »Hier bewegt sich *überall* etwas!«

»Es ist dort hinübergekrochen«, erklärte Mira und deutete auf ein Feld mit kniehohen Farnen.

»In die *Athyrium*-Plantage?« Jiril sah zur Lichtung. »Wahrscheinlich hat irgendein Nagetier nur Nistmaterial zusammengesammelt und in seinen Unterschlupf geschleppt.« Er las einen Ast vom Boden auf und begann damit in den Farnen herumzustochern. Mira folgte ihm und bog die Pflanzen vorsichtig mit den Füßen auseinander.

»Ich sehe nur Kraut, Gras, Pilze und Nacktschnecken«, erklärte Jiril nach einer Weile.

»Wahrscheinlich hast du es längst verscheucht oder sogar zertreten.« Mira sah sich suchend um, dann ging sie auf die Knie und kroch auf allen vieren durch die Farne. Bald tat Jiril es ihr gleich, wobei er in Miras Augen einem grasenden Schiddlegg ähnelte. Plötzlich gab er einen seltsamen Laut von sich und entfernte sich rückwärts kriechend von der Stelle, an der er soeben gewühlt hatte. Sein Gesicht war kalkweiß geworden. »Dort!« Er deutete in die Farne. »Dort ist es!«

Mira kroch zu ihm hinüber. »Hast du es berührt?«

Jiril wischte sich die Hände an seinem Overall ab. »Ja, aus Versehen. Es hat gelbe Fangarme und ein riesiges Maul mit Zähnen, so lang wie dein dummes Gesicht!« Er grinste schief. »Tu mir einen Gefallen und starr mich nicht so dämlich an, Beta! Ich bin einfach nur erschrocken, okay?«

Mira stieß hörbar die Luft aus, verschluckte jedoch die spitze Bemerkung, die ihr auf der Zunge lag. Stattdessen erhob sie sich und ging vorsichtig bis zu der Stelle, an der Jiril die Flucht ergriffen hatte. Der Alpha blieb hinter ihr, was nun Mira zu einem verächtlichen Schnauben verleitete. Beherzt griff sie in die Farne und zog die Blätter vorsichtig auseinander. Zwischen dem Grün der Pflanzen saß ein zitronengelbes, langhaariges Etwas und starrte das Mädchen aus einem einzelnen, weit aufgerissenen Auge erschrocken an. Das Wesen blinzelte ein paarmal und sah dann abwechselnd zu Mira und dem ihr über die Schulter blickenden Jiril.

Mira zögerte einen Augenblick, dann streckte sie eine Hand nach dem seltsamen Tier aus. Das Wesen gab ein flötenartiges

Geräusch von sich, riss sein Auge noch ein Stück weiter auf und kniff es schließlich verängstigt zusammen.

»Also, gefährlich sieht es nicht gerade aus«, stellte Mira fest. Bevor Jiril sie daran hindern konnte, hatten ihre Finger das Wesen berührt und strichen vorsichtig durch dessen langes Fell.

»Wie kann man dieses hässliche Vieh bloß anfassen?« Jiril schüttelte sich. »Na ja, mit solchen Händen ...«

»Ich möchte gar nicht wissen, was du sonst noch alles über uns Betas denkst«, brummte Mira. »Hältst du es in meiner Gegenwart eigentlich nur aus, weil dich Dr. Gayot für deine Gefälligkeiten bezahlt, oder steckt da noch etwas anderes dahinter?«

Jiril starrte pikiert in die Luft. Dann betrachtete er das gelbe Büscheltier mit einer undefinierbaren Grimasse, griff unter das zitternde Geschöpf und hob es schwer schnaufend in die Höhe. Sekundenlang stand er mit weit von sich gestreckten Händen reglos da, dann presste er hervor: »Das – ist – *widerlich*!«

Mira starrte den Alpha perplex an. »Du brauchst mir nichts zu beweisen«, erklärte sie.

»Ich bin dabei, *mir* etwas zu beweisen«, stellte Jiril klar. Angeekelt betrachtete er den zitternden Fellball in seinen Händen. »Das Sinnvollste wäre es, einen großen Stein draufzuwerfen«, befand er schließlich.

Das Geschöpf in seinen Händen blähte sich plötzlich zu dreifacher Größe auf und schleuderte ihm aus einem weit aufgerissenen Schnabel eine schrille Tonfolge zwitschernder Laute entgegen. Mit einem panischen Gesichtsausdruck ließ

Jiril das Wesen fallen und rannte davon. In einiger Entfernung blieb er stehen und lehnte sich zitternd an einen Baum. »Schlag's tot!«, forderte er Mira auf.

»Wenn mich jemand in den Händen halten würde und nichts Vernünftigeres zu sagen hätte als: ›Es ist hässlich, es ist widerlich, schlag's tot!‹, dann würde ich genauso reagieren«, rief Mira zurück. »Lass uns schauen, wohin es will.«

»Niemals!«, antwortete Jiril. »Ich hole Delius, der soll es einfangen.«

»Stell dich nicht so an«, sagte Mira. »Wahrscheinlich gibt es hier im Wald noch viel mehr davon …«

Jiril schluckte schwer, dann gab er sich einen Ruck und kam ihr, in der für Mira unverständlichen Alphasprache brummelnd, nachgelaufen. Beide folgten dem haarigen Krabbeltier in den Wald. Nach einer Weile erreichte es eine weitere, etwas kleinere Lichtung und strebte schnurstracks auf einen hohlen Baumstamm zu, der auf dem Waldboden lag.

»Sein Nest, was?«, bemerkte Jiril und blieb in sicherer Entfernung stehen. »Scheint's ja eilig zu haben.«

Das Wesen hatte den Baumstamm erreicht und kroch durch ein Loch ins ausgehöhlte Innere. Eine rasche Folge von Klicklauten war zu hören, dann klang es, als ob jemand eine winzige Tür zuwarf. Kurz darauf ertönte ein Summen, als nähere sich der Lichtung ein gewaltiger Insektenschwarm. Der lauter werdende Ton brachte Miras Trommelfelle in unangenehme Schwingungen. Auch Jiril presste sich die Hände auf die Ohren.

»Was ist denn das jetzt schon wieder?«, rief der Alpha verwundert.

»Das kommt aus dem Baumstamm, glaube ich«, antwortete Mira.

»Also, wenn du mich fragst …« Jiril eilte in den Wald zurück. »Davon steht nichts im Parkverzeichnis. Ich gehe jetzt und hole Delius!«

Das Brummen wurde unerträglich laut, dann hob der Baumstamm unter den fassungslosen Blicken von Mira und Jiril plötzlich vom Boden ab. Beide starrten auf das langsam an Höhe gewinnende Flugobjekt. Sein Dröhnen musste mittlerweile in der gesamten Biosphäre zu hören sein. Als es schließlich die Grenze des Erträglichen erreicht hatte und dabei sogar den Waldboden zum Vibrieren brachte, bewegte der Stamm sich ruckartig nach vorn. Dabei gewann er an Geschwindigkeit und gleichzeitig an Höhe und schoss heulend davon. Nach wenigen Sekunden war er in der Ferne verschwunden.

Mira ließ die Hände sinken und starrte ebenso wie Jiril in die Baumkronen. Nichts bewegte sich im Wald, kein einziges Vogelzwitschern war zu hören, kein Knacken im Unterholz. Bleierne Stille beherrschte den Ort. Es war eine schwere, fast schon erdrückende Lautlosigkeit.

»Dürfte ich bitte erfahren, was hier vor sich geht!?«, ertönte eine blecherne Stimme und ließ Mira und Jiril herumwirbeln.

Delius war – zweifellos angelockt von dem infernalischen Lärm – am Rand der Lichtung aufgetaucht. Seine vier Arme hatte er demonstrativ in die Hüften gestemmt, was ihn entfernt aussehen ließ wie ein riesiger Wanderpokal mit vier Henkeln.

»Da war ein komisches Tier«, erklärte Mira, deren Trommelfelle noch immer klingelten.

»Ein Tier?«, echote Delius. Er stapfte heran und beugte sich über Mira, sämtliche Lichter an seinem Metallschädel leuchteten plötzlich in grellem Rot. »Definiere bitte ›Tier‹, junges, fremdes Fräulein. War es a) ein Zweifüßer, b) ein Vierfüßer oder c) ein Vielfüßer?«

»Äh …« Das Mädchen warf einen Hilfe suchenden Blick zu Jiril. »Ich glaube es war ein Keinfüßer.«

Aus Delius' Kopf drang ein Rattern. »Kein – fü – ßer«, wiederholte er Silbe für Silbe. »Handelte es sich dabei um ein a) Jagdtier, b) Raubtier, c) Haustier oder d) Weidetier?«

»Weder – noch.« Das Mädchen trat verlegen einen Schritt zurück. »Eher um ein Fluchttier.«

Der Roboter richtete sich wieder auf, wobei seine Kameraaugen die Lichtung observierten. »Ist dieses Fluchttier in diesem Moment in der näheren Umgebung zu sehen?«

»Äh …nein«, gestand Mira. »Es ist nämlich, ähm … geflohen.« Sie grinste schief.

»Keinfüßer-Fluchttier geflohen«, wiederholte Delius monoton. »Zur Kenntnis genommen und protokolliert. Handelt es sich bei dem Flüchtigen um a) einen Vogel, b) einen Fisch, c) ein Insekt oder d) ein Kriechtier?«

»Um so ein wuscheliges Krabbelding«, nickte das Mädchen.

Wieder ein Rattern im Kopf des Roboters, diesmal lauter. »Definiere bitte ›wuschelig‹, junges, fremdes Fräulein!«

»Ich heiße Mira!«

»Fehlerhafte Frage-Antwort-Syntax«, schnarrte Delius. »Es fehlt der kausale Zusammenhang.«

Mira schüttelte den Kopf. »Du lieber Himmel«, stöhnte sie. Langsam wurde ihr klar, warum Jiril den Roboter nicht leiden konnte. Sie holte tief Luft, dann beschrieb sie das haarige gelbe Wesen so detailgetreu sie konnte. Das Rattern in Delius' Metallschädel schien daraufhin kein Ende zu nehmen.

»Was ist denn los mit ihm«, flüsterte das Mädchen mit einem Seitenblick zu Jiril.

Der Alpha tippte sich gegen die Schläfe: »Protokolldroide.«

Mira runzelte zweifelnd die Stirn. »Er hat einen kleinen Schreibroboter in seinem Kopf?«

Jiril zuckte die Schultern. »Frag das am besten Dr. Gayot. Ich hab diesen Blechheini schließlich nicht konstruiert.«

Das knatternde Geräusch endete abrupt. »Warnung!«, rief Delius. Sein Hals fuhr aus dem Körper heraus wie ein Teleskopmast, wobei alle Lämpchen auf seinem immer höher steigenden Kopf hektisch zu blinken begannen. »Kontaminationsalarm! Verbotener Organismus! Kontaminationsalarm!« Sein Kopf begann zu rotieren wie ein Choralkreisel, seine Stimme schallte elektronisch verstärkt durch den Wald: »Gefahr! Gefahr! Danger! Attenzione! Gefahr! …«

»Reg dich ab!«, überschrie Jiril die Panikattacke des Roboters.

Der Kopf des mechanischen Försters hörte daraufhin tatsächlich langsam wieder auf zu rotieren und sank zurück auf seine Schultern. Der Geruch von verschmortem Gummi reizte Miras Nase.

»Es ist wahrscheinlich völlig harmlos«, gab das Mädchen zu bedenken, als der Roboter wieder normal aussah. »Nur ein kleines Pelztier.«

»Das in alten Baumstämmen widerrechtlich durch das Reservat fliegt?« Delius starrte auf das Mädchen herab. »Junges, fremdes Fräulein, selbst wenn es wäre, was es laut deiner Aussage zu sein scheint, besitzt es innerhalb des Reservats keine Existenzberechtigung.«

Mira sank ein Stück in sich zusammen. »Und wieso nicht?«

»Weil eine derartige Lebensform laut Protokoll einen potenziellen Schädling darstellt. Die ansässige Fauna und Flora entspringt einem ausgewogenen Bepflanzungs- und Befruchtungsplan aus kontrolliertem Saat- und Erbgut und gedeiht innerhalb strengster Wachstumsnormen.«

»Vielleicht hat es sich ja von außen durchgebuddelt«, gab Jiril zu bedenken.

»Es ist wohl eher irgendwie hereingeflogen«, korrigierte ihn Mira.

»Jeder abnormale, irreguläre oder naturwidrige Organismus bedeutet eine potenzielle Bedrohung für das natürliche Gleichgewicht der Biosphäre«, polterte der Roboter weiter. »Und da ich in diesem Wald arbeite, ist es folglich auch eine Bedrohung für mich.« Delius deutete mit seinen vier Armen in vier verschiedene Richtungen. »Und wo eines lebt, leben zweifellos mehrere, und wo mehrere leben, leben auch größere. Folglich ist das biologische Equilibrium bedroht.«

Delius richtete sich zu voller Größe auf. »Ergebnis der Ermittlung: Im Reservat hält sich zur Zeit ein unerwünschter, flugtauglicher Flucht-Fremdorganismus auf. Zudem besteht begründeter Verdacht auf mindestens zwei kontaminierte Besucher ohne Besuchserlaubnis. Zur Eindämmung eventueller Krankheitserreger ist die Beseitigung der kontaminierten

Hautschichten und der verseuchten Atemluft vorgeschrieben. Empfohlene Maßnahmen: zwanzigminütiges Leersaugen der Lungen sowie Abschälen der betroffenen Hautpartien nebst Versiegeln des umliegenden Gewebes mittels Verätzung. Optional: Abhacken der Hände.«

»*Abhacken!?*«, echote Mira.

Ein Arm des Roboters packte das Mädchen am Kragen, ein zweiter Jiril. »Bitte folgt mir unverzüglich in die Quarantänestation!«

»Das würde dir wohl so passen«, knurrte der Alpha. Er holte aus und rammte Delius einen Ellbogen gegen die Stirn.

Im Kopf des Försters erklang ein Geräusch, als würde ein Regal mit Küchengeschirr umfallen, dann geschah dasselbe wie bereits bei Jirils Tritt in den Unterleib der Maschine: Delius erstarrte, sein Kopf sank vornüber und alle Lichter erloschen. Mira und Jiril plumpsten aus seinen erschlaffenden Händen hinab ins Gras.

»Autsch, verdammt«, presste der Alpha hervor und rieb sich den Ellbogen. »Diese mechanische Mistkröte! Irgendwann tausche ich sein Getriebeöl gegen eine hochbakterielle Nährstofflösung aus und ergötze mich dann daran, wie aus seinem Blechschädel über Nacht bunte Pilze sprießen …«

»Hat er das ernst gemeint?«, erkundigte sich Mira, der noch immer die Knie zitterten.

»Zuzutrauen wäre es ihm.« Er packte das Mädchen am Arm und zog es mit sich Richtung Ausgang. »Ab jetzt, schnell!«, bestimmte er. »Sonst landen wir tatsächlich noch im Säurebad.«

»Hier unten steckt ihr!«, erklang die Stimme von Dr. Gayot, als Mira und Jiril auf die geöffnete Liftschleuse zueilten. Der dicke Wissenschaftler kam ihnen aus dem Ausgang entgegengeschwebt. »Ich habe bereits das halbe Institut nach euch abgesucht. Ihr solltet euch umziehen und reisebereit machen. Ben ist bereits in Hangar zwei und belädt den Rigger.« Er sah sich suchend um. »Habt ihr zufällig Delius irgendwo gesehen?«

»Wieso?«, fragten Jiril und Mira im Chor.

»Ich muss seine Primärfunktionen noch auf Außendienst umstellen«, erklärte der Doktor. »Sonst fängt er in der Wüste an, Unkraut zu jäten.«

»Er kommt mit?« Jiril begann schlagartig zu schwitzen. »Aber er ist gerade ... Er hat ...«

»Mattscheibe«, erklärte Mira schnell und wedelte mit einer Hand vor ihrer Stirn herum.

»Ach?« Dr. Gayot sah hinüber zum Waldrand. »Schon wieder? Na gut, fahr mit dem Mädchen rauf in den Hangar und mach das Hovercraft startklar«, wies Dr. Gayot Jiril an. »Ich bringe derweil Delius in Ordnung.«

»Nicht nötig«, winkte Jiril ab. »Das erledigt sich in Kürze von selbst.«

»So viel Zeit haben wir aber nicht«, entschied der Doktor.

»Dann ... äh, würde ich empfehlen, vorher seinen temporären Arbeitsspeicher zu löschen und ihn ... ähm, anschließend zu rebooten.«

»Soso, würdest du das«, murmelte Dr. Gayot.

Jiril rang sich ein schiefes Lächeln ab. »Er ... hatte für heute einen ziemlich akribischen und sehr komplexen Arbeitsplan, und … Sie wissen ja, wie er reagiert, wenn sein Programm unterbrochen wird …«

Dr. Gayots Augen hatten sich zu schmalen Schlitzen verengt. Nachdem er Jiril eingehend gemustert hatte, sagte er: »Nun, dann werde ich das wohl mal tun. Um des lieben Friedens willen.« Er wandte sich ohne einen weiteren Kommentar um und schwebte auf den Wald zu.

7 | Verbrannte Erde

Der Rigger war ein großes, wüstentaugliches Luftkissenboot, in dem bis zu acht Personen Platz finden konnten. Es war zwölf Meter lang und sieben Meter breit und wurde von zwei großen, vergitterten Heckrotoren angetrieben. Um an Bord zu gelangen, musste Mira eine kleine Leiter emporklettern.

Dr. Gayot und Delius hatten es sich aufgrund ihrer speziellen Konstitution auf gleich zwei kompletten Sitzbänken bequem gemacht, umgeben von diversen Tornistern mit Ausrüstung. Ben und Mira nahmen neben Jiril auf der Steuerbank Platz. Der warf ab und zu einen misstrauischen Blick auf Delius, doch der Roboter reagierte nicht.

»Ich habe seinen primären Arbeitsspeicher blockiert«, erklärte Dr. Gayot, dem Jirils Verhalten keinesfalls entging. »Zudem befindet er sich im Stand-by-Modus.« Der Doktor hob eine handliche kleine Fernbedienung hoch. »Was jedoch keinesfalls bedeutet, dass ich sein Persönlichkeitsmuster gelöscht habe«, fügte er hinzu. »Also reizt ihn nicht, sonst könnte er auf die Idee kommen, die Sperre manuell zu überbrücken …«

Als Jiril den Rigger startete, schaukelte das Gefährt ein paarmal vor und zurück, bis das Luftkissen sich stabilisiert hatte und das Hovercraft noch einmal um gut einen Meter anhob.

Kaum hatte sich das mächtige Tor geöffnet, wehte der Wind Schwaden von Flugsand in den Hangar. Sie waren jedoch nichts im Vergleich zu der Sandwolke, die das Luftkissenboot aufwirbelte, als Jiril den Rigger über die breite Rampe hinab auf die Wüstenpiste lenkte. Erst als das Hovercraft langsam Fahrt aufnahm, wurde die Sicht vor ihnen wieder frei.

»Ist das nicht die falsche Richtung?«, bemerkte Mira, als Jiril das wuchtige Gefährt Richtung Süden lenkte. »Die Straße, auf der wir herkamen, liegt dort drüben.«

»Wir nehmen einen anderen Weg«, erklärte Dr. Gayot. »Die alte Zonenstraße ist viel zu schmal für das Hovercraft. Wir werden durch das Wadi Talfa fahren – oder besser gesagt schweben. Das ist zwar ein kleiner Umweg, aber da der Rigger weitaus schneller ist als ein Buggy, brauchen wir für die Fahrt nur halb so lange wie ihr beiden für die Anreise.«

Das Wadi Talfa war ein breites, ausgetrocknetes Flusstal, dessen südlicher Ausläufer etwa zwanzig Kilometer vom Termit-Plateau entfernt als unscheinbare, lang gezogene Senke begann. Um hinabzugelangen, musste Jiril den Rigger einen sanften, etwa fünf Meter tiefen Abhang hinabmanövrieren – was er mit so viel Schwung tat, dass Mira der Magen fast bis zum Hals hüpfte.

»Etwas weniger *Verve,* mein Junge!«, tadelte ihn Dr. Gayot für seinen Übermut. »Wir wollen alle heil ankommen.«

Jiril warf einen Applaus heischenden Blick zu Mira. Dann lenkte er das Luftkissenboot bis in die Mitte des Wadis und nahm schließlich Kurs Richtung Nordwesten.

Auf seinem Weg in die Tiefebene, in der auch Miras Dorf lag, war der ehemalige Fluss, der das Tal ausgewaschen hatte, nicht sehr lange vom Hochland aufgehalten worden. Irgendwann hatte sich der immer größer werdende See, der sich vor langer Zeit vor den Bergen gebildet haben musste, so hoch aufgestaut, dass sein Wasser begonnen hatte, durch einen schmalen Taleinschnitt durchs Hochland zu fließen. Es hatte womöglich zuerst als unscheinbares Rinnsal angefangen, war dann zu einem immer wilder werdenden Bach angeschwollen, bis er schließlich als reißender Strom ein breites Flussbett ins Gestein des Plateaus gewaschen hatte. An der tiefsten Stelle des Wadis türmten sich die steilen Seitenwände fast einhundert Meter hoch auf. Sowohl der See als auch der mächtige Strom waren seit vielen Jahrhunderten ausgetrocknet. Nur an wenigen Stellen zeugten kleine flache Tümpel und spärliche Pflanzen vom einstigen Wasserlauf.

Wieder gelangten sie an die unsichtbare Barriere, welche die Beta-Zone umschloss. Dr. Gayot öffnete das Kraftfeld einfach per Fernsteuerung, sodass Jiril den Rigger nicht einmal anhalten musste. Kaum hatten sie die Beta-Zone erreicht, griff Ben zum Funkgerät, um das Dorf über ihre nahende Ankunft zu informieren.

»Ich erhalte keine Antwort«, berichtete er nach einigen fehlgeschlagenen Versuchen ratlos, wobei er sich die Kopfhörer gegen die Ohren drückte. »Nichts zu hören, nur Rauschen.«

»Das liegt mit Sicherheit an den Steilwänden«, erklärte Dr. Gayot. »Warte, bis wir die Ebene erreicht haben.«

»Vielleicht ein Sandsturm«, murmelte Jiril und sah in die Ferne. Mira tat es ihm gleich, konnte aber keine Anzeichen für einen Sturm erkennen. Daher schüttelte sie nur stumm den

Kopf und schwieg, wobei jedoch ein ungutes Gefühl in ihr zu keimen begann.

»Seht doch«, rief Jiril, als das Wadi hinter ihnen lag und die Weite der Tiefebene sich vor ihnen ausbreitete. Er deutete zum Horizont, wo dunkle Rauchwolken aufstiegen.

»Das ist Iférana«, rief Ben aus. »Im Dorf muss ein Feuer ausgebrochen sein.«

»Mehrere Feuer«, berichtigte ihn Dr. Gayot. »Offenbar ist auch die Sendestation betroffen.«

Aus dem beklemmenden Gefühl in Miras Brust wurde im Nu lähmende Angst. Ben, der ihre Bestürzung zu fühlen schien, warf dem Mädchen einen prüfenden Blick zu.

»Du darfst nicht gleich das Schlimmste denken«, sagte er. Sein ernster Blick verriet Mira jedoch, dass auch er Unheil befürchtete.

Als sie die Siedlung endlich erreichten, fanden sie in den Straßen ein heilloses Durcheinander vor. Die Feuer schienen an zahlreichen Stellen des Dorfes gleichzeitig ausgebrochen zu sein. Viele von ihnen waren bereits wieder erloschen, nur vereinzelt züngelten noch Flammen innerhalb eingestürzter Hausmauern.

Die Straßen waren menschenleer. Stattdessen irrten Hunde, Ziegen und Schiddleggs umher, ohne dass jemand Notiz von ihnen nahm. Die meisten Tiere waren aus teils niedergebrannten Ställen ausgebrochen und nahmen Reißaus, als das Luftkissenboot sich näherte. Nur wenige erblindete Schiddleggs, denen das Feuer die Augen versengt hatte, blieben still stehen.

Keiner an Bord sprach ein Wort, während Jiril den Rigger über die südliche Speichenstraße in Richtung des zentralen Versammlungsplatzes lenkte. Die Eingangstüren aller Häuser standen offen, Kleidungsstücke, Schuhe, Waffen und sogar Hausinventar waren auf den Straßen verstreut. Und in manch einem bis auf die Grundmauern niedergebrannten Haus oder Stall erblickte Mira Dinge, die sie am liebsten sofort wieder vergessen hätte.

»Sieh nicht hin«, sagte Ben, als er die Tränen in den Augen des Mädchens bemerkte.

Mira wischte sich übers Gesicht und schüttelte fast schon mechanisch den Kopf. »Das kommt nur vom Rauch«, antwortete sie leise. »Nur vom …« Dann versagte ihr die Stimme.

»Das dort vorne dürfte wohl der Grund für die vielen Feuer sein«, bemerkte Jiril und deutete die Straße hinab, wo ein gewaltiger Krater neben dem Dorfplatz klaffte. In einem Umkreis von fünfzig Metern waren so gut wie alle umliegenden Gebäude durch die Explosion zerstört worden. Kaum ein Stein stand noch auf dem anderen.

»Könnte sich um ein Kraftstofflager gehandelt haben«, vermutete Dr. Gayot. Und mit einem Seitenblick auf Mira: »Was stand dort für ein Gebäude?«

»Kein besonderes«, sagte das Mädchen tonlos. »Nur ein Laden. Oben auf dem Dach stand eine dieser Zwillingskanonen.«

»Eine Haubitze?« Jiril schnalzte mit der Zunge. »Wow!«

»Von denen gibt es im Dorf mehrere«, erklärte Mira. »Wegen der Ambodrusen. Aber seit ich mich erinnern kann, wurden sie noch nie benutzt.«

»Falls hier ein Munitionslager in die Luft geflogen ist, dürften die umherfliegenden Geschosse die halbe Siedlung plattgemacht haben«, bemerkte Jiril. »Das würde auch die vielen Brandherde erklären.«

Miras Augen wurden plötzlich beängstigend groß, namenloser Schrecken verzerrte ihr Gesicht. Ehe Ben, Jiril oder der Doktor es verhindern konnten, war sie von ihrem Sitz aufgesprungen, über die Bordwand des Riggers geklettert und hinab auf die Straße gesprungen.

»Mira!«, rief Ben ahnungsvoll. »Nicht!«

Das Mädchen strauchelte nach dem Sprung aus zwei Metern Höhe nur kurz, dann rannte es die Straße entlang, hinein in die beißenden Rauchschwaden, die aus dem Explosionskrater quollen. Einen Augenblick später war Mira hinter der nächsten Straßenecke verschwunden.

»Donnerwetter«, staunte Jiril. »Die kann rennen wie der Teufel.«

»Natürlich«, knurrte Ben. »Sie ist schließlich eine Beta.« Er wies Jiril an, den Rigger zu stoppen und erhob sich ebenfalls von seinem Sitz. »Wartet auf der anderen Seite des Dorfplatzes«, ordnete er an. »Aktiviert Delius, wir werden seine Hilfe benötigen. Ich versuche, das Mädchen zu finden.«

»Wohin will sie?«, rief Dr. Gayot Ben hinterher.

»Nach Hause!«, schrie Ben, ohne sich umzudrehen.

Als Mira durch den Qualm ihr Haus erkannte, überkamen sie Erleichterung und Angst zugleich. Zwar war es nicht niedergebrannt wie viele andere, doch auch hier schwang die halb aus den Angeln gerissene Eingangstür knarrend im Wüstenwind.

Mira kontrollierte sämtliche Räume vom Obergeschoss bis hinab in den Keller. Dabei rief sie nach ihrem Vater, ohne die erhoffte Antwort zu erhalten. Das Haus stand leer. Verstört saß Mira minutenlang auf dem Boden des Zimmers, in dem sie sich vor zwei Tagen noch mit Ben unterhalten hatte, und suchte mit Blicken irgendetwas, das ihr einen Anhaltspunkt zu dem geben konnte, was hier geschehen war. Alles sah ordentlich aus, fast so, als habe ihr Vater das Haus nur kurz verlassen – wenn da nicht die kaputte Eingangstür gewesen wäre.

In dem Moment, als die Tür vom Wind wieder kurz aufgedrückt wurde, nahm das Mädchen vor dem Haus eine huschende Bewegung wahr.

»Tessa?«

Mira sprang auf und rannte nach draußen, doch als sie auf der Straße stand, war von dem Hund keine Schwanzspitze mehr zu sehen. Ein Grollen und Poltern ließ sie erschrocken herumwirbeln. Es war kein Angreifer, der sich auf sie stürzen wollte, sondern die einstürzende Frontmauer eines niedergebrannten Hauses auf der Straßenseite gegenüber.

Einer alten Gewohnheit folgend schlug sie einen Zickzackkurs durch enge Seitengassen ein, bis sie vor dem Haus von Bausch stand. Auch hier bot sich Mira das gleiche gespenstische Bild: Die Wohnung war leer, die Fronttür stand offen – ganz entgegen Bauschs Angewohnheit, sie Tag und Nacht verriegelt zu halten. Nichts deutete darauf hin, dass er gewaltsam aus seiner Säuferklause verschleppt worden war. Im Gegenteil, er schien freiwillig geöffnet zu haben und nach draußen gegangen zu sein.

Ein Winseln aus einem angrenzenden Hinterhof erregte Miras Aufmerksamkeit.

»Tessa?«, rief sie hoffnungsvoll. »Mekaj?« Ein leises Knurren antwortete ihr. Sie suchte den Durchgang in den Hof und fand die beiden Hunde in der hintersten Ecke vor. Beide Tiere kauerten dicht aneinandergeschmiegt, aber wachsam hinter Sträuchern und reagierten beunruhigend verstört auf Miras Annäherungsversuche. Während Tessa durch einen Durchbruch in der Hofmauer sofort die Flucht ergriff, schnappte Mekaj, der noch immer humpelte, nach allem, was sich ihm bis auf Armlänge näherte. Schließlich gab Mira den Versuch auf, sein Vertrauen zurückzugewinnen, und verdrückte sich deprimiert wieder in die Seitengasse. Mit leerem Blick ging sie zurück zu Bauschs Haus und betrat die leere Wohnung. Dort rollte sie sich auf dem großen Sofa zusammen, dessen Wärme und Bequemlichkeit sie gestern Abend noch genossen hatte, zog die nach Palmwein stinkenden Decken über ihren Kopf und weinte still vor sich hin …

Das Mädchen in dem Labyrinth aus Straßen und Gassen zu finden, stellte für Ben kein wirkliches Problem dar. Er brauchte einfach nur Miras metaphysischer Fährte zu folgen – der Spur aus Gedanken und Gefühlen, die sie auf ihrem Weg hinterlassen hatte. Überrascht war er jedoch, als er sie nicht wie erhofft zu Hause antraf, sondern ihre bis dahin sehr lineare empathische Fährte sich im Zickzack wieder davon entfernte.

Schließlich spürte er sie in einem Gebäude auf, das er aufgrund seines Aussehens und des Geruches, der ihm aus dem Eingang entgegenschlug, zunächst für eine Taverne hielt. Erst als er es betreten hatte, erkannte er, dass es ebenfalls nur ein Wohnhaus war – wenn auch ein ungewöhnliches, das zu einem Großteil aus einer alten, überdachten Zeppelingondel bestand.

Der Raum, in dem er Mira schließlich vorfand, war gänzlich erfüllt von Traurigkeit. Als er näher trat, übersah er im Zwielicht eine auf dem Boden liegende Flasche, worauf diese verräterisch laut über den Holzboden kullerte. Benoît spürte, wie das Mädchen unter den Decken erschrocken den Atem anhielt.

»Ich bin es nur«, beruhigte er sie. Augenblicklich fühlte er Miras Erleichterung, gefolgt von einer Welle des Unmuts – ihrer Verärgerung darüber, von ihm gefunden worden zu sein.

»Geh weg«, brummte sie unter den Decken. »Lass mich in Ruhe.«

»Willst du das wirklich?«, fragte Ben.

Mira schwieg. Ben seufzte, setzte sich zu ihr auf das Sofa und wartete. Sie blieb lange stumm und nahezu reglos liegen. Nur hin und wieder erreichte ein verhaltenes Schniefen Bens Ohren.

»Sie sind alle tot«, drang schließlich ihr gedämpftes Schluchzen durch die Decken.

Ben legte eine Hand auf die Stelle, an der er ihre Schulter vermutete. »Das kannst du nicht wissen.«

Mira zog die Decken von ihrem Kopf und drehte sich herum. »Kannst *du* es?«, fragte sie hoffnungsvoll.

»Nein, Mira«, gestand Ben. »Tut mir leid.«

Das Mädchen nickte gedankenverloren. »Aber du kannst es fühlen, nicht wahr?«

Ben zuckte die Schultern und sah sich um.

»Sag mir, was du fühlst«, bat Mira. »Irgendetwas muss doch von meinem Vater und all den anderen Menschen übrig geblieben sein …«

»Ein großes Durcheinander«, sagte Ben. »Viel Verwirrung und viel Angst.« Er erhob sich und hielt Mira auffordernd die Hand hin. »Wollen wir gehen?«, fragte er. »Die anderen warten schon auf uns.«

Während sie auf dem Rückweg erneut am Haus ihres Vaters vorbeikamen, nutzte Mira die Gelegenheit, um noch einmal im Inneren zu verschwinden. Als sie nach kurzer Zeit wieder auftauchte, trug sie ihren vollgepackten Jagdrucksack bei sich. Der Saum eines erdfarbenen Kleides schaute daraus hervor.

»Hast du alles?«, lächelte Ben.

Mira verzog den Mund und zuckte nur mit den Schultern. Nachdem sie auf dem Marktplatz zu Jiril, Dr. Gayot und dem reaktivierten Delius gestoßen waren, teilte Ben nach einer kurzen Lagebesprechung drei Handfeuerwaffen und Magazine mit Ersatzmunition aus.

»Delius wird hier bei dir bleiben«, erklärte Ben auf Miras fragenden Blick hin, nachdem er seine eigene Waffe verstaut hatte. »Solange wir weg sind, ist er für dich eine bessere Lebensversicherung als jede Pistole.«

Mira runzelte die Stirn, griff in ihren Rucksack und zog etwas daraus hervor, das sie stolz in die Luft hob.

»Eine Steinschleuder?«, grinste Jiril mitleidig, als er die Zwille sah. »Na, das passt ja zu euch. Warum nicht gleich Pfeil und Bogen?«

Kommentarlos fischte Mira einen Stein aus ihrem Mantel, legte ihn in die Ledertasche, stand auf, zielte auf die fast einhundert Meter vom Rigger entfernt hängende Marktglocke, spannte die Schleuder und schoss. Es war eine fließende Bewegung, die nicht einmal zwei Sekunden dauerte. Der Stein zischte über den Versammlungsplatz und traf sein Ziel, worauf ein einzelner heller Glockenschlag über den Platz geisterte.

»Wow!«, war alles, was Jiril einfiel, nachdem er eine halbe Minute lang mit offenem Mund auf die langsam auspendelnde Glocke gestarrt hatte.

Ben schenkte dem Mädchen einen anerkennenden Blick. »Na, dann pass gut auf Delius auf«, sagte er, bevor er mit dem Doktor und Jiril aufbrach, um das Dorf nach Überlebenden abzusuchen.

Mira erwartete, von irgendwoher plötzlich Schüsse peitschen zu hören, doch es blieb weiterhin gespenstisch still in den Straßen. Niemand schien von seiner Waffe Gebrauch machen zu müssen. Dr. Gayot war der Erste, der wieder am Rigger ankam. Überlebende schien er nicht gefunden zu haben und über die Toten schwieg er sich Mira gegenüber aus. Stattdessen tat er so, als müsse er das Luftkissenboot nach Reiseschäden überprüfen.

Nach einer knappen Stunde kehrte auch Ben sichtlich bewegt zurück. »Acht«, sagte er nur, als er den Rigger erreicht hatte.

Der Doktor nickte ernst. »Fünf auf meiner Route«, murmelte er.

Ben machte ein betrübtes Gesicht. »Ich fürchte, es sind noch weitaus mehr«, sagte er fast tonlos. »In einigen Häusern türmen sich verbrannte Dachbalken und verkohltes Inventar so hoch, dass darunter …« Er verstummte und wischte sich mit einer rußverschmierten Hand über die Augen. »Einige scheinen sich noch gewehrt zu haben«, sagte er schließlich leise. »Gegen wen oder was auch immer …«

Mira, die das leise Gespräch vom Pilotensitz des Riggers mit angehört hatte, sah in den fast wolkenlosen Himmel empor. »Gegen eine Ambodruse?«

Ben schaute zu ihr hinauf und schüttelte den Kopf. »Unmöglich. In einigen Häusern haben Kämpfe stattgefunden, ohne dass das Dach beschädigt wurde.«

»Aber wo sind die Menschen geblieben, die überlebt haben?«, wunderte sich Dr. Gayot.

»Seht euch das mal an!«, erklang die Stimme von Jiril, der mit einem armlangen, schwarz glänzenden Gebilde in der Hand nun ebenfalls von seinem Kontrollmarsch zurückkehrte. »Das stak in einer der aufgebrochenen Eingangstüren. Ist wohl ein Geweih oder so was.«

Als Mira das Ding, das Jiril beim Näherkommen wie eine Trophäe in die Höhe hielt, genauer betrachtete, lief es ihr eiskalt den Rücken hinunter. »Das ist eine Hälfte einer Sodra-Fangzange!«, stieß sie hervor.

»Ah, eine Tierfalle«, mutmaßte Jiril und lehnte seinen Fund an den Rumpf des Riggers.

»Nein, ein riesiges, fleischfressendes Insekt aus der Gattung *Macromirmicoleon*«, berichtigte ihn Dr. Gayot und begann nach einem raschen Rundblick ein deutliches Stück höher zu schweben. »Man könnte es als einen etwa zwei Meter langen Eingeweidesack mit Fangzangen beschreiben.«

Jiril wurde bleich und sah sich ebenfalls hektisch um. »Hier krabbeln zwei Meter lange Monsterkäfer herum?«

»Krabbeln ist das falsche Wort«, erklärte Ben, wobei er den Boden nach verräterischen Spuren absuchte. »Sodras besitzen nämlich keine Beine. Sie robben über den Boden oder wühlen sich unter der Oberfläche durch den Sand.«

»Dabei bewegen sie sich durch Kontraktionswellen voran wie fette Würmer oder riesige Maden«, fügte der Doktor in wissenschaftlichem Eifer hinzu. »Bemerkenswert ist dabei, dass sie gerne Kolonien bilden. Ich habe jedoch noch nie erlebt, dass sich eine große Sodra-Kolonie auf Wanderschaft begeben hätte.« Er dachte einen Augenblick nach, dann sagte er: »Es sei denn, irgendetwas hätte sie dazu getrieben.«

»Vielleicht lag bis heute nur noch nie eine menschliche Siedlung auf ihrem Weg«, bemerkte Jiril.

»Das waren keine Sodras«, entschied Ben und nahm die Fangzange näher in Augenschein. Er roch an der Bruchstelle, verzog kurz das Gesicht und sagte: »Zumindest keine echten.« Dann hielt er die Kieferklaue mit dem abgebrochenen Ende dem Doktor entgegen. »Riechen Sie!«, forderte er ihn auf.

Dr. Gayot schwebte widerwillig heran und schnupperte an dem Fragment wie an einem alten Käse. »Antioxidationsmittel«, stellte er überrascht fest. »Synthetische Schmierstoffe.«

»Das Ding stammt von einer Maschine?«, staunte Jiril.

»Falls du mir erklären kannst, warum eine zwei Meter große Insektenlarve in der Wüste einen Korrosionsschutz benötigt, darfst du gerne einen anderen Vorschlag machen«, brummte Ben und drückte Jiril die Zange in die Hand. »Ein Käfer rostet nicht, egal wie groß er ist.«

Jiril starrte das Klauenfragment in seinen Händen an. »Zwei Meter große, menschenfressende Insektenroboter«, stöhnte er. »Das ist ja noch abgefahrener!«

»Hier wurde niemand gefressen«, erklärte Ben. »Sonst hätten wir Blut und Knochen gefunden.«

»Vielleicht verstecken sich die Bewohner an Orten, an denen wir noch nicht gesucht haben«, überlegte Dr. Gayot. »In den alten Sonnenschutzbunkern etwa.«

»Ich habe eine Idee.« Jiril lief hinüber zur Marktglocke, ergriff das Klöppelseil und begann laut und lange zu läuten. Als der letzte Glockenschlag verhallt war, lauschten alle gebannt nach einer Stimme, einem vertrauten Geräusch oder einer sich öffnenden Bodenluke – doch das Dorf blieb stumm. Keine Menschenseele ließ sich auf den Straßen blicken.

Ben hob den Kopf wie ein Tier, das eine Witterung aufgenommen hatte. »Ich fühle etwas …«

Dr. Gayot horchte auf. »Gefahr?«

»Nein.« Ben schloss die Augen und stand eine Weile in sich gekehrt auf der Stelle. Dann sagte er: »Angst!« Er hob seine Hände, als versuche er etwas Unsichtbares zu berühren, wobei er sich langsam auf der Stelle drehte. »Dort!«, sagte er schließlich und deutete in Richtung Plantagen. »Es kommt von dort drüben.«

»Wir haben diesen Straßenzug doch schon abgesucht«, murrte Jiril. »Dort ist niemand.«

Ben schüttelte nur den Kopf und begann in Richtung der Oasen zu laufen. »Es ist ganz in der Nähe«, rief er, ohne sich nach den anderen umzudrehen. »Ich spüre es ganz deutlich. Wir haben irgendetwas übersehen.«

»Was spürt er?«, wunderte sich Mira.

»Klare Gedanken«, antwortete Dr. Gayot mit verschwörerischer Miene.

»Ach, Quark«, brummte Jiril und winkte ab. »Dort ist nichts.« Trotzdem begann er Ben nachzulaufen, womöglich in der Hoffnung, dabei zu sein und einen gehässigen Kommentar abgeben zu können, falls Benoît sich irrte.

»Das wird nicht passieren«, versicherte Dr. Gayot, als Mira ihm gegenüber ihre Vermutung äußerte. »Seine Fähigkeiten haben ihn noch nie betrogen.«

»Jiril ist eifersüchtig auf Bens Gabe«, stellte Mira fest.

»Das mag wohl so sein«, seufzte der Doktor. Dann schwebte er den beiden Alphas hinterher, dicht gefolgt von Mira. Delius bildete die Nachhut, wobei er hinter der Gruppe herstapfte wie ein Revolverheld in Ritterrüstung.

Ben führte sie etwa fünfzig Meter aus der Siedlung heraus, bis sie vor vier nebeneinanderliegenden, rechteckigen Metallklappen standen. Sie waren jeweils etwa anderthalb Quadratmeter groß und wirkten äußerst stabil.

»Was befindet sich unter diesen Abdeckungen?«, fragte Ben flüsternd.

»Das sind nur Abfallgruben«, sagte Mira ebenso leise.

Jiril äußerte ein leises Prusten.

»Halt den Mund, verdammt!«, zischte Ben. Dann schritt er Grubendeckel für Grubendeckel ab, wobei er die rechte Hand darüberhielt, als wolle er feststellen, ob eine von ihnen Wärme abstrahlte. »Hier!«, flüsterte er schließlich, als er an der dritten Grube ankam. »Delius, den Deckel!«

Während der Roboter sich, ohne zu zögern, bückte, um die

schwere Metallabdeckung anzuheben, entsicherte Jiril seine Waffe und postierte sich im toten Winkel. Ben, Mira und der Doktor traten einige Schritte zurück, um einem etwaigen Angreifer – ob Mensch, Tier oder was auch immer – kein unmittelbares Ziel zu bieten.

Der Metalldeckel schwang mit einem protestierenden Quietschen auf, dann herrschte Stille. Aus der Grube drang ein abstoßender Gestank, untermalt von einem leisen, hektischen Keuchen. Als nach knapp einer Minute immer noch nichts Bedrohliches herausgesprungen kam, traten alle wieder heran und versammelten sich vor dem finsteren Loch.

Für jeden, der sich dort unten versteckte, musste der Anblick der Gruppe mehr als nur verstörend sein: ein zwei Meter großer Roboter, zwei Alphas und ein dicker, schwebender Mann, dessen Unterleib aussah wie eine Metallspinne. Doch erst als auch noch Mira am Rand der Grube auftauchte und neugierig hinabsah, kam aus der Tiefe ein unterdrückter Angstschrei. Etwas, das nicht genau zu erkennen war, bewegte sich dort unten im Halbdunkel. Dann schoss pfeilschnell ein kleines Objekt heraus und knallte Mira mit voller Wucht gegen die Stirn. Der heftige Aufprall ließ das Mädchen zurücktaumeln, im selben Moment wurde ihr bereits schwarz vor Augen.

»Mira!«, drang eine ferne Stimme wie durch dicke Watte an ihre Ohren. Dass sie der Länge nach in den heißen Wüstensand fiel, spürte sie nicht mehr.

Teil 2 | Savornins Meer

Was wir wissen, ist ein Tropfen.
Was wir nicht wissen, ist ein Ozean.

Isaak Newton

8 | Wo sind die Menschen?

»Nicht schießen!«, rief Ben, als er die Bewegung neben sich erkannte, und riss Jirils Hand samt der Waffe zu Boden. Der Schuss, der sich einen Sekundenbruchteil später löste, ließ wenige Zentimeter neben dem Grubenrand eine Sandfontäne aufwirbeln.

»Das war knapp«, bestätigte Dr. Gayot, während Ben nun rasch nach Mira sah. Sie hatte eine blutende Platzwunde an der Stirn, schien jedoch nicht ernsthaft verletzt zu sein. »Delius, Licht!«, wies der Doktor den Roboter an, nachdem Ben das Mädchen notdürftig versorgt hatte.

Delius ließ mehrere Scheinwerfer an seinem Kopf aufleuchten und richtete ihre Strahlen gebündelt hinab in die Tiefe.

Was Ben, Jiril und der Doktor dort unten schließlich erblickten, ließ sie verwunderte Blicke austauschen. In der hintersten Ecke der offenbar für Ernteabfälle bestimmten Grube kauerte – scheinbar bis zur Hüfte vergraben unter fauligem Gemüse und verrottenden Staudenblättern – ein verängstigtes Bündel Mensch. In seinen zitternden Händen hielt es eine bis zum Anschlag gespannte Steinschleuder.

»Das ist ein Junge!«, entfuhr es dem Doktor, als er die Gestalt erblickte. Dann, als er genauer hinsah: »Mein Gott, er hat keine Beine mehr!«

Der Betroffene schien sich indes nicht entscheiden zu können, welche der fremdartigen Gestalten über seinem Versteck er mit seiner Schleuder anvisieren sollte. So richtete er die geladene Zwille abwechselnd auf den bizarren Körper von Dr. Gayot und auf den klobigen, strahlenden Kopf von Delius. Schließlich entschied er sich für den ihn blendenden Roboter und ließ sein Geschoss emporzischen. Es machte laut ›Klong!‹, als der Stein gegen Delius' Metallschädel krachte. Einer seiner Scheinwerfer erlosch sofort, kurz darauf alle übrigen Lichter an seinem Kopf. Der Roboter sank ein Stück in sich zusammen und rührte sich nicht mehr.

»Na, klasse!«, stieß Jiril hervor.

Offenbar war das Geschoss, das den Roboter außer Gefecht gesetzt hatte, der letzte Stein des Grubenschützen gewesen, weshalb dieser nun hektisch im Kompost wühlte und schließlich einen fauligen Rettich in seine Schleuder lud.

»Warte!«, rief Dr. Gayot, als der beinlose Junge damit auf ihn zielte. »Wir wollen dir nichts tun!«

»Blödsinn!«, kam es aus der Grube zurück, gefolgt von einer Kaskade wilder Flüche und Verwünschungen. Einen Augenblick später musste sich der dicke Wissenschaftler doch noch unter dem heranfliegenden Rettich wegducken.

Bevor der Junge es in seinem Versteck geschafft hatte, seine Waffe erneut mit fauligem Gemüse zu laden, war Ben zu ihm in die Grube hinabgesprungen. Allerdings hatte er nicht mit der Stärke seines Gegners gerechnet. Statt sich die Steinschleuder abnehmen zu lassen, traktierte der Junge Ben derartig mit Faustschlägen, dass dieser das Gefühl hatte, in die Höhle eines tobenden Wüstentrolls gesprungen zu sein. Mit Mühe und

Not schaffte Ben es wieder aus der Kompostgrube heraus, begleitet von allerlei ihm nachgeworfenem Gemüse. Jiril war es schließlich, der das Theater beendete, indem er die Metallabdeckung wieder auf die Grube krachen ließ. Um sicherzugehen, dass sie nicht doch noch von innen aufgestoßen wurde, setzte er sich auf den Deckel.

»Wir sollten einen großen Stein drauflegen und diese halbe Portion da unten so lange in der Sonne schmoren lassen, bis sie friedlich ist«, schlug er vor.

»Er fürchtet sich, das ist alles«, erklärte der Doktor. »Irgendetwas muss ihn beinahe zu Tode geängstigt haben.« Er sah sich nach Ben um, der neben Mira saß und sich dabei von seiner kurzen, aber heftigen Prügelei erholte. »Wie geht es dem Mädchen?«

»Sie kommt bald wieder zu sich«, erklärte er. »Aber die Wunde muss genäht werden.« Er nickte in Richtung Delius. »Was ist mit ihm?«

»Nichts weiter«, winkte Jiril ab. »Der alte Blechschädel ist nur ein wenig empfindlich gegen Erschütterungen.«

»Wir sollten das Hospital suchen, um Miras Wunde zu versorgen«, entschied Benoît. »Hoffentlich gibt es dort ein Antiseptikum. Ich könnte zudem eine Salbe gegen Prellungen gebrauchen. Der Bengel dort unten hat zugedroschen wie ein tollwütiger Pavian.«

»Todesangst«, befand Dr. Gayot. »Sie setzt ungeahnte Kräfte frei.«

»Nein«, widersprach Ben. »Das war nicht allein die Angst, das konnte ich spüren.«

»Zweifellos«, grinste Jiril.

»Warte hier, bis Delius wieder … ähm, zu sich kommt«, wies Dr. Gayot Jiril an und überließ ihm die Fernbedienung. »Und versuch unseren hitzköpfigen Freund irgendwie zu beruhigen.«

»Diese halbe Portion dort unten benötigt ebenfalls medizinische Hilfe, glaube ich«, sagte Jiril, der im Schneidersitz auf dem Grubendeckel hockte, und schlug sich mit einer Handkante leicht gegen den Bauch.

»Das ist keine akute Verletzung«, widersprach Ben. »Sonst wäre der Bursche kaum so temperamentvoll.«

»Aber seine Beine«, wunderte sich der Doktor. »Sein gesamter Unterkörper wurde …«

»Er könnte eine Missbildung sein«, unterbrach ihn Ben. »Womöglich ist seine Behinderung angeboren.«

»Das würde natürlich seine unerwartete Stärke erklären«, nickte Dr. Gayot nach kurzem Überlegen. »Er muss sein Leben lang nur seine Arme benützt haben, um sich fortzubewegen.« Und mit einem vielsagenden Blick zu Ben: »Falls es uns gelingen sollte, ihn zu bändigen, würde ich ihn mir gerne einmal näher ansehen.«

»Nachdem wir mit ihm geredet haben«, entschied Ben. »Immerhin ist er der Einzige, der uns sagen kann, was hier passiert ist.«

Das Erste, was Mira wieder bewusst wahrnahm, waren dumpfe Kopfschmerzen und der scharfe Geruch von Desinfektionsmittel. Verwirrt schlug sie die Augen auf und blickte in das Gesicht von Benoît. Er saß neben ihr und hielt den Rest einer Mullbinde in der Hand. Sein aufmunterndes Lächeln wurde von einer geschwollenen Lippe und einem dicken blauen Auge getrübt.

»Willkommen«, sagte er.

Mira wollte aufstehen, doch ein plötzlicher Schwindelanfall ließ sie wieder zurücksinken. Irgendetwas zwickte zudem unangenehm auf ihrer Stirn. Sie hob eine Hand, um die Stelle zu befühlen, doch Ben hinderte sie daran.

»Nicht anfassen!«, bestimmte er und hielt ihren Arm fest. »Ich bin noch nicht fertig mit dir.« Er schnitt einen langen Streifen Heftpflaster ab und klebte ihn vorsichtig auf Miras Stirn. »Okay«, sagte er, als er mit seinem Werk schließlich zufrieden war.

»Was ist denn passiert?«, murmelte das Mädchen.

Statt zu antworten, hielt ihr Ben einen Spiegel vors Gesicht. Mira machte große Augen, als sie den dicken Kopfverband sah, dann verzog sie gequält das Gesicht. »*So* soll ich rumlaufen?«

»Das war kein Kratzer«, erklang Dr. Gayots Stimme aus dem Hintergrund. »Ich musste die Wunde mit vier Stichen nähen. Erstaunlich, dass das Stirnbein an der betroffenen Stelle nicht zertrümmert wurde. Ihr Betas habt wirklich außerordentlich stabile Knochen. Eine kleine Narbe wird aber wohl zurückbleiben.«

Na toll, dachte Mira frustriert und befühlte den Verband. *Jetzt bin ich noch hässlicher …*

Ben warf ihr einen hintergründigen Blick zu, beließ es aber bei einem Stirnrunzeln. Während er Mira half, sich vorsichtig aufrecht hinzusetzen, erzählte er ihr, was an den Abfallgruben vorgefallen war. Der Raum, in dem sie sich aufhielten, entpuppte sich als Krankenzimmer des am Dorfplatz gelegenen Hospitals. Sein gesamter Boden war übersät mit Glasscherben, da die Frontscheiben durch die Explosion des Munitionsdepots geborsten waren. Durch die zerstörten Fenster erkannte Mira den mächtigen Rumpf des Riggers. Vor dem Hospital wurden Schritte laut, dann kam Jiril durch die aus ihren Angeln gerissene Tür stolziert.

»Schaut mal, was wir hier haben!«, rief er triumphierend und machte Platz für Delius, der einen bewegungslosen, nach faulem Gemüse stinkenden Körper ins Hospital trug.

»Das ist Jumper«, erkannte Mira erstaunt und rutschte vom Tisch.

»Hübscher Verband«, grinste Jiril, als er sie sah. »Steht dir. Kannst dich bei der halben Portion hier für die Schramme bedanken.«

Delius legte den bewusstlosen Jungen auf dem Behandlungstisch ab, auf dem Ben zuvor Mira verarztet hatte.

»Was ist passiert?«, fragte der Doktor und kam herbeigeschwebt.

»Delius hat ihm einen Energieriegel verpasst.«

»Energieriegel?«, wiederholte Mira zweifelnd.

»Einen Elektroschock«, erklärte Jiril grinsend. »Zwanzig Milliampere für zwei Sekunden. *Bzzzzzz!*« Jiril wackelte mit seinen Händen vor Miras Gesicht herum. »Jetzt ist er zahm wie ein Lämmchen.«

»Ich kann Leute nicht ausstehen, die sich mit den Taten anderer brüsten«, sagte Mira.

»Und ich kann vorlaute Betas nicht ausstehen«, gab Jiril zurück.

»Ruhe!«, forderte Dr. Gayot. »Delius, Licht!«,

Der Roboter trat hinter den Tisch und ließ zwei seiner Kopfstrahler aufleuchten.

»Diese Deformation ist nicht angeboren«, erkannte der Doktor nach einer kurzen Untersuchung des Jungen. »Seine Beine und ein Teil seines Unterkörpers wurden amputiert – allerdings nicht sehr professionell, wie ich anmerken muss.« Er sah hinüber zu Mira. »Litt er an einer Krankheit oder war das ein Unfall?«

»Eine Sodra«, antwortete das Mädchen.

»Autsch«, machte Jiril und verzog das Gesicht. »Können wir nicht ins Institut zurückfliegen? Ich habe keine Lust, mein bestes Stück an eine riesige Sandmade zu verlieren.«

»Das wäre bestimmt kein großer Verlust«, bemerkte Mira.

Sie und der Alpha taxierten sich einige Sekunden lang mit Blicken, dann sah jeder schweigend in eine andere Richtung.

»Jumper …«, beendete Dr. Gayot die Stille. »Ist das sein richtiger Name?«

Mira dachte einen Augenblick nach, dann schüttelte sie den Kopf. »Er heißt Leander.« Sie sah verlegen zu Boden. »Jumper nennen wir ihn, seit er … na ja …«

Ein leises Stöhnen lenkte die Aufmerksamkeit der Gruppe auf den Behandlungstisch. Jumper schlug die Augen auf und blinzelte verstört in die Runde. Als er Mira erblickte, zuckte er erschrocken zurück und wäre beinahe vom Tisch gefallen, hätte Delius nicht direkt dahintergestanden und ihn vor einem Sturz bewahrt.

»Keine Angst, Junge!«, versuchte der Doktor ihn zu beruhigen. »Wir wollen dir nichts tun.«

»Gequirlte Kacke!«, krächzte Jumper und wich vor dem Roboter zurück. »Warum hat mir dieses vierarmige Scheißding dann vorhin eine gewischt?«

»Willst du noch eine?«, fragte Jiril und wedelte mit der Fernsteuerung. »Eine Schocktherapie soll bei Mondkälbern manchmal Wunder wirken …«

»Ich muss doch sehr bitten«, tadelte ihn der Doktor und nahm Jiril den Controller ab.

Es dauerte einige Zeit und bedurfte viel Überredungskunst, bis Ben und Dr. Gayot das Vertrauen des Jungen so weit gewonnen hatten, dass er zumindest bereit war, von den Geschehnissen der Nacht zu berichten.

»Aber nur, wenn ihr mir versprecht, dass *die* da nicht in meine Nähe kommt!«, verlangte Jumper und deutete mit dem Kinn in Miras Richtung.

»Gestern warst du noch nicht so schüchtern«, bemerkte sie und spitzte die Lippen zu einem imaginären Kuss. Der Junge verzog in einem Anflug von Trotz kurz das Gesicht, doch in seinen Augen las Mira keine wirkliche Wut, sondern Furcht. Irgendetwas an ihr jagte Jumper eine Heidenangst ein.

»Also«, fragte der Doktor, nachdem er das Mädchen gebeten hatte, sich zurückzuhalten. »Was ist hier passiert?«

Jumper sah unsicher von einem zum anderen. »Sie kamen mitten in der Nacht, als alle schliefen«, begann er schließlich zu erzählen. »Die meisten wurden erst durch die Sirenen und die Kanonen geweckt – doch da war es längst zu spät.«

»*Wer* kam?«, fragte Dr. Gayot.

»Die Ambodrusen. Und die …« Der Junge sah Mira feindselig an. »Die anderen von ihr.« Er deutete auf das Mädchen.

Alle im Raum tauschten verwunderte Blicke aus.

»Was soll das heißen: *die anderen von ihr?*«, hakte der Doktor nach. »Ich kann dir nicht folgen.«

»Die anderen Miras, verdammt!«, zischte Jumper. »Die, die mit den Sodras aus der Wüste gekommen sind. Sie haben angefangen, die Leute aus den Häusern zu holen und auf dem Dorfplatz zusammenzutreiben ...«

»Und?«, drängte der Doktor. »Was geschah weiter?«

»Scheiße noch mal, ich hab keine Ahnung! Nachdem sie Saliv geschnappt hatten, hab ich mich in die Grube verdrückt. Kurz darauf hörte ich über mir ein lautes Rauschen. Es klang wie eine der Flutwellen, die sich nach einem starken Regen durch das Wadi wälzen. Dann war auf einmal alles wieder ruhig ...« Jumper schwieg eine Weile, dann flüsterte er: »Bis ihr gekommen seid ...«

»Er hat einen Knall«, urteilte Jiril und tippte sich gegen die Schläfe. »Wahrscheinlich zu viel Faulgas eingeatmet.«

»Sagt er die Wahrheit?«, wandte sich Dr. Gayot an Ben.

Der nickte nachdenklich. »Ich fürchte, ja.« Er musterte den zitternden Jumper. »Ich sehe Bilder in seiner Erinnerung, die das bestätigen, was er uns erzählt.« Dann schaute er mit sorgenvoller Miene hinüber zu Mira. Während er sie ansah, spürte das Mädchen etwas Eigenartiges. Es fühlte sich an, als ob eine warme, körperlose Hand durch ihren Kopf strich. »Sie hat dich fotografiert, habe ich Recht?«, erkannte Ben.

Mira machte ein verblüfftes Gesicht. »Was?«

»Du weißt genau, was ich meine. Eine der mechanischen Echsen, die du gefangen hast, hat dich fotografiert. Ihre Augen haben geblitzt, während sie dich angeblickt hat.«

Mira zog ertappt den Kopf ein. Dann sagte sie mit einer Stimme, in der unterdrückter Ärger mitschwang: »Ich will nicht, das du in meinem Kopf herumschnüffelst, Ben!« Sie sah ihn herausfordernd an. »Wenn du etwas wissen willst, dann frag mich gefälligst!«

»Wow«, grinste Jiril. »Zwergenaufstand.«

»Halt die Klappe!«, gab Mira zurück.

Dr. Gayot warf einen vielsagenden Blick zu Ben. »Erst wurden Kriechtiere dupliziert, dann auch größere Geschöpfe von Sodras bis hin zu Ambodrusen – und jetzt sogar ein Mensch. Wir müssen diesem Treiben unbedingt Einhalt gebieten.«

»Aber warum wird eine ganze Dorfbevölkerung entführt?«, wunderte sich Ben. »Vor allem wohin und zu welchem Zweck? Das ergibt für mich keinen Sinn.«

»Für eine außer Kontrolle geratene Terramotus-Anlage womöglich schon«, überlegte der Doktor. »Wenn auch ihr Handeln und Schaffen für uns schwer nachzuvollziehen ist. Aber das lässt sich ja ändern ...«

»Und wie?«, wollte Mira wissen.

»Indem wir versuchen, hinter das Geheimnis der Wüste und der *Demeter* zu kommen.« Er sah auffordernd in die Runde. »Ben, mach das Luftkissenboot startklar. Jiril, hilf Leander. Wir nehmen den Jungen mit.«

»Nein!«, kreischte Jumper. »Niemand sperrt mich in dieses Ding dort draußen – zusammen mit *der* da!« Er funkelte Mira an. »Niemals!« Mit einem heftigen Stoß stieß er Jiril zu Boden und schwang sich an Delius vorbei vom Tisch. Bevor es jemand verhindern konnte, war Jumper quer durch den Raum gesprungen und durch eine Tür an der Rückseite des Hospitals aus dem Krankenzimmer gestürmt. Im Hinterhof polterte es, als hätte er auf seiner Flucht mehrere Blechtonnen umgeworfen, dann krachte in der Ferne noch ein Gatter.

»Lass ihn«, sagte Ben, als Jiril Anstalten machte, Jumper zu folgen. »Er hat ein gutes Versteck in einem der Lagerhäuser. Dort ist er sicher, bis wir zurück sind.«

Mira verzog die Mundwinkel. Langsam wurde ihr klar, weshalb das Institut gestern ausgerechnet Ben als Kundschafter ins Dorf geschickt hatte. Als Telepath war er der ideale Schnüffler. Was er nicht aus den Antworten der Leute in Erfahrung bringen konnte, las er heimlich in deren Gedanken.

Tut mir leid, erklang Bens Stimme plötzlich direkt in Miras Kopf. *Ich bin nun mal, was ich bin. Sei mir deswegen nicht böse, okay?*

Das Mädchen starrte Ben erschrocken an, doch seine Lippen waren geschlossen geblieben. Er hatte kein Wort von dem, was Mira gehört hatte, laut ausgesprochen, sondern lächelte nur entschuldigend.

Eine Weile schauten die beiden sich forschend an, dann senkte Mira den Blick und nickte. »Okay«, sagte sie leise in die Stille hinein.

»Bitte?«, machte Dr. Gayot, der dabei war, einige Medikamente zusammenzusammeln. Auch Jiril, der griesgrämig die Tür zum Hinterhof inspizierte, schaute sich fragend um.

Mira schüttelte den Kopf. »Ach, nichts.«

»Einen Moment!«, rief Ben, als Mira und Jiril bereits an Bord des Riggers geklettert waren. »Wartet …« Er stand eine Weile reglos neben dem Luftkissenboot und machte dabei ein

Gesicht, als sei ihm plötzlich etwas ungeheuer Wichtiges eingefallen. »Ich fühle etwas …«

Dr. Gayot sah sich um. »Wieder dieser Leander?«

Ben schüttelte den Kopf. »Nein«, murmelte er. »Etwas, das schon die ganze Zeit da war, nur nicht so deutlich. Ich hielt es für das emotionale Echo eines großen Chaos.« Er schloss die Augen und murmelte: »Aber es sind Gedanken … sie entstehen nicht hier im Dorf … und es sind viele, unglaublich viele …« Er entfernte sich mit geschlossenen Augen rückwärts vom Rigger, als werde er von den Gedanken magisch angezogen. »Sie ergeben jedoch keinen Sinn … alles ist immer noch chaotisch – fast wie …«

»Wie Träume?«, fragte Dr. Gayot.

»Ja …« Ben öffnete die Augen wieder und blinzelte gegen die Sonne. »Wie tausend Träume, aus denen keiner der Träumenden erwachen kann.« Er wandte sich um und deutete in Richtung der Plantagen. »Sie kommen von dort!«

Der Doktor massierte nachdenklich sein Doppelkinn und blickte in Richtung der Oasen. »Dann sollten wir der Sache vielleicht auf den Grund gehen, ehe wir in die Wüste aufbrechen«, entschied er.

Erst als sie das Dorf hinter sich gelassen hatten und der Rigger über die staubige Wüstenpiste schwebte, die das Dorf mit der Oase verband, wurde Mira bewusst, wie lange sie nicht mehr in den Plantagen gewesen war. Doch obwohl seit ihrem letzten Besuch fast zehn Jahre vergangen waren, sah alles immer noch so aus, wie sie es in Erinnerung hatte – abgesehen von den Menschen, die auf den Feldern gearbeitet hatten.

Schweigend schaute Mira sich um. Die vom Luftkissenboot aufgewirbelte Sandwolke wurde vom Wind über die immergrünen Pflanzungen geweht, auf denen Mais, Getreide und Luzerne wuchsen. Die Oasen bestanden aus sechzehn kreisförmigen Bewässerungsfeldern, von denen jedes einen Durchmesser von über einem Kilometer besaß. In der Mitte jedes Feldes befand sich ein Brunnen, durch den das Grundwasser aus großer Tiefe an die Oberfläche gepumpt wurde. Die Plantagen selbst wurden über riesige, um die Brunnen rotierende Sprinkleranlagen bewässert, die aufgrund ihrer Länge auf kleinen Ballonstützrädern durch die Pflanzungen rollten.

Fast alle Bewohner des Dorfes hatten in den Oasen gearbeitet – bis auf Miras Vater und zwei Dutzend weitere *Driller*, die Brunnenbauer. Sie hatten die Pumpenhäuser gewartet oder bei Bedarf Bohrdrohnen für neue Brunnen gestartet.

Am nördlichen Rand der Oasen gab es eine Ansammlung kleiner, überdachter Gewächshäuser, in denen Obst und Gemüse gezüchtet wurde. Überragt wurden die Plantagen von einem halb verfallenen Gebäude, das sich wie eine riesige, hässliche Zackenkrone über die Felder erhob.

»Was ist das für eine Ruine?«, fragte Jiril.

»Der alte Zeppelinhangar«, erklärte Dr. Gayot. »Nach dem Absturz der *Nathan* haben die Farmer seine Seitenwände mit gebrannten Ziegeln verkleidet und das Dach mit einer dicken Lehmschicht bestrichen, sodass das Sonnenlicht nur an extra dafür ausgesparten Stellen durchdringen konnte. Auf diese Weise hatten sie die Halle in ein strahlengeschütztes Gewächshaus verwandelt mit Obstbäumen in der Mitte und Beeten für Nachtkräuter, Kartoffeln und anderen Schattengewächsen drum herum. Mangels Fachkenntnis war beim Verkleiden der Außenwände jedoch die Statik nicht berücksichtigt worden.«

Mira spürte, wie sich bei den Worten des Doktors unaufhaltsam ein dicker Kloß in ihrer Kehle zu bilden begann.

»Die Farmer hatten die Tragkraft der Stützstreben überschätzt, die für eine leichte Luftschiffhalle konstruiert worden waren«, fuhr der Doktor in seinem Monolog fort. »In den ersten Jahren ging alles gut, doch eines Tages setzte in dieser Region, die vor den Sonnenstürmen so gut wie keine Niederschläge gekannt hatte, eine ungewöhnlich lange Regenperiode ein. Die Ziegel und der von Hand aufgetragene Lehm sogen sich so lange mit Wasser voll, bis die Stützstreben dem auf ihnen lastenden Gewicht nicht mehr standhalten konnten. Als die Konstruktion schließlich nachgab, stürzten tonnenschwere Teile des Daches auf die Arbeiter herab ...«

Ein verhaltenes Schluchzen veranlasste Ben, sich nach Mira umzusehen. Das Mädchen kauerte mit zusammengepressten Lippen auf seinem Sitz und starrte krampfhaft hinaus auf die Felder, die tränennassen Augen weit aufgerissen und am ganzen Körper zitternd.

»Beim Einsturz des Kuppeldachs kamen viele Farmer ums Leben«, fuhr der Doktor ungerührt fort. »Eine Ironie des Schicksals hatte dafür gesorgt, dass die meisten Opfer Frauen gewesen waren, die aus Angst vor Missgeburten oder Unfruchtbarkeit in der lichtgeschützten Halle gearbeitet hatten. Es war eine große Tragödie.«

Ben legte dem Doktor eine Hand auf die Schulter und bedeutete ihm mit einer stummen, aber eindringlichen Geste, das Thema zu wechseln.

»Verzeihung«, murmelte Dr. Gayot, als er den Grund dafür erkannt hatte. »Ich wollte nicht indiskret sein. Das Iférana-Unglück ist Teil des allgemeinen Geschichtsunterrichts. Ich ging davon aus, dass das Mädchen inzwischen einen gewissen Abstand zu den Ereignissen gewonnen hat. Schließlich war sie laut ihrer Vita selbst dabei ...«

»*Könnt ihr nicht endlich still sein!?*«, schrie Mira mit tränenerstickter Stimme. »Einfach nur ...« Sie holte krampfhaft Luft. »Einfach nur still sein?«, presste sie hervor. Dann sank sie in sich zusammen und weinte stumm vor sich hin.

Minutenlang herrschte an Bord des Riggers verlegenes Schweigen. Jeder sah in eine andere Richtung hinaus auf die vorbeiziehenden Felder.

»Wohin müssen wir?«, fragte Dr. Gayot schließlich in gedämpftem Ton, als Jiril mit dem Luftkissenfahrzeug immer langsamer wurde.

»Ich weiß es nicht«, gestand Ben. »Seit wir in den Oasen sind, empfange ich nichts mehr. Es ist, als hätte sich über die Quelle der Gedanken eine schützende Decke gelegt, die alles nach außen hin abschirmt.«

Dr. Gayot wies Jiril schließlich an, den Rigger vor der zentralen Pumpstation zu stoppen. Als die Antriebsrotoren verstummt waren, hörte man nur noch das ferne Zischen der Sprinkleranlagen.

Mira sprang als Erste aus dem Boot und ging langsam davon, in Richtung des Hangars. Ben sah ihr nachdenklich hinterher, gab den anderen jedoch zu verstehen, dass es besser sei, das Mädchen für eine gewisse Zeit mit seinen Gedanken allein zu lassen.

»Alle Systeme laufen«, berichtete Jiril nach einem raschen Kontrollgang durch die Pumpstation. »Die Sprinkler sind in Betrieb und bewässern die Felder – aber auch hier keine Spur von den Farmern.«

9 | Der Hangar

Mira behielt die Augen geschlossen, während sie langsam einen Schritt vor den anderen setzte. Sie genoss das Prickeln des Sandes, den der Mittagswind über die nackte Haut ihrer Füße wehte. Die warme Wüstenluft hatte ihre Tränen längst getrocknet.

Dennoch ging sie weitere zwanzig Schritte blind weiter, wobei ein verträumtes Lächeln auf ihrem Gesicht lag. Im Geiste versuchte sie das, was sie mit ihren Fußsohlen erfühlte, in abstrakte Formen und Bilder umzuwandeln. Ein paar Schritte weiter fühlte sich der Sand jedoch plötzlich anders an – fast wie winzige Dünen …

Mira öffnete die Augen und sah sich blinzelnd um. Dort, wo sie stand, formte der Sand kleine Rippen und schmale, ineinanderlaufende Kanäle, die sich zu teils meterbreiten Flutrinnen vereinigten, so, als wären große Mengen Wasser über die Straßen geflossen. Doch Mira entdeckte keinen einzigen Fußabdruck auf dem weichen Boden. Nicht einmal Tierspuren hatten sich in den Schwemmsand eingeprägt.

Bei ihrem ›blinden‹ Spaziergang war sie der Ruine des Hangars näher gekommen, als sie es eigentlich beabsichtigt hatte. Nur noch einen Steinwurf von ihr entfernt ragte das riesige Gebäude vor ihr auf. Ein Frösteln überkam Mira. Sie wollte sich bereits abwenden, als ihr etwas auffiel: Die Spuren des Wassers bildeten unmittelbar vor dem Hangar einen riesigen Fächer aus flachen Flutrinnen, die sich vor dem mit Efeuranken zugewachsenen Eingang der Ruine zu einem einzigen, breiten Strömungskanal vereinigten. Es sah aus, als hätte sich die Flut aus dem Hangar heraus in die Felder ergossen …

Oder in ihn hinein?, fragte eine Stimme in Miras Kopf.

Sie ließ ihren Blick über den schmalen, überwucherten Eingangsspalt wandern, der aussah, als hätte einst ein Riese die Ruine mit dem Hieb seiner Axt gespalten. Dabei fiel Mira ein eigenartiges Licht auf, das hoch oben zwischen den Efeublättern funkelte. Es sah aus, als würde irgendetwas dort oben das Sonnenlicht reflektieren – und dieses Etwas bewegte sich! Mira kniff die Augen zusammen, um von dem Licht nicht geblendet zu werden, und ging langsam weiter auf die Ruine zu. Das seltsame Funkeln sah aus, als würde sich das Sonnenlicht in der Spitze eines Kristalls oder in einem Spiegel brechen. War das etwa Jumper, der dort oben hockte und sie mit einer Linse blendete? Ihm traute Mira als Einzigem zu, so hoch hinaufzuklettern.

»Jumper?«, rief sie zu der Lichtquelle empor. »Bist du das?«

Im selben Augenblick verschwand das Funkeln, als hätte sich sein Verursacher in den Schatten der Efeuranken zurückgezogen. Stattdessen drang durch den zugewucherten Eingangsspalt ein Geräusch, bei dem Mira nicht sicher war, ob sie es tatsächlich hörte oder es sich nur einbildete. Es klang, als würde man einen großen Kübel Wasser in einen Brunnen schütten.

»Mira?«, rief Ben vom Rigger herüber. »Ist alles in Ordnung?« Als sie nicht antwortete, vernahm sie seine sich nähernden Schritte hinter sich.

»Hast du es auch gefühlt?«, fragte sie, als er neben ihr stand.

Ben musterte sie fragend.

»Da drin ist irgendwas«, erklärte das Mädchen leise. »Und es macht mir Angst.«

»Böse Erinnerungen«, vermutete Ben.

»Nein«, entgegnete Mira. »Da drin ist noch etwas ganz anderes …« Sie ging zögernd ein paar Schritte auf die Ruine zu, dann fragte sie: »Bauen Ambodrusen eigentlich Nester?«

»Wie kommst du denn darauf?«, stutzte Ben.

»Falls sie Nester bauen«, sagte Mira, ohne darauf einzugehen, »womit füttern sie dann ihre Jungen?«

Nun konnte selbst Ben nicht verhindern, dass ihm ein leichter Schauer über den Rücken lief. Er ließ seinen Blick über das zerstörte Dach des Hangars schweifen. »Unsere größte Angst ist unsere Angst vor dem Unbekannten«, sagte er schließlich. »Ihr sollten wir stets die Stirn bieten.«

Um ins Innere des Hangars zu gelangen, mussten sie über eine hüfthohe Sandwehe klettern und den dahinterliegenden Eingang von einem dichten Geflecht aus Kletterpflanzen befreien.

»Keine einzige Fußspur«, stellte Jiril fest, während er mit Ben eine Öffnung in den Ranken schuf, die groß genug war, um auch Delius und den Doktor hindurchzulassen. »Bist du sicher, dass wir da drin etwas finden? Hier ist seit Jahren niemand mehr rein- oder rausgegangen.«

Als sie sich schließlich durch die Ranken gezwängt hatten und ins Innere gelangt waren, kam es Mira vor, als habe sie eine andere Welt betreten. Der gesamte Boden des ehemaligen Hangars war knöchelhoch mit Efeu bedeckt. An den gewölbten Wänden brachen die Kletterpflanzen als teils baumdicke Wurzelstöcke aus dem Boden hervor und bedeckten weite Flächen der Mauern. Wo keine Blätter den Blick verwehrten, schlängelten sich die armdicken Hauptranken an den Wänden entlang wie fette Adern.

Finken und Webervögel hatten sich im Geflecht der Pflanzen und an den wenigen freien Mauernischen ihre Nester eingerichtet. Das Gezwitscher der Vogelkolonien hallte tausendfach von den Wänden wider. Bunte Finkenschwärme kreisten umher, Mauersegler schossen in tollkühnen Flugmanövern durch die Halle.

Über dem ehemaligen Speicherbecken, das im Zentrum der Halle lag, war der Efeu an den alten Pumpsäulen emporgewachsen, über die einst die Deckensprinkleranlage mit Wasser versorgt worden war. Im Laufe der Jahre hatten die Schlingpflanzen so über dem Bassin einen riesigen, natürlichen Baldachin aus Blättern geschaffen.

»Sah es hier denn schon immer so aus?«, wunderte sich Dr. Gayot. »Das ist ja der reinste Paradiesgarten.«

»Ich wüsste auch nicht, wovor man sich hier gruseln müsste«, bemerkte Jiril.

Mira zuckte mit den Schultern und schwieg. Sie hatte ihre Arme vor der Brust verschränkt und sah sich fröstelnd um. Trotz der vermeintlichen Idylle fühlte sie sich unbehaglich. Während sie sich mit den anderen dem ehemaligen Speicherbecken näherte, hatte sie das Gefühl, von den überwucherten Wänden herab von zahllosen unsichtbaren Augen beobachtet zu werden.

Unwillkürlich sah sie sich nach Jumper um, doch oben über dem Eingang, wo sie ihn vermutet hatte, war nichts zu erkennen. Wer oder was auch immer für das eigenartige Funkeln verantwortlich gewesen war, hielt sich verborgen.

Ein leises Plätschern lenkte die Aufmerksamkeit der Gruppe auf das Speicherbecken. Unter dem Blätterbaldachin schoss ein kleines blaues Etwas hervor und kam pfeilschnell herangeschwirrt. Mira hielt es zuerst für ein großes, blau schillerndes Insekt – bis das Geschöpf direkt vor ihrem Gesicht in der Luft stoppte und das Mädchen neugierig musterte. Was da vor ihr auf der Stelle schwebte, war ein winziger Vogel, nicht größer als Miras Zeigefinger. Seine Flügel bewegten sich so schnell, dass das Mädchen sie kaum wahrzunehmen vermochte.

»Ein Kolibri«, sagte Dr. Gayot verblüfft. »Das ist außergewöhnlich. Diese Vögel lebten vor den Sonnenstürmen auf den amerikanischen Kontinentalarchipelen, Tausende von Kilometern von hier entfernt.«

Aus Delius' Kopf drang ein verdächtiges Knattern.

»Oh, oh«, erschrak der Doktor und suchte hektisch die Fernbedienung. »Das hatte ich ganz vergessen.«

»Kontaminationsalarm!«, rief der Roboter auch schon, ehe der dicke Wissenschaftler den Controller in der Hand hatte. Sein Hals wuchs wie schon im Wald des Instituts empor, sämtliche Lämpchen an seinem langsam rotierenden Kopf begannen hektisch zu blinken. »Verbotener Organismus!«, hallte es von den Wänden wider. »Gefahr! Danger! Attenzione! Kontaminationsa…«

Jiril beendete Delius' Panikattacke durch einen gezielten Tritt gegen den Unterleib des Roboters.

»Jetzt wird mir einiges klar«, kommentierte Dr. Gayot die Aktion des Alphas, nachdem der Roboter in üblicher Manier verstummt war. »Kein Wunder, dass ich Delius ständig rebooten und massenweise kaputte Schaltkreise austauschen muss.«

Der Kolibri hatte sich vom Lärm des Roboters überraschend unbeeindruckt gezeigt und schwirrte weiterhin vor Miras Gesicht. Das Mädchen streckte vorsichtig einen Finger nach dem winzigen Vogel aus.

Aus dem Schnabel des Kolibris schoss eine lange, feine Zunge und berührte für die Dauer eines Wimpernschlags Miras Fingerspitze. Der Kontakt war wie ein sanfter elektrischer Schlag.

»Au!«, machte das Mädchen und zog die Hand erschrocken zurück.

Der Kolibri verharrte noch ein paar Sekunden vor Mira in der Luft, dann flog er hinüber zu Ben, Jiril und Dr. Gayot. Jeden von ihnen schien er ausgiebig zu mustern, als sei er ein geflügelter Späher, der seinem Herrn Bericht erstatten musste. Besonders der Leviator des Doktors schien es ihm angetan zu haben.

Als der winzige Vogel schließlich den erstarrten Delius in Augenschein nahm, wirkte er plötzlich aufgeregt. Entgegen seinem bisherigen Verhalten begnügte er sich nicht damit, den Roboter aus der Distanz zu begutachten, sondert schoss zwei-, dreimal auf Delius' Kopf herab, wobei seine dünne Schnabelspitze auf das Metall hackte: *Ping! Ping! Ping!*

Mira bildete sich ein, bei jedem der Treffer einen kleinen elektrischen Funken aufleuchten zu sehen.

Dann machte der Vogel kehrt und verschwand genauso schnell wieder, wie er aufgetaucht war. Er flog direkt auf das Baldachindach aus Schlingpflanzen zu, schoss wie ein Pfeil hinab in das Speicherbecken und verschwand darin mit einem leisen Plumpsen.

»Er ist direkt ins Wasser geflogen«, staunte Ben.

Jiril lief vor bis zum Rand des Bassins. »Ich sehe ihn nirgends«, sagte er. »Können Kolibris eigentlich tauch...?« Er stockte, trat erschrocken ein paar Schritte zurück und keuchte: »Ach du Scheiße!«

Das flaue Gefühl in Miras Magen explodierte. »Was ist ...?«, stieß sie hervor und lief auf das Speicherbecken zu.

Jiril wirbelte herum, in den Augen das blanke Entsetzen, und stellte sich Mira mit ausgebreiteten Armen in den Weg. »Nein!«, krächzte er nur und machte Anstalten, sie aufzuhalten.

»Versuch es!«, drohte Mira, die Hände zu Fäusten geballt.

Jiril trat einen Schritt zurück, als er die Entschlossenheit in ihren Augen erkannte. Er hob beschwichtigend beide Arme, versperrte Mira aber weiterhin den Weg. »Sei nicht dumm, verdammt noch mal!«

»Lass sie!«, bestimmte Ben, der ebenfalls an das Bassin getreten war. »Sie hat ein Recht darauf, das zu sehen.«

Doch da war Mira bereits an Jiril vorbeigeschlüpft und an den Rand des Beckens geeilt.

Auch sie benötigte einige Sekunden, um *es* zu erkennen, da die spiegelnde Wasseroberfläche den Blick ablenkte. Als sie in der Tiefe schließlich das erste Gesicht wahrnahm, raubte ihr der Anblick den Atem. Sie erkannte weitere Gesichter – zehn, bald zwanzig, dann Hunderte …

Mira spürte, wie ihr die Beine wegknickten. Nur Bens schneller Reaktion war es zu verdanken, dass sie nicht vornüber ins Bassin stürzte. Kraftlos hing sie in seinen Armen und starrte hinab ins Wasser, bis die Tränen alle Formen und Farben verschwimmen ließen.

Sie hatten die verschwundenen Dorfbewohner gefunden!

Mira wusste nicht, wie lange sie schweigend am Rand des Beckens gekniet hatte. Wie aus weiter Ferne drangen die Stimmen von Ben, Jiril und dem Doktor zu ihr durch, doch sie achtete nicht darauf, was sie sprachen. Ihr Blick hing an tausend reglosen, unbekleideten Körpern, die dicht gedrängt im Wasser lagen. Ihre Augen waren geschlossen, ihre Gesichtszüge eigenartig entspannt. Keiner der Dorfbewohner sah aus, als hätte er leiden müssen. Einige wiesen Fleischwunden und Verbrennungen auf. An diesen sprudelte das Wasser, als wäre es mit Kohlensäure angereichert.

Eine Hand legte sich auf Miras Schulter. Sie gehörte Ben. Die Berührung holte sie wieder ein Stück weit in die Wirklichkeit zurück.

»Sind …« Miras Stimme versagte, sodass sie erneut ansetzen musste: »Sind sie …?«

»Nein«, beruhigte sie Ben, wenngleich seine Miene dabei ernst blieb. »Sie befinden sich unter der Wasseroberfläche –

aber sie sind nicht tot.« Er ließ seinen Blick über das Bassin schweifen. »Zumindest *noch* nicht. Ich kann dir nicht erklären, was hier geschieht. Sie schlafen einen tiefen Schlaf – und sie heilen. Es ist fast, als ob das Wasser sie heilte …«

»Aber das ergibt keinen Sinn«, mischte sich der Doktor ein. »Wie passt das zu der Geschichte, die dieser Leander uns erzählt hat? Und wer hat die Farmer hier …«, er suchte nach einem passenden Begriff, »eingelagert?«, sagte er schließlich. »Und zu welchem Zweck? Bevor wir kamen, führten weder Spuren in die Ruine hinein noch aus ihr heraus.«

Jiril sah empor zum eingestürzten Hallendach. »Es könnten die Ambodrusen gewesen sein.«

»Das ergibt noch weniger Sinn …«, brummte der Doktor.

Mira starrte hinauf in den tiefblauen Himmel. Als sie den Blick wieder senkte, nahm sie am gegenüberliegenden Beckenrand eine flüchtige Bewegung wahr. Sie kniff die Augen zusammen und spähte über das Bassin. Dort, gut 50 Meter entfernt, schwebte ein winziges, blau schillerndes Etwas über dem Wasser: der Kolibri!

Mira warf einen Blick über ihre Schulter zu Ben und den anderen, doch offenbar hatte keiner von ihnen das erneute Auftauchen des Vogels bemerkt. Zu sehr waren sie in ihre Bemühungen vertieft, hinter das Mysterium der Schläfer zu kommen. Zudem begann Delius sich wieder zu regen und lenkte die anderen kurzfristig mit einer monotonen Systemanalyse ab. Mira erhob sich vorsichtig, um den Kolibri nicht zu erschrecken, und begann am Beckenrand entlangzustreifen. Dabei ertappte sie sich, wie sie immer wieder hinab ins Wasser blickte und die reglosen Körper anstarrte.

Sie erkannte Abraham, den dicken Schmied, der direkt am Dorfplatz seine Esse befeuert hatte und von allen nur »Eisenhart« gerufen worden war; Marsa, deren Hilfe immer dann gefragt gewesen war, wenn sich giftiges Kriechgetier in die Wohnungen verirrt hatte; Desmond, der von einer leiernden Alarmsirene bis zum defekten Quarzbohrer alles zu reparieren vermocht hatte, was Lärm erzeugte.

Als Mira das Bassin beinahe zur Hälfte umrundet hatte, kam der Kolibri plötzlich wieder aus seinem Efeuversteck hervorgeflogen. Dicht über den Seerosenblättern schwebte er im Zickzack dahin, dann schoss er hinab ins Wasser. Mira starrte gebannt auf die Stelle, an der er verschwunden war, doch der schillernde Vogel tauchte nicht mehr auf. Als sich die Wasseroberfläche beruhigt hatte, erkannte sie stattdessen ein Gesicht, bei dessen Anblick ihr Herz einen Schlag aussetzte.

»Vater …!«

Aus den Augenwinkeln heraus bemerkte Ben, dass Mira sich erhoben hatte und langsam am Rand des Bassins entlangzuschlendern begann. Er warf dem Mädchen einen kurzen Blick nach, dann sagte er zu Dr. Gayot: »Ich habe das Gefühl, dass das, was wir hier sehen, nicht unmittelbar mit dem nächtlichen Angriff der Wüstenmaschinen zusammenhängt.«

Der Doktor unterbrach für einen Augenblick die Schadensdiagnose des reanimierten Roboters. »Wie soll ich das jetzt verstehen?«

»Sehen Sie sich doch einfach mal um.« Ben wies andächtig in die Runde. »Halten Sie diese Fauna und Flora etwa für etwas Künstliches? Für kleine Roboter und Plastikpflanzen?

Dieser wundersame Ort blüht vor Leben! Es ist fast, als wäre er von einer unsichtbaren Macht erfüllt, die alles Unnatürliche, Synthetische verabscheut. Allein die Reaktion dieses Kolibris auf Delius …« Ben starrte einige Sekunden lang grübelnd in das Speicherbecken, dann bückte er sich über den Rand und tauchte vorsichtig eine Hand ins Wasser. »Es ist angenehm warm«, stellte er fest. »Das Wasser hat fast Körpertemperatur …«

Geht!, explodierte in diesem Augenblick ein tausendstimmiger Chor in Bens Kopf. Die Macht der Worte raubte ihm fast die Besinnung. *Verschwindet!*, forderte die Stimme. *Und nehmt die Unwesen mit! GEHT! SOFORT!*

Dann spuckte das Wasser seine Hand regelrecht wieder aus. Es fühlte sich an wie ein starker Stromstoß. Der Schmerz schoss durch Bens Arm hinauf bis zur Schulter. Nur mit größter Mühe schaffte er es, einen Schmerzensschrei zu unterdrücken, während er sich am Beckenrand zusammenkrümmte.

»Hast du dir die Hand im kalten Wasser verbrüht?«, spottete Jiril.

»Das ist kein Wasser!«, stöhnte Ben.

»Bitte?« Dr. Gayot schwebte verwundert heran. »Was denn sonst?«

Ben schüttelte nur den Kopf. »Wo ist Mira?«, presste er hervor. Unter Schmerzen sah er sich um und entdeckte sie auf der anderen Seite des Bassins. »Holt sie vom Becken weg!«, rief er Jiril und dem Doktor zu.

»Vater …«, hörte er in diesem Moment ihre Stimme und sah das Mädchen auf die efeuüberwucherte Mauer springen, die das Bassin umfasste. »*Vater!*«

»Nein!«, vernahm Mira Bens Schrei von der anderen Seite des Bassins. »Nicht ins Wasser!« Doch da hatte sie sich bereits vom Beckenrand abgestoßen.

Mira hatte erwartet, im Bassin unterzugehen, doch zu ihrer Überraschung versank sie nicht einmal bis zu den Knien darin. Der unerwartete Widerstand unter ihren Füßen ließ sie durchs Wasser stolpern. Als sie das Gleichgewicht wiedergefunden hatte, hatte sie sich bereits viel weiter vom Ufer entfernt als beabsichtigt.

Verwundert blickte Mira auf ihre Füße. Sie stand nicht, wie sie zuerst befürchtet hatte, auf den Körpern der Schläfer, sondern eine Handbreit *darüber.* Es war fast, als würde sich zwischen ihren Fußsohlen und den unter der Oberfläche ruhenden Menschen eine unsichtbare Barriere befinden, die sie allein durch ihr Gewicht nicht zu durchdringen vermochte. Und noch etwas fiel ihr auf: Die Wasseroberfläche reflektierte kein Spiegelbild!

Zuerst spürte Mira nur ein leichtes Prickeln unter den Füßen. Dann begann das Wasser um ihre Beine herum zu sprudeln wie eine heiße Quelle. Gleichzeitig trieben die Körper unter ihr auseinander und schufen eine große Lücke von bodenloser Schwärze. Mira wollte erschrocken zurückweichen, doch sie konnte ihre Füße nicht mehr von der Stelle bewegen, beinahe so, als würde das Wasser sie daran hindern. Dann begann es als mannsbreite Säule an ihr emporzusteigen, umhüllte ihre Hüften, dann bereits die Brust …

»Ben!«, schrie Mira voller Panik, als es ihren Hals erreichte. *»Hilf…!«* Doch da hatte das Wasser ihren Schrei schon erstickt. Mira spürte, wie es in sie hineindrängte, durch ihre

Nase und ihren Mund. Dann wurde sie von einer unbarmherzigen Kraft nach unten gerissen und in die Tiefe gezogen. Das Letzte, was sie wahrnahm, waren die unzähligen Schatten der Schläfer weit über ihr. Das flirrende Sonnenlicht, das zwischen ihren Körpern auf der fernen Wasseroberfläche tanzte, verlor sich schließlich in der Dunkelheit.

Hilflos mussten Ben, Jiril und der Doktor mit ansehen, wie Mira zwischen den reglosen Körpern der Dorfbewohner im Speicherbecken versank. Ein Schwall Luftblasen stieg nach einigen Sekunden aus der Tiefe empor, dann glättete sich die Oberfläche und lag bald wieder so ruhig und friedlich da, als wäre nichts geschehen.

»Nein …«, stöhnte Ben. »Nein, das darf nicht sein! *Das darf nicht sein!*« Er machte Anstalten, ebenfalls ins Bassin zu springen, um das Mädchen zu retten. Erst mit Jirils Hilfe gelang es Dr. Gayot, ihn davon abzuhalten.

»Es ist zu spät«, sagte der Doktor. »Sie kommt nicht mehr hoch.«

Ben entspannte sich kurz, dann bäumte er sich erneut gegen die Griffe der beiden auf. »Nein!«, rief er. »Betas können sich länger unter Wasser aufhalten als wir alle zusammen! Es ist *nicht* zu spät!«

»Sei vernünftig«, beschwor ihn Jiril. »Es ist vorbei, okay? Tut mir schrecklich leid …« Er ließ ihn vorsichtig los.

Ben wandte sich um und lief in hilfloser Wut vor dem Speicherbecken auf und ab.

»Bist du jetzt zufrieden, du verdammte Kreatur?«, schrie er das Wasser erbittert an. Er las ein faustgroßes Mauerstück vom Boden auf und schleuderte es ins Bassin. *»Bist du jetzt zufrieden?«*

Der Steinbrocken prallte von der Wasseroberfläche ab wie von einer Gummimatte. Er hüpfte, ohne einen einzigen Spritzer zu verursachen, bis ans gegenüberliegende Ende des Beckens und federte dort über den Rand hinweg zu Boden.

»Alter …!«, staunte Jiril.

Ehe einer aus der Gruppe reagieren konnte, wuchsen aus dem Speicherbecken plötzlich vier einzelne Wassersäulen empor. Sie schossen unter dem Efeubaldachin hindurch auf Ben und den Rest der Gruppe zu, packten sie wie riesige, flüssige Fangarme und rissen ihre Beute meterweit in die Höhe.

»Nicht bewegen!«, rief Ben mühevoll, nachdem er wieder Luft zum Atmen gefunden hatte.

»Was zum Teufel ist das denn schon wieder?«, stöhnte Jiril, der wie die anderen in seinem Wassertentakel gefangen hing.

»Außerordentlich eigensinniges Süßwasser!«, bemerkte Delius emotionslos. »Ich registriere ein starkes hydrokinetisches Feld mit einer hohen Konzentration von Theta-Wellen.«

»Was du nicht sagst!«, keuchte Jiril.

»Versucht nicht, euch mit Gewalt zu befreien«, ermahnte sie Dr. Gayot mit einem Blick nach unten. »Keiner von uns würde einen Sturz aus dieser Höhe überleben!«

Scharen von Webervögeln lösten sich aus dem Efeudickicht der Wände und begannen die Gefangenen zu umschwärmen. Ihr aufgeregtes Gezwitscher klang wie Beschimpfungen.

»Erst das Mädchen und jetzt wir.« Jiril strampelte mit den Beinen, um seinen Oberkörper ein Stück weit aus dem Fangarm herauszustemmen, doch vergebens. »Ich hoffe, es geht wenigstens schnell, sobald sich das Ding für die Reihenfolge entschieden hat, in der es uns ersäufen will …«

»Wenn es uns einfach nur töten wollte, hätte es dies längst getan«, erkannte Ben. »Also verhaltet euch ruhig, damit es nicht noch aggressiver wird.«

»Ach ja?«, japste Jiril. »Wer hat denn eben den ersten Stein geworfen? Ich war's jedenfalls nicht!«

Ben legte beide Hände auf die Wasserhaut des Tentakels, der ihn umschlungen hielt. Doch sosehr er sich auch konzentrierte, das Wasserwesen blieb stumm.

»Wir sind dieser Entität ausgeliefert«, sagte er. »Auf Gedeih oder Verderb. Uns bleibt nichts anderes übrig, als uns in unser Schicksal zu ergeben.«

10 | Aquarea

Mira erwachte in einem Feld leuchtend blauer Blumen. Sie lag auf dem Rücken und fühlte sich eigenartig schwerelos, wobei gleichzeitig ein unangenehmer Druck auf ihr lastete, der das Atmen schwer machte. Eine Zeit lang blickte sie hinauf in den grün schimmernden Himmel, dann sah sie sich im Liegen um und betrachtete die Blumen. Irgendetwas an der ganzen Szenerie war falsch. Die Entfernungen schienen nicht zu stimmen, und die Blüten wiegten wie in Zeitlupe hin und her – viel zu langsam, um vom Wind bewegt zu werden. Mira fühlte eine flüchtige Berührung an ihrer Stirn, zweimal, dreimal, wie ein sanftes Tupfen. Sie hob den Blick, um das vermeintliche Insekt zu erspähen – und glaubte ihren Augen nicht zu trauen: Über ihr schwebte ein leuchtend blauer Fisch! Er war so groß und so flach wie ihr Handteller und starrte sie aus starren Glupschaugen an. Erst jetzt wurde Mira das allzu Offensichtliche bewusst: Sie atmete Wasser!

Schmerzhaft kehrten die Erinnerungen zurück: an die Gesichter der Schläfer im Speicherbecken, an die unerbittliche Kraft, die sie hinab in die Tiefe gerissen hatte, an die Dunkelheit – dann an nichts mehr.

Tot, flüsterte eine leise, aber mächtige Stimme in ihrem Kopf. *Du bist tot!*

Mira hatte ihre Finger in den sandigen Boden gegraben und starrte mit weit aufgerissenen Augen hinauf in einen flirrenden grünen Himmel, der nichts anderes sein konnte als die ferne Wasseroberfläche. Sie wollte sich vom Boden lösen und emporschwimmen, aber das Entsetzen lähmte sie. Minutenlang blickte sie aus weit aufgerissenen Augen hinauf ins Licht, unfähig, sich zu rühren. Es war der blaue Fisch, der den Bann schließlich brach. Er tauchte direkt vor Miras Gesicht auf und berührte mit seinen Lippen ihre Nasenspitze. Sogleich entfernte er sich ein Stück, als wolle er das Mädchen nun aus der Distanz betrachten, dann schwamm er wieder hinab und machte sich erneut über ihrer Nasenwurzel zu schaffen.

Mira hob eine Hand und betastete vorsichtig ihre Stirn. Der Verband musste sich im Wasser gelöst haben und von der Strömung davongetragen worden sein. Dort, wo Jumper sie mit der Schleuder erwischt hatte, ertastete sie jedoch keine Wunde. Ihre Haut war vollkommen unversehrt.

Mira setzte sich auf und blickte sich um. Wie der Boden des Speicherbeckens sah ihre Umgebung nicht gerade aus. Sie hatte mehr Ähnlichkeit mit dem Grund eines der tiefen Wüstenseen. Allerdings schmeckte das Wasser nicht salzig, sondern – Mira sah den Fisch irritiert an – nach Minztee? Im Grunde war es egal, ob sie nun Seewasser oder Tee atmete, beides zu können war alles andere als normal. Sie sah hinauf zu den tanzenden Lichtreflexionen. Ob sie überhaupt noch fähig war, Luft zu atmen? Bis zur Wasseroberfläche, so schätzte Mira, waren es mindestens zehn Meter. Sie erhob sich und ging ein paar Schritte über den Grund, dann stieß sie sich ab und schwamm dem Licht entgegen.

Im Nu hatte sie die Hälfte der Distanz überbrückt, bis sie auf einmal das Gefühl hatte, kaum noch voranzukommen. Es war fast, als schwimme sie gegen eine unsichtbare Strömung an, die von Meter zu Meter stärker wurde. Je heftiger sie dagegen ankämpfte, desto wütender und verzweifelter wurden ihre Bewegungen. Als die Oberfläche zum Greifen nahe schien, gab das Wasser seinen Widerstand plötzlich auf. Von ihren kraftvollen Schwimmzügen emporgetrieben, durchstieß Miras Kopf die Oberfläche. Einen Moment lang starrte sie mit weit aufgerissenen Augen in einen grellen, wolkenlosen Himmel, dann schlug sie schützend die Hände vors Gesicht. Wären ihre Lungen nicht mit Wasser gefüllt gewesen, hätte sie vor Schmerz geschrien. So jedoch sank sie nur stumm zurück in die Tiefe. Mira unternahm keinerlei Anstalten, erneut aufzutauchen; selbst dann nicht, als ihre Füße längst den Grund berührt hatten. Zusammengekauert wartete sie, bis der Schmerz nachgelassen hatte, um die geblendeten Augen schließlich vorsichtig wieder zu öffnen.

Der Tod, Prinzessin, hatte Bausch einst über das Sterben philosophiert, *der Tod macht vergesslich …*

Mira massierte ihre Augen, während der blaue Fisch aufgeregt ihren Kopf umkreiste. Das Mädchen scheuchte ihn mit einer fahrigen Handbewegung fort, beachtete ihn jedoch nicht weiter. Offenbar hatte er sich in Miras langes, wallendes Haar vernarrt, das ihren Kopf unter Wasser umflorte wie schwarzes Seegras. Jedenfalls ließ er sich nicht vertreiben.

Als sie ein zweites Mal empor ins Licht schwamm, tat sie es weitaus bedächtiger, sodass ihre Augen sich an die zunehmende Helligkeit gewöhnen konnten. Als sie den Kopf schließlich aus den Wellen steckte, war das, was sie sah, ebenso ernüchternd wie erschreckend: So weit das Auge reichte, gab es nichts als Wasser.

Das hieß, Moment mal …

Mira kniff die Augen zusammen. In der Ferne war kurz etwas zu erkennen gewesen, das ausgesehen hatte wie eine mächtige Sanddüne. Mira trat auf der Stelle, wobei sie versuchte, ihren Kopf so hoch wie möglich zu halten. Als die helle Hügelkuppe erneut auftauchte, bestand kein Zweifel mehr: Ein paar Kilometer entfernt erhob sich eine Insel! Mira fiel ein strahlender blauer Punkt auf dem Scheitel der Düne auf. Er sah aus wie ein Spiegel, der das Sonnenlicht reflektierte. Als das nächste Wellental wieder einen Blick auf die Insel erlaubte, war das Licht jedoch verschwunden.

Erschöpft vom Schwimmen tauchte Mira unter und ließ sich langsam wieder auf den Grund hinabsinken. Dabei bemerkte sie etwas, das ihr beim ersten Auftauchen entgangen war: Von oben betrachtet sah das Blumenfeld nicht mehr aus wie ein Feld, sondern fast wie eine Straße aus blauen Blüten. Sie begann dort, wo das Mädchen erwacht war, und schlängelte sich auf die Insel zu.

Mira wartete, bis ihre Füße den sandigen Boden berührten. Dann stieß sie sich vom Grund ab und katapultierte sich über den Blütenteppich hinweg meterweit durchs Wasser – in Richtung der geheimnisvollen Insel …

Azur verbarg sich hinter dem Dünenkamm und blickte hinab auf die Wellen. Im Grunde war es völlig unsinnig, sich zu verstecken, denn Azur war unsichtbar – zumindest, seit das Oberflächenwesen auf ihn aufmerksam geworden war. Für einen kurzen Augenblick hatte er sich ablenken lassen und dem Meer den Rücken zugewandt – und ausgerechnet *diesen* Moment hatte das Oberflächenwesen genutzt, um den Kopf noch einmal aus dem Wasser zu stecken. Unschlüssig, ob es ihn dabei tatsächlich gesehen hatte, blieb Azur in seinem Versteck sitzen und studierte die Wellen. Erst als er überzeugt war, dass das Oberflächenwesen kein drittes Mal auftauchen würde, ließ er sich langsam wieder sichtbar werden. Geflissentlich strich er seinen blau schimmernden Mantel glatt und ging unruhig auf der Düne auf und ab, wobei sein Blick prüfend über den Sand wanderte. Dann las er zwei der kleinen, auf der Insel verteilten Echsen auf und platzierte sie ein Stück weiter hangabwärts, wo das Oberflächenwesen sie besser sehen konnte, sobald es das Wasser verließ. Doch dort regte sich nichts. Als Azur bereits mit dem Gedanken spielte, hinab zum Strand zu laufen, nahm er vor der Insel endlich eine Veränderung wahr. Unter Wasser bewegte sich etwas – und es näherte sich langsam dem Ufer.

Schritt für Schritt schwebte Mira durch die Blumen, darauf bedacht, keine der seltsamen Wasserpflanzen zu verletzen. Da es ihr zu mühsam gewesen war, in voller Montur zu schwimmen, hatte sie ihre Manteltaschen kurzerhand mit Sand gefüllt, um mehr Gewicht zu gewinnen. Erst da war ihr aufgefallen, dass sie ihre Schleuder nicht mehr bei sich trug. Wahrscheinlich hatte Mira sie bereits verloren, als sie im Speicherbecken versunken war. Lediglich zwei Kiesel steckten noch in ihren Taschen.

Nachdem sie sich mit dem Verlust abgefunden hatte, war sie der Blumenstraße in immer seichteres Wasser gefolgt, bis der blaue Fisch irgendwann hinter ihr zurückgeblieben war, fast so, als hätte er eine imaginäre Grenze erreicht. Wenn Mira nach oben blickte, konnte sie bereits den Himmel erkennen. Manchmal vollführte sie zeitlupenhafte Sprünge oder zog sich einfach nur mit den Händen über den Boden voran – so wie jetzt, als das Wasser immer flacher wurde und der Sog der Brandung sie immer wieder meterweit mitriss. Als Mira sich schließlich erhob, reichte ihr das Wasser gerade noch bis zu den Hüften. Zügig lief sie auf das nahe Ufer zu. Kaum hatte sie den Strand erreicht, fiel sie auf die Knie und presste das Wasser aus ihren Lungen. In einem dicken Strahl kam es aus ihrem Mund geschossen und versickerte im Sand. Als Mira schließlich zum ersten Mal wieder Luft holte, bekam sie prompt einen Hustenanfall. Sie hatte völlig vergessen, wie leicht es war, einzuatmen …

Sobald der Husten vorbei war und der Schmerz in ihren Lungen nachgelassen hatte, erhob sie sich auf wackeligen Beinen. Nach der Schwerelosigkeit des Wassers schien es Mira, als würde ihr Körper das Zehnfache wiegen. Vor allem der nasse Mantel hing an ihr wie eine Bleihülle. Sie zog sich aus und wrang das Wasser aus ihren Kleidern. Da es weder Bäume noch Büsche gab, breitete sie die nassen Sachen im Sand aus, um sie trocknen zu lassen. Dabei fiel ihr auf, dass ihr Körper keinen Schatten warf.

Suchend legte Mira den Kopf in den Nacken, doch am Himmel war keine Sonne zu sehen. Das unbestimmte Gefühl, beobachtet zu werden, ließ sie hinauf zum Dünenkamm blicken. Auf dem Grat war niemand zu sehen, lediglich zwei Echsen starrten reglos zu ihr herab. Mira ließ ihren Blick über das Wasser schweifen, dann wieder hinauf zur Düne. Schließlich sammelte sie alles bis auf den Mantel auf, schüttelte den Sand heraus und zog sich wieder an. Die Kleider würden früher oder später auch an ihrem Körper trocknen.

Fröstelnd wanderte Mira eine Weile den Strand entlang, lief mal nach da, mal nach dort, ohne recht zu wissen, wohin. Schließlich entschied sie sich für eine Richtung, in der Hoffnung, vielleicht einem anderen Menschen zu begegnen. Das Einzige, worauf sie jedoch irgendwann stieß, waren ihre eigenen Fußspuren an der Stelle, von der aus sie losgelaufen war. Innerhalb weniger Stunden hatte sie die gesamte Insel umrundet.

Erneut hatte Mira das Gefühl, als würden unsichtbare Blicke auf ihr ruhen. Dennoch war weit und breit niemand zu sehen außer Echsen und einer Schlange am Strand, die auf der Jagd nach ihrer Schwanzspitze ununterbrochen im Kreis herumkroch. Mira lief zum Fuß der Düne. Bis hinauf zum Kamm waren es mehr als einhundert Meter. Prüfend setzte sie einen Fuß in den Sand, um seine Stabilität zu testen, dann begann sie die Düne hinaufzuklettern. Auf dem Grat angekommen, sah sie sich atemlos um. Von hier oben konnte sie fast die gesamte Insel überblicken. Nirgendwo stand ein Baum oder ein Strauch, ja, nicht einmal ein Grashalm reckte sich aus dem Sand. Ebenso wenig entdeckte Mira Fußspuren, die einen heimlichen Beobachter verraten hätten. Es gab nur Sand und auffällig viele Reptilien, die sich zudem auffällig träge verhielten. Dennoch hatte Mira das Gefühl, als halte sich jemand – oder *etwas* – in ihrer unmittelbaren Nähe auf und studiere aufmerksam jede ihrer Bewegungen. Und damit meinte sie keinesfalls die lethargischen Echsen.

Der Horizont sah eigenartig aus. Mira konnte nicht sagen, was an ihm nicht stimmte, doch je länger sie ihn betrachtete, desto schwindeliger wurde ihr. Allerdings war er nicht die einzige Seltsamkeit dieser Welt. Seit Mira die Insel betreten hatte, mussten Stunden vergangen sein, doch es war weder heller noch dunkler geworden. Am Firmament schien keine Sonne, sodass eine Himmelsrichtung ebenso wenig zu bestimmen war wie eine ungefähre Tageszeit. Mira vermisste zudem immer mehr warme Farben. Wohin sie auch blickte war alles blau, grün oder weiß. Selbst ihre eigentlich goldbraune Haut besaß einen bläulichen Schimmer.

Auf der Suche nach dem Grund ihrer Unruhe begann Mira schließlich kreuz und quer über die Insel zu wandern. Dabei stieß sie jedoch wiederum nur auf Echsen und Schlangen. Die Reptilien unternahmen keinerlei Anstalten zu fliehen, sodass Mira sie mühelos mit der Hand auflesen konnte. Ahnungsvoll riss sie einer der Echsen die Schuppenhaut vom Leib. Darunter kam zum Vorschein, was sie insgeheim befürchtet hatte: ein mechanisches Endoskelett aus Metall. Im Gegensatz zu ihren Ebenbildern aus Fleisch und Blut verhielten sich diese Roboter jedoch so stumpfsinnig, als wären sie lediglich zur Dekoration der Insel erschaffen worden. Achtlos ließ Mira die gehäutete Echsenattrappe zu Boden fallen und sah sich um. Sand, Sand, wohin sie auch blickte, nichts als Sand.

Deprimiert sah Mira sich um, dann schlenderte sie missmutig zurück zum Strand.

Nachdem das Oberflächenwesen hinter der Düne verschwunden war, bückte sich Azur nach dem Beutetier und hob es am Schwanz in die Höhe. Die Beschädigungen der Reptilienhülle waren gravierend und Azur vermochte weder Sinn noch Zweck der Zerstörungen erkennen. Aus irgendeinem Grund verhielt sich das Oberflächenwesen nicht so, wie es sich seinen Studien zufolge hätte verhalten sollen. Vielleicht stimmte etwas nicht mit den Beutetieren, die er sorgsam auf der Insel verteilt hatte, überlegte Azur. Oder lag es womöglich an der Luft?

Argwöhnisch blickte er hinauf zum Dünenkamm, denn das Menschenmädchen tauchte offensichtlich gerne unerwartet ein zweites Mal auf, sobald er für einen Moment nicht aufpasste. Doch auf dem Grat regte sich nichts. Seufzend reparierte Azur das Reptil und setzte es wieder in den Sand. Dann blickte er fast Hilfe suchend empor in den Himmel. Es führte wohl kein Weg daran vorbei, mit dem Oberflächenwesen persönlich Kontakt aufzunehmen, um dessen anormales Verhalten zu ergründen. Azur fühlte sich jedoch alles andere als wohl bei dem Gedanken, derjenige zu sein, dem diese Aufgabe oblag. Schließlich gab er sich einen Ruck und folgte den Spuren des Mädchens Richtung Küste …

Als Mira den Strandabschnitt erreichte, an dem sie an Land gekommen war, verspürte sie große Lust, einfach weiterzulaufen, um der Einöde und Trostlosigkeit der Insel zu entkommen; hinaus ins Wasser, wo ein kleiner blauer Fisch sich zweifellos über ihre Rückkehr freuen würde. Ihr Mantel war zwar mittlerweile trocken, dafür aber steif wie ein Brett. Als Mira versuchte ihn anzuziehen, hatte sie das Gefühl, in eine Lehmwand zu schlüpfen. Sie legte ihn auf den Boden und trampelte eine Weile auf ihm herum, um den Stoff weich zu machen. Danach war ihr jedoch viel zu warm, um ihn anzuziehen. Erschöpft ließ sich Mira in den feuchten Sand sinken. Lange starrte sie über das Wasser zum Horizont, ohne zu blinzeln, bis sich ihre trockenen Augen mit Tränen füllten. Dann ließ sie den Kopf auf ihre an die Brust gezogenen Knie sinken.

»Warum weinst du?«, fragte plötzlich eine glockenhelle Stimme hinter ihr.

Mira zuckte vor Schreck zusammen und wirbelte im Sitzen herum. Wenige Schritte von ihr entfernt stand jemand und sah sie neugierig an. Er war kaum größer als ein dreijähriges Kind. Mira hatte noch nie in ihrem Leben einen so kleinen Menschen gesehen. Trotzdem sah er nicht wie ein Kind aus. Er war nur winzig.

Mira wischte sich die Augen trocken und blinzelte den seltsamen Besucher an. Er war ebenfalls barfuß, trug nur einen kurzärmeligen, blau glänzenden Mantel. Er war völlig kahl und an seinen Händen und Füßen hatte er lediglich vier Finger und vier Zehen. Wie versteinert stand er hinter Mira und schien auf eine Antwort zu warten.

»Wer bist du?«, fragte das Mädchen.

»Nenn mich Azur.«

Mira sprach den Namen lautlos nach, dann sah sie sich suchend um. »Wie bist du hierhergekommen?«, fragte sie. »Mit einem Boot?«

Azur legte den Kopf schräg. »Boot?«

»Über das Wasser, meine ich.«

»Nein, nicht über das Wasser.« Das Wesen verzog seine Lippen. Es sollte offenbar ein Lächeln sein. »Das Aion hat mich hergebracht, so wie dich.«

»Aha, das Aion …« Mira senkte den Blick. Nach einer langen Zeit des Schweigens fragte sie schließlich kaum hörbar: »Wir sind tot, nicht wahr?«

»Wie kommst du denn darauf?«, wunderte sich Azur.

»Weil …« Mira zuckte hilflos mit den Schultern. »Weil hier alles so anders ist.«

»Anders?«

»Es ist hell und warm, aber es scheint keine Sonne«, erklärte Mira. »Unter Wasser blühen Blumen, doch an Land wächst kein einziger Grashalm. Und die Wunde an meinem Kopf …« Sie strich sich mit einer Hand über die Stirn. »Sie ist weg.«

»Das war ich nicht«, beeilte sich Azur zu sagen. »Das Aion hat dich geheilt.«

Mira musterte den Zwerg. »Wer ist denn dieses Aion?«

Das Wesen sah hinauf zum Himmel, dann hob es die Arme und machte eine alles umfassende Geste. »Alles, was du hier siehst, ist das Aion«, erklärte es.

Mira ließ langsam den Kopf sinken, dann nickte sie schwach, als hätte sie die Bedeutung der Worte verstanden. »Die Insel der Seligen …«

Azur machte ein verständnisloses Gesicht. »Seligen?«

»Das Jenseits«, erklärte Mira. »Die Toteninsel. So hat Bausch sie immer genannt.«

Ihr Gegenüber schien über ihre Worte nachzudenken. »Nein«, entschied er nach kurzem Überlegen. »Das Aion!«

Mira verzog die Mundwinkel. »Warum bist du so klein?«

Azur zog den Kopf ein. »Ich wollte dich nicht erschrecken«, antwortete er. »Ich habe diese Form gewählt, um mich dir mitzuteilen.« Er trat zwei Schritte auf das Mädchen zu, blieb jedoch ruckartig wieder stehen. »Du hast mir noch nicht geantwortet«, erinnerte er sie. »Warum hast du geweint?«

Mira wich seinem Blick aus und sah zu Boden. »Weil ich …« Sie strich mit zitternden Händen über den Sand. »Das Letzte, an das ich mich erinnern kann, war, dass ich immer tiefer gesunken bin, tiefer und tiefer hinab in die Dunkelheit … Ich hatte geglaubt, zu sterben sei etwas Endgültiges – bis ich wieder aufgewacht bin und das Wasser atmen konnte. Und hier an Land gibt es nichts außer Sand und stumpfsinnige Echsen, die einen nur dumm anglotzen, wenn man ihnen begegnet.« Mira sah auf. »Bist du etwa auch so ein blöder Roboter?«

Azur zog das Kinn an die Brust. »Roboter?«

»Eine Maschine«, erklärte Mira. »Mit Kabeln im Bauch und ein paar Zahnrädchen im Kopf …«

Das Wesen machte ein verwirrtes Gesicht. »Machst du dich über mich lustig?«, fragte es schließlich.

Mira senkte den Blick. Dann schüttelte sie traurig den Kopf und beobachtete wieder die sanft über den Strand rollenden Wellen. Azur machte erneut einen Schritt auf sie zu. Er streckte eine Hand aus, um Miras Schulter zu berühren, zog die Finger jedoch sofort wieder zurück und betrachtete sie, als wolle er prüfen, ob sich an ihnen etwas verändert hatte.

»Das Aion hat geglaubt, dass dir der Sand gefallen würde«, erklärte er. »So wie die Dünen und all die kleinen Oberflächenwesen, die du hier auf der Insel jagen kannst. Das tust du doch so gerne …«

Mira bekam eine Gänsehaut. Ehe sie jedoch Gelegenheit fand, ihren eigenartigen Besucher zu fragen, woher er ihre Gewohnheiten und Vorlieben kannte, fügte Azur hinzu: »Wärst du gerne im Wasser geblieben – für immer?«

Mira schüttelte den Kopf.

»Nun, das Aion weiß nicht, was es falsch gemacht hat. Darum hat es mich geschickt.«

»Falls es dein verfluchtes Aion war, das mich im Speicherbecken unter Wasser gezogen hat, dann sag ihm, ich hätte gerne weitergelebt!«, antwortete Mira mit bebender Stimme. »*Das* hat es falsch gemacht!« Ihr Blick schweifte hilflos über den Strand. »Aber wen interessiert schon mein Leben. Ich bin ja nur eine Beta …«

»Was soll das sein, eine Beta?«, fragte Azur.

»*Ich* bin eine Beta!«, brauste Mira auf. »Sieht man das denn nicht? Hier!« Sie streckte dem Winzling ihre Hände entgegen. »Jedes blinde Schiddlegg sieht das!«

Azur zuckte zurück, betrachtete sie dann jedoch forschend. Mira missinterpretierte seinen Blick und wandte sich wieder ab. Schließlich verschränkte sie die Arme auf ihren angezogenen Knien und verbarg ihr Gesicht darin.

Azur zögerte einen Augenblick, dann trat er heran und strich ihr mit seinen winzigen Fingern vorsichtig durchs Haar. Die Berührung erzeugte auf ihrer Kopfhaut ein leichtes Kribbeln.

»Ich sehe an dir nichts Abstoßendes, Beta.«

»Mein Name ist Mira!«

»Weißt du denn nicht, dass du im Aion nicht sterben kannst, Beta Mira?«

»Natürlich nicht«, flüsterte sie. »Ich bin ja schon tot.«

»Wir wurden nicht hergeschickt, um zu sterben«, erklärte Azur. »Wir sind hier, um uns zu begegnen. Sieh hinaus aufs Meer.«

Widerwillig hob Mira den Blick. Jenseits der Brandung kam zu ihrer Überraschung der blaue Fisch aus dem Wasser gesprungen. Allerdings fiel er nicht zurück in sein Element, sondern blieb gut einen Meter über der Oberfläche schweben. Für eine Sekunde verschwand er in einem strahlenden blauen Glühen, dem ein kleiner, insektenhafter Vogel entschlüpfte. Er kam herangeflogen und stoppte direkt vor Miras Augen. Es war der blaue Kolibri aus dem Zeppelinhangar! Sekundenlang schwebte er vor ihrem Gesicht, dann schoss seine Zunge hervor und tippte gegen Miras Stirn. Sogleich machte der winzige Vogel kehrt und schwirrte wieder hinaus, wo er über dem Wasser verharrte. Für einen Sekundenbruchteil verwandelte er sich erneut in ein strahlendes Licht, dann plumpste er als blauer Fisch zurück ins Wasser.

»Was hat das zu bedeuten?«, fragte Mira, als sie die Sprache wiedergefunden hatte.

»Dass dem Aion sehr viel an dir liegt«, antwortete Azur.

Mira hob den Blick und sah ihm direkt ins Gesicht. Vergeblich suchte es in seinen schwarzen, wie geschliffene Obsidiane schimmernden Augen eine Widerspiegelung.

An mir? Aus ihrem Mund drang kein Laut, ihre Worte waren nur stumme Bewegungen ihrer bebenden Lippen. *Warum denn ausgerechnet an mir?*

»Darüber darf ich nicht sprechen«, erklärte er, während er weiter ihr Haar streichelte. »Es ist noch zu früh.«

Ein unangenehmer Schauer überfiel Mira. »Was machst du da eigentlich?«, fragte sie und schlug Azurs Hand fort, als sich das unangenehme Kribbeln ihrer Haut zum Nacken hin verstärkte.

»Ich wollte dir nicht wehtun«, versicherte Azur und sah sie erschrocken an.

»Es kratzt und juckt und zwickt ...« Mira schüttelte sich und strich mit den Handflächen nervös über ihre Arme und Schultern.

»Du wirst blühen«, sagte Azur. »Wunderschön wirst du aussehen in deinem Blütenkleid.«

»Blühen?« Mira sah verständnislos an sich herab. »Ich will aber nicht blühen!«, rief sie verblüfft. »Sag das deinem blöden Aion gefälligst!«

Sie sprang auf und lief ein paar Schritte weit hinaus in die Brandung. Dort ließ sie sich in die Wellen sinken und blieb zusammengekauert sitzen. Azur seufzte, folgte ihr ins Wasser und setzte sich neben sie. Die Wellen schlugen ihm dabei fast bis zum Hals, sein Körper jedoch blieb völlig unbenetzt.

»Gibt es dieses Meer wirklich?«, fragte Mira. »Oder träume ich es nur?«

»Solange du hier bist, ist es deine Wirklichkeit«, sagte Azur.

Mira befühlte ihre Stirn und blinzelte ihn verständnislos an. »Ich bin also *nicht* tot?«

»Nein, Beta Mira. Das Aion möchte nur erfahren, ob du unser Freund bist – oder unser Feind. Falls du aber wünschst, zu sterben, kann es dich gerne ...«

»Nein!«, rief Mira erschrocken. »Nein, bitte!« Sie schwieg eine Weile, dann fragte sie: »Warum glaubt dieses Aion, ich sei euer Feind?«

»Warum hofft es wohl, du seiest unser Freund?«, entgegnete Azur.

Mira sah ihn irritiert an.

Azur lächelte entschuldigend. »Na gut, ich werde versuchen, es dir zu erklären. Aber ich kann dir nicht versprechen, dass du es jetzt schon verstehen wirst. Zuerst eine Frage, die uns sehr wichtig ist: Diese beiden Unwesen, die dich begleiten, steuern sie sich selbst oder werden sie von der Wucherung gesteuert?«

Mira sah sich suchend um, dann fragte sie: »Wer? Was?«

Azur streckte eine Hand aus und berührte kurz ihre Stirn. Im selben Moment erschien vor Miras geistigem Auge ein Bild von Delius und Dr. Gayot.

»Delius und der Doktor?«, fragte Mira verblüfft.

Das Gesicht von Azur blieb ausdruckslos.

»Also, der Doktor steuert seinen Leviator zweifellos selbst. Ich glaube, er ist so etwas wie ein fliegender Rollstuhl, weil Dr. Gayot keine Beine mehr hat. Und Delius ... Der hat zwar ein paar Schrauben locker, aber wir können ihn jederzeit abschalten.«

Azurs Gesicht hellte sich ein wenig auf, blieb aber ernst. »Sie gehören also nicht zur Wucherung?«

Mira schüttelte den Kopf, ohne zu wissen, was ihr Gegenüber damit meinte. »Sie gehören zum Institut.«

»Ist das der Ort, in dem der verborgene Wald gedeiht?«

»Äh ... ich glaube, ja«, antwortete das Mädchen.

Azur schloss die Augen und schien in sich hineinzuhorchen. Dann sah er Mira an, wobei ein zufriedenes Lächeln seine Lippen umspielte. »Dann ist es gut und recht«, sagte er. »Das Aion erlaubt dir zurückzukehren.« Mit diesen Worten stand er auf und ging Richtung Strand.

»Zurück?«, rief Mira ihm verwundert nach und erhob sich ebenfalls. »Wohin zurück?«

»An die Oberfläche«, antwortete Azur. »Um deiner Bestimmung zu folgen.«

Über der Ruine des alten Zeppelinhangars funkelte der Sternenhimmel. Die Luft war klar und kalt. So schnell, wie in der Wüste die Nacht anbrach, so rasch fielen in ihr nach Sonnenuntergang auch die Temperaturen.

Fröstelnd rieb Ben seine Handflächen aneinander. Sein Atem kondensierte und wehte als weiße Nebelwolken davon.

Der flüssige Fangarm, der seinen Oberkörper gefangen hielt, sonderte seltsamerweise keine Feuchtigkeit ab, sodass die Kleidung von Ben und den anderen sich nicht mit Flüssigkeit vollsog. Dennoch wurde die Kälte auch ohne sie zu einem ernsthaften Problem.

»Langsam glaube ich, dieses Wassertentakelding hat vor, uns an die Ambodrusen zu verfüttern«, bemerkte Jiril mit klappernden Zähnen, während er mit Blicken den Nachthimmel absuchte. »Vielleicht will es sich auch nur eine zum Abendessen angeln«, überlegte er. »Und wir sind dummerweise die Köder …«

»Spar deine Energie«, brummte Ben. »Delius, welche Temperatur?«

»Sechs Grad Celsius«, antwortete der Roboter. »Weiterhin fallend.«

»Wir müssen uns irgendwie warmhalten«, bemerkte Jiril. »Mit den Beinen strampeln, klatschen …«

»Diese Entität könnte jede übermäßige Körperaktivität als Gegenwehr oder Fluchtversuch interpretieren«, gab der Doktor zu bedenken. »Oder sogar als Angriff. Wir wissen nicht, wie sie darauf reagiert. Genug, dass wir bereits das Mädchen verloren haben …«

Daraufhin sagte minutenlang keiner ein Wort. Schließlich war es ausgerechnet Delius, der das Schweigen brach.

»Das hydrokinetische Feld verändert sich«, verkündete er. »Die Theta-Wellen werden wieder stärker!«

»Oh, oh«, machte Jiril, als die Wassertentakel in der Dunkelheit schwach zu glühen begannen. »Jetzt geht's wohl richtig los …«

Im nächsten Augenblick sanken alle vier Fangarme gemeinsam in die Tiefe und setzten ihre Gefangenen sanft auf dem Boden ab. Dann lösten sie sich von ihnen und zogen sich flink ins Speicherbecken zurück. Das Geräusch, das sie dabei erzeugten, klang, als würde man aus großen Kübeln Wasser ins Bassin schütten.

»Wow!«, war der erste Kommentar, zu dem Jiril fähig war, nachdem er wieder festen Boden unter den Füßen hatte. »Kann mir vielleicht jemand erklären, was das nun wieder zu bedeuten hat?«

»Vielleicht hat dieses Phänomen tatsächlich etwas mit den Schläfern im Wasser zu tun«, überlegte der Doktor, während er mit klammen Fingern den Leviator aktivierte.

Ben schüttelte entschieden den Kopf. »Nicht auf die Weise, wie Sie es vermuten«, erklärte er. »Wir haben es hier mit einer intelligenten Präsenz zu tun, deren Macht wir keinesfalls unterschätzen dürfen, aber sie wird bestimmt nicht von den Schläfern gesteuert. Es ist eine eigenständige Entität, ein Wesen, das auf eine gewisse Art und Weise eins ist und doch gleichzeitig viele …« Ben trat langsam an das Speicherbecken heran und blickte nachdenklich ins Wasser. »Und es ist alt, unglaublich alt.«

»Okay, lasst uns abhauen!«, sagte Jiril. »Bevor dieses Ding es sich doch noch anders überlegt.«

»Nein«, murmelte Ben. »Ich werde die Nacht über hierbleiben.«

»Was?« Jiril und der Doktor tauschten einen verwunderten Blick. »Wieso das denn?«

»Weil ich etwas gefühlt habe, bevor der Fangarm mich losgelassen hat.«

»Oh, Gott!«, rief Jiril hinauf zum Sternenhimmel und hob flehend die Arme. »Er hat wieder etwas *gefühlt*!«

Ein Schwarm aufgeschreckter Mauersegler löste sich aus dem Efeu und begann Jiril mit ärgerlichem Protestgezwitscher zu umkreisen.

Dr. Gayot schwebte vor zum Speicherbecken und blickte wie Ben in das nachtschwarze Wasser, auf dessen Oberfläche sich das Sternenlicht spiegelte. »Bist du sicher, dass du deinen Sinnen noch trauen kannst, nach all dem, was in den letzten Stunden passiert ist?«, fragte er Ben mit einem ungewöhnlich ernsten Unterton in der Stimme. »Oder wird das eine Totenwache für das Mädchen?«

»Wir haben von diesem Wesen nichts mehr zu befürchten«, antwortete Ben leise. »Aber ich fühle ebenso deutlich, dass es noch nicht vorbei ist. Ich kann nicht sagen, was geschehen wird – doch ich möchte zur Stelle sein, sobald es so weit ist …«

Da keine Sonne am Himmel stand, warf auf der Aion-Insel auch Azur keinen Schatten. Während Mira dem Wesen auf den Kamm der Sanddüne folgte, fiel ihr auf, dass es auch keine Fußspuren im Sand hinterließ, fast so, als wäre es nur ein Gespenst. Mira blinzelte in den strahlend blauen Himmel. Vielleicht war die Sonne ja durchsichtig, überlegte sie. Eine Geistersonne, die geisterhaftes Licht aussandte …

»War das vorhin eigentlich ernst gemeint?«, fragte sie atemlos, während sie bemüht war, mit Azur Schritt zu halten.

»Was meinst du?«

»Das mit dem Blühen.«

»Oh ja, sicher! Du wirst …«

»Ich will's gar nicht wissen!«, unterbrach ihn Mira und hielt sich bestürzt die Ohren zu.

Azur blieb stehen und sah erstaunt zu ihr herab. »Ihr Oberflächenwesen seid wirklich ein seltsames Volk«, stellte er fest, als das Mädchen ihn erreicht hatte. »Voller emotionaler Widersprüche.«

Mira zuckte die Schultern und blieb schwer atmend stehen. Dann schloss sie die Augen und genoss für eine Weile den kühlen Wind auf ihrer Haut.

Als sie hinunter zum Strand sah, erblickte sie zu ihrer maßlosen Überraschung ein prunkvolles, dreimastiges Segelschiff, wie sie es aus Bauschs alten Bildbänden kannte. Es ankerte wie hingezaubert keine fünfzig Meter vom Ufer entfernt im flachen Wasser, unmittelbar an der Stelle, von der aus sie mit Azur den Aufstieg zum Dünenkamm begonnen hatte. Mira konnte von hier sogar ihre Fußspuren im Sand erkennen.

»Wo kommt *das* denn plötzlich her?«, staunte sie.

»Aus der Zukunft«, erklärte Azur. »Was du dort unten siehst, ist ein Abbild deiner Zukunft. Aber du erreichst es nicht auf direktem Weg, sondern musst dem Pfad folgen, den das Aion für dich bestimmt hat.«

»Für mich bestimmt?«, echote Mira. »Was soll *das* denn schon wieder bedeuten? Will mich dieses Aion-Ding für irgendetwas bestrafen?«

»Es ist keine Strafe«, beruhigte sie Azur. »Nie zuvor stand eines von euch Oberflächenwesen dort, wo du jetzt stehst, Beta Mira. Das Aion hat alles, was du hier siehst und fühlst, nur für dich geschaffen. All das wird aufhören zu existieren, sobald du an die Oberfläche zurückgekehrt bist. Du bist die Erste von euch, die das Aion *erfährt.* Das ist keine Strafe, Beta Mira. Es ist eine Ehre! Dessen solltest du dir bewusst werden, bevor du in deine Welt zurückkehrst.«

Mira sah hinunter auf das Segelschiff, dann zum Horizont, wo das Meer mit dem Himmel verschmolz. »Wie kann etwas so Großes einfach aufhören zu existieren?«, flüsterte sie.

Azur hob die Schultern. »Warum verschwindet die Welt um dich herum, wenn du die Augen schließt?«, entgegnete er. »Und wieso ist sie trotzdem wieder da, sobald du sie öffnest?«

»Weil es sie wirklich gibt«, sagte Mira.

»Nein«, erwiderte Azur. »Sondern weil du dich an sie erinnerst.«

»Soll das heißen, das Aion erinnert sich hier gerade an meine Zukunft?«, fragte Mira verblüfft.

»Klingt das so unglaubwürdig?« Azur deutete hinab zum Schiff. »Sieh selbst«, sagte er.

Mira folgte seiner Geste und erblickte eine Gestalt in einem dunkelroten Mantel. Sie stand einsam an der Reling und blickte zu ihnen hinauf, während der Wind mit ihrem hüftlangen schwarzen Haar spielte.

»Aber ... das bin ich!«, erkannte Mira verblüfft.

»Du *wirst* es einst sein, in einer möglichen Zukunft.«

»Das ist ein Trick, oder?« Als Azur nicht antwortete, sah Mira nachdenklich hinab zu ihrer Doppelgängerin. Sekundenlang trafen sich ihre Blicke, dann hob ihr Ebenbild zögernd eine Hand, fast so, als wäre es ebenfalls nicht sicher, ob es seinen Augen trauen konnte. Mira erwiderte den Gruß, woraufhin sich die Gestalt abwandte und unter Deck verschwand.

»Bevor sich der Kreis zwischen dem Hier und Jetzt und der Zukunft schließt, wartet eine lange Reise auf dich«, erklärte Azur. »Doch sei gewarnt: Die Zukunft wird streng bewacht und ihre Wächter sind unerbittlich und zahllos. Solltest du versuchen, die Zeit zu betrügen, wirst du dich mit ihnen auseinandersetzen müssen. Irgendwann wirst du hierher zurückkehren. In ein paar Tagen, in ein paar Monaten oder erst in vielen Jahren. Das Schiff wird hier auf dich warten. Ich hoffe, dass du dich deiner Zukunft bis zu diesem Tag genug genähert hast, sonst wirst du es nicht vor den Wächtern erreichen.«

Mira blickte sorgenvoll hinab zu dem prunkvollen Dreimaster. »Sind diese Zeitwächter denn immer da?«

»Natürlich, Beta Mira.«

»Auch jetzt?«

»Auch jetzt«, bestätigte Azur.

Miras Augen verengten sich zu schmalen Schlitzen. »Gehörst du etwa dazu?«

Azur lächelte wissend, wandte sich um und stieg die letzten Meter zum Grat der Düne empor. »Willst du mich nicht über den Damm begleiten?«, fragte er, wobei er zur gegenüberliegenden Küste hinabdeutete.

»Was für ein Damm?«, meinte Mira verwundert und kletterte ihm nach. Erstaunt blickte sie vom Scheitel der Düne schließlich hinunter auf eine schmale Landbrücke, die bei ihrer ersten Inselerkundung zweifellos noch nicht existiert hatte. Sie führte schnurgerade über das Wasser und schien sich bis hinter den Horizont zu erstrecken. Mira sah skeptisch über das Meer.

»Wohin führt der Damm?«

»Zum Beginn deiner Reise«, erklärte Azur.

»Einfach so?« Miras Augen verengten sich zu Schlitzen. »Da ist doch irgendwas faul.«

Azur lächelte anerkennend. »Ich glaube, mit dir wurde die richtige Wahl getroffen«, nickte er. Sein Blick wurde jedoch schnell wieder ernst. »Das Aion hat eine Aufgabe für dich, Beta Mira. Es bittet dich um deine Hilfe.«

»Mich?« Mira hob die Arme und deutete in alle Richtungen. »Etwas, das so mächtig ist, dass es einfach diese Welt hier erschaffen kann, braucht *meine* Hilfe?« Sie sah Azur ungläubig an. »Wieso das denn? Was kann ich denn groß tun? Ich bin nur eine Beta!«

»Genau deshalb«, sagte er und strich seinen Mantel glatt. »Ich werde versuchen, es dir zu erklären.«

Dann begann Azur zu erzählen. Anfangs spazierte Mira dabei noch auf dem Dünenkamm auf und ab, fasziniert von all den Dingen, die ihr beschrieben wurden. Irgendwann hielt sie jedoch inne und blieb stehen. Ihr Gesicht wurde vollkommen ausdruckslos und ihre Augen bekamen einen eigenartigen, leeren Glanz. Am Ende hockte sie nur noch zitternd auf dem Grat der Düne, den Blick angsterfüllt in die Ferne gerichtet. Als Azur mit Erzählen fertig war, rang Mira sichtlich um Fassung.

»Das …« Sie schluckte schwer, wobei sie gegen die Tränen ankämpfte. »Das ist nicht fair!«, presste sie schließlich hervor und schüttelte verzweifelt den Kopf. »Nicht fair …«

»Es ist ein einfacher Handel«, erklärte Azur. »Leben für Leben.«

»Es ist Erpressung!«, klagte Mira. »Das schaffe ich nie! Niemals!«

»Nicht allein«, bestätigte Azur.

Mira ließ deprimiert den Kopf hängen. »Warum ausgerechnet ich?«

»Weil du einzig dafür geschaffen wurdest«, erklärte Azur. »Du bist die Tochter des Aion, Beta Mira. Seine Frucht, sein Kind. Sein Schicksal und deines sind untrennbar miteinander verknüpft.«

»Nein!« Das Mädchen sprang auf, die Hände in hilfloser Wut zu Fäusten geballt. »Verdammte Scheiße, nein! *Nein, nein, nein!*« Bei jedem Wort stampfte sie mit dem Fuß auf, dann lief sie den Dünenkamm entlang davon. Eine der künstlichen Echsen, die ihr dabei im Weg saß und trotz ihres Näherkommens keine Regung zeigte, kickte Mira kurzerhand den Abhang hinunter.

Azur seufzte, dann folgte er ihr langsam über den Grat.

Miras Wut war schnell wieder verraucht; so schnell, dass sie sich fast schon wieder darüber ärgerte, nicht mehr wütend zu sein. Ein Wirbelsturm aus Gedanken und Gefühlen tobte in ihrem Kopf. Sie ließ sich in den Sand sinken und versuchte, irgendwie Ordnung in das Gedankenchaos zu bekommen. Doch sosehr sie sich auch bemühte, das Ergebnis war immer dasselbe: Sie war umgeben von Mauern, die immer höher emporwuchsen, bis sie in ihnen gefangen war wie in einem unendlich tiefen Schacht …

»Allein wirst du es nicht schaffen«, riss Azurs Stimme sie aus ihren Grübeleien.

Mira zuckte zusammen, entspannte sich jedoch sofort wieder. »Langsam habe ich das Gefühl, ich bin hier nicht im Aion, sondern in Bens Kopf«, sagte sie, verärgert, dass schon wieder jemand ihre Gedanken las.

Azur betrachtete den Himmel, als wolle er sich vergewissern, dass alles seine Richtigkeit besaß. »Ohne die Hilfe deiner Begleiter wirst du dein Ziel nicht erreichen können.«

Mira schüttelte den Kopf. »Die anderen werden mir kein Wort von all dem glauben«, seufzte sie.

»Das Unwesen mit den lockeren Schrauben wahrscheinlich nicht«, pflichtete Azur ihr bei. »Die drei Menschen womöglich schon.«

»Klingt nicht sehr überzeugend.«

»Ich bin nicht für die Zukunft zuständig«, verteidigte sich Azur und hob abwehrend die Hände. »Willst du nun in deine Welt zurückkehren?«

Mira lächelte betrübt. »Mir bleibt wohl keine andere Wahl, oder?«

»Doch, natürlich«, sagte Azur. »Du kannst stattdessen noch eine Weile hierbleiben; einhundert Jahre oder auch gerne zweihundert ...«

»Ich komme mit!«, rief Mira entsetzt und sprang auf.

»Oh, das ist vernünftig! Das Aion setzt große Hoffnungen in dich. Aber zögere nicht zu lange, sonst glaubt es, du hättest dich doch entschieden hierzubleiben ...« Daraufhin drehte Azur sich um und war in einem Sandwirbel verschwunden. »Wir sehen uns bald wieder, Beta Mira«, drang seine sich entfernende Stimme an ihre Ohren. »Irgendwo auf der anderen Seite.«

Mira starrte auf die Stelle, an der Azur soeben noch gestanden hatte. Dann sah sie sich suchend um und entdeckte ihn auf dem Damm, vielleicht einen Kilometer von der Insel entfernt. Er bewegte sich unglaublich schnell, ohne dabei jedoch die Beine zu bewegen. Ehe Mira sichs versah, war Azur dem Horizont so nahe gekommen, dass er im bleichen Dunst verschwand.

Mira warf noch einen nachdenklichen Blick hinab auf das Segelschiff, dann wandte sie sich um und folgte Azur. Als sie die künstliche Landbrücke erreicht hatte, zögerte sie kurz, denn auf der anderen Seite des Meeres war kein neues Ufer zu erkennen. Der Damm schien einfach hinter den Horizont zu führen.

Nach etwa einer Stunde Fußmarsch war immer noch kein Land zu sehen. Auch die Insel war inzwischen im Dunst verschwunden. Mira ging zügiger, dann begann sie zu laufen. Schließlich rannte sie in den dichter werdenden Nebel hinein, rannte und rannte – bis sie plötzlich ins Leere trat. Wild ruderte sie mit den Armen, in der Hoffnung, irgendetwas zu fassen zu kriegen, an dem sie sich festhalten konnte, dann stürzte sie in die Tiefe.

11 | Der Lebenshandel

Unruhig wälzte sich Jiril auf dem Efeuboden hin und her. Obwohl der Alpha todmüde war und sein beheizter Schlafsack ihn wärmte, fand er keine Ruhe. Das Bewusstsein, in der Nähe eines Wasserbeckens zu liegen, in dem über tausend Menschen trieben und aus dem jederzeit wieder Fangarme herauswachsen konnten, machte ihn schier wahnsinnig. Hinzu kam, dass es im Efeu, der den Boden und die Hangarwände bedeckte, unentwegt raschelte, knackte und zirpte. Jiril stellte sich vor, wie aus allen Richtungen armlange Tausendfüßler, handtellergroße Spinnen und anderes Kriechgetier auf ihn zukrabbelte, um zu ihm in den warmen Schlafsack zu schlüpfen, sobald er eingeschlafen war. In seiner Fantasie verfütterte er Ben, dem er diese ungemütliche Nacht zu verdanken hatte, scheibchenweise an ausgehungerte Sodras.

Kaum war Jiril endlich für ein paar Minuten eingenickt, ließ ihn ein sonderbares Geräusch wieder aufschrecken. Es klang wie das Rauschen von Wasser und endete so abrupt, als hätte jemand einfach den Ton ausgeknipst. Als Jiril den Kopf hob, stockte ihm der Atem: Auf dem Rand des Speicherbeckens stand ein menschlicher Schatten!

Aufgeregt weckte er Ben, der sich im ersten Moment nur schlaftrunken umsah. »Delius, Licht!«, rief er, als er die Gestalt am Bassin ebenfalls erblickte, und schlüpfte hastig aus seinem Schlafsack.

Der Roboter schaltete zwei Scheinwerfer ein und richtete sie auf den Schatten am Speicherbecken. Dieser hielt sich – geblendet von der plötzlichen Helligkeit – schützend eine Hand vor die Augen. Im Licht der Strahler funkelte seine Haut, als wäre sie mit Goldstaub überzogen.

Für einen Moment waren alle von dem unerwarteten Anblick so entgeistert, dass keiner einen Ton hervorbrachte. Dann riefen sie wie aus einem Mund: »*Mira!*«

Ben hatte das Bassin als Erster erreicht. Vorsichtig hob er das Mädchen vom Beckenrand, doch Mira blickte weiterhin wie hypnotisiert in das Licht, das Delius ausstrahlte. Dabei hatte sie die Arme um den Körper geschlungen und zitterte am ganzen Leib.

»Kleines, ist alles in Ordnung?«, fragte Ben und strich ihr die nassen Haare aus dem Gesicht. »Sag doch was! Mira?«

Das Mädchen sah Ben an, als erblicke sie ihn in diesem Augenblick zum ersten Mal. Dann flüsterte sie mit bebender Stimme: »Kalt …!«

Kurz darauf hockte Mira – eingemummt in einen wärmenden Schlafsack und mit einer Tasse heißem Tee in den zitternden Händen – im provisorischen Nachtlager der Gruppe. Auf die ihr behutsam gestellten Fragen antwortete sie jedoch nur mit einem müden Kopfschütteln.

»Geben wir ihr Zeit«, sagte Dr. Gayot, nachdem sie sich ein Stück entfernt hatten, um dem Mädchen ein wenig Ruhe zu gönnen.

»Dass Betas fähig sind, ziemlich lange unter Wasser zu bleiben, habe ich ja gelernt«, murmelte Jiril. »Aber dass sie *neun Stunden lang* die Luft anhalten können, ist mir neu.«

»Das hat sie nicht«, sagte Ben.

Jiril schaute skeptisch. »Soll das heißen, dieses Wassertentakelding hat sie am Leben gehalten?«

Ben hob die Schultern. »Passt auf sie auf«, bat er Jiril und den Doktor. »Ich gehe zum Rigger und hole ihr ein paar trockene Sachen.«

Als Ben nach ein paar Minuten mit einem Bündel Kleider zurückkam, hatte Mira sich bereits so tief in den beheizten Schlafsack verkrochen, dass nur noch ihr schwarzer Haarschopf zu sehen war. Ihre ruhigen, gleichmäßigen Atemzüge ließen Ben wissen, dass das Mädchen eingeschlafen war. Mit einem Gefühl großer Erleichterung ließ er sich neben ihm auf den Boden sinken und platzierte die frische Kleidung so, dass Mira sie sehen konnte, sobald sie aufwachte. Von ihm aus konnte sie gerne zwei Tage am Stück durchschlafen, Hauptsache, sie war am Leben.

»Das Mädchen bedeutet dir sehr viel«, erkannte Dr. Gayot, der lautlos herangeschwebt war.

Ben sah kurz zu ihm auf. »Es ist ein Schlüssel«, nickte er. »Ein Schlüssel, der behütet werden muss, weil er auf dieser Welt nur ein einziges Mal existiert.« Er betrachtete nachdenklich den Schlafsack. »Ich weiß nur noch nicht, wohin uns die Tür führen wird, die er zu öffnen vermag.«

Der Doktor runzelte skeptisch die Stirn. »Das klingt in meinen Ohren ziemlich orakelhaft«, sagte er, während er den Leviator auf dem Boden aufsetzen ließ. »Ich bin jedenfalls gespannt, was sie uns zu erzählen hat.« Er fuhr die massiven Stützbeine aus und verankerte sie im Boden, um nicht umzukippen. »Ihr entschuldigt mich jetzt bitte, ich bin müde und werde mir ein Schlafmittel injizieren. Gute Nacht.« Keine zwei Minuten später gab er leise Schnarchgeräusche von sich.

Jiril ließ sich neben Ben in den Efeu sinken. »So wie der möchte ich auch mal einschlafen können«, murmelte er, während er umständlich in seinen Schlafsack schlüpfte. Er nestelte am Verschluss herum, dann fragte er: »Wie lange willst du noch hierbleiben?«

Ben sah auf. »So lange, bis Mira sich erholt hat.«

Jiril blies die Backen auf, erwiderte jedoch nichts.

»Ist noch etwas?«, erkundigte sich Ben, als der Alpha neben ihm unruhig am Efeu herumzupfte.

Jiril atmete tief durch. »Tut mir leid«, brummte er schließlich. »Du hattest Recht. Es war die richtige Entscheidung, hierzubleiben.« Dann legte er sich hin und drehte sich schnell zur Seite weg, um sich keine weitere Blöße zu geben.

Als Ben – vom morgendlichen Gezwitscher der Webervögel geweckt – die Augen aufschlug, sah er, dass Miras Schlafsack leer war. Auch die Kleidung, die er neben sie gelegt hatte, war nicht mehr da.

Ben schaute sich um und fand das Mädchen auf dem Rand des Speicherbeckens sitzend, dort, wo bereits die Strahlen der Morgensonne den Hangarboden berührten. In ihrem Licht tanzten seltsame blaue Punkte um das Mädchen herum. Ben wischte sich den Schlaf aus den Augen und sah noch einmal genauer hin. Einige der blauen Punkte entpuppten sich als

Schmetterlinge. Doch auch der blaue Kolibri vom Vortag umschwirrte Mira sowie zwei große, blaue Libellen.

Als Ben aus dem Schlafsack geschlüpft war, sah er, dass sich auf Miras Schoß eine fingerdünne, blaue Schlange ringelte. Das Mädchen streichelte sie mit zwei Fingern und bewegte dabei die Lippen, als würde es sich mit ihr unterhalten. Von Bens Bewegungen erschreckt, flogen, schwirrten, krochen und hüpften die blauen Kreaturen in alle Richtungen davon, die meisten davon ins Wasser.

»Was war das denn eben?«, staunte Ben, als er das Bassin erreicht hatte und dabei gerade noch die Schwanzflosse eines blauen Fisches erkannte, der zwischen den Körpern der Schläfer in der Tiefe verschwand.

Mira blickte den beiden Libellen nach, dann sah sie zu ihm auf. »Ach, nur das Aion …«

»Das *Aion?*«

Mira zuckte mit den Schultern und sah sich verstohlen um, als wolle sie sich vergewissern, dass alle blauen Kreaturen fort waren.

Ben setzte sich neben sie. »Wie fühlst du dich? Gut geschlafen?«

Wieder ein Schulterzucken. »Geht so.«

Ben betrachtete ihre makellos verheilte Stirn. »War das auch dieses Aion?«

Mira tastete die Stelle mit den Fingerspitzen ab und nickte. »Würdest du mir einen Gefallen tun und die anderen wecken«, bat sie, bevor Ben eine weitere Frage stellen konnte. »Bitte«, fügte sie hinzu, als er nicht sofort reagierte. »Es ist sehr wichtig!«

Ben legte die Stirn in Falten. »Na, das hoffe ich doch schwer«, nickte er, als er sich erhob. »Schon allein wegen der Schimpftiraden, die ich mir von Jiril gleich werde anhören müssen.«

Mit klopfendem Herzen sah Mira Ben hinterher, wie er zum Schlaflager der anderen schlich und sich im letzten Moment entschied, doch zuerst den Doktor zu wecken.

»*Er ist wirklich ziemlich neugierig*«, flüsterte eine Stimme in Miras rechtes Ohr.

»Pst!«, machte das Mädchen, woraufhin Ben kurz zu ihr herübersah. Mira lächelte verlegen und gab ihm per Handzeichen zu verstehen, dass nicht er gemeint war.

»*Vergiss nicht, ihnen von deiner Bestimmung zu erzählen*«, raunte die Stimme, als der Alpha sich wieder abgewandt hatte. »*Der mit der Gabe wird bezeugen können, dass du die Wahrheit sagst – falls du es ihm erlaubst. Und vergiss nicht die Wucherung!*«

»Ja, ja, ja!«, zischte Mira. »Jetzt sei still! *Au!*«

Mira zuckte zusammen und konnte gerade noch den Reflex unterdrücken, unter ihr Haar zu greifen. Die Besitzerin der Flüsterstimme hatte ihr doch tatsächlich ins Ohr gebissen!

»*Verbiete mir nicht das Wort, solange ich bei dir bin!*«, raunte sie leicht verärgert. »*Dafür zehrt der physische Aufenthalt in deiner Welt zu sehr an meiner Substanz!*«

Eine Kaskade von Flüchen und Verwünschungen lenkte Miras Aufmerksamkeit auf das Schlaflager. Ben hatte es nach mehreren Versuchen endlich geschafft, auch Jiril zu wecken, worüber dieser sich jedoch wenig begeistert zeigte. Während er sich aus seinem Schlafsack quälte, wünschte er Ben Pest und Krätze an den Hals.

»*Du musst mir bei Gelegenheit unbedingt etwas über diese Sache erzählen, die ihr Schlaf nennt*«, bemerkte die Flüsterstimme. »*Es muss etwas sehr Schönes sein, wenn ihr euch dermaßen über eine Störung aufregt.*« Sie schwieg kurz, als würde sie Jiril zuhören, dann fragte sie: »*Was ist das, ein Arsch mit Ohren?*«

Mira verdrehte genervt die Augen. »Das erkläre ich dir ein andermal.«

Kurze Zeit später hatten sich alle vor dem Speicherbecken versammelt, doch die Müdigkeit war den Geweckten anzusehen. Dr. Gayot schwebte mit leichter Schlagseite vor dem Bassin, Jiril gähnte ununterbrochen und verteilte griesgrämige Blicke. Lediglich Delius strahlte angesichts seiner starren Roboter-Physiognomie eine gewisse Art von Gelassenheit aus.

Nur Mut, erklang Bens Stimme in ihrem Kopf. *Den Mutigen gehört die Welt!*

Mira lächelte schief. »Danke für …« Sie stockte und warf einen scheuen Blick in die Runde. »Für den warmen Schlafsack und die trockene Kleidung«, brachte sie schließlich heraus.

Dr. Gayot hob entgeistert die Augenbrauen. »Ich hoffe inständig, das war nicht alles, was du uns sagen wolltest!«, stöhnte er.

»*Das hoffe ich auch*«, bemerkte die Flüsterstimme an Miras Ohr.

Das Mädchen schüttelte unbewusst den Kopf. Die Stille, die plötzlich im Hangar herrschte, war erdrückend. Selbst die

Vögel im Efeu schienen gespannt zu lauschen. Mira kaute nervös auf ihrer Unterlippe. »Das Aion hat mir erlaubt, zurückzukehren«, sagte sie schließlich. »Aber ich kann leider nicht hierbleiben.« Sie blickte kurz in die fragenden Gesichter der anderen. »Ich *darf* nicht hierbleiben!«

Sie verstummte und versank wieder in Schweigen. Im selben Moment verspürte sie wieder diesen warmen Hauch in ihrem Kopf und sah verärgert zu Ben. Als sie jedoch merkte, dass er nicht vorhatte, ihre Gedanken zu lesen, sondern dass sein gedanklicher Zugriff beruhigend wirkte, ließ sie ihn gewähren. Mira spürte, wie der Druck von ihr wich und ihre Gedanken sich langsam wieder ordneten. Sie schenkte Ben ein dankbares Lächeln, dann begann sie stockend zu erzählen, was *unter der Oberfläche* geschehen war.

Niemand nahm in den folgenden Stunden bewusst wahr, wie die Zeit verging. Lediglich am Stand der Sonne war zu erkennen, dass der Tag voranschritt. Während Jiril es sich irgendwann im Schatten des Efeubaldachins auf dem Boden bequem machte und Ben sich auf den Rand des Bassins setzte, schwebte Dr. Gayot vor dem Speicherbecken beunruhigt auf und ab.

»Das ist wirklich ziemlich starker Tobak«, befand er, als Mira mit ihrer Geschichte fertig war. Er tupfte sich mit einem zerknitterten Taschentuch den Schweiß von der Stirn, denn die Luft im Hangar war heiß und schwül geworden. »Wären vergangene Nacht nicht auch hier … *oben* gewisse Dinge geschehen, würde ich dein Inselabenteuer als blanken Unsinn abtun. Doch allein die Tatsache, dass du quicklebendig vor uns sitzt, würde mich dafür Lügen strafen.« Er hielt inne und betrachtete Mira, als hoffte er, dass sie sich vor seinen Augen doch noch in Luft auflöste. »Ich bin daher geneigt, dir zu glauben – selbst wenn es mir aus wissenschaftlicher Sicht äußerst schwerfällt.«

»Habe ich das richtig verstanden?«, fragte Jiril mit einem zweifelnden Blick in das Speicherbecken. »Irgendwo dort unten gibt es eine kleine Insel, auf der ein blauer Zwerg wohnt – und der ist dafür verantwortlich, dass dieser Brunnen hier oben ein ganzes Dorf als Geiseln hält?« Er sah zu Ben und dem Doktor. »Leute, wie krank ist *das* denn?«

»Mich würde viel mehr interessieren, warum sich dieses Wesen die Mühe gemacht hat, all die Menschen aus dem Dorf hierherzuschaffen, anstatt die angreifenden Maschinen zu bekämpfen.«

»Weil es allein nicht die Kraft besitzt, die Wucherung zu bezwingen«, erklärte Mira. »Die Menschen hier zu schützen, kostet das Aion sehr viel Energie. Es sagt, wir hätten die Wucherung geschaffen, daher sei es auch unsere Pflicht zu verhindern, dass sie sich weiter ausbreitet.«

»Damit kann es nur die Terramotus-Anlage meinen«, überlegte Ben.

Dr. Gayot nickte ernst. »Offenbar ist das Problem, das dem Wrack der *Demeter* entschlüpft ist, weitaus größer geworden, als ich befürchtet habe«, sagte er. »Die Fabrik hatte über siebzig Jahre Zeit, um sich unter der Wüste auszubreiten. Ich frage mich nur, was sie mit all den künstlichen Geschöpfen bezwecken will, die sich auf der Oberfläche herumtreiben.«

»Sporen«, murmelte Jiril.

Ben sah überrascht auf, auch der Doktor erstarrte mitten in der Bewegung. »Was?«, krächzte er.

»Sie könnten die Funktion von Sporen haben«, erklärte Jiril, sichtlich überrascht über die plötzliche Aufmerksamkeit, die ihm zuteilwurde. »Wie mechanische Pollen oder Samenkapseln. Nur dass sie nicht wie bei echten Pflanzen vom Wind oder vom Wasser fortgetragen werden, sondern ein paar Kilometer weit durch die Wüste krabbeln, um sich schließlich im Sand zu vergraben.«

»Und selbst beginnen zu wachsen«, vollendete der Doktor den Gedankengang. »Wie Metastasen eines Krebsgeschwürs!«

»Das würde vieles erklären«, erkannte Ben. »Zwei Wesenheiten, die um die Vorherrschaft in der Tiefe kämpfen: eine uralte Intelligenz, die ihren natürlichen Lebensraum bedroht sieht, und eine defekte Maschine, die auf nichts anderes programmiert ist, als künstlichen Lebensraum zu erschließen. Beide Mächte sind in ihrem Wesen und Streben unvereinbar.«

»Aion, Aion …« Dr. Gayot wiederholte das Wort noch ein paarmal lautlos und schüttelte den Kopf. »Das sagt mir nichts«, gestand er. »Delius, gibt es zu diesem Terminus einen Archiveintrag?«

Im Kopf des Roboters ertönte ein leises Surren. »Es existiert ein Eintrag zu ›Aion‹«, verkündete er kurz darauf. »Unter der Rubrik ›Götter und Dämonen‹.«

Der Doktor hob missbilligend die Augenbrauen.

»Lass hören«, verlangte Ben.

»Aion«, schnarrte Delius. »Hochgott, der den vier Elementen vorsteht. Wassergott, Schirmherr der Magie, Gott der Weisheit, Schöpfer des Menschen, Prophet und Zukunftsdeuter der Kunst und des Handwerks. Älteren Schriftquellen zufolge ist Aion eine Vereinigung aus vier nicht näher definierten Gottheiten.«

»Das würde zumindest erklären, weshalb dieses Wesen von sich als Neutrum spricht«, bemerkte Ben.

»Sein Beiname *Tetraprosopos* bedeutet ›der Viergesichtige‹«, fuhr der Roboter fort. »Von den Hethitern wurde Aion in der Namensform Abasach übernommen.«

»Geht es vielleicht etwas genauer?«, fragte Jiril, nachdem Delius verstummt war.

»Es gibt einen Verweis zu einem Unterverzeichnis«, bestätigte der Roboter. »Laut diesem bedeutet sein Name Aion übersetzt ›Die Lebenszeit der Welt‹, oft vereinfacht als Weltzeit oder Ewigkeit wiedergegeben. Er ähnelt somit dem iranischen Zeitgott Zurvan und dem griechisch-gnostischen Zeitgott Chronos. Als Elementargottheit entspricht er in seinem Wesen entfernt auch den mesopotamischen Quellgöttern: dem babylonischen Ea, dem sumerischen Enki und dem akkadischen Apsu. Der Name Aion wird daher auch als ›Haus der Quellen‹ gedeutet. Als Machtsphäre des Gottes gilt sein unterirdischer Wassertempel Aquarea, der alle Flüsse der Welt speist. Aus ihm ging einst auch der Mensch hervor. Aion ist der Gott der Zeit, der Weisheit und der Beschwörungskunst. Das bei Zeremonien zur Reinigung von Kranken dienende Wasser wird ›Aionwasser‹ genannt. Sein Emblemtier ist der Ziegenfisch.«

»*Ziegenfisch?*«, echote die Stimme an Miras rechtem Ohr verdutzt. »*Ich?*«

»Schhht!«, machte das Mädchen leise.

»Dass dieses Wasser die Menschen heilt, ist unverkennbar.« Ben sah nachdenklich über das Bassin. »Aber wie mächtig ist dieses Wesen wirklich?«

»Die Toten kann das Aion nicht mehr lebendig machen«, erklärte Mira mit einer Spur Wehmut in der Stimme. »Aber es kann die Menschen, die noch leben, heilen und vor den Unwesen aus der Wüste beschützen, solange …« Mira stockte und sah ins Wasser.

»*Sag es ihnen!*«, drängte die Flüsterstimme an ihrem Ohr.

Das Mädchen schluckte schwer. »Das Aion …«

»*Sag es!*«

Mira schloss die Augen und holte tief Luft. »Es verlangt von mir eine Gegenleistung für seinen Schutz«, erklärte sie mit zitternder Stimme. »Einen Lebenshandel. Versage ich dabei, wird das Aion sterben.« Sie öffnete die Augen wieder und sah alle der Reihe nach an. Ihr Blick war dabei flehend, fast schon verzweifelt. »Stirbt das Aion«, sagte sie tonlos, »sterben auch die Menschen …«

Sekundenlang waren nach Miras Worten alle sprachlos. Selbst die Mauersegler und Webervögel schienen bestürzt zu schweigen. Jiril war der Erste, der die Sprache wiederfand.

»Zum Teufel mit diesem selbstgerechten Wassergeist«, giftete er und marschierte entschlossen auf das Bassin zu. »Was hindert uns denn daran, die Leute einfach da rauszuholen?«

Aus dem Speicherbecken schossen drei schlanke, gekrümmte Wassersäulen heraus wie Harpunen, mit Enden spitz wie Dolchklingen. Wenige Zentimeter vor Jirils Gesicht kamen sie zum Stillstand.

Der Alpha erstarrte mitten in der Bewegung und hob beschwichtigend die Hände. »Okay, okay«, sagte er, während er langsam wieder zurückwich. »Nichts passiert, ganz ruhig. Dein Tümpel, okay? Ganz allein deiner …«

Die spitzen Fangarme folgten Jiril eine kurze Strecke nach, dann zogen sie sich auffällig langsam wieder ins Speicherbecken zurück, als trauten sie ihm nicht über den Weg.

»Was genau verlangt dieses Aion von dir?«, wollte Ben von Mira wissen, als die Tentakel wieder mit der Wasseroberfläche verschmolzen waren.

»Eine Arcasie«, antwortete das Mädchen leise. »Die Samenkapsel eines lebendigen Weltenbaums.«

Ben und Dr. Gayot wechselten einen ratlosen Blick. »Für ein derartiges Tauschgeschäft erscheint mir das ein unverhältnismäßig geringer Gegenwert zu sein«, bemerkte der Doktor. »Klingt eher nach einer symbolischen Opfergabe.«

»Für unsereins schon«, gab Ben zu bedenken. »Aber für diese Entität ist eine Arcasie womöglich etwas unvergleichbar Wertvolles.«

»Könnten wir ihr stattdessen nicht einfach Delius opfern?«, schlug Jiril vor. »Sozusagen als Vorschuss?«

»Sehr originell, Sansar Jiril«, bemerkte der Roboter.

»Dieses Wassertentakelgötterding scheint Maschinen immerhin nicht besonders zu mögen«, argumentierte der Alpha. »Ich meine, wir könnten es ja zumindest mal versuchen. Wenn's nicht klappt, wär's auch kein großer Verlust.«

»Dürfte ich um die Freischaltung meines primären Arbeitsspeichers bitten?«, wandte sich Delius an Dr. Gayot. »Mit allen Unterverzeichnissen über das destruktive Subjekt Jiril.«

»Ihr versteht nicht!«, unterbrach Mira die beiden. »Falls ich die Arcasie nicht rechtzeitig finde und die Wucherung nicht aufhalte, sterben nicht nur die Menschen hier im Wasser – *alle* Menschen innerhalb der Barriere werden sterben!« Sie sah auf, die Stimme nur mehr ein gebrochenes Flüstern: »Alle!«

Für einen Moment herrschte vor dem Speicherbecken betroffenes Schweigen.

»Das ist doch Irrsinn«, stellte Dr. Gayot fest. »Hat dieses Aion dir gesagt, warum?«

»Weil wir unsere Tränen nicht trinken können«, antwortete Mira.

»Wasser«, erkannte Ben. »Sollte dieses Wesen sterben, wird es versiegen – und wir werden verdursten.«

Dr. Gayot sank ein Stück in sich zusammen. »Arcasien«, stöhnte er. »Wie sollen mystische Baumsamen eine Terramotus-Anlage stoppen, die sich womöglich schon kilometerweit unter der Wüste ausgebreitet hat?« Er schwebte grübelnd vor dem Bassin. Dabei war ihm anzusehen, wie er innerlich mit sich kämpfte. »Delius«, sagte er schließlich, »verzeichnet das Archiv vielleicht Weltenbäume, die den Aspekt ›Wasser‹ berücksichtigen?«

»In Gemeinschaft mit dem Begriff ›Lebensbaum‹ listet es fünf Einträge auf«, verkündete der Roboter.

»Ordnen nach Relevanz«, bestimmte der Doktor.

»Der laut Verzeichnis größte und mächtigste Weltenbaum bildet die *Axis Mundi* mit ihren drei ineinander verflochtenen Stämmen *Laerad*, *Mimameid* und *Yggdrasil*«, begann Delius. »Unter den Wurzeln der Weltenachse entspringen drei heilige Quellen.«

»*Yggdrasil, pah!*«, fauchte die Stimme an Miras Ohr so grimmig, dass das Mädchen vor Schreck zusammenzuckte. »*Ungehobeltes, verschlagenes Eschenpack, da oben! Totenschänder, Leichenfresser, pah!*« Ihre Besitzerin zischte aufgebracht, und Mira befürchtete bereits, sie könnte ihr vor lauter Empörung wieder ins Ohr beißen. »*Ich gebe dir einen guten Rat*«, fuhr die Stimme jedoch ein wenig beherrschter fort. »*Mach einen großen Bogen um Yggdrasil und seinesgleichen! Und trinke nie, nie, nie von seinem Wasser!*«

Die Stimme murmelte noch etwas Unverständliches und verstummte schließlich, indes Mira bemüht war, ihren Herzschlag zu beruhigen. Zum Glück schien niemand sonst etwas davon mitgekriegt zu haben.

»Das Volk der Maya verehrte die Weltenbäume *Yaxche* und *Wacah Chan*«, erzählte Delius. »Beide stehen im Zentrum der Schöpfung und wachen über das heilige Wasser der Unterwelt. Bei den Babyloniern wachte der Weltenbaum *Xikum* als Inkarnation der Göttin Ishtar über das Wasser des Lebens. Im Volksglauben der Kelten war der Lebensbaum *Crann Bethadh* für die Heilung von Quellen und heiligen Brunnen zuständig. Der letzte Eintrag verweist auf den chinesischen Lebensbaum *Táoshù* mit den Früchten der Unsterblichkeit. Ende der Einträge«, schloss Delius seinen Vortrag.

Dr. Gayot atmete tief durch und vollführte in der Luft eine halbe Drehung. Mit ernstem Gesicht und hinter dem Rücken verschränkten Armen schwebte er in einem weiten Kreis durch den Hangar.

»Mythen«, grummelte er, als er wieder zu den anderen zurückgefunden hatte. »Mystik und Wunderglaube. Die Verehrung von Weltenbäumen, die den Himmel stützten, rührt noch aus einer Zeit, als die Menschen die Erde für eine Scheibe hielten.«

»Sie glauben nicht an ihre Existenz«, stellt Ben fest.

»Wir sind Wissenschaftler, keine Priester«, gab der Doktor mürrisch zurück. »Selbst wenn es diese Bäume tatsächlich geben sollte und einer von ihnen die Sonnenstürme überlebt hätte, wäre er für uns unerreichbar. Alle von Delius erwähnten Exemplare befinden sich außerhalb des Savornin-Bannkreises.«

»Einer hat sie überlebt«, versicherte Mira, worauf sich alle Blicke auf sie richteten. »In der entarteten Stadt!«

»Entartete Stadt?« Dr. Gayot zog irritiert sein Doppelkinn an die Brust. »Das ist eine sehr sonderbare Bezeichnung.« Er faltete die Hände über der Stirn, als wolle er seine Gedanken daran hindern, seinen Kopf zu verlassen. Eine Weile schwebte er so in Gedanken vertieft auf der Stelle, dann sagte er: »Es gibt tatsächlich eine Stadt, auf die dieses Attribut zutrifft. Zumindest könnte man sie als aus der Art geschlagen bezeichnen, denn Darabar ist ein sehr seltsamer Ort …«

»Und so real wie Shangri-La und die Oase Zarzura«, warf Ben mit einem milden Lächeln ein. »Darabar ist nicht mehr als eine Legende. Ein Märchen. Diese Stadt existiert nicht.«

»Ach, nein?« Jiril griff in eine seiner Taschen, fischte eine kleine silberne Münze heraus und schnippte sie Ben zu. Der fing sie mit einer Hand auf und ließ sie prüfend durch seine Finger wandern.

»Was ist das?«, fragte er.

»Ein Daram.«

»Was soll das beweisen?«

»In Darabar erhält man dafür wahlweise drei Liter Fledermausmilch, zehn panierte Pinguinfüße oder eine Eier legende Wollmilchsau«, erklärte Jiril.

»Netter Versuch«, sagte Ben und gab ihm die Münze zurück.

»Die Ausfuhr von Darabari-Münzgeld ist strikt verboten«, schnarrte Delius.

Jiril zuckt mit den Schultern. »Wen juckt's?«

»Augenblick mal …« Bens irritierter Blick pendelte zwischen dem Roboter und Jiril hin und her. »Soll das etwa heißen, diese Stadt gibt es wirklich?«

»In der Tat«, bestätigte Dr. Gayot. »Allerdings ist sie auf keiner Karte verzeichnet, weil … nun, die Standortbestimmung von Darabar gestaltet sich ein wenig schwierig. Delius wird für uns hoffentlich berechnen können, wo die Stadt sich zurzeit befindet.«

»Zurzeit?« Mira schaute verwirrt in die Runde. »Ist eine Stadt denn nicht immer irgendwo?«

»Natürlich«, bestätigte Jiril. »Allerdings befindet sich Darabar nicht einfach nur irgendwo, sondern immer irgendwo anders.«

Mira wirkte sekundenlang wie versteinert. »Die Stadt *wandert?*«, deutete sie Jirils Worte schließlich entgeistert.

»Nun, ›wandern‹ wäre eine recht simple Beschreibung für dieses Kuriosum«, sagte der Doktor. »Aber um deine Frage zu beantworten: Ja, sie bewegt sich!«

»Und zwar mit Donner und Getöse«, wusste Jiril zu bestätigen.

»Womit wir wieder beim eigentlichen Problem wären«, sagte Dr. Gayot. »Delius?«

»Laut meinen Berechnungen befindet sich Darabar seit neun Stunden über dem Festland. Die Stadt wird in knapp zwei Stunden über der Maraia-Ebene in den Savornin-Bannkreis eintreten und ihn in vier Tagen jenseits des Darfur-Gebirges in östlicher Richtung wieder verlassen.«

»Sie kann die äußere Barriere durchqueren?«, staunte Ben.

»In der Tat«, bestätigte der Doktor. »Eine der zahllosen Merkwürdigkeiten dieser verrückten Stadt.«

»Und dahinter?«, interessierte sich Ben. »Wie sieht es hinter der Barriere aus?«

»Das wissen wir nicht genau.« Jiril tauschte einen Blick mit Dr. Gayot. »Dazu waren wir nicht lange genug vor Ort.«

»Es heißt, hinter der Barriere läge ein endloser Ozean«, erklärte der Doktor. »Wasser, Wasser und noch mal Wasser.«

»Aber das kann nicht sein«, sagte Ben. »Laut den alten Karten erstreckt sich das Festland jenseits des Darfur-Gebirges noch über zweitausend Kilometer weit in Richtung Osten, ehe der Indische Ozean beginnt …«

Dr. Gayot zuckte mit den Schultern. »Das war vor den Sonnenstürmen«, murmelte er leise. Ehe Ben nachhaken konnte, wandte er sich an Delius und fragte: »Gibt es während des aktuellen Transits eine Möglichkeit, ohne allzu großes Risiko in die Stadt zu gelangen?«

»Die einzige Chance, Darabar mit dem Rigger zu erreichen, bietet sich in der Ebene von Fassassa, wo die Stadt von der Lorentz-Anomalie abgebremst wird, einem starken, etwa 40 Quadratkilometer großen Magnetfeld.«

»Wann und wo genau wird Darabar in diesen Korridor eintreten?«

»In exakt 43 Stunden, sobald sie nach ihrer Überquerung des Aïr-Gebirges südlich des Adrar Bous langsam auf die Ebene herabsinkt.«

Dr. Gayot nickte. »Dann sollten wir unverzüglich aufbrechen und uns beeilen, Darabar zu erreichen«, erklärte er mit grimmigem Blick. »Bevor die Stadt im Kaouar-Tal ist und wir mit dem Rigger 100 Meter in die Tiefe stürzen …«

»Dann ist es also beschlossen?«, fragte Mira mit einer seltsam flüsternden Stimme.

»Bitte?« Dr. Gayot sah verwundert auf das Mädchen, das mit geschlossenen Augen auf dem Beckenrand saß. »Ja, bei allen Dämonen der Wissenschaft«, brummte er. »Wir bringen dich nach Darabar!«

Ein leises Lächeln huschte über Miras Gesicht. Wortlos streckte sie ihren rechten Arm über das Wasser aus und neigte fast träumerisch ihren Kopf zur Seite. Einige Sekunden lang geschah nichts, dann kam unter ihren Haaren eine leuchtend blaue Eidechse hervorgekrochen. Flink krabbelte sie über die rechte Schulter des Mädchens den Arm entlang bis zu Miras Handrücken, wo sie kurz innehielt und sich mit einem Kopfnicken von allen zu verabschieden schien. Schließlich sprang sie hinab ins Wasser, schwamm gewandt bis zur Mitte des Bassins und tauchte unter.

Einen Atemzug später schien sich das Wasser auf einmal zu verdunkeln. Es war Jiril, der als Erster erkannte, was wirklich geschah.

»Die Menschen!«, rief er. »Sie versinken!«

»Mira, was tust du da?«, erschrak nun auch Ben. »Was hat das zu bedeuten? Haben wir etwas falsch gemacht? Bitte antworte!«

Doch Mira reagierte nicht. Sie blickte nur wehmütig ins Bassin, wo die Gesichter der Dorfbewohner langsam eins wurden mit der Schwärze des Wassers, fast so, als hätte sie erwartet, dass dies geschah.

Als der letzte Schläfer in der Tiefe verschwunden war, bewegten sich plötzlich die Pflanzen. Die Seerosen begannen sich zu vermehren und ihre neuen Blätter wuchsen unnatürlich schnell, sodass bald keine offene Wasserfläche mehr zu erkennen war. Gleichzeitig senkte sich der Efeubaldachin herab, als hätten die Schlingpflanzen ein gespenstisches Eigenleben entwickelt.

Mira erhob sich und stellte sich auf den Rand des Bassins, das Gesicht dem Wasser zugewandt und die Hände erhoben, als wollte sie die sich herabschlängelnden Ranken umarmen. Manche der frischen Triebe strichen dabei über Miras Körper, als würden sie das Mädchen kurz liebkosen. Als das plötzliche Wachstum der Pflanzen ein Ende fand, überspannte ein meterhohes, undurchdringliches Dickicht aus armdicken Ranken, prachtvollen Blüten und dichtem Blätterwerk das Speicherbecken wie eine Festung aus Pflanzen.

»Mira?«, fragte Ben verunsichert. »Was hat das nur zu bedeuten?«

Das Mädchen ließ die Arme sinken und wandte sich langsam um. Seine Augen waren geschlossen, seine Gesichtszüge entspannt, fast so, als befände es sich in tiefer Trance. Eine Weile stand Mira so da, als würde sie Ben und die anderen durch die geschlossenen Lider betrachten, dann verkündete sie mit überraschend fester Stimme: »Der Lebenshandel gilt!«

Sie öffnete die Augen, worauf selbst Ben erschrocken zurückwich – denn Miras Augen waren nicht mehr dunkel, sondern leuchteten in einem tiefen Azurblau. »Das Schicksal des Aion ist nun auch unser Schicksal«, sagte sie. »Unsere gemeinsame Zeit verrinnt. Stirbt das Aion, sterben auch die Menschen!«

12 | Jäger und Fänger

Jiril lenkte den Rigger über den Dorfplatz auf die nach Westen führende Speichenstraße. Als sie die von Akazien und Dattelpalmen bewachsenen Außenbezirke der Siedlung erreicht hatten, drosselte er die Rotoren und ließ das Luftkissenboot sanft aufsetzen. Ben warf erst einen Blick auf den Kompass, dann hinauf zu dem Gebirge aus Sand, das sich vor ihnen erhob.

»Wir müssen über die Düne rüber«, bestätigte Mira Bens Verdacht. »Dahinter geht es relativ eben weiter, solange wir in den breiten Tälern fahren.«

»Schafft das der Rigger?«, fragte Dr. Gayot mit skeptischer Miene.

»Das sind mindestens 30 Grad Steigung«, gab Ben zu bedenken. »Viel zu viel, um das Luftpolster stabil zu halten.«

»Mit genügend Anlauf gar kein Problem.« Jiril leckte sich erwartungsvoll über die Lippen.

»Mal angenommen, du schaffst es tatsächlich bis ganz nach oben …«, begann Ben.

»Auf jeden Fall!«

»… dann wirst du, falls du zu viel Schwung hast, mit dem Rigger über den Kamm hinausschanzen und auf der anderen Seite der Düne eine Bruchlandung hinlegen«, vollendete Ben seinen Satz. »Und zwar, nachdem du quasi 100 Meter in freiem Fall zurückgelegt hast. Das wird bestimmt verdammt wehtun, Großmaul.«

Jiril schnitt eine Grimasse, wusste darauf jedoch nichts Kluges zu antworten.

»Wir haben noch die Sandschlitten«, warf Mira ein. »Sie sind zwar klein, aber mit denen wären wir in einer halben Stunde dort …«

»In einer halben Stunde?« Dr. Gayot blickte zweifelnd hinauf zum Scheitel der Düne. »Das erscheint mir illusorisch.«

»Einen Kilometer weiter westlich beginnt ein Wadi, das fast bis zum Krater führt«, erklärte das Mädchen. »Um es zu erreichen, müssen wir noch zwei weitere Dünenketten überqueren, aber das ist mit den Sandschlitten kein Problem. Allerdings gibt es in dem Tal überall Sodra-Krater. Manche von denen sind breiter als das Luftkissenboot.«

»Vergiss es«, sagte Jiril.

»Wir fahren mit dem Rigger 30 Kilometer weiter nach Norden bis zur Mündung des Wadi Gohm«, entschied Dr. Gayot, nachdem er die Landkarte eine Weile studiert hatte. »Dort folgen wir dem Flussbett Richtung Südwesten durch das Hochland, hinein in die Sandwüste.«

»Dazu müssen wir allerdings durch die Skelettschlucht«, gab Ben zu bedenken und deutete auf einen von Steilwänden flankierten Engpass. »Und danach durch teils 200 Meter tiefe Dünentäler, die sich Dutzende von Kilometern weit erstrecken und uns zwingen könnten, lange Umwege in Kauf zu nehmen.«

Der Doktor strich sich mit der Hand über den kahlen Schädel. »Was schlägst du also vor?«

»Zumindest einen der Sandschlitten mitzunehmen, um die Dünen überqueren zu können«, erklärte Ben. »Oder es einem von uns zu ermöglichen, zurück ins Dorf zu fahren, falls wir mit dem Rigger in Schwierigkeiten geraten sollten.«

Wenig später waren Jiril und Delius dabei, Bens Ratschlag in die Tat umzusetzen. Mira hatte mit dem Alpha zuvor mehrere Garagen absuchen müssen, bis sie einen vollgetankten und funktionstüchtigen Sandschlitten gefunden hatten. Das Gefährt sah aus wie ein Schneemobil, nur dass unter seinem Bug statt Skikufen stabile Ballonreifen montiert waren – wodurch er in Wirklichkeit mehr mit Bens Dünenbuggy gemein hatte als mit einem echten Schlitten. Unter seinem Rumpf befand sich eine stabile Antriebsraupe aus Gummi, mit der sich das Gefährt auf mehr als 150 Kilometer die Stunde beschleunigen ließ. Um den über zwei Meter langen Sandschlitten transportieren zu können, mussten Ben und Jiril die hintere Sitzbank des Riggers ausbauen.

Während Mira den anderen beim Sichern des Schlittens zusah, hatte sie unablässig das Gefühl, heimlich beobachtet zu werden. Doch obwohl sie sich suchend umsah, konnte sie hinter den Mauern und Fenstern nirgendwo ein verräterisches Augenpaar oder eine verdächtige Bewegung entdecken. Das unangenehme Gefühl hielt weiter an, bis sie mit dem Luftkissenboot aus dem Dorf fuhren.

Als Mira ein letztes Mal zurückblickte, sah sie schließlich Mekaj und Tessa am Ende der nördlichen Speichenstraße stehen. Die beiden Hunde schauten ihnen reglos nach, bis der Rigger eine leichte Anhöhe überquert hatte und das Dorf hinter seiner Kuppe verschwand.

Das Wadi Gohm war nicht annähernd so breit wie das mächtige Wadi Talfa. Dafür hatte das Wasser, das vor langer Zeit hier geflossen sein musste, ein tiefes Tal in den Sandstein gewaschen. In engen Mäandern schlängelte es sich durch die Felswüste, ohne den Bergen wirklich näher zu kommen. Lediglich die Uferböschung wurde immer steiler, sodass Mira gespannt war, was sie hinter der nächsten Schleife erwarten mochte. Schließlich beschrieb das Wadi eine Biegung nach Süden und führte dann direkt auf einen der Tafelberge zu.

Mira hielt den Atem an. Zwei Kilometer vor ihnen öffnete sich eine senkrechte, finstere Kluft im Fels, die aussah, als wäre der Berg vor Urzeiten in der Mitte gespalten worden.

»Da müssen wir durch?«, fragte sie beklommen.

»Keine Sorge«, sagte Ben. »Solange es hell ist, haben wir nichts zu befürchten.«

Mira zog skeptisch das Kinn an die Brust. »Es sieht da drin aber nicht besonders hell aus …« Mit gemischten Gefühlen blickte sie in die Höhe. Die fast 200 Meter hohen Felswände sahen aus wie ein riesiges Maul, das sich langsam über ihnen schloss und dabei den Himmel fraß.

Jiril drosselte die Rotoren, um den Rigger sicher durch den engen Felskorridor manövrieren zu können. Dennoch hallte das Heulen der Turbinen so laut von den Felswänden wider, dass Mira sich die Ohren zuhielt. Der Grund der Schlucht lag in düsterem Zwielicht. Gleichzeitig wurde es immer kühler, sodass Mira bald fröstelnd in ihren Mantel schlüpfte. Nach einigen Hundert Metern war es schließlich so finster, dass Jiril die Scheinwerfer anschalten musste, um den Rigger nicht gegen im Schatten verborgene Felsblöcke zu steuern. Doch auch dort, wo ihr Licht nicht hinreichte, drang Miras Blick problemlos bis zum Boden.

Alle Betas besaßen die Gabe, in der Dunkelheit zu sehen. Vielleicht nicht so gut wie die nachtaktiven Wüstenkatzen, doch um ein Vielfaches besser als normale Menschen.

Während Miras Iris in allen Regenbogenfarben schillerte, waren ihre Pupillen bei Sonnenlicht kaum größer als Sandkörner. Vielleicht war es dieser durchdringende Blick, der Menschen wie Jiril Unbehagen bereitete. Nachts hingegen weiteten sich ihre Pupillen so extrem, dass sie funkelnden schwarzen Kristallen glichen. Sie wurden zu Jägeraugen, wie Mira es nannte. Bausch hingegen hatte es Mira gegenüber stets den ›stechenden Blick‹ genannt.

Nun erkannte Mira auch, weshalb die Schlucht ihren Namen trug: Ihr Boden war bedeckt von den Knochen zahlloser Skelette – die traurigen Überreste jener unglücklichen Tiere, die im Laufe der Jahre oder gar Jahrhunderte in die Schlucht gestürzt waren. Dort, wo das Sonnenlicht als blendende Lichtsäule dennoch den Boden erreichte, hingen Wolken aus Millionen schwärmender Mücken in der Luft.

Als Mira einen Blick nach oben warf, erkannte sie, dass ein Großteil des Tageslichts von unzähligen schleierartigen Gebilden geschluckt wurde, die von einer Felswand zur anderen gespannt waren. Sie begannen in einer Höhe von 40 oder 50 Metern und sahen aus wie Gazesegel, die sich sanft im Wind bewegten.

»Was sind das für seltsame Tücher?«, fragte sie.

Jiril riskierte einen kurzen Blick und brummte: »Glaub mir, das willst du nicht wirklich wissen …«

»Und ob ich das will!«

Jiril verdrehte die Augen. »*Araneus colonus*«, murmelte er kaum hörbar.

Mira kniff die Augen zusammen. »Was?«

»Es sind die Fangnetze von Siedlerspinnen«, erklärte ihnen Dr. Gayot in einem betont sachlichen, fast schon gelangweilten Tonfall. »Eine Kolonie von bis zu 30 Tieren teilt sich sowohl ein Netz als auch die gemeinsame Beute. Die meisten Tiere, deren Knochen hier unten verstreut liegen, haben sicht nicht unmittelbar zu Tode gestürzt, sondern sind zuerst in den Fangnetzen gelandet.«

Mira sah beunruhigt in die Höhe. »Wie groß sind denn diese Spinnen?«

»Leg die Hände aneinander und spreiz die Finger«, sagte Jiril. Und als er Miras entsetzten Blick bemerkte: »Du wolltest es ja unbedingt wissen.«

»Mach dir deswegen keine Gedanken«, sagte Ben. »Sie kommen erst bei Dunkelheit heraus ...«

»*Erst bei Dunkelheit?!*«, echote Mira und kauerte sich auf ihrem Sitz zusammen. »Hier unten ist es doch fast Nacht!«

Die nächsten Kilometer verbrachte Mira in der furchtsamen Erwartung, plötzlich ein lautes Plumpsen neben sich zu hören und kurz darauf ein achtbeiniges Etwas auf sich zukrabbeln zu sehen. Sie fühlte sich aus den Felswänden herab von Tausenden hungriger Spinnenaugen beobachtet. Der Gedanke, dass der Rigger in einer der finsteren Biegungen mit einem Defekt liegen bleiben könnte und sie in der Schlucht festsaßen, bescherte ihr Schweißausbrüche. Als Ben ihr unerwartet eine

Hand auf die Schulter legte, um sie zu beruhigen, wäre sie vor Schreck fast gestorben.

Irgendwann wurde es wieder etwas heller, und als Mira in die Höhe sah, konnte sie keines der Spinnennetze mehr entdecken. Erleichtert machte sie es sich auf dem Sitz bequem, stützte ihre Füße auf das Instrumentenpaneel, legte den Kopf in den Nacken und blickte sehnsüchtig die Felswände empor zu dem schmalen blauen Band, das vom Grund der Schlucht aus noch vom Himmel zu sehen war. Die vorbeiziehenden Steilwände wurden niedriger und wichen langsam zurück, sodass Jiril den Rigger wieder beschleunigen konnte. Schließlich öffnete sich die Skelettschlucht zu einer kilometerbreiten, von niedrigen Steilwänden umsäumten Ebene, die von den riesigen Wanderdünen der Sandwüste umgeben war.

»Der *Chott el Sijr*«, sagte Dr. Gayot. »Was wir hier sehen, ist der Boden eines ausgetrockneten Sees, der sich vor Jahrtausenden an den Bergen aufgestaut hatte.«

Sie hatten die Schlucht kaum verlassen, da schaltete Jiril die Heckrotoren so abrupt auf Rückschub, dass Mira alle Haare ins Gesicht geblasen wurden. Gleichzeitig wurde das Luftkissenboot so stark abgebremst, dass sie mit einem Aufschrei vom Sitz rutschte und sich unvermittelt im Fußraum wiederfand. Auch Delius und Dr. Gayot wurden nach vorn geschleudert und krachten gegen die Rücklehnen der Sitzbänke.

»Sag mal, spinnst du?!«, fuhr Mira Jiril an, während sie sich wieder aufrappelte. »Ich hätte mir alle Knochen brechen …«

Ben legte ihr eine Hand auf den Mund und bedeutete ihr mit einer eindringlichen Geste, still zu sein. Statt den Grund dafür zu erklären, zeigte er nach vorne.

Im ersten Moment konnte Mira das, was sie in der Ferne sah, nicht einordnen. Dann wurde ihr langsam bewusst, was dort über der Ebene des *Chott el Sijr* in den Himmel zu wachsen schien: Es war eine Ambodruse!

Das Beeindruckendste an ihr war zweifellos ihre Größe. Obwohl der Rigger noch kilometerweit von der Stelle entfernt war, über der sie schwebte, wirkte es, als bräuchte sie sich nur ein wenig zur Seite zu neigen und einen ihrer Fangarme auszustrecken, um Mira zu packen.

Auf den ersten Blick sah die Ambodruse aus wie eine riesige, bizarre Blume, die sich schwerfällig im Wind wiegte. Ihre vornehmliche Farbe war ein helles Blau, das sich je nach Körperteil über Türkis in Weiß oder blasses Rosa verwandelte. Ihr in gut 100 Metern Höhe schwebender Ballonleib wurde von einem steifen, wulstartigen Rückenkamm gekrönt. Zu beiden Seiten dieses Glockenkörpers befand sich ein sichelförmiger Flügelsaum, dessen Wellenbewegungen die Ambodruse auf eine fast schon würdevolle Art und Weise vorantrieben. Ihr gesamter Leib glänzte im Sonnenlicht und war so aufgebläht, dass Mira befürchtete, er könne jeden Moment platzen. Seiner Unterseite entwuchsen zahllose 20 bis 30 Meter lange, dünne Tentakel, von denen sich die Hälfte in den Himmel reckte. Die übrigen ringelten sich unter ihrem Leib wie in stiller Agonie. Der Mitte ihres Ballonkörpers entwuchs ein über 100 Meter langer Fangarm, der bis hinab auf den Boden reichte und aussah wie ein riesiger Rüssel.

Mira konnte sich kaum vorstellen, dass etwas so Riesiges tatsächlich lebendig sein konnte; ein menschenfressendes Ungeheuer, das für die meisten Schauergeschichten verantwortlich war, die man den Kindern im Dorf erzählt hatte. Entfernt erinnerte sie die Ambodruse an die grazilen Süßwasserquallen, die in den unterirdischen Wasserbassins des Dorfes lebten. Nur dass diese lediglich wenige Zentimeter lang wurden, während das Monstrum über den Dünen das Tausendfache ihrer Größe besaß.

»Unglaublich!«, stieß der Doktor beim Anblick der Ambodruse hervor. »Ist das etwa eine Maschine?«

»Nein«, murmelte Ben, der die Kreatur mit dem Fernglas beobachtete. »Ich fürchte, die ist echt.«

Dr. Gayot stemmte sich mit allen zur Verfügung stehenden natürlichen und künstlichen Gliedmaßen ein Stück weit aus dem Sitz, um über die Frontscheibe des Riggers schauen zu können.

»Was zum Teufel sucht dieses Vieh dann hier unten?«, ächzte er mit hochrotem Kopf. »Am helllichten Tag?«

»Was ist denn daran so ungewöhnlich?«, wunderte sich Mira.

Der Wissenschaftler ließ sich erschöpft in seinen Sitz zurückplumpsen, worauf das Luftkissenboot bedrohlich hin und her schwankte.

»Ambodrusen sind nachtaktive Tiere«, erklärte er, während er sich mit einem Taschentuch den Schweiß von der Stirn wischte. »Sie bevorzugen Dunkelheit und vor allem Kälte. Für dieses Exemplar dort vorne dürfte der Aufenthalt in der Wüstenhitze eine regelrechte Qual sein. Es muss einen triftigen Grund geben, warum es diese Tortur auf sich nimmt.«

»Ich glaube, ich kenne ihn bereits«, sagte Ben und gab Jiril ein Zeichen. »Fahren wir näher ran.«

»Das halte ich für keine gute Idee, Sansar Benoît«, meldete sich Delius, als der Rigger Fahrt aufgenommen hatte. »Laut meiner Datenbank erreicht dieses Hovercraft auf ebenem Gelände eine maximale Geschwindigkeit von 110 Kilometern die Stunde, während eine jagende Ambodruse unter Umständen sogar …«

»Genug jetzt!«, entschied der Doktor und deaktivierte den Roboter, woraufhin dieser in sich zusammensank. »Wenn ich gewusst hätte, dass wir einer Ambodruse begegnen, hätte ich Delius im Institut gelassen und stattdessen eine Zwillingskanone auf dem Heck montiert.«

»Ich bin sicher, dieser Blechschädel schlägt mit seinem Grundsatzgequassel sogar eine Ambodruse in die Flucht«, brummte Jiril.

Nachdem sie dem *Chott el Sijr* etwa zwei Kilometer weit gefolgt waren, wies Ben den Alpha an, in ein schmales Seitental einzubiegen. Es öffnete sich zwischen der Felswand, die einst das linke Seeufer markiert hatte, und einer Dünenkette, die sich wie eine Insel in der Ebene erhob. Sie war so hoch, dass sie den direkten Sichtkontakt zu der Ambodruse verhinderte. Lediglich ihr Rückenkamm und die obere Hälfte ihres Ballonleibs tauchten hin und wieder über dem Dünenkamm auf.

»Keine Sorge, Ambodrusen sehen bei Tage nicht besonders gut«, erklärte Dr. Gayot, dem Miras nervöse Blicke nicht entgingen. »Es sind reine Nachtjäger, die ihre Beute bei Kälte und Dunkelheit wahrnehmen.«

»Das Sonnenlicht macht sie praktisch blind«, fügte Ben hinzu. »Sonst könnten wir uns ihr nicht so einfach nähern.«

»Kann sie uns denn nicht hören oder irgendwie wittern?«, fragte Mira mit einem sorgenvollen Blick hinauf zum Dünenkamm.

»Sie besitzen einen sehr ausgeprägten Geruchssinn«, nickte der Doktor. »Aber für die Beutejagd benutzen sie ausschließlich ihre empfindlichen Nachtaugen, die wie Wärmebildkameras funktionieren. Alles, was sich unter ihnen über den nachtkühlen Wüstenboden bewegt und mehr Wärme ausstrahlt als seine Umgebung, leuchtet für sie wie eine Signallaterne in der Dunkelheit – Tiere und Menschen, aber ebenso warme Motoren oder die Glut eines Feuers. Ist es jedoch so heiß wie jetzt, nimmt eine Ambodruse alles um sich herum nur noch als ein einziges grelles Glühen wahr. Der Rigger ist für sie in diesem Lichtmeer lediglich ein kleiner dunkler Fleck, den sie in ihrem Beutemuster nirgends einordnen kann. Solange es hell ist, schweben Ambodrusen für gewöhnlich hoch über der Wüste, wo die Luft auch tagsüber klirrend kalt ist und so sauerstoffarm, dass Menschen sofort ersticken würden. Dort oben, in der sogenannten Stratosphäre, verbrauchen sie weniger Energie, weil ihnen die dünne, eisige Luft mehr Auftrieb verschafft. Erst in der Nacht, wenn es kühl geworden ist, lassen sie sich aus zwanzig, manchmal sogar 30 Kilometern Höhe wieder herabsinken, um zu jagen.«

Nachdem sie dem Seitental ein paar Hundert Meter gefolgt waren, brachte Jiril den Rigger zum Stehen, da das Gelände für das Luftkissenboot zu unwegsam wurde. Aus den Klippen gebrochene, teils reisenhafte Felsblöcke lagen im Sand verstreut. Gleichzeitig begann der Boden leicht anzusteigen. Als der Lärm der beiden Heckrotoren verstummt war, vernahm

Mira ein leises, gespenstisches Sirren, das klang wie das ferne Zirpen zahlloser Wüstengrillen. Für Sekunden blendete das Geräusch alle anderen Töne um Mira herum aus. Es war fast, als erstarrte sie innerlich. Erst als sie bemerkte, dass Ben sie aufmerksam ansah, schüttelte sie kurz den Kopf, als wollte sie eine unschöne Erinnerung vertreiben. Dann erhob sie sich und sprang aus dem Rigger.

Der Doktor reaktivierte Delius mit dem Controller, woraufhin die Lämpchen des sich langsam aufrichtenden Roboters eins nach dem anderen wieder zu leuchten begannen. »200 Kilo …«, begann er mitten in dem Satz, in dem er zuvor von Dr. Gayot unterbrochen worden war. »Oh …« Er sah sich um. »Wo sind wir? Wie sind wir so plötzlich hierhergelangt?« Delius ließ seinen Kopf einmal um die Achse rotieren, um die Umgebung zu erfassen. »Ich erhalte ein Fehlerprotokoll«, stellte er schließlich fest.

»Das erhältst du auch zu Recht«, bemerkte Jiril. »Und wenn du weiterhin den Kümmelspalter spielst, wirst du dich bald vor Fehlerprotokollen nicht mehr retten können.«

Gemeinsam hievten Ben, Jiril und Delius den Sandschlitten vom Rigger und beluden ihn mit einem Teil der Ausrüstung. Der Roboter verhielt sich dabei auffallend still. Mira konnte sich kaum vorstellen, dass Delius zu Gefühlen fähig war, doch es sah tatsächlich so aus, als sei er eingeschnappt.

»Kannst du einen Sandschlitten fahren?«, fragte Ben das Mädchen.

»Natürlich«, antwortete Mira.

»Na, dann rauf auf den Sattel!«

Während Mira den Schlitten startete und Ben vorsichtig durch das Felslabyrinth folgte, schaltete der Doktor Delius in den Geländemodus, woraufhin Erstaunliches geschah: Der Roboter fuhr synchron alle vier Arme aus, bis sie wie Hydraulikstützen auf dem Boden aufsetzten. Dann zog er seine Beine bis zum Rumpf in seinen Körper zurück, sodass er schließlich aussah wie eine riesige vierbeinige Metallkrabbe. Derart verwandelt, schaffte er es mühelos, sich über Felsen und kleinere Querdünen hinweg auf dem lockeren Untergrund zu bewegen. Jiril, der sich offensichtlich gerne selbst hinter das Steuer des Schlittens gesetzt hätte, bildete mit dem Doktor die Nachhut.

Nachdem Mira das Gefährt dreihundert Meter weit behutsam um Felsbrocken herummanövriert hatte, bedeutete ihr Ben anzuhalten.

»Wir müssten jetzt in etwa auf gleicher Höhe sein.« Er beobachtete eine Weile den Grat, doch die Ambodruse ließ sich nicht blicken.

»Ob sie uns bemerkt hat?«, fragte Mira.

Ben nahm seinen Hut ab und fächerte sich Luft ins Gesicht. »Unwahrscheinlich«, sagte er leise. »Sehen wir nach.«

Mira stieg vom Schlitten und ließ den Blick über die Düne schweifen. Bis zum Kamm waren es noch mindestens 40 Meter Höhenunterschied. »Das ist ein Leehang«, erklärte sie. »Loser, rutschiger Sand und viel steiler als ein Luvhang. Zum Hochklettern völlig ungeeignet.« Ohne auf einen Kommentar der anderen zu warten, begann sie im Zickzack emporzusteigen, wobei sie tief in den Sand trat. »Wartet, bis ich oben bin und der Sand sich wieder beruhigt hat«, rief sie von der Düne herab. »Dann haltet euch beim Hochsteigen in der Spur, die ich getreten habe. Und vermeidet große Schritte.«

»Die Kleine hat wirklich was drauf«, bemerkte Jiril anerkennend, als Mira im Nu den halben Hang erklommen hatte.

»Sie ist in der Wüste aufgewachsen«, erinnerte ihn Ben. »Wir stehen hier praktisch in ihrem Kinderzimmer.«

»Ihr ahnt nicht einmal annähernd, wozu Betas fähig sind«, sagte der Doktor leise, während er bemüht war, die Steuerung seines Schwebstuhls auf das Erklimmen von Hügeln und Böschungen einzustellen. »Und besonders dieses Mädchen.« Dann begann er langsam die Düne hinaufzuschweben.

»Vielleicht sollte einer von uns schieben helfen«, bemerkte Jiril angesichts der Schräglage, in der sich der Wissenschaftler den Hang emporkämpfte. »Sonst sind seine Batterien leer, ehe er oben ankommt.«

Von den Gesprächen am Fuß der Düne bekam Mira nichts mit. Sie war zu sehr vom Anblick der Ambodruse gebannt, deren Rückenkamm auf einmal bedrohlich groß über dem Scheitel der Düne auftauchte und Mira dazu brachte, reglos zu verharren. Die letzten Meter kroch sie mit pochendem Herzen aufwärts, dann endlich war der Blick frei hinüber zur Dünenkette auf der anderen Seite der Ebene.

Aus der Nähe wirkte die Ambodruse wie ein gigantischer Pilz, der zum Leben erwacht war und nun vergeblich versuchte, sich von dem Platz, an dem er stand, loszureißen. Nun erkannte Mira auch, was die riesige Kreatur so an diesen Ort fesselte: Auf dem gegenüberliegenden Dünenkamm lag der zu Boden gesunkene Körper einer zweiten Ambodruse!

Ein paar Minuten später hatte auch Ben die Düne erklommen und ließ sich schwer atmend neben dem Mädchen in den Sand sinken.

»Beeindruckend, nicht wahr?«, bemerkte er beim Anblick des riesigen Geschöpfes, während er sich mit seiner Hutkrempe Luft zufächelte. Mira nickte nur. Als Ben sie unauffällig beobachtete, fiel ihm auf, dass es die Schwingen waren, die das Mädchen zu beunruhigen schienen. »Du kennst dieses Geräusch, nicht wahr?«, fragte er.

Mira sah ihn kurz an, wich seinem Blick aber sofort wieder aus und schaute hinüber zur anderen Seite des Tals. Statt zu antworten, zuckte sie nur mit den Schultern.

»Hast du es oft gehört?«

»Hin und wieder«, sagte Mira leise. »Nachts …«

Ben hob fragend die Augenbrauen. »Willst du mir davon erzählen?«

»Nicht jetzt«, entgegnete Mira. »Nicht heute. Irgendwann, vielleicht.«

Sie zwang sich, Ben nicht in die Augen zu sehen. Stattdessen blickte sie hinab zu Dr. Gayot und dem hinter ihm krabbelnden Roboter. Jiril kletterte ein paar Meter weiter rechts, als hätte er Angst, ihm könne jeden Augenblick eine aus Delius und dem Doktor bestehende Blechlawine entgegenrollen. Tatsächlich sah es so aus, als steige der Roboter nur hinter Dr. Gayot her, um ihn im richtigen Moment aufzufangen.

»Wer hat dir eigentlich die Bedeutung von Lee und Luv beigebracht?«, fragte Ben. »Das sind eigentlich Begriffe aus der Seefahrt.«

»Bausch«, antwortete das Mädchen.

»Ist das ein Freund von dir?«

»Geht so.« Mira überlegte einen Augenblick, dann sagte sie: »Er nannte sich gerne ›Kapitän‹.«

»Falls ihr beiden vom alten Vincent sprecht«, mischte sich Dr. Gayot in das Gespräch ein, »der war seinerzeit Flugkommandant der *Nathan.* Und jetzt seid still, sonst finden wir uns noch im Magen dieses Ungeheuers wieder.«

»Wir haben Gegenwind«, klärte Ben den Wissenschaftler auf. »Die Ambodruse kann uns also weder hören noch wittern.«

»Dafür weht uns der verdammte Sand ins Gesicht«, schimpfte Jiril. »Alles zwickt und juckt und es knirscht auf den Zähnen ...«

»Dann lass den Mund zu«, brummte Ben.

»Der Kadaver muss in unmittelbarer Nähe des Kraters liegen«, stellte Dr. Gayot fest, nachdem er die Landkarte studiert hatte. »Falls sie nicht sogar direkt neben ihm verendet ist.«

»Sie missachten die Tatsache, dass es sich bei *dieser* Konstruktion um eine künstliche Lebensform handelt«, bemerkte Delius. »Folglich ist sie nicht verendet, sondern *außer Funktion.*«

»Haltet eure Köpfe unten«, mischte sich Ben ein, als er sah, dass der Doktor einen halben Meter über dem Boden schwebte. »Sonst wird die Ambodruse tatsächlich noch auf uns aufmerksam.«

»Mein Leviator wurde nicht für instabile Hänge konstruiert«, gab Dr. Gayot zurück. »Wenn ich ihn unter die kritische Höhe sinken lasse, verliere ich womöglich die Kontrolle und rolle die Böschung hinab.«

»Verankern Sie sich doch mit Ihren Dingsda-Armen im Boden.« Mira grub ihre rechte Hand tief in den Sand. Als sie sie wieder hervorzog, hielt sie ein dichtes Geflecht feiner Pflanzenwurzeln in der Hand. »Auf den windgeschützten Seiten der Dünen wächst fast überall Mondgras unter der Oberfläche«, erklärte sie. »Daran können Sie sich festhalten.«

Der Doktor murmelte etwas in der fremdartigen Alphasprache, dann streckte er alle mechanischen Gliedmaßen aus und ließ sich langsam zu Boden sinken. Sein Gewicht drückte die künstlichen Arme tief in den Sand, bis die Unterseite seines Schwebstuhls die Düne berührte. Schließlich hockte er in bedenklich schiefem Winkel am Hang und sah dabei aus wie ein riesiges, schwitzendes Stehaufmännchen.

»Es ist ein Weibchen«, bemerkte Ben, der die schwebende Ambodruse wieder mit dem Fernglas beobachtete. »Sie begreift nicht, dass ihr vermeintlicher Artgenosse eine künstliche Lebensform war.«

»*Ist*«, korrigierte ihn Mira. »Sie bewegt sich noch …«

Ben richtete das Fernglas auf die am Boden liegende Ambodruse. »Du hast recht«, staunte er. »Seht euch das an!«

Alle spähten hinüber zum gegenüberliegenden Dünenkamm. Die zu Boden gesunkene künstliche Ambodruse bewegte sich tatsächlich. Mühsam streckte sie ein halbes Dutzend ihrer Tentakel vor, fand auf der anderen Seite der Düne irgendwie Halt und zog ihren riesigen, in sich zusammengesunkenen Körper ein paar Meter weiter den Hang hinauf.

»Irgendetwas treibt sie in diese Richtung«, sagte Ben. »Ein Instinkt kann es kaum sein. Für so hoch technisiert halte ich die Erbauer dieser Geschöpfe einfach nicht.«

»Wahrscheinlich eine Art Notfallsystem, das sich bei einem Defekt aktiviert«, überlegte der Doktor. »Ein Programm, das dieser Maschine befiehlt: Zurück in die Fabrik ...«

»Das Geschöpf sucht seinen Schöpfer«, nickte Ben.

»Die Maschine ihren Erbauer«, korrigierte ihn Delius besserwisserisch.

»Erinnert mich an die unterbelichteten Reinigungsroboter, die auf der technischen Betriebsebene des Instituts ihren Dienst tun«, bemerkte Jiril. »Dumm wie Toaster, aber darauf programmiert, bei der kleinsten Betriebsstörung sofort die nächste Wartungsstation aufzusuchen.«

»Sofern sie dazu in der Lage sind und keine motorische oder sensorische Störung ihr Programm blockiert«, ergänzte Delius.

Jiril zog genervt die Stirn kraus. »Können wir diese klugscheißende Konservendose nicht wieder abschalten?«

Dr. Gayot tat so, als habe er die Frage nicht gehört. »Befindet sich die Öffnung, von der du erzählt hast, in der Nähe?«, fragte er Mira.

»Gleich dort hinter dem Dünenkamm.«

»Das würde einiges erklären«, nickte Ben. »Ist dieser Krater groß genug für eine Ambodruse?«

Mira schüttelte den Kopf. »Das Loch in seiner Mitte war damals kaum größer als ... äh, der Doktor.«

Der Wissenschaftler betrachtete seinen Kugelbauch und schien Umfang und Durchmesser zu berechnen. »Da würde nicht einmal ihr Fangtentakel durchpassen«, stellte er schließlich fest. An Mira gewandt fragte er: »Wie lange ist es her, dass du hier warst?«

»Vielleicht einen Monat«, überlegte Mira. »Das Wadi, das Richtung Dorf führt, beginnt dort hinten.« Sie deutete nach Südosten.

»Eigenartig …« Ben setzte das Fernglas ab und rieb sich die Augen. »Um herauszufinden, was auf der anderen Seite der Dünen vor sich geht, müssen wir wohl oder übel warten, bis das Weibchen das Weite gesucht hat.«

»Die Totenwache einer Ambodruse kann sich über Tage hinziehen«, erklärte der Doktor. »In der Regel wartet sie, bis das Gas aus dem Ballonkörper entwichen und das verendete Tier vollständig in sich zusammengesunken ist. Erst dann gibt sie den Partner auf.«

»So viel Zeit bleibt uns nicht«, brummte Ben. »Zumal eine Maschine wohl kaum verwesen wird.«

»Wir könnten Delius rüberschicken«, schlug Jiril vor. »Er könnte sich gemeinsam mit dem Vieh in die Luft sprengen.«

»Sehr originell, Sansar Jiril«, bemerkte der Roboter. »Sehr originell.«

»Ich verspüre nicht die geringste Lust, eine Nacht in der Wüste zu verbringen«, sagte Jiril. »Mit Ambodrusen über mir und Monsterkäfern unter mir. Es sei denn, jemand gibt mir einen Flammenwerfer oder eine Kobaltkanone.«

Der Donner einer nahen Explosion ließ Jiril und Mira erschrocken zusammenzucken. Alle blickten zum gegenüberliegenden Dünenkamm, wo eine pilzförmige Rauchwolke von der künstlichen Ambodruse aufstieg. Ihr erschlaffter Ballonleib sank im Nu in sich zusammen, dann schoss plötzlich ein greller Blitz in den Fangtentakel des über ihr schwebenden Weibchens, untermalt von einem lauten Knistern.

Das Tier stieß ein schrilles Pfeifen aus, wobei seine Tentakel wild peitschten, und riss seinen tastenden Rüssel blitzschnell nach oben. Gleichzeitig sackte der riesige Glockenkörper der Ambodruse meterweit ab, als hätte die elektrische Entladung sie betäubt. Mitten im Sinkflug blähte sie ihren Körper prall auf, dann war ein Fauchen zu hören, als sie einen Teil des Traggases kraftvoll aus ihrem Leib presste. Wie mit einem Düsenantrieb katapultierte sie so ihren riesigen Ballonkörper wieder in die Höhe. Die Rauchwolke unter ihr zerstob durch den Luftstoß.

»Sie hat einen Kurzschluss verursacht«, staunte Ben. »Offenbar ist Speichel oder irgendeine andere Körperflüssigkeit von ihrem Fangtentakel in eine der Schussöffnungen getropft.«

»Das könnte sie vertreiben«, hoffte der Doktor. »Nun wissen wir zumindest sicher, dass es sich bei der gestrandeten Ambodruse tatsächlich um eine Maschine handelt.«

»Die jetzt eventuell unter Strom steht«, gab Ben zu bedenken. »Wir müssen vorsichtig sein.«

Das Weibchen hatte unterdessen an Höhe gewonnen und schwebte einige Hundert Meter von seinem vermeintlichen Artgenossen entfernt auf der Stelle, als sei es unschlüssig, ob die Elektroschockattacke gegen es persönlich gerichtet gewesen war. Schließlich neigte sich sein Körper zur Seite, als hätte ihn eine mächtige Böe erfasst, woraufhin es das qualmende Ambodrusenwrack in weitem Bogen umflog.

»Sie kommt her!«, stieß Jiril erschrocken aus und begann die Düne hinabzurutschen. »Dieses Ungeheuer kommt direkt auf uns zu!«

Tatsächlich näherte sich die Ambodruse ihrem Versteck nun mit beachtlicher Geschwindigkeit, wobei ihr mächtiger Fangtentakel sich langsam senkte, bis er wie der Rüssel eines Sandteufels über den Boden streifte.

»Runter von der Düne!«, rief Ben. Er packte Mira, stieß sich nach hinten ab und riss gleichzeitig noch den Doktor aus seiner Verankerung. Gemeinsam sprangen und purzelten alle den Hang hinab. Dr. Gayot kullerte mit eingezogenen Instrumentenarmen ein Stück weit die gegenüberliegende Böschung wieder hinauf, kam dann zurückgerollt und blieb schließlich lamentierend liegen. Als Letzter erreichte Delius den Fuß der Düne. Er hatte einfach alle vier Arme in seinen Körper gezogen und kam wie eine fette Zapfsäule den Hang heruntergerutscht. Die Lawine aus Sand, die er dabei hinter sich herzog, begrub ihn fast völlig unter sich.

»Bleibt flach auf dem Boden liegen und bewegt euch nicht!«, kommandierte Ben, der sich als Einziger wieder erhob und auf den Sandschlitten zurannte.

»Was hast du vor?«, rief ihm Jiril hinterher.

»Sei still und tue, was ich dir sage!«, sagte Ben. »Und pass auf das Mädchen auf!«

Er erreichte den Schlitten, riss achtlos die gesamte Ausrüstung herunter und schwang sich hinter das Steuer. Dann startete er den Motor mit einem solchen Schub, dass unter der durchdrehenden Kettenraupe eine meterweite Sandfontäne hervorschoss.

»Denk an die Totmannschaltung!«, schrie Mira, als sie begriff, was Ben vorhatte. »Sonst bleibt der Schlitten sofort wieder stehen.«

Ben sah kurz über seine Schulter. *Danke!*, erklang seine Stimme in Miras Kopf. Im selben Augenblick schoss der Schlitten durch das Dünental davon. Ben blieb hinter dem Steuer sitzen, bis er ausreichend Geschwindigkeit gewonnen hatte. Dann sprang er ab, warf sich hinter eine Sandverwehung und rührte sich nicht mehr.

Der Leib der Ambodruse tauchte über dem Kamm der Düne auf wie ein bizarrer Fesselballon. Fast lautlos glitt er heran, lediglich die hauchdünnen, segelgroßen Gleitschwingen, mit denen sie sich fortbewegte und ihre Flugrichtung bestimmte, erzeugten dieses melodische, durchdringende Sirren, das Mira wie versteinert auf der Stelle liegen bleiben ließ. Während sie zu dem riesigen Ballonleib hinaufstarrte, schwebte das untere Ende des Fangtentakels so dicht über sie hinweg, dass sie es mit ausgestrecktem Arm hätte berühren können.

Für den Bruchteil einer Sekunde blickte Mira in einen mit langen, borstigen Haaren und dicken Stacheln gespickten, scheinbar endlosen Schlund. Er war groß genug, um mühelos den Doktor verschlucken zu können, während er dort, wo er in den aufgeblähten Ballonkörper der Ambodruse mündete, fast vier Meter dick sein musste. Unmittelbar hinter dem Tentakelmaul wuchsen mächtige Dornen und fingerdünne, sich ringelnde Polypen, von denen einige Mira ein paar Tropfen einer stinkenden Flüssigkeit ins Gesicht spritzten. Ein tiefes, saugendes Geräusch drang aus dem Schlund und für einen Augenblick wurden Miras lange schwarze Haare mit dem Luftsog emporgeweht. Dann war der Tentakel über sie hinweggezogen, einen Wirbel aus angesaugten Sandkörnern hinter sich herziehend. Gelähmt vor Schreck, blickte Mira der über sie hinwegschwebenden Ambodruse nach, unter deren Ballonleib Dutzende langer Fangarme wild in der Luft peitschten. Das Ungetüm jagte der einzigen Bewegung nach, die es am Boden wahrnahm: dem führerlosen Sandschlitten, der schlingernd durch das Dünental davonraste. Als das Gefährt sich etwa 200 Meter von der Gruppe entfernt hatte, holte die Ambodruse es ein. Der mächtige Fangtentakel schoss auf den Schlitten herab und rammte ihn in den Wüstenboden. Dann zog er das zermalmte Wrack mit dem zahnbewehrten Rüssel hinauf zu einer scheunentorgroßen, von vier riesigen Hornschnäbeln bewehrten Maulöffnung an der Körperunterseite des Ballonkörpers. Selbst auf die Entfernung hörte Mira, wie die riesigen Schnäbel den Sandschlitten zermalmten. Die Ambodruse stieß ein Geräusch aus, das wie ein tiefes, melodisches Trillern klang, dann spie sie die ungenießbaren Schrottteile wieder aus, welche mit dumpfem Krachen auf dem Boden aufschlugen. Rasch gewann das Geschöpf daraufhin an Höhe, ließ sich mit dem Wind davontreiben und war wenig später hinter den Dünen verschwunden.

Mira zitterte am ganzen Körper und wagte noch immer nicht, sich zu bewegen. Sie traute sich nicht einmal, vernehmbar zu atmen, aus Angst, das gigantische Tier könne zurückkehren und sie mit seinem Tentakel packen, sie einfach einatmen, hineinsaugen in ihr grauenhaftes Inneres und an Hunderten von Dornen aufspießen, ehe die riesigen Hornschnäbel sich um sie herum schlossen …

Nun wusste sie, dass Bausch mit seinen Schauergeschichten nicht übertrieben hatte und die Ambodrusen kein Kinderschreckmärchen waren. Einem Menschen, den ihr Fangtentakel in der Dunkelheit packte, konnte es nicht viel anders ergehen als dem Sandschlitten – mit dem Unterschied, dass ihr Schnabelmaul ihn garantiert niemals mehr ausspucken würde.

Mira hatte soeben dem schrecklichsten Märchen der Welt ins Maul geblickt. Es *musste* einfach auch die Wünsche der Menschen fressen …

13 | Der Schacht

Dr. Gayot hatte sich bei seinem Sturz von der Düne einen Finger seiner linken Hand gebrochen. Zudem waren zwei seiner Instrumentenarme an den Gelenken abgeknickt und pendelten – nur noch von dünnen Kabeln gehalten – schlaff an ihren Tragbügeln. Während Jiril lediglich eine Handvoll Sand verschluckt hatte, humpelte Ben infolge seines halsbrecherischen Sprungs von dem fahrenden Sandschlitten. Bei Delius hatte der Zwischenfall offenbar keine bleibenden Schäden hinterlassen. Allerdings schien er durch die zahlreichen Erschütterungen in seinem Speicher auf ein umfangreiches Archiv menschlicher Flüche und Verwünschungen gestoßen zu sein, die er nun in alphabetischer Reihenfolge zum Besten gab. Erst als der Doktor ihn für einige Minuten ausschaltete, um die Störung manuell zu beheben, herrschte – abgesehen von Delius' anschließender Beschwerde über ein weiteres Fehlerprotokoll – wieder Ruhe.

Miras Knie hingegen bestanden nur noch aus Pudding. Während Ben und Jiril die vom Sandschlitten gefallene Ausrüstung einsammelten und der Doktor sich selbst verarztete, nahm sie alles um sich herum minutenlang wie in Trance wahr. Nur langsam wich der Schreck aus ihren Gliedern.

»Geht's wieder?«, erkundigte sich Ben.

»Ich wünschte, ich wäre Delius«, sagte Mira mit dünner Stimme.

»Warum das?«

»Dann bräuchte der Doktor einfach nur meinen Speicher löschen und ich würde mich an nichts mehr erinnern.«

»Nicht einmal an die schönen Dinge?«, fragte Ben.

Mira verzog die Mundwinkel. »Davon gab's noch nicht allzu viele«, gestand sie. »Du weißt ja gar nicht, was es bedeutet, eine Beta zu sein.«

Ben legte die Stirn in Falten. »Irgendjemand wird sich schon etwas dabei gedacht haben«, sagte er und fuhr dem Mädchen mit einer Hand durchs zerzauste Haar. »Die Schöpfung hat immer einen Trumpf im Ärmel.«

Nachdem sie zum Rigger zurückgekehrt waren und die Überreste der Ausrüstung verstaut hatten, beschlossen sie, den *Chott el Sijr* mit dem Luftkissenboot zu überqueren. Von dem Ambodrusenweibchen hatten sie laut dem Doktor nichts mehr zu befürchten – zumindest, fügte dieser rasch hinzu, solange es hell war. Jiril und Ben schienen jedoch weit weniger davon überzeugt zu sein. Kaum hatte der Rigger die offene Ebene erreicht, begannen die beiden misstrauisch den Himmel abzusuchen. Von der riesigen Kreatur war jedoch weit und breit nichts mehr zu sehen. Für einen Moment glaubte Mira, sie kilometerhoch über der Wüste erkannt zu haben, dann hatten die dünnen Schleierwolken ihre Silhouette verschluckt.

Jiril parkte das Luftkissenboot unmittelbar unter der Düne, auf der das Wrack der künstlichen Ambodruse lag. Noch immer stieg eine dünne Rauchsäule aus dem in sich zusammengesunkenen Körper auf. Diesmal war Mira die Letzte, die den Hang hinaufzuklettern begann. Im Gegensatz zu den anderen hielt sie jedoch einen deutlichen Abstand zu der Ambodruse.

Als schließlich alle den Grat erreicht hatten, tat sich ihnen jenseits der Düne ein mehr als 200 Meter breiter, sanft abfallender Krater auf, in dessen Mitte eine über 30 Meter große, kreisrunde Öffnung klaffte. Auf den ersten Blick hätte man die Senke für den Fangtrichter einer gigantischen Sodra-Königin halten können – wäre der Abgrund in seinem Zentrum nicht mit Metallwänden verkleidet gewesen. Sie wölbten sich fast mannshoch aus dem Kratergrund empor und bildeten so einen Schutzwall gegen einströmenden Sand.

»Du lieber Himmel«, entfuhr es Ben, »was in aller Welt ist *das*?«

»Wenn mich nicht alles täuscht, liegt vor uns der Produktionsschlot einer aktiven Terramotus-Anlage«, erklärte der Doktor. »Was mich jedoch verblüfft, sind seine Ausmaße. Warum in aller Welt ist dieses Ding so riesig?«

»Megalomanie?« Jiril schaute in die Runde. »Soll bei verwaisten KI's hin und wieder vorkommen, habe ich gehört.« Er tauschte mit dem Doktor einen vielsagenden Blick, dann wandte er sich dem Wrack der Ambodruse zu. »War, glaube ich, bei einem Ihrer Referate über künstliche Intelligenzen«, sagte er im Davongehen.

Ohne darauf einzugehen, entfaltete Dr. Gayot die Landkarte. »Wir stehen hier unmittelbar vor der Absturzstelle der *Demeter*«, sagte er, nachdem er das Terrain studiert hatte.

»Eigenartig, dass nirgendwo Hüllenreste oder Fragmente des Innengerüsts zu sehen sind.«

»Wahrscheinlich wurden sie längst von Flugsand und Wanderdünen begraben«, mutmaßte Ben.

Dr. Gayot schüttelte den Kopf. »Ihr Traggerüst mit den Dural-Ringstabilisatoren waren riesig«, erklärte er. »An seiner breitesten Stelle besaß der Zeppelin einen Durchmesser von über 40 Metern.«

»Dann hat hier wohl jemand aufgeräumt«, bemerkte Jiril, während er über einige der reglosen Tentakel hinwegschritt, um das Wrack näher zu inspizieren. »Oder besser gesagt *etwas.*«

Mira sah dem Alpha mit gemischten Gefühlen nach. Die Explosion hatte ein metergroßes Loch in den Körper der Ambodruse gerissen. Jiril stand vor dem reglosen Ungetüm und studierte das Gewirr aus verschmorten Kabeln, dampfenden Schläuchen und geschmolzenen Schaltkreisen, das durch die Öffnung zu erkennen war.

»Ihr Körper besteht aus einer Art elastischem Kunststoff«, stellte er nach kurzer Untersuchung des verschmorten Materials fest. Dann zwang ihn ein Hustenanfall, wieder etwas Abstand zu der schwelenden Maschine zu nehmen. »Der Rauch ist ziemlich ätzend«, keuchte er mit tränenden Augen.

»Giftiger Chlorwasserstoff«, bestätigte Delius. »Er schadet den Atemwegen.« Der Roboter steckte einen seiner vier Arme in die qualmende Öffnung. »Kohlendioxid, Schwefeldioxid und Stickstoffoxid«, sagte er. »Zudem messe ich Rückstände von Helium und Ammoniak.«

»Vermutlich das Traggas-Gemisch«, meinte Dr. Gayot.

»Sie hätte es fast geschafft«, erkannte Ben und wandte sich dem Krater zu. »Ich sehe mir den Rest mal näher an.«

Während Jiril, Delius und der Doktor neben dem Kopf des mechanischen Untiers fachsimpelten, folgte Ben dem riesigen, reglosen Fangarm langsam hinab in den Kraterkessel. Mira hielt weiterhin respektvollen Abstand zu dem Ballonleib. Selbst wenn es sich bei der Ambodruse nur um eine zerstörte Maschine handelte, sahen ihre Überreste echt genug aus, um ihr eine Gänsehaut nach der anderen über den Rücken zu jagen. Daher setzte sie sich in sicherer Entfernung auf den Kamm der Düne, von wo aus sie beide Hänge im Auge behalten konnte.

Als Ben das Ende des Tentakels erreicht hatte, stand er eine Weile verwundert davor. Dann ließ er sich auf die Knie nieder, als hätte er tatsächlich vor, in das stachelige Maul hineinzukriechen. Als Ben plötzlich nicht mehr zu sehen war, hielt Mira erschrocken die Luft an. Das Ende des Fangarms bewegte sich ruckartig. Es sah aus, als würden seine dornengespickten Kiefer kauen …

»Ben?«, rief Mira hinab in den Kessel. Als sie keine Antwort erhielt, sprang sie beunruhigt auf. *»Ben!?«*

Dr. Gayot und Jiril unterbrachen ihre Diskussion und blickten zu ihr herüber. »Alles in Ordnung?«, erkundigte sich der Doktor.

Anstatt zu antworten, lief Mira in den Krater hinab. Kurz bevor sie das Ende des Fangtentakels erreicht hatte, blieb sie einen Moment stehen. »Ben …?«, fragte sie noch einmal leise, dann schlich sie mit klopfendem Herzen vorsichtig um den Fangarm herum.

Das Erste, was sie von ihm sah, waren seine zuckenden Füße. Aus dem Maul des Tentakels drang ein Stöhnen, dann steckte Ben plötzlich seinen Kopf hervor. Sein Gesicht war vor Anstrengung rot angelaufen, auf seiner Stirn glänzten Schweißperlen.

»Hallo«, sagte er. »Ist der Doktor bei dir?«

Mira schüttelte den Kopf. »Bist du okay?«

Natürlich, erklang seine Stimme in ihrem Kopf. »Keine Sorge«, fügte er schließlich vernehmbar hinzu. »Schau her.«

Vorsichtig äugte Mira in das vermeintliche Tentakelmaul. Es war weder haarig noch dornengespickt. Ben hockte auf einem glatten Wulst, der an einer massiven, leicht gewölbten Glasscheibe endete. Es dauerte nicht lange, bis sich auch Jiril und Dr. Gayot hinzugesellt hatten. Gemeinsam standen sie schließlich um das Ende des Tentakels herum und staunten über eine Kameralinse von fast einem Meter Durchmesser.

»Sieht aus wie ein altes Teleobjektiv mit Augenmuschel«, bemerkte der Doktor.

»Für mich sieht es lediglich nach Materialverschwendung aus«, sagte Jiril. »Was soll eine derart monströse Kamera leisten können, was eine kleine nicht kann? Doch wohl kaum größere Aufnahmen schießen.« Er wandte sich um. »Apropos monströs …« Ohne auf die anderen zu warten, lief er hinab zum Rand der riesigen Schachtöffnung. Dann stemmte er sich mit den Armen von der Brüstung ab, sprang in die Höhe und schwang ein Bein über die Metallwand.

»Nein!«, riefen Ben, Mira und der Doktor im Chor.

Jiril rutschte wieder herab und sah grinsend zu ihnen herauf. »War nur ’n Scherz, Leute.«

»Sehr lustig«, brummte Ben. Und an Mira gewandt fügte er telepathisch hinzu: *Du kannst dir gar nicht vorstellen, was dieser Blödmann mich an Nerven kostet.*

Das Mädchen musste grinsen. »Warum habt ihr ihn dann mitgenommen?«, fragte sie so leise, dass nur Ben es hören konnte.

Weil er nun mal ein verdammt guter Pilot ist, gestand Ben.

Früher hatte Mira auf ihrem Weg zu den Gärten im alten Hangar oft ihren Vater in den Plantagen besucht und dabei manchmal in einen der frisch ausgehobenen Brunnenschächte blicken dürfen, die von den Bohrdrohnen der Driller gegraben worden waren. Schon damals hatte sie die Vorstellung gegruselt, in die Tiefe zu stürzen und für immer in der Dunkelheit zu verschwinden. Als sie sich nun jedoch über die Metallbrüstung zog, um einen Blick in den Produktionsschlot zu werfen, bekam das Wort »Tiefe« für sie eine völlig neue Dimension – und ebenso der Begriff »Angst«.

Das Erste, was Mira auffiel, war die beklemmende Stille. Kein einziges Geräusch drang aus der Tiefe des Schachts empor. Seine Wände bestanden komplett aus Metall und waren fugenlos glatt. Lediglich in zehn bis zwölf Metern Tiefe befand sich eine etwa anderthalb Meter große Lücke, in der die Wände einen halben Meter nach hinten versetzt waren. Sie sah aus wie ein niedriger Wartungsgang, besaß aber weder ein Geländer noch eine Tür, über die man ihn hätte betreten können. Unmittelbar darunter begannen vier gleichmäßig verteilte, vertikale Spalten, die ohne Unterbrechung lotrecht in die Tiefe führten.

Obwohl die Sonne noch relativ hoch stand und der Schlot gut 30 Meter breit war, war sein Ende nicht zu erkennen. Mira konnte ihrer Schätzung nach 100 Meter weit hinabblicken und, nachdem sich ihre Augen an die Dunkelheit in der Tiefe gewöhnt hatten, sogar noch weiter. Doch danach herrschte nur noch undurchdringliche Finsternis. Mira stellte sich vor, wie es sein mochte hinabzustürzen, ohne jemals das Ende des Schachts zu erreichen. Einfach nur zu fallen und zu fallen – bis zum Mittelpunkt der Welt …

»Ist eine derartige Tiefe für eine Terramotus-Anlage normal?«, fragte Ben.

Der Doktor schüttelte den Kopf. »Keinesfalls.«

»Delius könnte mit seinen Scheinwerfern hinableuchten«, schlug Jiril vor. »Wenn wir Glück haben, fällt er dabei auch gleich über die Brüstung.« Er sah sich suchend um. »Wo steckt der Blechheini eigentlich?«

»Er bringt den Rigger außer Sichtweite«, erklärte Dr. Gayot. »Für alle Fälle.«

»Na ja, auch gut.« Jiril holte Luft und spuckte hinab in den Schacht.

»Wie tief mag das sein?«, fragte Mira.

»Schwer zu sagen«, gestand Dr. Gayot. »In etwa drei- bis vierhundert Metern Tiefe liegt Savornins Meer. Der Wasserspiegel dürfte daher eine natürliche Grenze darstellen.«

»Ein Meer?« Mira ließ sich zurück auf den Boden rutschen. »Hier unter der Wüste?«

»Nun, es ist kein wirkliches Meer, wie wir es kennen«, erklärte der Doktor, »sondern ein riesiges Grundwasserreservoir.« Er begann mit zweien seiner mechanischen Arme ein

Bild aus Linien in den Sand zu zeichnen. »Tief unter der Wüste liegen kilometerdicke Gesteinsschichten, in denen gewaltige Mengen fossilen Grundwassers aus Millionen von Jahren Erdgeschichte eingeschlossen sind«, erklärte er dabei. »Diese Gesteinsschichten nennt man Synklinalen, was übersetzt so viel bedeutet wie ›Gesteinsmulden‹. Du kannst sie dir wie flache, ineinandergestapelte Becken oder Schüsseln vorstellen. Jede einzelne dieser Schüsseln ist eine Gesteinsschicht, die sich im Laufe der Jahrmillionen gebildet und versickerndes Regenwasser aufgenommen hat. Zuletzt wurde das Grundwasserreservoir während der Eiszeit aufgefüllt, als die Klimazonen sich nach Süden verschoben und die Regen spendenden Wolken bis vor 10.000 Jahren über Nordafrika entladen hatten.

Die einstigen Bewohner der Wüste kannten Savornins Meer schon sehr lange. Besonders an Hängen, wo die Wasser führende Schicht der Erdoberfläche sehr nahe kommt, gruben sie seit Jahrtausenden Brunnen und bauten raffinierte Kanäle, in denen das Wasser zu den Oasen fließen konnte.

Schon lange vor den Sonnenstürmen hatte man damit begonnen, das Wasser aus der Tiefe heraufzupumpen, um in der Wüste künstliche Oasen zu schaffen, so wie die Plantagen von Iférana. Jede Oase in dieser Wüste wird von Savornins Meer gespeist, jeder Brunnen und jede Wasserpumpe – selbst das Speicherbecken im alten Zeppelinhangar …«

Mira betrachtete die Sandzeichnung des Doktors, dann fragte sie: »Kann die Fabrik bis in dieses Meer vordringen?«

»Nein«, sagte der Doktor. »Für ein aquatisches Umfeld wurde sie nicht programmiert.«

»Es sei denn, die Anlage hat es geschafft, ihre Außenwände druckresistent gegen das Grundwasser abzudichten«, gab Ben zu bedenken. »Dann könnte der Schacht einen Kilometer weit hinabführen, aber auch genauso gut zehn.«

Während Ben, Mira und Dr. Gayot diskutierten, war Jiril wieder hinauf zum Wrack der Ambodruse gestiegen, wo er sich an einem der kleineren Tentakel zu schaffen machte. Er trennte ein etwa zwei Meter langes Stück von seiner Spitze ab und schleifte es in den Krater.

»Was hast du vor?«, wunderte sich Mira.

»Werfen wir das hier in den Schacht«, erklärte Jiril. »Mal sehen, was passiert.«

Ben versperrte ihm den Weg. »Das halte ich für keine gute Idee.«

»Da stimme ich ihm zu«, sagte Dr. Gayot.

»Sie könnten auch gerne hinabschweben und nachsehen, was dort unten vor sich geht«, schlug Jiril vor und ließ den Tentakel fallen. »Dann kommen Sie wieder nach oben geflogen und erzählen uns davon.«

»Zieh nicht ständig alles ins Lächerliche!«, brauste der Doktor auf. »Was gedenkst du denn zu tun, falls tatsächlich etwas heraufkommt – hier stehen zu bleiben wie auf einem Präsentierteller?« Dr. Gayot deutete hinauf zum Körper der Ambodruse. »Kannst du dir eigentlich vorstellen, *was* von dort unten heraufkommen müsste, um dieses Wrack dort zu bergen? Die Überreste dieser Maschine wiegen Tonnen.«

»Da muss ich ihm leider beipflichten«, sagte Ben. »Diese Anlage ist unberechenbar. Sie könnte die Aktion als Provokation werten, was uns alle in Gefahr brächte …«

Während Mira dem Streit lauschte, strich plötzlich ein ungewöhnlich kühler Lufthauch um ihre Beine. Es war wie eine unsichtbare Welle, die sich über den Boden ergoss.

»Spürt ihr das auch?«, fragte sie und rieb sich fröstelnd die Waden.

»Was?«, wunderte sich der Doktor.

»Die Kälte …«

Ein verdächtiges Brausen lenkte die Aufmerksamkeit der Gruppe schließlich auf den Schlot. Ben nahm ahnungsvoll eine Handvoll Sand und schleuderte ihn in die Schachtöffnung, doch nicht ein einziges Körnchen fiel in die Tiefe. Der Sand wurde sofort von einem starken Luftzug erfasst und in die Höhe geweht, wo er zerstob.

»Da kommt irgendetwas herauf«, rief Ben. »Und es ist schnell! Los, in Deckung!«,

Eine Sekunde lang stand der Rest der Gruppe wie versteinert auf der Stelle, dann stürmten alle Hals über Kopf in unterschiedliche Richtungen davon.

»Hierher!«, schrie Dr. Gayot, als er das Dilemma erkannte. »Hinter dem Kraterwall, der dem Wrack gegenüberliegt, sind wir am sichersten!«

Während alle anderen die Richtung wechselten und zu ihm herüberspurteten, sah der Wissenschaftler sich plötzlich mit einem ganz anderen Problem konfrontiert: Der Schub des Leviators war nicht so abrupt zu drosseln, um sich wie Mira, die ihn hangaufwärts überholte, einfach hinter den Dünenkamm werfen zu können. So schoss der Doktor vom eigenen Schwung getragen über den Kraterwall hinweg wie über eine Sprungschanze, was zur Folge hatte, dass er erst kurz vor Ende des Hanges wieder den Boden berührte. Durch den freien Fall zusätzlich beschleunigt, rauschte er weiter abwärts und kam schließlich erst am Fuß der gegenüberliegenden Düne zum Stehen. Obwohl er ein gutes Stück entfernt war, hörte Mira ihn in der Sprache der Alphas fluchen.

Auch Ben und Jiril hatten den Grat inzwischen erreicht. Verschwitzt und völlig außer Atem suchten sie neben Mira Deckung.

»Eine Scheißidee!«, keuchte Jiril mit rotem Kopf und nach Luft schnappend. »Hinter der Düne – zu der ich unterwegs war – hätten wir uns genauso gut – verstecken können.« Er wischte sich mit einem Ärmel den Schweiß aus dem Gesicht und starrte hinunter in den Krater. »Was mag das sein?«

»Der verdrängten Luft nach womöglich eine der künstlichen Ambodrusen«, sagte Ben schwer atmend. »Was auch immer es ist, es muss mit seiner Masse den gesamten Schacht ausfüllen.«

Alle blickten gebannt in den Krater. Das Brausen wurde langsam von einem Geräusch übertönt, das wie das Summen eines starken Elektromotors klang. Doch es war keinesfalls eine Ambodruse, die aus der Tiefe auftauchte, sondern …

Mira riss die Augen auf und holte erschrocken Luft. Bevor sie jedoch einen Laut der Bestürzung ausstoßen konnte, hielt Ben ihr den Mund zu und zog sie vom Scheitel der Düne fort. *Keinen Ton!*, erklang seine eindringliche Stimme in ihrem Kopf, als sie die Muskeln spannte. *Es sind nur Maschinen!*

Ben wusste, dass das Mädchen seinen Griff mit Leichtigkeit sprengen konnte. Sekundenlang starrte Mira ihn schwer atmend an, dann entspannte sie sich und nickte.

Versprochen?, erklang seine Stimme in ihrem Kopf.

Ein weiteres Nicken.

Ben ließ Mira vorsichtig los, woraufhin sie sofort wieder hinauf zum Dünenkamm kroch. Auch Dr. Gayot hatte den Hang inzwischen erklommen und beobachtete das Geschehen im Krater ebenso gespannt wie alle anderen.

»Langsam bekomme ich eine Vorstellung davon, was diesen Jumper so traumatisiert hat«, murmelte er. »Wenn ich es nicht mit eigenen Augen sehen würde …«

Aus der Tiefe hatte eine Art Lift die Oberfläche erreicht. Auf seiner Plattform standen Schulter an Schulter gut drei Dutzend nahezu identische Gestalten. Sie besaßen allesamt dieselbe Größe, hatten identische Gesichter, trugen die gleiche Kleidung und hatten die gleichen langen schwarzen Haare. Jede von ihnen war eine Kopie Miras. Eine Weile standen sie in einem perfekten Kreis vollkommen reglos beisammen. Dann begann jede zweite von ihnen langsam den Kopf zu heben, während die übrigen ebenso bedächtig zu Boden sahen. Gleichzeitig blitzten ihre Augen in Sekundenintervallen auf.

»Runter!«, zischte Ben, woraufhin alle außer Dr. Gayot den Kopf einzogen.

»Leichter gesagt als getan …«, stöhnte der Wissenschaftler und ließ sich schließlich einfach nach hinten kippen. Allerdings schaffte er es diesmal, seinen Schwebstuhl nach nur zwei Überschlägen abzufangen. Sich den Sand aus dem Gesicht wischend, kam er langsam wieder die Düne heraufgeschwebt.

Als Mira neugierig ihren Kopf hob, um einen Blick in den Krater zu werfen, schauten ihre Ebenbilder entweder auf ihre

Fußspitzen oder steil empor in den Himmel. Das Blitzen ihrer Augen hatte aufgehört.

»Faszinierend«, keuchte Dr. Gayot, nachdem er ebenfalls wieder den Scheitel der Düne erreicht hatte. »Die Anlage scheint im Laufe der Jahre ihr eigenes Sicherheitsprogramm modifiziert zu haben. Diese Replikate erfassen zuerst ein sphärisches Bild ihrer Umgebung, bevor sie beginnen zu agieren. Offenbar wird das, was sie aufzeichnen, an eine Art Kontrollstelle gesendet, die alle Informationen auswertet. Das geht weit über das Securityprogramm hinaus, mit dem die Terramotus-Anlage ursprünglich ausgestattet wurde. Seht nur!«

Gebannt verfolgten alle, wie die Mira-Maschinen auf einmal in geschäftiges Treiben verfielen. Wie auf ein geheimes Zeichen hin verließen sie gleichzeitig die Plattform und bewegten sich auf die zu Boden gesunkene Ambodruse zu.

Jiril leckte sich nervös über die Lippen. »Ob sie uns gesehen haben?«

»Ich glaube nicht«, sagte Ben. »Jedenfalls verhalten sie sich nicht danach. Hoffentlich ist Delius mit dem Rigger inzwischen außer Sichtweite.«

Kollektiv machten sich die Mira-Maschinen an der Ambodruse zu schaffen und schleiften ihren Körper von der Düne herab in den Krater. Dann begannen sie den riesigen mechanischen Leib systematisch in Einzelteile zu zerlegen.

»Arbeitsdrohnen«, deutete Dr. Gayot das Geschehen.

»Sie schenken unseren Fußspuren keinerlei Beachtung«, erkannte Ben.

»Fährtenlesen gehört offenbar auch nicht zu ihrer primären Aufgabe«, folgerte Dr. Gayot. »Das ist ein Bergungstrupp.

Wahrscheinlich würden diese Replikate nicht einmal Notiz von uns nehmen, wenn wir direkt neben dem Produktionsschlot stünden. Sie erfüllen einzig die Aufgabe, für die sie an die Oberfläche geschickt wurden: Demontage und Sicherstellung.«

Teils fasziniert, teils bestürzt beobachtete Mira, wie ihre künstlichen Ebenbilder die Ambodruse in tragbare Einzelteile zerlegten und diese zum Lift transportierten, bis sich auf der Plattform ein meterhoher Berg aus Tentakelsegmenten häufte. Als der ihnen zur Verfügung stehende Platz ausgeschöpft war, stiegen die Maschinen ebenfalls dazu und fuhren mit dem voll beladenen Lift wieder in die Tiefe.

»Bleibt in Deckung!« Dr. Gayot warf einen Blick auf seine Uhr. »Sie werden gleich zurückkommen.«

Alle blickten erwartungsvoll hinab in den Krater. Eine geraume Weile tat sich gar nichts, dann tauchte die entladene Plattform mit den Drohnen wieder auf.

»Knapp acht Minuten«, verkündete der Doktor, nachdem der Lift die Oberfläche erreicht hatte.

Unverzüglich machte sich der Bergungstrupp wieder an die Arbeit. Auf Mira wirkten ihre künstlichen Ebenbilder wie geschäftige Ameisen, die ihre Beute zerlegten und in ihren Bau verfrachteten. Ihre zweite Fuhre bestand aus Segmenten des riesigen Fangarms und der beiden Flügelsäume. Nach ihrem neuerlichen Verschwinden in der Tiefe waren dann nur noch der in sich zusammengesunkene Ballonkörper und ein etwa fünf Meter langer Ansatz des Fangtentakels übrig.

Kaum waren die Mira-Maschinen wieder in ihre Unterwelt unterwegs, gab Dr. Gayot seine Deckung plötzlich auf. Ehe ihn jemand daran hindern konnte, war er über den Dünenkamm geschwebt und schoss den Abhang hinab.

»Was haben Sie vor?«, rief Mira ihm verdutzt nach.

»Eine trojanische List«, antwortete der Doktor, als er den Fuß der Düne erreicht hatte.

»Kommen Sie zurück!«, beschwor Ben den Wissenschaftler. »Sie sind verletzt, und Ihr Leviator ist beschädigt!«

Dr. Gayot reagierte nicht. Unbeirrt schwebte er auf den Produktionsschlot zu und warf einen prüfenden Blick hinab in die Tiefe.

»Wenn ich nicht genau wüsste, dass seine obere Hälfte menschlich ist, würde ich behaupten, er habe seine Ohren ausgeschaltet«, zischte Jiril. »Was meint er denn bitteschön mit ›trojanischer List‹? Für ein Computervirus ist er nun wirklich zu fett …!«

Mira verdrehte die Augen. »Ich glaube, er will sich nur irgendwo verstecken«, erklärte sie.

»Zweifellos«, nickte Ben grimmig. »Und zwar in der Ambodruse, als blinder Passagier …« Er stand auf und rief: »Doktor, das Wrack ist voll giftiger Dämpfe! Sie werden an einer Rauchvergiftung sterben, ehe sich der Lift in Bewegung setzt. Man wird Sie entdecken!«

Dr. Gayot blickte zu ihm herauf. »Ich bin dank des Leviators imstande, meine Lebensfunktionen so weit zu reduzieren, dass mich die Drohnen im Leib der Maschine gar nicht wahrnehmen werden«, rief er zurück. »Und falls doch, dann halten sie mich aufgrund meines künstlichen Unterkörpers mit ein wenig Glück für einen der ihren.«

»Das ist doch Wahnsinn!«, rief Ben.

»Ich würde es eher als Selbstmord bezeichnen«, bemerkte Jiril kopfschüttelnd.

»Sie haben nicht die geringste Ahnung, was Sie dort unten erwartet«, unternahm Ben einen letzten Versuch, den Doktor von seinem verwegenen Plan abzuhalten. »Womöglich landen Sie in einer vollautomatischen Recyclinganlage, die alles einstampft oder in kleine Stückchen zerschreddert – oder gleich in einem Schmelzofen. Sie wissen ja nicht einmal, ob es dort unten überhaupt Luft zum Atmen gibt!«

»Fahrt nach Norden, in die Ebene von Fassassa«, rief ihnen Dr. Gayot vom gegenüberliegenden Rand des Kraters zu. »Beeilt euch, ihr habt für das Rendezvous mit Darabar nicht mehr viel Zeit. Ich werde derweil dem Geheimnis der Terramotus-Anlage auf den Grund gehen.«

Mit gemischten Gefühlen beobachteten sie Dr. Gayot bei seinen Versuchen, durch das Loch zu schlüpfen, das die Explosion in den Ballonleib der Ambodruse gerissen hatte. Nachdem er zwei Kurzschlüsse verursacht hatte, gab er sein Vorhaben auf, sich im Kopf der Maschine zu verstecken. Stattdessen zwängte er sich durch den Stumpf des Fangtentakels bis hinauf zu seiner breitesten Stelle, wo das Organ in den Körper der Ambodruse mündete. Dort verharrte er schließlich reglos. Wenige Augenblicke später erreichte der Lift mit den Mira-Maschinen wieder die Oberfläche. Ohne Verzögerung begannen diese damit, die Reste der Ambodruse zu zerlegen und auf die Plattform zu transportieren – auch das Fangarmsegment, in dem sich Dr. Gayot versteckt hielt.

»Sie scheinen tatsächlich nichts zu bemerken«, staunte Mira.

»Offenbar hat er seinen Antigrav eingeschaltet, um das zusätzliche Gewicht auszugleichen«, flüsterte Jiril. »Dieser dicke, verrückte Spinner.«

Nachdem der Bergungstrupp die restlichen Hüllenfragmente auf die Plattform geladen und der Lift wieder in die Tiefe gesunken war, herrschte hinter dem Dünenkamm befangenes Schweigen. Dann drang aus dem Krater ein Donnern, das sich anhörte wie ein tiefer Glockenschlag. Es war so kraftvoll, dass für einen Augenblick sogar der Wüstenboden erbebte.

»Was war das denn?«, wunderte sich Jiril.

Ben erhob sich und klopfte sich den Sand aus der Kleidung. »Jedenfalls keine Explosion«, sagte er.

Als sie sicher waren, dass die Mira-Maschinen kein weiteres Mal auftauchen würden, verließen sie schließlich die Düne und gingen gemeinsam in den Krater hinab. Ein Blick in den Förderschacht bestätigte Bens Befürchtung: Dort, wo zuvor die ringförmige Lücke in der Schachtwand geklafft hatte, hatte sich ein mächtiges, horizontales Metallportal geschlossen. Seine gegeneinanderschlagenden Hälften waren es gewesen, die das donnernde Geräusch verursacht hatten.

»Klappe zu, Affe tot«, brummte Jiril.

»Das will ich nicht hoffen«, sagte Ben. »Dr. Gayot ist der Einzige, der weiß, wie man die Fabrik stoppen kann.«

Jiril riss plötzlich die Augen auf und klopfte hektisch seine Kleidung ab. »Oh, Shit!«, entfuhr es ihm.

»Was ist?«, fragte Mira.

»Er hat noch den Controller für Delius!«

14 | Nach Darabar!

Vom Kraterrand aus konnten Mira, Ben und Jiril fast den gesamten *Chott el Sijr* überblicken. Das einstige Seebett besaß die Form eines geschwungenen Horns. Es erstreckte sich von den Bergen in einem weiten Bogen nach Süden, wobei es sich beständig verjüngte, um sich schließlich zwischen den riesigen Dünenketten der Sandwüste zu verlieren. Von Delius und dem Rigger war erwartungsgemäß weit und breit nichts zu sehen.

»Na, das kann ja heiter werden«, stöhnte Jiril. »Kannst du diesen Klugscheißautomaten nicht irgendwie mit deinem Tele-Gedanken-Zippzapp rufen?«

Ben schenkte Jiril einen vernichtenden Blick. »Bedaure«, sagte er. »Wir werden ihn und den Rigger wohl oder übel suchen müssen.«

Während Jiril und Ben sich angifteten, studierte Mira das Seebett. Das Luftkissen des Riggers hatte bei der Fahrt über die Ebene die oberste helle Staubschicht fortgeblasen und dabei eine kaum sichtbare Spur aus dunklerem Sand hinterlassen. Sie führte von dem etwa fünf Kilometer entfernt liegenden Eingang des Seitentals bis unter die Düne, auf der sie standen – und in einer weiten Schleife durch den *Chott el Sijr* wieder dorthin zurück.

»Ich weiß, wo Delius steckt«, rief Mira und begann die Düne hinabzulaufen.

»Ach ja?«, rief ihr Jiril hinterher. »Können Betas auch hellsehen?«

Als Mira den Fuß des Hanges erreicht hatte, standen die beiden immer noch unentschlossen auf dem Dünenkamm. »Los, kommt schon!«, rief sie. »Roboter sind auch nur Gewohnheitstiere.«

Ben und Jiril sahen sich fragend an.

»Na schön«, brummte Jiril und folgte Mira die Düne hinab. »Es ist ja schließlich *ihr* Kinderzimmer …«

Für den Marsch über die Ebene benötigten sie eine knappe Stunde. Tatsächlich fanden sie den Rigger, wie Mira prophezeit hatte, keine 50 Meter hinter der Einmündung des Seitentals, mit einem von ihrem Auftauchen sichtlich überraschten Delius an Bord. Der Roboter weigerte sich jedoch, den Fahrersitz für Jiril zu räumen, solange er nicht vollständig über den Verbleib des Doktors aufgeklärt wurde.

Die Rückfahrt durch die inzwischen noch dunklere Skelettschlucht gestaltete sich für Mira erneut zum Horrortrip, wobei sie allerdings bemerkte, dass Jiril das Luftkissenboot deutlich waghalsiger durch die engen Windungen des Canyons steuerte als auf der Hinfahrt. Kaum hatten sie die klaustrophobische Enge der Schlucht hinter sich zurückgelassen, beschleunigte Jiril den Rigger fast auf Höchstgeschwindigkeit. Die Rückfahrt durch das Wadi Gohm hatte daher mehr von einem Sandschlittenrennen als von einer Hovercraftfahrt. Während Delius pausenlos protestierte und mögliche technische Defekte aufzählte, fand Mira nach der dritten gemeisterten Spitzkehre zu Bens Entsetzen Spaß an der halsbrecherischen Fahrt.

»Dann auf nach Darabar!«, rief Jiril, als sich der Ausgang des Wadis vor ihnen öffnete.

»Schaffen wir das noch vor Einbruch der Nacht?«, fragte Mira.

Ben kontrollierte den Stand der Sonne. »Möglicherweise«, antwortete er. »Solange wir keine Panne haben.«

»Von der Mündung des Wadi Gohm bis in die Ebene von Fassassa sind es 270 Kilometer Luftlinie«, erklärte Delius. »Falls wir auf direktem Weg reisen und die Navigation bis zum Transitkorridor mir anvertraut wird, ist ein Überbrücken dieser Strecke bis Sonnenuntergang auf jeden Fall realisierbar.«

»Wir haben wohl keine andere Wahl«, erkannte Jiril. »Wenn wir die berechneten Koordinaten nicht rechtzeitig erreichen, ist Darabar über alle Berge.«

Nachdem er und Delius die Plätze getauscht hatten und der Rigger die Nordbarriere der Beta-Zone hinter sich gelassen hatte, häufte Jiril zwischen sich und Mira einen Berg aus Kleidung und Taschen auf. Dann wickelte er sich in eine Decke, zog sie sich bis über die Ohren und legte sich schlafen. Der Taschenberg, gegen den er sich lehnte, besaß dabei wohl weniger die Funktion eines Ruhekissens als die eines Schutzwalls. Offensichtlich hatte er einfach keine Lust, sich auf irgendwelche Gespräche einzulassen, solange er neben Mira saß.

Nimm es ihm nicht übel, erklang Bens Stimme in ihrem Kopf, nachdem er einen Blick auf die Rückbank geworfen hatte. *Er spielt gerne den, der er sein will, und versteckt sein wahres Ich.*

Mira wollte etwas erwidern, schwieg jedoch im letzten Moment, weil sie fürchtete, Jiril könnte es hören.

Ben sah über seine Schulter. *Sich in Gedanken zu unterhalten hat manchmal auch Vorteile,* lächelte er vielsagend. *Versuch es doch auch mal …*

Das Mädchen schüttelte verlegen den Kopf.

Na komm, es ist gar nicht so schwer, wie du glaubst. Immerhin hörst du mich. Das zeigt, dass du zumindest das Talent dazu hast. Jiril, die Pfeife, hat mich noch nie gehört …

Mira musste lachen. Jiril zeigte jedoch keinerlei Regung. Offenbar schlief er wirklich.

Na los doch, ermutigte Ben sie. *Versuch es!*

Eine Weile wechselte Miras Blick unentschlossen zwischen ihren Händen, der Wüste und Ben. Dann rief sie in Gedanken, so laut sie konnte: *Hörst du mich?*

Ben zuckte zusammen und riss erschrocken die Augen auf. Dabei machte er ein Gesicht, als hätte ihm jemand mit einer Hirtenpfeife ins Ohr getrillert. *Doch nicht so laut!,* beschwerte er sich telepathisch und schenkte ihr einen Blick, in dem sich seine ganze Überraschung widerspiegelte.

»Tut mir leid«, murmelte Mira.

Ben schüttelte den Kopf und zog dabei Grimassen, als würden von einem Ohr zum anderen Ameisen hindurchkrabbeln. *Okay, das mit dem Feintuning üben wir beizeiten mal in aller Ruhe,* beschloss er, als es ihm wieder besser zu gehen schien. *Für den Anfang war das allerdings gar nicht schlecht.*

Mira zuckte die Achseln und sah hinaus in die Wüste.

Auch Ben schwieg eine Weile, dann fügte er in Gedanken hinzu: *Ich beneide dich, Mira.*

»Warum das denn?«, fragte sie irritiert.

Weil du Talente besitzt, mit denen du allen gewöhnlichen Menschen weit überlegen bist, erklärte Ben. *Deine Schnelligkeit und deine Kraft, deine Intelligenz, deine hochsensiblen Sinne und deine Resistenz gegen die intensiven Strahlen der Sonne, all das macht dich einmalig. Um die telepathischen Fähigkeiten zu erlangen, die du innerhalb von drei Tagen offenbart hast, musste ich mein halbes Leben lang lernen. Seit ich dich kenne, habe ich das Gefühl, die Evolution hätte zum ersten Mal seit Jahrzehntausenden wieder einen bedeutenden Schritt nach vorne gemacht.*

Als sie etwa die Hälfte der Strecke geschafft hatten, tauchten hinter einer leichten Anhöhe wie eine Fata Morgana die Ruinen einer Stadt auf. Der Ort war von einer halb verfallenen, meterhohen Mauer aus gelblich weißen Ziegeln umgeben. Delius verringerte die Geschwindigkeit des Riggers und lenkte ihn durch ein Stadttor, von dessen einstiger Pracht kaum mehr übrig war als ein Schutthaufen. Das Geräusch der gedrosselten Rotoren brachte auch Jiril wieder dazu, sich zu regen. Er schaute sich verschlafen um, wobei ihm das, was er sah, nicht besonders zu gefallen schien.

Hinter den Überresten des Stadttors lag eine breite, schnurgerade Allee, die von den Stümpfen vertrockneter Palmen, Autowracks, Kamelskeletten und wahllos verstreutem Hausrat gesäumt wurde. Das Einzige, was sich zwischen ihnen regte, waren Eidechsen und fingerlange, schwarze Käfer.

Von der Zentralstraße aus führte ein Labyrinth aus engen, verwinkelten Gassen hinein in einen Irrgarten verlassener, teils eingestürzter Flachdachhäuser. Im Zentrum der Stadt schließlich erhob sich die Ruine einer kleinen Festung mit weißen Mauern und sechs weißen Türmen.

»Das alte Mem Sida«, erklärte Ben. »Vor den Sonnenstürmen blühte hier das Leben. Heute ist es nur noch eine Geisterstadt.«

»Die Häuser sehen seltsam aus«, wunderte sich Mira. »Was sind das für seltsame weiße Steine, aus denen sie gebaut sind?«

»Salz«, sagte Jiril. »Alles hier besteht aus Salz oder gebranntem Salzton, selbst die Stadtmauern und die Burg.«

»Die Halitgärten waren der einstige Reichtum von Mem Sida«, erklärte Ben. »Tausende von Menschen lebten hier von der Salzherstellung, von den Erträgen der Dattelpalmen aus den Oasen und vom Karawanenhandel.«

Mira sah sich schaudernd um. »Hier möchte ich nicht übernachten müssen.«

Jiril schnaufte. »Hier würde ich nachts nicht einmal mit einem Kampfpanzer durchfahren«, sagte er. »Lieber bei Vollmond nackt durch die Skelettschlucht spazieren, als nach Einbruch der Dunkelheit auch nur eine einzige Minute in Mem Sida verbringen.« Und mit einem tiefgründigen Blick fügte er hinzu: »Selbst die Ambodrusen meiden diesen Ort.«

»Warum?«, wunderte sich Mira.

Jiril zuckte mit den Schultern. »Nimm den Begriff ›Geisterstadt‹ einfach mal wörtlich.« Er beugte sich vor und klopfte Delius ungeduldig gegen den Hinterkopf. »Gib endlich Gas, du stumpfsinniger Fertigbausatz. Hier ist eh nichts mehr zu retten.«

»Laut meinen Berechnungen liegen wir noch innerhalb des Zeitfensters«, schnarrte der Roboter.

Jiril winkte ab. »Mach doch, was du willst. Wahrscheinlich ist die Suche nach diesen Arcasien eh vergebliche Liebesmüh. Ich meine, Leute wie die Darabari, die panierte Pinguinfüße essen, essen vielleicht auch Bäume …«

Delius gab einen gequälten Laut von sich. »Leute, die Bäume essen, essen womöglich auch Roboter …!«

»Mit Sicherheit«, grinste Jiril. »Falls nicht, sollten wir sie unbedingt auf den Geschmack bringen.«

»Euer Mitgefühl ist prozessorerwärmend, Sansar Jiril«, kommentierte der Roboter die Stichelei des Alphas.

Nachdem sie Mem Sida hinter sich gelassen hatten, kamen sie noch an zwei weiteren Ortschaften vorbei, von denen größtenteils nur noch Mauerreste standen. Auch hier war nirgendwo eine Menschenseele in den Ruinen zu sehen. Stattdessen kreuzte hin und wieder eine Tierherde ihren Weg. Mal waren es vogelartige Geschöpfe, die auf einem Bein hopsend vor dem Luftkissenboot Reißaus nahmen, mal gewaltige, lederhäutige Tiere mit Rüsseln und langen, dornenbewehrten Schwänzen.

Die Landschaft war während der letzten zwanzig Kilometer immer flacher geworden, und als sie schließlich die Ebene von Fassassa erreichten, war selbst von den zuvor allgegenwärtigen Wanderdünen und Sandverwehungen weit und breit nichts mehr zu sehen. Im Umkreis von einhundert Kilometern gab es keinen Felsen mehr, keinen knorrigen Baumstumpf, der ein wenig Schatten spendete – nicht einmal ein paar Büschel Wüstengras, nur einsame, brettebene Leere.

»Die Serir Fassassa«, bemerkte Ben mit einem melancholischen Rundblick. »Der Endzustand aller Dinge.«

Als die tief stehende Abendsonne die Ebene in orangerotes Licht tauchte, bemerkte Mira am westlichen Horizont eine große Staubwolke, fast so, als käme aus der Ferne eine riesige Herde Schiddlegs herangaloppiert. Während Ben Delius anwies, die Fahrtrichtung beizubehalten, gewann die Wolke rasch an Größe.

»Darabar«, verkündete Jiril aufgeregt. »Die schwebende Stadt.«

Ein paar Kilometer weiter begann das Luftkissenboot plötzlich zu zittern und zu vibrieren, worauf der Roboter die Turbinen, die das Luftkissen unter dem Boot erzeugten, auf Höchstleistung schaltete.

»Wir haben das Kerngebiet der Lorentz-Anomalie erreicht«, verkündete Delius. »Die Feldstärke beträgt 1,94 Tesla. Das entspricht annähernd dem Vierzigtausendfachen des natürlichen Erdmagnetfeldes. Angesichts dieser Flussdichte empfehle ich, unseren Aufenthalt auf maximal 60 Minuten zu beschränken.«

»Hoffentlich hält der Rigger das aus«, rief Jiril gegen den Lärm der Turbinen an.

»Hoffentlich halte *ich* das aus«, jammerte der Roboter.

Jiril verdrehte die Augen. »Wie weit noch?«

Delius führte eine stille Navigationsberechnung durch. »Bei konstanter Geschwindigkeit erreichen wir den Darabar-Transitkorridor in 95 Sekunden.«

»Gutes Timing.« Ben lehnte sich erleichtert zurück. »Wir haben es gerade noch geschafft.«

Zwei Kilometer weiter verringerte Delius die Geschwindigkeit und drosselte die Rotoren so weit, dass der Rigger schließlich auf der Stelle schwebte. Der Transitkorridor war eine knapp vier Kilometer breite Zone, innerhalb derer Darabar die Ebene durchquerte. Zu sehen waren seine Grenzen nicht. Alle an Bord mussten sich darauf verlassen, dass Delius die Flugroute der Stadt korrekt berechnet hatte. Schwebte Darabar einen Kilometer weiter nördlich vorbei, würden sie die Stadt nicht mehr erreichen. Tat sie es einen Kilometer weiter südlich …

Mira wollte sich gar nicht ausmalen, was für eine Erfahrung es wohl war, von einer ganzen *Stadt* überfahren zu werden.

Die Staubwolke kam nun beängstigend schnell näher und allmählich begann sich in ihr eine Silhouette abzuzeichnen. Aus der Ferne glich sie einem mächtigen Berg, der dicht über der Wüste herangeschwebt kam. Doch mit jedem Kilometer, den Darabar sich näherte, schälten sich mehr Einzelheiten heraus: Mauern und Türme, verschachtelte, mehrstöckige Gebäudekomplexe, Arkaden, Kuppeldächer, Säulenhallen und Pagoden. Mira hatte in Bauschs Büchern viel über die prachtvollen alten Städte im Norden und Westen des Savornin-Bannkreises gelesen, aber nie zuvor eine von ihnen zu Gesicht bekommen – schon gar keine, die sich auf einer fliegenden Insel erhob.

»Jetzt müssen wir nur noch irgendwie reinkommen«, hörte Mira Jiril murmeln. Womöglich hatte er nur laut gedacht und erwartet, dass es sowieso niemand mitbekam. Allerdings schien er dabei vergessen zu haben, dass Miras Gehör weitaus sensibler war als das gewöhnlicher Menschen.

»Irgendwie hineingelangen?«, wiederholte sie. »Wie meinst du das?«

Auch Ben warf einen verdutzten Blick über seine Schulter.

»Na ja, wir … müssen irgendwie versuchen aufzuspringen, sobald die Stadt vorbeikommt«, antwortete Jiril.

Mira war nicht sicher, ob der Alpha sie auf den Arm nahm oder das eben Gesagte tatsächlich ernst meinte. Der konzentrierte Gesichtsausdruck, mit dem er der Staubwolke entgegensah, wirkte jedenfalls nicht so, als hätte er einen Scherz gemacht.

»Ja, hält sie denn nicht an?«, fragte Mira ungläubig.

»Nein«, antwortete Jiril. »Nie.«

»Na, hervorragend!« Ben ließ sich in seinen Sitz zurücksinken. »Und das fällt dir erst *jetzt* ein?«

»Ist es etwa meine Schuld, dass deine Allgemeinbildung eine kapitale Lücke aufweist?«, protestierte Jiril, wobei er gegen das lauter werdende Brausen anschreien musste. »Die Darabari sind nun mal nicht besonders scharf auf Besucher. Sie bleiben am liebsten unter sich, sonst wären sie mit ihrer Stadt wohl kaum jahrein, jahraus unterwegs. Und jetzt piss mir gefälligst nicht ständig ans Bein, okay?«

Ben setzte zu einer entsprechenden Antwort an, zog jedoch nur eine verärgerte Grimasse, da das Getöse, mit dem die schwebende Stadt sich näherte, jede normale Unterhaltung unmöglich machte.

Darabar besaß einen Durchmesser von mindestens drei Kilometern und bedeckte einen Bergkegel von annähernd

200 Metern Höhe. Die Stadt war von gleich zwei Stadtmauern umgeben: einer relativ niedrigen, die den Fuß des Hügels einfasste, und einer höher gelegenen, mächtigen Wehrmauer, welche die eigentliche Stadt umschloss. Dicht an dicht drängten sich die Gebäude aneinander, allesamt schmal und hoch, als hätten ihre Erbauer anfänglich Türme errichten wollen. Während die Häuser unmittelbar hinter der Stadtmauer schlicht und schmucklos waren, wurden sie bergan immer bunter und prächtiger. Die Gebäude auf der Kuppe glichen schließlich Tempeln und Palästen, deren Dächer golden in der Abendsonne glänzten.

Eigenartigerweise sah die Stadt trotz der aufgewirbelten Sandmassen prächtig und sauber aus. Die Staubwolken zogen über Darabar hinweg, als spanne sich über die gesamte Stadt eine riesige, unsichtbare Kuppel. Am erstaunlichsten war jedoch die Tatsache, dass diese Insel tatsächlich über dem Wüstenboden schwebte. War Mira einen Tag zuvor noch verblüfft darüber gewesen, dass ein so riesiges Tier wie eine Ambodruse sich in die Luft zu erheben vermochte, stellte Darabar alle Gesetze der Schwerkraft auf den Kopf. Dabei rollte die Stadt nicht auf Tausenden von Rädern über die Ebene, wie Mira zuerst vermutet hatte, sondern schien wie der Rigger auf einem Luftpolster zu schweben. Doch wie gewaltig mussten die Maschinen sein, die es erzeugten?

Als Darabar in kaum einhundert Metern Entfernung an ihnen vorüberzog, war der Lärm kaum noch auszuhalten. Obwohl der riesige Stadtberg von dem starken Magnetfeld abgebremst wurde, war seine Geschwindigkeit noch immer enorm. Dichte Staubschwaden zogen über den Rigger hinweg.

Der feine Sand ließ die Augen tränen und machte das Atmen schwer. Dabei konnten sie alle von Glück sagen, dass sie keinen direkten Bodenkontakt hatten, denn die gegensätzlichen Gravitationskräfte brachten die Geröllebene um das Luftkissenboot herum zum Vibrieren. Millionen von bis zu faustgroßen Steinen tanzten über den Boden oder hüpften auf und ab wie riesige Sandflöhe.

Jiril wartete, bis der Stadtberg zu zwei Dritteln an ihnen vorübergezogen war, dann klopfte er dem Roboter auf die Metallschultern und brüllte: »Jetzt, los!«

Delius drückte die Schubhebel bis zum Anschlag nach vorn. Die Antriebsrotoren heulten auf wie Alarmsirenen. Zuerst bewegte sich das Luftkissenboot nur schwerfällig von der Stelle, dann wurde Mira von der Beschleunigung in ihren Sitz gepresst. Der Rigger schoss vorwärts, hinein in einen Orkan aus Staub und Getöse. Vor dem Hovercraft waren nur noch wirbelnde Sandwolken zu erkennen, die im Licht der Abendsonne zu leuchten schienen. Mira spürte die Fliehkräfte, als Delius das Luftkissenboot in eine weite Kurve zwang, und klammerte sich an ihren Sitz.

Ben?, rief das Mädchen in Gedanken.

Ben hob überrascht der Kopf und schien zu lauschen, als würde er seinen Sinnen nicht recht trauen. *Ja, Mira?*, fragte er schließlich ebenfalls telepathisch.

Ich bin nicht sicher, ob das gesund ist, was wir hier gerade machen …

Sie vernahm etwas, das wie ein geistiges Lachen klang.

Delius sieht alles, keine Sorge, teilte Ben ihr mit. *Er kann seine Optronik je nach Bedarf auf Sonnenlicht, Infrarot oder*

Nachtsicht einstellen – oder auf Radar, so wie jetzt. Damit ist er selbst den Ambodrusen um einiges überlegen.

Während Mira mit zusammengekniffenen Augen nach vorne starrte, tauchten plötzlich gespenstische Schemen vor dem Rigger auf. Im ersten Moment sahen sie aus wie drei Baumstümpfe, die sich auf einem Felsvorsprung erhoben. Als Delius das Luftkissenboot bis auf wenige Meter an die Gebilde heranmanövriert hatte, erkannte Mira, dass es Steinskulpturen waren, die sich auf einer Art Sims erhoben. Es sah so aus, als reckten sie ihnen verzweifelt die Arme entgegen. Der Sims selbst war zum Rand hin leicht abschüssig und aus massiven Steinplatten geschaffen. Wenige Meter hinter den Statuen war der Schatten der unteren Stadtmauer zu erkennen, ebenso eine schmale Toröffnung, hinter der ein grasbewachsener Hang zu erkennen war.

»Und was jetzt?«, schrie Ben gegen den Lärm an. »Ich bemerke vor uns nichts, das wie ein Landeplatz oder ein Hangar aussieht.«

»Wir müssen die Wachen irgendwie auf uns aufmerksam machen«, erklärte Jiril.

»Und wie?«, rief Ben. »Etwa laut hupen?«

»Dieses Fahrzeug besitzt keine akustische Warninstallation«, erklärte Delius.

Ben schlug die Hände über dem Kopf zusammen. »Wie weit noch bis zum Ende der Anomalie?«, fragte er.

»12,39 Kilometer«, antwortete der Roboter. »Umgerechnet 6,58 Minuten.«

Mira wischte sich den Staub aus dem Gesicht und starrte auf die Statuen. *Ist dieses Radar-Dings wirklich sicher?*, fragte sie Ben telepathisch, während sie sich unauffällig ihren Rucksack über die Schultern zog.

Absolut sicher, beteuerte Ben. *Es funktioniert so ähnlich wie die Echoortung bei Fledermäusen, nur benutzt Delius Funkwellen statt Ultraschall. Also keine Angst.*

Ich habe keine Angst, antwortete Mira. Dann erhob sie sich und stieg auf die Sitzbank. Ehe Ben oder Jiril es verhindern konnten, war sie über die Steuerbordwand hinaus auf den flachen Rumpf geklettert. Das Metall vibrierte unter ihren Fußsohlen. Für einige Sekunden stand sie reglos auf der Stelle, überwältigt von der eigenen Courage. Obwohl der Rigger mit Höchstgeschwindigkeit fuhr, sorgte der Windschatten der Stadt dafür, dass sie sich sicher auf den Beinen halten konnte.

»Alarm!«, schepperte Delius, als er Mira außerhalb des Passagierbereiches bemerkte. »Frau über Bord! Attenzione! Danger!« Auf seinem Schädel flimmerte hektisch ein Kranz aus Warnlampen.

Ben sah den Roboter kurz an, woraufhin die Lichter wieder erloschen und Delius weiterfuhr, als sei nichts geschehen.

»Wie hast du das gemacht?«, staunte Jiril.

Ben warf einen flüchtigen Blick auf die Rückbank. »Gedanken-Tele-Zippzapp«, rief er und hob vieldeutig eine Augenbraue. »*Deine* Methode wäre in der augenblicklichen Situation leider kontraproduktiv.«

Jiril verzog die Mundwinkel und erhob sich nun ebenfalls. »Achte auf Bodenwellen!«, rief er. Mira sah sich kurz zu ihm um, nicht sicher, ob der Zuruf ihr oder Delius gegolten hatte.

Du wirst ausrutschen und stürzen, teilte ihr Ben in Gedanken mit.

»Dann fahrt näher ran!«, schrie Mira, während sie sich entlang der Bordwand Richtung Bug hangelte. »Je näher wir dem Sims sind, desto einfacher ist es, hinüberzuspringen.«

Ben hielt sie an einem Ärmel ihres Mantels fest. »Sei vernünftig, Mira«, beschwor er sie. »Überschätze deine Fähigkeiten bitte nicht. Du bist stark und klug, aber keinesfalls unsterblich.«

»Lass mich gehen, Ben«, bat das Mädchen. »Das ist meine Mission, nicht die eure.«

»Du wirst diese Aufgabe nicht allein bewältigen können.«

Wenn ihr mir beistehen wollt, dann fahrt zurück in die Wüste und helft dem Doktor, die Fabrik zu stoppen, antwortete Mira in Gedanken. *Er ist es, der allein ist!*

Sie tauschten einen langen Blick, woraufhin Ben ihren Arm schließlich losließ. Für eine Sekunde huschte ein dankbares Lächeln über Miras Lippen, dann wandte sie sich ab und balancierte weiter Richtung Bug.

»Wir verlassen die Kernzone der Lorentz-Anomalie«, informierte sie Delius. »Die Feldstärke liegt nur noch bei 1,33 Tesla und sinkt weiter. Die Stadt wird wieder schneller.«

Mira kniff ihre vom Staub tränenden Augen zusammen. Die flache Unterseite des Stadtberges schwebte kaum anderthalb Meter hoch über der Ebene, ein untrügliches Zeichen dafür, dass die Wüste vor ihnen bretteben sein musste.

»Keine 100 Meter vor uns könnte ein Abgrund klaffen!«, rief Jiril, der inzwischen ebenfalls mit einem Bein auf dem Rumpf stand. Er beugte sich immer wieder über die Bordwand, um trotz der Staubwolken unter die Stadt blicken zu können.

Ich weiß wirklich nicht, ob das gesund ist, was du da vorhast, erklang Bens Stimme in ihrem Kopf.

Mira warf einen Blick über ihre Schulter. *Ich schaff das schon,* antwortete sie ihm, wobei sie vor der Windschutzscheibe in die Hocke ging. *Mach Delius nur klar, dass er das Steuer gerade halten soll!*

Ben hob ergeben die Augenbrauen. »Näher ran!«, befahl er dem Roboter schließlich. »So dicht unter den Sims wie möglich.«

»Die Wahrscheinlichkeit, dass …«

»Zur Kenntnis genommen«, unterbrach Ben den Roboter. »Und jetzt hör gefälligst auf zu kalkulieren, sondern tu, was ich dir sage!«

Mira musterte Delius abschätzend. Aus den Augenwinkeln heraus nahm sie dabei Jiril auf dem Backbordrumpf wahr, konzentrierte sich jedoch wieder auf den Sims. Als die Bugnase des Riggers leicht gegen seine Unterkante stieß, hielt sie für einen Moment die Luft an. Einen Augenblick später jedoch begann der Sims sich unerwartet schnell wieder vom Rigger zu entfernen. Mira blickte der Felskante erschrocken hinterher, dann sprang sie auf, nahm über den Bug hinweg Anlauf und stieß sich ab. Mit Händen und Füßen kam sie auf dem Sims auf, rutschte auf dem glatten, abschüssigen Gestein jedoch sofort wieder nach hinten weg. In letzten Moment bekam sie die Beine der mittleren Statue zu fassen – und hatte im selben Augenblick das Gefühl, in zwei Teile gerissen zu werden.

Als auch Jiril erkannt hatte, dass die Stadt wieder beschleunigte und der Rigger ihre Geschwindigkeit nicht mehr mithalten konnte, war er Mira, ohne zu Zögern, hinterhergehechtet – und hatte sich dabei offenbar überschätzt. So hatte er nicht den Sims oder eine der Statuen zu fassen bekommen, sondern lediglich Miras rechtes Bein.

»Spinnst du?«, rief Mira und schlang ihre Arme fester um die Skulptur.

»Halt dich fest!«, schrie Jiril. »Das ist die einzige Chance, die wir – uh …!?«

Jirils Beine pendelten plötzlich frei in der Luft. Auch Mira erstarrte, denn unter dem Sims hatte sich eine breite, fast fünf Meter tiefe Senke geöffnet. Die Stadt schwebte über den Krater, ohne die Flughöhe zu verändern, doch Jiril hing plötzlich meterhoch über dem Boden.

»Oh, Shit!«, keuchte er und krallte sich an Miras Bein, als wollte er handgroße Stücke aus ihrem Schenkel herausreißen. »Wehe, du lässt jetzt los!«

Im Rigger waren weder Ben noch Delius fähig, rechtzeitig auf den Krater zu reagieren. Dem Alpha gelang es nur noch, sich geistesgegenwärtig mit beiden Armen an die Rückwand seiner Sitzbank zu klammern. Für einen Moment sah es so aus, als würde das Luftkissenboot einfach über die Mulde hinwegschweben. Kurz vor Erreichen des gegenüberliegenden Kraterrands neigte es sich jedoch der Schwerkraft gehorchend langsam vornüber und rammte seinen Bug in den Boden. Eine meterhohe Fontäne aus Sand und Kies stob vor dem Rigger empor. Die Gummischürze am Bug platzte, doch das schwere Gefährt besaß eine viel zu hohe Geschwindigkeit, um einfach zu stranden. Es schanzte aus der Senke heraus, wobei es meterhoch abhob, nur um Sekunden später wieder auf der Geröllebene aufzuschlagen. Diesmal jedoch gab es kein Luftpolster mehr, das den Rumpf hätte abfedern können. Selbst Delius hatte der Gewalt des Aufpralls nichts entgegenzusetzen. Im Sekundentakt krachte er mit dem Schädel gegen die Steuerkonsole, wurde zurück gegen die Kopfstütze geschleudert und prallte erneut gegen die Konsole – dann kippte er einfach zur Seite weg.

Alarmiert durch die Geräusche des havarierenden Luftkissenbootes, warf Mira einen Blick über ihre Schulter und sah gerade noch, wie der Rigger steil nach links ausbrach. Er geriet ins Schleudern, drehte sich mit heulenden Rotoren mehrmals um die eigene Achse, wobei Gepäck und Ausrüstungsgegenstände aus dem Innenraum herausflogen, und kam in einer riesigen Sandfontäne zum Stehen. Augenblicke später hatte der Staub das Hovercraft verschluckt.

»Halt dich fest!«, schrie Jiril, der sich inzwischen an Miras Mantel klammerte, während seine Stiefel über den Geröllboden schleiften.

»Lass los, du Idiot!«, brüllte Mira.

»Ich denke gar nicht daran«, kam es zurück. »Zieh dich hoch auf den Sims!«

»Verdammt, willst du uns umbringen?«

»Du sollst dich hochziehen und nicht diskutieren!«, schrie Jiril.

Mira spürte mittlerweile jeden Muskel. Sie schloss kurz die Augen, um sich auf den Schmerz zu konzentrieren und die letzten Kraftreserven zu mobilisieren – dann griff sie mit dem rechten Arm hinter sich, packte Jiril am Kragen seiner Jacke – und hievte ihn mit nur einer Hand zu sich herauf.

»Versuch nach oben zu klettern!«, rief Mira dem verblüfften Alpha zu.

Jiril kroch an Mira vorbei und begann sich zwischen den Beinen der Statuen durchzuhangeln. Bevor er jedoch die sichere Seite des Simses erreicht hatte, rutschte er auf dem abschüssigen Gestein wieder ab und trat Mira unfreiwillig seinen Stiefel ins Gesicht. Schließlich schafften sie es, bis hinter die Statuen zu kriechen, wo beide erschöpft liegen blieben.

Vom Rigger war in der Staubwolke, welche die Stadt hinter sich herzog, nichts zu erkennen. Mira konnte nur hoffen, dass Ben sich bei dem Unfall nicht ernsthaft verletzt hatte und er mit Delius' Hilfe das Luftkissenboot wieder zum Laufen bekam. Missmutig setzte sie sich auf und massierte ihre schmerzenden Schultergelenke.

»Jiril?«

Der Alpha stütze sich auf seine Ellbogen. »Ja?«

»Du bist wirklich die Pest!«

Jiril starrte das Mädchen aus großen, sandverschmierten Augen an. Dann zog er seinen Jackenärmel über die Hand, beugte sich heran und wischte Mira mit dem Stoff vorsichtig das Gesicht ab.

»Was soll *das* denn jetzt?«, fragte sie mit einer Mischung aus Verblüffung und Verärgerung.

Jiril hielt kurz inne. »Na, willst du etwa mit meinem Stiefelabdruck im Gesicht herumlaufen?«

Teil 3 | Die Nomadenstadt

Spiele nicht mit dem Feuer,
traue nicht dem Wasser,
glaube nicht dem Wind.

Russisches Sprichwort

15 | Mauern

Mira sah Jiril an, ohne zu blinzeln. »Hörst du das?«, fragte sie.

Der Alpha hielt mit Putzen inne und lauschte. Vogelgezwitscher und das Rascheln niedriger Bäume und Büsche im Wind waren die lautesten Geräusche.

»Ich höre gar nichts«, gestand er.

»Genau das meine ich.« Mira schob Jirils Hand fort, dann stand sie auf und sah sich neugierig hinter dem Tor um, das in die etwa drei Meter hohe Grenzmauer eingelassen war. Dahinter führte eine verwitterte Steintreppe hinauf zu Darabars wuchtiger Stadtmauer. Jiril erhob sich schwerfällig, klopfte sich den Staub aus den ramponierten Kleidern und äugte ebenfalls durch den schmalen Torweg.

»Niemand zu sehen«, bemerkte er überflüssigerweise. »Sieht irgendwie alles noch so aus wie vor sechs Jahren …«

»Der Schall und der Staub werden von irgendetwas zurückgehalten«, bemerkte Mira.

»Ja, ist irgendeine Art Kraftfeld. Würde mich immer noch interessieren, wie diese fliegenden Hinterwäldler das …« Jiril verstummte mitten im Satz und blickte hinauf zum Stadttor.

Als Mira seinem forschenden Blick folgte, erkannte sie eine beleibte Gestalt, die am Gipfel der Treppe aufgetaucht war und aufmerksam auf sie herabsah.

»Ist das ein Wächter?«, fragte sie.

»Eine Torwache«, bestätigte Jiril. »Glaube ich zumindest.«

Die Gestalt kam langsam die Treppe herunter, ohne die beiden Neuankömmlinge aus den Augen zu lassen. Mira erkannte einen stämmigen Mann, kaum größer als Jiril und mit einer langen, lanzenartigen Waffe gerüstet. Gekleidet war er in eine blaue, von einer Stoffschärpe gehaltene Gandoura – ein weites, luftiges Baumwollgewand mit Trompetenärmeln, das ihn aussehen ließ wie einen riesigen wandelnden Lampenschirm. Dazu trug er schlichte, ausgetretene Ledersandalen. Sein Kopf war kahl rasiert, die Augenbrauen dunkel und buschig. Die Haut des Wächters war ungewöhnlich hell, was Mira vermuten ließ, dass er – allein in Anbetracht seiner Körperfülle – die meiste Zeit untätig im Schatten des Stadttores herumsaß. Ein paar Meter über Mira und Jiril blieb er stehen und musterte die beiden neugierig.

»Ich grüße euch!«, ergriff er das Wort. »Seid ihr gekommen, um gleich wieder zu gehen, da eure Anwesenheit ein Versehen ist, oder plant ihr länger in Darabar zu verweilen? Solltet ihr unsicher sein, entscheidet ein Münzwurf. Falls ihr umgehend wieder zu gehen gedenkt, bin ich ermächtigt, das Beförderungsgeld für die zurückgelegte Strecke von Aufsprungpunkt A bis Absprungpunkt B einzuziehen. Solltet ihr einen längeren Aufenthalt planen, so ist pro sechzehntel Weltumlauf eine Transportpauschale zu entrichten, zahlbar halbtäglich am Schalter der Finanzkasse.«

Mira und Jiril tauschten einen ratlosen Blick.

»Bei einem längeren Aufenthalt ist zudem festzusetzen, ob ihr innerhalb oder außerhalb der Stadtmauern zu nächtigen pflegt«, fuhr der Wächter mit seinem Vortrag fort. »Vom Stadttor bis zum Amtshaus sind es elf Gehminuten. Die ersten zehn Minuten innerhalb der Stadtmauern sind gebührenfrei, für jede weitere angebrochene Stunde berechnen wir einen Stundentarif.«

»Hä?«, machte Jiril entgeistert. »Daran kann ich mich nicht erinnern.«

Der Wächter erwartete offensichtlich eine konstruktivere Antwort. Aufgestützt auf seine Lanze, betrachtete er seine Besucher abwechselnd.

»Einen Moment noch«, bat Mira, als Jiril begann, seine Taschen abzuklopfen.

»Ein Moment ist gebührenfrei«, erklärte der Wächter. »Darüber hinaus wird die zurückgelegte Strecke berechnet. Euer Aufenthalt hat sich allerdings bereits auf 108 Momente summiert. Insofern wird eine Kilometerpauschale berechnet.«

Mira setzte zu einer Antwort an, wusste jedoch nichts Intelligentes zu entgegnen und schwieg daher.

Der Wächter wirkte irritiert. »Du stammst doch nicht etwa aus Myllport, oder?« Sein Gesicht verdüsterte sich. »Das eitle Volk von Myllport redet nämlich vor lauter Stolz ohne Worte. Woher kommst du, junge Dame? Du bist ja völlig schmutzig.«

Mira verstand nicht, was das eine mit dem anderen zu tun haben könnte. Auffordernd sah sie zu Jiril, der inzwischen seine Jackentaschen durchwühlte.

»Ich habe das Funkgerät verloren«, erklärte er deprimiert, wobei er Grashalme, Dreck und kleine Steine aus den Taschen leerte. »Muss mir während unserer Rutschpartie rausgefallen sein.«

»Ich … stamme aus Iférana«, erklärte Mira und deutete in die Ferne. »Aus der Beta-Zone.«

»Beta-Zone«, plapperte der Wächter ihr nach. »Nie davon gehört. Liegt diese Zone weit entfernt?«

»Zwischen dem Aïr-Gebirge und dem Termit-Massiv«, erklärte Jiril, während er weiter in seinen Taschen kramte.

Und Mira fügte hinzu: »Es kommen wohl nicht viele Reisende aus dem Süden …«

»Ebenso wenige wie aus dem Westen, aus dem Norden oder aus dem Osten«, bestätigte der Wächter. »Ihr seid die ersten Besucher seit 294 Weltumläufen.«

»Dies ist nicht unser erster Aufenthalt in Darabar«, erklärte Jiril schwitzend und reichte ihm die Münze, die er im Zeppelinhangar präsentiert hatte. »Betrachten Sie's als kleinen Obolus für Ihr … äh, Entgegenkommen.«

Der Wächter ließ das Geldstück durch seine fleischigen Finger wandern. »Ein alter Daram«, murmelte er. »Die Ausfuhr von antikem Münzgeld ist strikt verboten. Eine mutwillige Missachtung dieser Vorschrift wird vom Sittenrichter mit Kerkerhaft nicht unter zwei Monaten geahndet.«

»Von Ausfuhr kann keine Rede sein«, widersprach Jiril. »Ich bringe diese Münze lediglich im Auftrag meines Mentors zurück.«

»Euer Mentor?« Der Wächter sah sich suchend um. »Wo steckt er? Schwarzfahrer werden nicht geduldet!«

»Er hat leider den Aufsprung nicht geschafft«, erklärte Mira.

»Oh, prächtig, prächtig! Ich meine: Schade, das ist schade! Aber manchmal unvermeidbar, ja …« Der Wächter reichte

Jiril die Münze zurück. »Nun gut, ich will ein Auge zudrücken. Mein Name ist Nybbas. Ich bin der Aufseher von Tor 4, Ebene 1, falls ihr von hier wieder abzuspringen gedenkt. Nach hinten raus ist's nämlich immer besser, wisst ihr? Dürfte ich erfahren, aus welchem Grund ihr Darabar besucht?«

»Wir reisen im Auftrag des Biosphären-Protektorats Alpha Carinea, um die von Dr. Ismael Gayot vor sechs Jahren begonnenen Studien fortzusetzen«, antwortete Jiril und verstaute das Geldstück wieder in seiner Tasche. »Mehr darf ich Euch leider nicht verraten.«

»Hm«, machte der Wächter. »Geheime Studien, soso … Na schön, folgt mir.« Er wandte sich um und stapfte zügig die Stufen wieder hinauf, was Mira ihm angesichts seiner Leibesfülle kaum zugetraut hätte. Sie hatte Mühe, auf der abschüssigen Treppe mit ihm Schritt zu halten. Als sie stolperte und sich mit den Händen auf den Felsstufen abstützte, spürte sie dasselbe unmerkliche Vibrieren des Gesteins, das sie zuvor auf dem Sims wahrgenommen hatte.

»Gibt es hier eigentlich auch Maschinen?«, fragte sie Jiril, als sie sich wieder aufgerappelt hatte. »Irgendein Apparat, der das Kraftfeld erzeugt oder die Stadt in der Luft hält und antreibt?«

»Das weiß ich nicht«, gestand er. »Ich wäre für jede Technik dankbar, die es uns ermöglicht, mit Ben oder dem Doktor Kontakt aufzunehmen. Aber ich fürchte, die Darabari kommunizieren noch mit Trommeln und Rauchzeichen …«

»Es soll so ein Maschinending geben«, erklärte der Wächter, der ebenfalls stehen geblieben war. »Aber niemand redet darüber.« Seine Stimme senkte sich verschwörerisch, als er fortfuhr: »Es existieren nur Geschichten und Legenden über dieses Ding – denn keiner, der sich hinab in die Katakomben gewagt hat, um es zu suchen, ist je wieder zurückgekehrt. Aber pst …!« Der Wächter blickte sich verstohlen nach allen Seiten um. »Das habt ihr nicht von mir, okay?«

Hinter den Pforten des Stadttors herrschte weitaus weniger Rummel, als Mira vermutet hatte. Sie hatte geschäftiges Treiben erwartet: ein Gewimmel aus Einwohnern, feilschenden Straßenhändlern, Bettlern und Wachpatrouillen. Zwar gab es entlang der Hauptstraße zahllose Geschäfte, in denen gemahlen und geschlachtet, geschmiedet und gegossen wurde. In zahllosen Läden wurde geziegelt und gemauert, geschustert, gewebt, geböttchert und Bier gebraut. Doch abgesehen von einigen vereinzelt umherhuschenden und zumeist vermummten Gestalten waren die Straßen, durch die Nybbas sie führte, leer.

»Dort vorne ist euer Ziel«, erklärte der Wächter nach kurzem Fußmarsch und deutete mit seiner Lanze die Straße entlang zu einem fünfstöckigen Haus, das sich am Rande eines halbmondförmigen Versammlungsplatzes erhob wie ein kleiner Palast. Es besaß vier von winzigen Glockenstuben gekrönte Ecktürme, kunstvoll verzierte Türstöcke und geschwungene Balkone, die hatten rote Baldachine.

»Der Gebührenschalter befindet sich hinter dem Eingang gleich links«, erklärte Nybbas. »Ich gebe euch den Rat, umgehend einen zinsgünstigen Weltumlaufkredit zu beantragen. Solltet ihr euch als nicht kreditwürdig erweisen, ist eine Bettelgenehmigung erforderlich.«

Der Magistrat der Stadt war ein dickwanstiger Mann mit Halbglatze, die von dichten, schulterlangen grauen Haarlocken umkränzt wurde. Hatte der Torwächter auf Mira noch wie ein riesiger verkleideter Lampenschirm gewirkt, sah ihr selbsterklärter Gastgeber aus wie eine kostümierte Kirchenglocke.

Dass der Magistrat über eine erneute Zusammenkunft mit einem Abgesandten des Carinea-Instituts und einem seltsam aussehenden Mädchen aus einer ihm unbekannten Wüstenregion angenehm überrascht war, schien Mira sogar noch gewaltig untertrieben. Er stellte sich als Aderbal Sermon vor, wies ihnen ein geräumiges Wohnquartier zu, ließ sie neu einkleiden und zu allem Überfluss ein üppiges Nachtmahl auftischen. Während sie mit Jiril all die kulinarischen Seltsamkeiten probierte, hielt der Magistrat eine ausschweifende Rede über seine viel zu selten geforderte Gastfreundschaft, die wenigen Besucher, die sich nach Darabar verirrten und deren meist spektakuläre An- und Abreisen.

Mira nutzte schließlich eine der seltenen Atempausen des Magistraten, um sich beiläufig nach dem Weltenbaum und *dessen* Geschichte zu erkundigen – worauf dieser, eben noch überschäumend vor Mitteilungsbedürfnis, plötzlich wie versteinert wirkte. »Weltenbaum?«, krächzte er und sah seine Gäste erschrocken an. »Hier, bei uns?«

Jiril nickte. »Gibt es da ein Problem?«

Der Magistrat dachte einen Augenblick nach, wobei er ein Gesicht machte, als wollte er beginnen ein Lied zu pfeifen. Dann sagte er, ohne den Blick vom Büfett zu nehmen: »Nein, wieso?« Er steckte sich ein viel zu großes Stück Käse in den

Mund und begann zu kauen. Schweißperlen bildeten sich auf seiner Stirn.

»Ist es weit bis dorthin?«, interessierte sich Mira.

»Och …« Der Magistrat versuchte immer größere Stücke von Brot und Käse in seinen Mund zu stopfen. »Halbe Stunde«, meinte er kaum noch verständlich. »Wieso?« Er schob sich zu Miras Entsetzen eine zehn Zentimeter lange Gurke zwischen die bereits vollen Backen und schien nun dermaßen mit Kauen beschäftigt zu sein, dass er keine weiteren Auskünfte mehr zu geben vermochte, was er seinen Gästen mit einer Geste des Bedauerns mitteilte.

Jiril warf Mira einen hintergründigen Blick zu. Der Magistrat hingegen stopfte sich voll, als ginge es um sein Leben, und erstickte somit jegliche weitere Unterhaltung im Keim. Irgendwann wandelte sich sein Blick plötzlich von hilfloser Bestürzung zu einer Art grimmiger Entschlossenheit.

»So«, meinte er nach vollbrachter Schwerstarbeit, rülpste herzhaft und erhob sich. »Unglücklicherweise habe ich heute Abend noch einen ungemein wichtigen Termin außer Haus. Ein Projekt von großer Tragweite, das sich nicht aufschieben lässt. Speist weiter, solange es euch mundet. Ihr werdet zudem müde sein und euch von der langen Reise erholen wollen. Nehmt ein erquickendes Bad, genießt den Abend, stellt ohne mein Beisein niemandem Fragen und wundert euch nicht über die … ähm, verschlossene Haustür.« Er eilte aus dem Speisesaal, drückte die Tür jedoch noch einmal auf und rief, ohne den Kopf hereinzustecken: »Ach ja, und lasst meine Fische in Frieden!«

Mira sah sich verwundert um. »Welche Fische?«

Jiril schürzte die Unterlippe. »Vielleicht hier irgendwo auf dem Tisch«, rätselte er. »Unter all diesem Grünzeug …« Er stocherte mit seiner Gabel in einigen Platten herum, deren Inhalt von dicken Kräuterschichten oder Salatblättern bedeckt war. Sie enthielten alles, nur keinen Fisch.

Die anschließende Nacht war unangenehm kurz, was Jiril zufolge daran lag, dass Darabar beständig Richtung Osten schwebte, gegen die Erdrotation, dem Sonnenaufgang entgegen. Dadurch waren die Tage knapp zweieinhalb Stunden kürzer, was ihrem Gastgeber zufolge erfreulicherweise auch die Beförderungsgebühren erhöhte, da sich bei vielen Langzeitreisenden mehr Tagespauschalen summierten.

Der Magistrat wirkte ebenfalls reichlich unausgeschlafen und saß mit dunklen Augenringen am Frühstückstisch, was Mira und Jiril vermuten ließ, dass sein dringliches Projekt vom Vorabend womöglich mit der Inbetriebnahme einer neuen Gastschenke zu tun gehabt haben könnte. Die Müdigkeit hielt Aderbal Sermon jedoch nicht davon ab, erneut ununterbrochen zu reden. Fast schien es, als würde sie ihn sogar noch beflügeln.

Während des Essens erfuhren Mira und Jiril, dass sie bereits das Festland hinter sich gelassen hatten. Da die Stadt sich während der nächsten sechs Tage über offener See befände, sei von einer überhasteten Abreise folglich abzuraten. Stattdessen sollten Mira und Jiril in den Archiven und Bibliotheken ihre Studien betreiben oder die – leider – gebührenpflichtigen Amüsements Darabars genießen, welche ausreichend Kurzweil böten, und so weiter und so fort …

»Du lieber Himmel«, stöhnte Mira, als sie es endlich geschafft hatten, das Haus des Magistraten zu verlassen. »Ich bin nicht sicher, ob ich das einen gesamten Weltenumlauf lang durchhalte ...«

»Wir könnten uns in einem der preiswerteren Gästehäuser einquartieren«, schlug Jiril vor, nachdem er den bewilligten Weltumlaufkredit von 50 Daram noch einmal nachgezählt hatte. »Ob es dort friedlicher zugeht, wage ich allerdings zu bezweifeln. Die Nächte werden laut sein – und der Schlaf unsicher.«

»Schon gut«, winkte Mira ab und gähnte ausgiebig.

»Hast du schon mal das Meer gesehen?«, fragte Jiril.

Das Mädchen zog eine Grimasse. »Ja«, brummte sie. »Lass uns lieber den Weltenbaum aufsuchen.« Sie blieb in der Mitte eines kleinen Platzes stehen und drehte sich ratlos im Kreis, um das davon abzweigende Netz von Straßen, Gassen, Treppen, kleinen Brücken und finsteren Unterführungen zu überblicken. Dann seufzte sie: »Gibt es hier eigentlich so etwas wie einen Stadtplan?«

Jiril führte Mira zu einer Treppe, die hinauf zur zweiten Ebene führte, und stieg mit ihr ein paar Stufen empor, bis sie auf Augenhöhe mit den Dächern der Unterstadt waren.

»Siehst du das Glitzern und Funkeln dort vorne?« Jiril deutete in die Ferne.

Mira ließ ihren Blick über die Hausdächer schweifen. In einer Entfernung von vielleicht einem halben Kilometer schienen winzige Sonnen über der Stadt zu tanzen. Gleichzeitig schwebte ein geisterhaft leises, melodisches Geräusch wie von tausend kleinen Glocken durch die Luft heran.

»Das ist der Weltenbaum«, erklärte Jiril. »Solange wir also irgendwie in diese Richtung laufen, kommen wir früher oder später ans Ziel.«

Eine Stunde später waren sie durch das Labyrinth aus Straßen, Gassen und Passagen fast bis in die Oststadt vorgedrungen, akustisch geleitet von den sphärischen Klängen des Weltenbaums. Immer wieder waren sie in Sackgassen gelaufen oder in Ringstraßen eingebogen, die sie zum Ausgangspunkt zurückgeführt hatten. Das Glockengeläut geisterte mittlerweile durch die Straßen wie die Musik eines überirdischen Orchesters. Vom Weltenbaum selbst aber war über den Dächern meist kaum mehr als ein helles, schwebendes Leuchten wahrzunehmen.

Kurz vor dem ersehnten Ziel versperrte Mira und Jiril eine mächtige Mauer den Weg. Sie war fast fünf Meter hoch und reichte quer über die Straße, von einer Häuserfront zu anderen. Einen erkennbaren Durchlass gab es nicht, ebenso wenig eine Leiter oder eine Treppe, die über das Hindernis geführt hätte. Eine bunte Schar Morgenspaziergänger hatte sich am Fuß der Mauer versammelt. Sie diskutierten aufgeregt miteinander oder schimpften mit den Maurern, die am Scheitel des Bauwerks arbeiteten und es weiter erhöhten.

Der Grund für ihren Ärger war das Hindernis selbst, wie Mira aus dem Palaver herauszuhören glaubte. Offensichtlich war es sehr eilig errichtet worden. Dabei waren die Maurer, die ihren Gesichtern nach zu urteilen die gesamte Nacht durchgearbeitet haben mussten, nicht gerade zimperlich vorgegangen. Ein mit Töpferwaren beladener Marktkarren, den seine Besitzerin am Vorabend an einer Hauswand abgestellt hatte, war von ihnen kurzerhand mit eingemauert worden. Nun machte die Frau ihrem Unmut lautstark Luft, wodurch sie immer mehr Einwohner anlockte. Im Nu hatte sich vor der Mauer eine neugierige Menschenmenge gebildet. Aufmerksam lasen die Bürger die Aufschriften von drei nebeneinander angebrachten Informationsschildern, woraufhin sie entweder verständnisvoll nickten oder unwirsch die Köpfe schüttelten. Die meisten von ihnen gingen schließlich wieder nach Hause.

»Was hast du vor?«, wollte Jiril wissen, als Mira auf die Mauer zuging. »Da geht es nicht weiter. Lass uns einen anderen Weg suchen.«

»Ich will erst wissen, was auf den Schildern steht«, antwortete sie.

Kurz darauf standen sie Schulter an Schulter und lasen, was die Hinweistafeln verkündeten.

Vorläufige Begrenzung des neuen Oststadt-Schutzgebietes, stand auf der größten Tafel. Rechts daneben war auf einer kleineren, handbeschrifteten zu lesen: *Das Verwenden von Trittleitern jeglicher Art ist bis auf Weiteres nur noch Mitgliedern der freiwilligen Feuerwehr gestattet!* Und auf einem hastig hingekrakelten Schild daneben stand: *Dasselbe gilt für Kletterseile, Katapulte und wühlende Hunde.*

»Oststadt-Schutzgebiet«, wiederholte Jiril und blies angesäuert die Backen auf. »So ein Schwachsinn.« Er wandte sich um und sagte: »Versuchen wir's woanders …«

Doch zu ihrer Verwunderung stießen sie in jeder Straße und jeder Gasse, die in die Oststadt führte, auf eine ähnliche Mauer. Nirgendwo gab es Türen, Durchschlupfe, Treppen oder Unterführungen. Und überall war darauf geachtet worden, die Barrieren unmittelbar an den Mauern der Häuser zu errichten, sodass kein pfiffiger Bürger sie hätte umgehen können, indem er einfach vor der Mauer in das angrenzende Haus hineingehen konnte, um es jenseits davon wieder zu verlassen. Die Maurer hatten die gesamte Oststadt abgesperrt. Hinzu kam, dass alle Stadttore während der Meeresüberquerung geschlossen waren.

»So viel zum unaufschiebbaren Nacht- und Nebelprojekt unseres Gastgebers«, grummelte Jiril.

»Du meinst, er hat all die Mauern absichtlich errichten lassen?«

Jiril winkte ab und sah abschätzend hinauf zu den farbenprächtigen Gebäuden auf der Hügelkuppe. »Wenn ich einen Drachen hätte …«

»Einen Drachen?«, echote Mira.

»Dann könnte ich mit ihm von einer höheren Ebene aus einfach über die Mauer fliegen …«

Das Mädchen starrte den Alpha ungläubig an. »Du kannst einen Drachen reiten?«

»Einen *Lenkdrachen* natürlich«, erklärte Jiril. »Einen Hängegleiter. Das ist ein Fluggerät aus Stoff und Metallstreben, das man mit Seilen und seinem eigenen Körpergewicht steuert.« Er zeichnete die Konstruktion mit dem Finger in den Staub. »So in etwa«, sagte er. »Einen Drachen reiten …« Jiril schüttelte amüsiert den Kopf. »Ihr Betas lebt wirklich noch im Mittelalter.«

Mira schnaubte aufgebracht durch die Nase. »Ich hätte dich gestern Abend abschütteln sollen, als du unter dem Sims an meinem Bein hingst!« Wütend zertrat sie Jirils Staubzeichnung, dann wandte sie sich ab und lief auf eine nahe Treppenflucht zu. Dabei nahm sie im Schatten der gegenüberliegenden Straßenseite etwas wahr, das sie kurz innehalten ließ. Unschlüssig, was dort ihre Aufmerksamkeit erregt hatte, änderte sie die Richtung und überquerte die Straße. Auf einer flechtenüberzogenen Steinplatte, die in eine Hausmauer eingelassen war, las sie schließlich:

Besuchen Sie unser berühmtes
AMMONION
auf der 5. Ebene, nach 200 Metern links

»Was ist denn ein Ammonion?«, rief sie zu Jiril hinüber.

»Ein Brunnen«, kam es launisch zurück. »Oder vielleicht auch das hiesige Orakel.«

»Ist das ein Mensch?«

»Wahrscheinlich eher ein billiger Wahrsageapparat, der nur ›weissagt‹, wenn man eine bestimmte Anzahl von Geldmünzen einwirft. Irgend so ein wasserdampfbetriebener Mogelapparat, bei dem dann ein Blechvögelchen zwitschert. In der Antike gab es fast in jeder Tempelstadt so ein Ding. Ist nichts Besonderes, ein reiner Touristennepp und garantiert kostenpflichtig.«

Mira ging bis zu einem der schmalen Treppenaufgänge. »Das will ich sehen.«

Jiril verdrehte die Augen. »Das war so klar«, murmelte er leise. Dann etwas lauter: »Wahrscheinlich verlangen sie schon eine Treppenbenutzungsgebühr, dann eine Links-abbiege-

Pauschale, dann den Tarif für die fünfte Ebene und schließlich noch Eintritt in die Orakelsphäre. Gehen wir lieber in eine der Bibliotheken. Oder besser erst mal einen Schluck trinken. Diese Lauferei macht durstig.«

Mira sah die steile, geschwungene Treppe empor. »Geh du ruhig etwas trinken. Ich schaue mir dieses Ammonion an.«

Jiril zog eine säuerliche Miene und schien tatsächlich zu überlegen, in einer der Schenken vor Miras Sturheit Schutz zu suchen. Dann ließ er die Schultern hängen und kam herangeschlurft. »Wenn ich die Pest bin, bist du zweifellos Cholera!«, schimpfte er.

»Begehrt ihr Weisheit?«, fragte unversehens eine heisere Stimme. Aus dem Schatten einer Gasse, die wie eine finstere Spalte zwischen zwei Häusern hindurchführte, trat eine gebückte Gestalt.

Jiril stöhnte gequält auf. »Das musste ja kommen …«

Die Fremde trug erdfarbene Kleidung, die mehr aus schmutzigen, übereinandergeworfenen Decken und Tüchern zu bestehen schien als aus Schneiderware. Neugierig linste sie unter einer dicken Kapuze hervor.

»Handleser, Kartenleger und Wahrsager …«, murmelte Jiril. »Dieses Unterstadt-Gesindel hatte ich völlig vergessen.«

Auch Mira betrachtete die Frau misstrauisch.

»Wer seid ihr?«, quäkte die Alte und umrundete das Mädchen. »Fremde Haut, fremde Augen.« Dann musterte sie abschätzend Jiril. »Für ein paar Daram beschaffe ich euch reichlich frische Eingeweide: Magen, Gedärm, Galle. Für ein paar Daram mehr vielleicht ein Herz, rot und saftig«, raunte sie verschwörerisch und leckte sich über die Lippen.

Mira verzog angewidert das Gesicht. Zu ihrer Verwunderung zog Jiril den kleinen Lederbeutel, der ihm als Geldbörse diente, aus seiner Tasche. In den Augen der Alten erschien daraufhin ein erwartungsvolles Glitzern.

»Was tust du da?«, fragte Mira. »Ich will keine blutigen Eingeweide sehen. Das ist widerlich!«

»Anders werden wir sie nie los.« Jiril reichte der Alten ein paar Münzen, die von ihr sogleich auf Anzahl und Echtheit überprüft wurden.

»Zwei Daram«, sagte sie erfreut. »Ihr seid großzügig. Was darf ich für euch tun?«

»Uns in Ruhe lassen und das Weite suchen«, brummte Jiril.

»Aber ich lese Wissbegier in den Augen des Mädchens«, erwiderte die Frau. Sie schnüffelte erst an Mira, dann an Jiril. »Feine Kleider, feiner Duft. Haben Seife für ihre Körper und Parfüm für den Nacken. Wohlbekanntes Parfüm, oh ja. Kostgänger des Magistraten … Welch eine Freude, euch zu begegnen. In so einer geschäftigen Stadt grenzt es fast schon an ein Wunder, die ersten beiden Gäste seit dem Besuch des ehrenwerten Brunnenputzers Pekkapak zu treffen. Dass ausgerechnet mir dieses Glück widerfährt … Für die zwei Daram des feinen jungen Herrn führe ich euch gerne hinauf zu unserem geschätzten Orakel. Vielleicht freundet man sich ja unterwegs sogar an …« Sie schob die beiden auf den Treppenaufgang zu, was Mira vermuten ließ, dass die Alte sie bereits eine ganze Weile belauscht haben musste.

Jiril machte eine ergebene Geste. »Tun wir ihr doch den Gefallen. Wäre eh unser Weg gewesen.«

Die Alte kicherte. Offenbar verbarg sie unter ihren Tüchern und Kapuzen Ohren, so groß wie Suppenteller. »Ihr müsst wissen, das Ammonion ist sehr alt. Es weilte bereits in Darabar, lange bevor die Stadt sich zum ersten Mal in die Luft erhoben hatte. Und es ist beileibe kein dampfbetriebenes Vögelchen …«

Aus dem Mund ihrer aufdringlichen Fremdenführerin folgte eine ausgewählte Anzahl eingetretener Weissagungen und Prophezeiungen nebst Erläuterungen und Randbemerkungen.

»Fällt dir eigentlich auf, dass die Bewohner dieser Stadt Besuchern gegenüber einen übertrieben ausgeprägten Drang verspüren, Konversation zu betreiben?«, flüsterte Jiril Mira ins Ohr.

Mira verzog das Gesicht. »Falls du damit sagen willst, dass sie pausenlos schwatzen, dann ja.«

16 | Sonderbare Omen

Die Treppe, über die die Alte sie schleuste, war schmal und ihre Stufen von zahllosen Schritten glatt getreten. Sie führte in einem weiten Bogen über vier Ebenen empor auf einen quadratischen, menschenleeren Platz, der ausnahmslos von fensterlosen Gebäuden umgeben war. Im Sonnenlicht strahlte sein gesamter Boden von Millionen winziger Quarzkristalle und Glimmerstücke, die in den Granit der Pflastersteine eingebettet waren.

Die Mitte des Platzes bildete ein weiter Kreis grob behauener Steinquader, der ein eigenartiges Artefakt umschloss. Entfernt erinnerte Mira das nahezu drei Meter hohe Ding an eine plumpe aus Sandstein gehauene Statue. Sie hatte einen riesigen mondförmigen Kopf mit großen, rot gefärbten Mandelaugen ohne Pupillen, der auf einem krummen Schwanenhals saß und so platt war wie ein Fladenbrot. Arme und Beine der Figur schienen lediglich Stümpfe zu sein, ohne Gelenke, Finger oder Füße. Der Körper selbst war sackartig aufgebläht, und aus der Stirn zeigten wie Wegweiser zwei spitz zulaufende Hörner zur gegenüberliegenden Häuserfront. Nichts regte sich, kein Laut war zu hören.

»Das ist alles?«, fragte Jiril und starrte die Statue sichtlich enttäuscht an. »Da ist ja jeder Glücksbrunnen aufregender.«

Mira schaute angestrengt hinüber zur Treppenflucht auf der Ostseite des Platzes, in der Hoffnung, durch die schmale Lücke in den Häuserfronten einen Blick auf den Weltenbaum werfen zu können, doch die anschließenden Gebäude waren zu hoch und versperrten die Sicht.

Als ihr Blick erneut auf die Statue fiel, bemerkte sie, dass die Figur bewegt worden war. Von wem oder was, blieb Mira ein Rätsel, denn nach wie vor war außer der in Lumpen gekleideten Alten, Jiril und ihr selbst keine Menschenseele auf dem Platz zu sehen. Dennoch blickte die Statue nun genau zu ihnen hinüber. Vielleicht stellte sie eine Uhr dar, die ein verborgener Mechanismus unter dem Platz zum Rotieren brachte, überlegte Mira. Oder sie war auf Kugeln oder auf einem Wasserpolster gelagert, um sich mit dem Wind zu drehen.

Aber es ging kein Wind. Nicht das leiseste Lüftchen regte sich. Wer oder was auch immer die Statue gedreht hatte, musste die Umgebung beobachten können. Mira hatte das Gefühl, die Steinfigur starre sie direkt an.

»Nun, junge Dame, gibt es etwas, was du wissen möchtest?«, säuselte die vermummte Alte. »Das Orakel wird es dir beantworten.«

Mira tauschte einen vieldeutigen Blick mit Jiril. Der zuckte nur mit den Achseln. »Am vernünftigsten wäre es, du kümmerst dich nicht weiter darum«, war alles, was ihm dazu einfiel. »Lass uns wieder in die Unterstadt gehen, wir haben genug Zeit vertrödelt. Das hier riecht nach dem üblichen faulen Zauber.«

»Aber wer hat die Statue bewegt?«, wunderte sich Mira.

Die Alte kicherte. »Das Orakel bewegt sich von selbst, mein Kind.« Sie legte einen Arm um Miras Schultern und schob das Mädchen ein paar Schritte auf den niedrigen, äußeren Steinkreis zu. »Komm, bevor es das Interesse an dir verliert«, raunte sie.

»Interesse?« Mira starrte die Statue an. »Soll das heißen, dieses hässliche ... *Ding* ist lebendig?«, fragte sie skeptisch.

»Abgesehen von uns dreien ist hier oben gar nichts lebendig«, mischte sich Jiril ein und stellte sich Mira und der vermummten Alten in den Weg. »Lass uns gehen.« Er zog das Mädchen von ihrer zwielichtigen Fremdenführerin fort.

»Nein, warte!« Mira blickte an Jiril vorbei auf die unverwandt zu ihr herüberblickende Steinfigur. »Sie hat sich bewegt!«

»Unsinn.«

»Ich habe es gesehen!«

Jiril schaute abwechselnd zwischen dem Orakel und Mira hin und her, in deren Augen eine Mischung aus Abscheu und Faszination lag. »Na schön, schauen wir's uns an«, schnaufte er ergeben.

»Keine Sorge, es ist völlig harmlos«, kicherte die Alte. »Potthässlich, aber ungefährlich.«

Mira betrachtete den riesigen mondförmigen Kopf der Steinfigur. »Wie viele Fragen darf ich ihm stellen?«

»Traditionell eine«, erklärte die Alte. »Für einen bescheidenen Obulus könnte ich eventuell noch eine zweite erwirken.«

Jiril schüttelte den Kopf, schwieg jedoch.

»Na ja ...«, überlegte Mira. »Sind seine Antworten zuverlässig?«

»Selbstverständlich!«, beeilte sich die Alte zu versichern. »Bei meiner Ehre.«

Jiril schnaubte abfällig durch die Nase. »Die Ehre der Diebe, Gauner und Vagabunden.«

»Was auch immer«, wiegelte die Bettlerin ab. Sie führte Mira und Jiril an den Rand des äußeren Steinkreises, schwieg einen Moment lang andächtig und murmelte schließlich etwas Unwiederholbares, das sich anhörte wie *»Rabaukeräuscherlrabatz«*.

Mira betrachtete den Boden, auf dem die Statue stand, in der Hoffnung, doch noch so etwas wie einen versteckten Mechanismus zu erkennen. Eine Steinplatte, die sich drehen ließ, oder Führungsschienen, über die die Figur über den Platz bewegt werden konnte. Einige Atemzüge lang passierte gar nichts, dann drang aus dem leicht geöffneten Mund der Statue ein tiefer, lang gezogener Ton, der klang wie das Dröhnen eines Nebelhorns. Ihre Stimme ließ den Boden vibrieren und Mira und Jiril erschrocken ein paar Schritte zurücktreten. Die monströse Steinfigur hatte ihren Kopf leicht zur Seite geneigt und fixierte das Mädchen mit ihren riesigen, nun rot glühenden Augen.

»Die Kostgängerin des Magistraten wünscht Einweihung!«, brüllte die vermummte Alte die Statue an.

»Warum schreit sie so?«, flüsterte Mira.

Jiril machte ein verkniffenes Gesicht. »Keine Ahnung. Vielleicht, damit sie der Kerl hört, der die Statue in seinem unterirdischen Versteck bedient?«

Die Bettlerin wandte sich theatralisch zu Mira um. »Du kannst nun deine Frage stellen, junge Dame.«

Mira tausche einen Blick mit Jiril, räusperte sich und sah der Steinfigur in die glühenden Augen. »Kannst du mir etwas über die Weltenbaum-Arcasien erzählen und wie man sie pflücken kann?«

»Was?«, machte das Orakel und schwieg.

»Du musst lauter reden, es hört nicht mehr so gut«, erklärte die Alte.

Mira verzog gequält das Gesicht, dann wiederholte sie ihre Frage in angemessener Lautstärke.

Der Kopf der Statue beugte sich ein Stück nach vorn, als wollte das Orakel nun genau sehen, wer da sprach. Mira war ergriffen von der Szene. War die geheimnisvolle Energiequelle der Darabari in der Lage, Stein zu bewegen, oder hatte sie es hier tatsächlich mit einem lebendigen Geschöpf zu tun? In der Nackenpartie der Figur knirschte es, wie zum Beweis, dass sie einem Wesen aus massivem Fels gegenüberstand, dann antwortete die Statue in tiefem Bariton: *»Eine seltsame Frage!«*

»Vielleicht ist die Lautstärke der Fragen und Antworten der Grund dafür, warum die Häuser hier keine Fenster besitzen«, bemerkte Jiril im Flüsterton.

»Sei still!«, zischte Mira.

»Wohlan denn!«, donnerte die Stimme des Orakels über den Platz. *»Komm nicht, wenn du mühselig und beladen bist, du wirst kein Kraut nicht finden. Die Leere wird die Wurzeln ablösen und befreit werden die Verwirrten ohne Grund. Das Geschriebene wird erfüllen das Wort und die Tat hast du gesehen heute Früh um elf. Warum also fragst du?«*

Die Augen der Statue erloschen, ihr Kopf sank kraftlos nach vorne.

Nach einigen Minuten befangenen Schweigens war Mira sicher, dass das Orakel seinen sibyllinischen Worten nichts mehr hinzufügen würde. Auch zwei weitere Daram und ein zusätzliches beschwörendes »*Rabaukeräuscherlrabatz*« ihrer verlumpten Fremdenführerin konnten es nicht mehr aus der Reserve locken. Die Alte murmelte daraufhin ein paar Entschuldigungsfloskeln und suchte flugs das Weite.

Jiril sah ihr nach, bis sie in einer der Seitengassen verschwunden war. »Das war ja wohl ein Reinfall mit Ansage«, bemerkte er.

Mira setzte sich konsterniert auf einen der Steinquader und fragte mehr an sich selbst gewandt: »Was war denn heute Früh um elf?«

Jiril zog die Mundwinkel nach unten. »Wir standen vor der ersten Schutzmauer.« Er machte auf dem Absatz kehrt und erklärte: »Los, lass uns endlich etwas essen gehen. Für heute habe ich genug von Sackgassen und dummen Sprüchen. Vielleicht kommen wir deinen Arcasien in einem der Archive ein Stück näher.«

Mira hatte sich zum Umblättern der rauen Buchseiten Lederstreifen um die Finger ihrer rechten Hand gewickelt und saß müde zwischen übermannsgroßen Bücherstapeln im Lesesaal der Stadtbibliothek. Fast den gesamten Nachmittag über war sie mit Jiril durch Räume gestreift, in denen Bücherregale bis zur Decke reichten und Urkundensammlungen sich meterhoch stapelten. Gemeinsam waren sie Leitern rauf- und runtergeklettert auf der Suche nach Folianten, die ganz oben in den Regalen eingeordnet waren. Jiril stöberte immer wieder in neuen Registern nach Hinweisen, stellte endlos lange Bücherlisten zusammen und fuhr die ausgewählten Werke auf Rollwagen stapelweise zu Mira in den Lesesaal. Das Mädchen durchblätterte die ausgewählten Bücher nach Hinweisen auf die geheimnisvollen Arcasien und Informationen über den Weltenbaum.

Hatten die Nachforschungen anfangs noch halbwegs Spaß gemacht, überflog Mira nach stundenlanger Suche die Schriftstücke immer unkonzentrierter. Unablässig blätterte sie in vergilbten Büchern und studierte mit müden Blicken kaum entzifferbare Schriftrollen. Doch bisher hatte sie kaum einen brauchbaren Anhaltspunkt auf die Weltenbaum-Samenkapseln gefunden. Stattdessen wimmelten die Werke von seltsamen Geschichten und Legenden, mythischen Abhandlungen und Reiseberichten. Kochrezepte fielen Mira in die Hände, in deren Ergebnisse sie niemals eine Gabel stecken würde, Liederbücher, deren Gesänge Erdbeben hervorzurufen vermochten, oder Bauanleitungen für Apparaturen, deren Erfinder beim Test ihrer Erfindungen das Zeitliche gesegnet hatten – worauf deren Entwicklung nicht weiter verfolgt worden war.

Mira schüttelte den Kopf ob all dieser Wunderlichkeiten, bei denen die Fantasie im Galopp mit den Erfindern durchgegangen sein musste. Sie stieß auf die Konstruktionspläne für fliegende Flöße, Wassertreträder für windstille Tage, unterirdische Röhren, durch die per Druckluft Kolben geschoben wurden, die mit sitzenden Menschen gefüllt waren. Das Mädchen fand Berichte über Sonnenuhren, Dampforgeln, Wiegebadschaukeln, Schablonen für den korrekten Scheitel,

Apparate für mechanische Reitübungen, Trockenschwimmerkarussells – aber kaum ein Wort über Arcasien. Offensichtlich suchte Jiril in den falschen Archiven.

Gegen Abend lag schließlich ein bescheidener Stapel muffig riechender Folianten neben ihr auf dem Tisch. Ganze neun Bücher waren es, die spärliche Hinweise auf Lebensbäume und ihre Samenkapseln enthielten.

»Ist das etwa alles?«, fragte Jiril, als er die letzte Fuhre herankarrte.

Mira nickte und rieb sich über die brennenden Augen. »Mehr hab ich nicht gefunden.«

»Langsam glaube ich, wir sind hier in der falschen Stadt gelandet.«

Missmutig schob er den Holzwagen beiseite und streckte sein Kreuz durch. »Na schön, dann sind wir wenigstens noch vor Sonnenuntergang fertig.« Er zog das oberste Buch vom Stapel und schlug es an der von Mira markierten Stelle auf. »Das ist ja eine Bibel!«, stutzte er. »Altes Testament. Hesekiel …« Er runzelte die Stirn, dann las er: »Die Wasser zogen ihn groß, die Flut machte ihn hoch. Sein Wuchs wurde höher als alle Bäume der Welt, denn seine Wurzeln waren an vielen Wassern. Alle Vögel des Himmels nisteten in seinen Zweigen und alle Tiere des Feldes gebaren unter seinen Ästen. Kein Baum kam ihm an Schönheit gleich, und es beneideten ihn alle Bäume, die in Eden waren.« Jiril verzog die Mundwinkel. »Ich glaube, *das* ist der falsche Baum. Von Samenkapseln steht hier auch nichts.«

»Aber hier«, erklärte Mira und zog sich einen in gegerbtes Leder gebundenen Wälzer auf den Schoß, der einen fürchterlichen Gestank verströmte. »Der Weltenbaum wächst am verborgensten Ort und seine Samen gedeihen in den tiefsten Wassern. Aus ihnen kommen hervor alle Pflanzen des Himmels und der Erde ...«

»Was ist das für ein Buch?«, wollte Jiril wissen.

Mira betrachtete den Einband. »Mythologie der Parsen«, entzifferte sie die verschnörkelte Prägeschrift.

»Völlig falsche Gegend«, behauptete der Alpha und griff sich nun drei Bücher auf einmal. »Küchenrezepte für mongolische Zwergweltenbäume ... Blödsinn!« Er warf den Folianten zurück in den Rollwagen und schlug den nächsten auf. »Zwei Liter Urwasser mit einer Prise Zeitsand und einer Garnierung aus gerösteten Weltenbaumsamen ...« Kommentarlos ließ er auch das zweite Buch in den Wagen plumpsen. »Getrocknete Blätter als harntreibender Tee bei Gicht«, las er aus dem dritten Folianten. »Getrocknete Samen bei Wassersucht. Blättersaft als Gegenmittel bei Schlangenbissen. In Alkohol eingelegte Samen bei Rheuma. Pulver aus frischer Rinde bei Blähungen ...« *Krabong!*, auch das dritte Buch landete unsanft im Rollwagen. »Bei aller Liebe, Beta, aber hast du außer Küchenrezepten und Omas Hausmittelchen auch irgendetwas Brauchbares gefunden?«

Mira zog eine zerschlissene Sammlung vergilbter Seiten vom Stapel, deren Einband sich bereits vor Jahrhunderten gelöst zu haben schien. »Hier steht, die Blüten eines Weltenbaums seien auffallend groß«, las sie launisch. »Und seine Früchte, welche die von einer Art Baumwolle bedeckten Arcasien enthalten, zwischen zwölf und achtzehn Zentimeter groß. Ihre Blütezeit liegt zwischen ...« Sie stockte kurz, dann zog sie ahnungsvoll den Kopf ein. »Zwischen 3:15 Uhr und 4:10 Uhr in der Frühe«, fuhr sie mit belegter Stimme fort. »Eine ausgewachsene Samenkapsel wiegt 800 bis 1000 Gramm und gehört zur Gattung der Flügelnüsse, die im Morgengrauen, spätestens aber eine Stunde nach Sonnenaufgang, ihren Jungfernflug antreten. Reife Arcasien fliegen in der Regel zwischen 500 und 1500 Kilometer weit. Es wurden jedoch auch schon Flügelnüsse beim Überqueren von Ozeanen beobachtet.« Mira presste die Lippen aufeinander, klappte das Werk zu und schob es frustriert auf das Pult zurück.

Jiril bedachte sie mit einem mitleidigen Blick. »Flügelnüsse, hmm?«, fragte er. Mira zuckte ratlos die Schultern. »Das klingt wirklich großartig«, spöttelte er. »Vielleicht sollten wir einen Bussard zur Arcasienjagd abrichten …« Er warf einen Blick auf das Pult. »Nun gut, zwei Bücher sind noch übrig.« Jiril griff sich das obere und schlenderte beim stillen Überfliegen der von Mira markierten Textstelle durch die Bibliothek. »Das hier klingt zumindest mal halbwegs vernünftig und informativ«, befand er. »Hör zu: Der Weltenbaum ist ein Symbol für das Leben und stellt gleichzeitig die Gesamtheit des Universums dar. Sein Stamm wurzelt im Urgrund, seine mächtige Krone trägt die Vielfalt aller Erscheinungen der Schöpfung. In seinen Samen befinden sich die Keime aller Pflanzen- und Tierarten. Im alten Ägypten, Mesopotamien und Griechenland waren selbst die Sterne seine Früchte. Er ist unsterblich und gewährt auch den Menschenseelen Unsterblichkeit, entweder durch seine Früchte oder durch seinen Saft.

Jeder Weltenbaum wächst von oben, aus der geistigen Welt, nach unten, in die stoffliche Welt hinein. Er wird in den meisten Mythen von einem Drachen oder einer Schlange bewacht, die den Geist der Erde symbolisieren. Sie hüten somit das Geschenk des Lebens und den lebendigen, quecksilbrigen Saft, der ihn durchströmt. Der Lebensbaum schenkt allen Wesen, die in seinem Schatten leben, geistige Nahrung – verlangt jedoch im Gegenzug lebendige Nahrung, ebenso wie die Beschützer seiner Früchte.«

»Lebendige Nahrung?«, stutzte Mira. »Was soll das bedeuten?«

»Klingt für mich wie Tieropfer.« Jiril überlegte einen Augenblick. »Oder sogar Menschenopfer«, fügte er hinzu.

Mira dachte einen Augenblick über das Gehörte nach, wobei ihr Azurs Warnung vor Yggdrasil wieder in den Sinn kam. Dann nahm sie das letzte Buch vom Tisch.

»Nun sag schon«, forderte Jiril, als sie auffällig lange schwieg.

Mira sah kurz zu ihm auf. »Hier steht nur, dass die Samen eines Lebensbaumes die Menschen selbst seien …«

»Das kommt der Wahrheit womöglich näher als du glaubst«, erklang plötzlich eine vertraute Stimme.

Jiril sprang erschrocken zur Seite, als einen Meter neben ihm die exorbitante Erscheinung von Dr. Gayot sichtbar wurde. Mira hatte das Buch fallen gelassen und vor Verblüffung den Atem angehalten.

Der Doktor schien sich seines überraschenden Auftritts vollkommen bewusst zu sein und ließ die Stille eine Weile auf sich wirken. »Der ganze Sachverhalt ist jedoch komplizierter, als ihr es euch vorzustellen vermögt«, brach er schließlich das Schweigen. Seine Stimme klang blechern und verzerrt, als spreche er durch ein langes Metallrohr. »Vertrackt wäre vielleicht eine adäquate Bezeichnung.«

»Wie geht es Ihnen?«, fragte Jiril. »Ist alles okay?«

»Ich fühle mich gut, doch den Umständen entsprechend ein wenig überfordert«, gestand Dr. Gayot. Er durchschwebte lautlos den Raum, lauschte kurz an allen Zugängen, nickte nachdenklich und kehrte schließlich zurück zu Mira und Jiril.

»Wie haben Sie es geschafft, hierherzufinden?«, fragte Mira verwundert.

»Es mag paradox klingen, aber es existiert eine Verbindung zwischen der *Terramotus*-Anlage und Darabar. Irgendetwas in der Stadt arbeitet offenbar wie ein Sender oder ein Empfänger. Allerdings scheint dieser Kontakt auf rein metaphysischer Ebene stattzufinden. Noch bin ich zu keiner Erklärung fähig, wie diese Verbindung trotz der Trennung durch die äußere Barriere aufrechterhalten werden kann, aber sie ist äußerst stabil. Was du von mir siehst, ist jedoch nur eine Projektion – ein Hologramm.« Er blickte an sich herab, als wollte er feststellen, ob seine Gestalt vollständig angezeigt wird. »Eigentlich hätte dies nur ein Test sein sollen, um die Leistungsstärke des Holo-Transmitters zu ermitteln.«

»Wo sind Sie?«

»Tief in den Eingeweiden dieser verrückten Fabrik«, erklärte Dr. Gayot. »Hier unten existiert ein irrwitziges Labyrinth aus Hallen und schier endlosen Gängen. Die meisten Räume sind vollkommen leer, andere stehen unter Wasser oder sind verschüttet. In manchen der intakten Hallen befinden sich Hunderte von identischen, aber inaktiven Maschinen. Eine Sorte von ihnen ist offenbar nur zu dem Zweck konstruiert worden, einer anderen Art von Maschinen die Türen zu öffnen. Doch weder öffnen Erstere irgendwelche Türen noch treten Letztere hindurch. Sie stehen nur reglos und stumm in ihren Montagehallen und das zweifellos schon seit langer Zeit. Zudem gibt es unterirdische Plantagen, in denen sowohl künstliche als auch echte Früchte gezüchtet werden, ferner Obst, Gemüse und Getreide …«

»Ist es Ihnen gelungen, die Maschine zu stoppen?«, unterbrach Mira den Doktor.

»Bedaure«, sagte Dr. Gayot. »Bisher nicht. Leider weiß ich auch nicht genau, in welchem Sektor der Fabrik ich mich gerade aufhalte. Zumindest habe ich es geschafft, diverse Fehlfunktionen der Anlage zu beheben und diesen Holo-Transmitter zu reaktivieren. Sobald ich Zugriff auf einen Schalt- oder Übersichtsplan der gesamten Anlage erhalte und den Sinn, Zweck und Inhalt aller Räumlichkeiten und Funktionen abrufen kann, werde ich auch den Ort finden, von dem aus die Anlage gesteuert wird. Inzwischen bin ich fast sicher, dass dem Angriff auf die Bewohner von Ifèrana kein gänzlich feindlicher Hintergrund zugrunde lag. Die Anlage und ihre mechanischen Helfer handelten offenbar im Zuge einer Sicherungsanordnung.«

»Sicherungsanordnung?« Jiril wirkte überrascht.

»Eine Zwangsisolierung«, präzisierte Dr. Gayot. »Eine Art Quarantäneprogramm.«

Mira bekam trotz der Wärme, die im Lesesaal herrschte, eine Gänsehaut. »Wozu denn Quarantäne?«, fragte sie.

»Das weiß ich noch nicht«, gestand der Doktor. »Aber ich werde es früher oder später herausfinden. Nanu …« Er drehte sich langsam im Kreis, wobei es aussah, als schaue er sich nicht in der Bibliothek um, sondern an dem Ort, an dem er sich wirklich aufhielt. »Vielleicht ebenfalls eine Fehlfunktion …«, murmelte er dabei. Dann schien er sich des Holo-Transmitters wieder bewusst zu werden und fragte: »Ist es euch gelungen, eine Arcasie zu pflücken?«

»Äh …«, begann Mira unsicher und warf Jiril einen knappen Blick zu.

»Da gibt es ein kleines Problem«, ergriff dieser das Wort. In wenigen Sätzen erzählte er Dr. Gayot von Bens Havarie mit dem Rigger sowie den quasi über Nacht errichteten Mauern, die ein unbemerktes Betreten der Oststadt vollkommen unmöglich machten.

»Oh, diese Darabari«, schimpfte Dr. Gayot daraufhin, wobei sein Hologramm bedenklich flackerte. »Ihr müsst irgendwie versuchen, in die Oststadt zu gelangen. Buddelt euch unter einer der Mauern durch, klettert irgendwie darüber, bestecht eine Wache, was auch immer.« Erneut schien er nach etwas zu lauschen, das nur er hören konnte. Dann begann sein Hologramm plötzlich zu flackern und erlosch.

»Warten Sie!«, rief Mira in den leeren Raum hinein.

»Keine Zeit mehr«, vernahm sie die blecherne Stimme des Doktors aus einer unbestimmbaren Richtung. »Hier unten haben offenbar die Wände Ohren. Ich treffe euch morgen Abend hinter der Stadtmauer, am Osttor.«

Dann herrschte Stille.

»Das Osttor«, murmelte Jiril. »Na, prima.« Er legte wie in Trance das Buch beiseite und starrte lange Zeit auf den Einband. Dann sah er hinauf zu der langen Reihe kleiner Fenster, die knapp unterhalb der Saaldecke in die Südwand eingelassen waren. Die letzten Sonnenstrahlen badeten den Lesesaal in goldgelbes Licht. »Das liegt *hinter* der Schutzmauer«, sagte er schließlich.

17 | Gestrandet

Tausende von Kilometern weiter westlich ragte inmitten der nachtdunklen Serir Fassassa der Rumpf eines Luftkissenbootes über die Geröllebene. Aus der Ferne wirkte es, als schwebe die Steuerbordseite des Hovercrafts wie von Geisterhand gehalten in der Luft. Erst beim Näherkommen war zu erkennen, dass hier keine Zauberei im Spiel war, sondern Mechanik und Hydraulik, gesteuert von einer frustrierten künstlichen Intelligenz.

Um einen stabilen Stand zu haben, hatte Delius seinen Rückenarm ausgefahren und auf dem Boden aufgesetzt. Mit seinen drei übrigen Armen stützte er den Rigger, während Ben unter dem Rumpf herumkroch und die verstopften Luftschächte von Sand und Geröll befreite.

»Ich bestehe zwar nur aus künstlichen Komponenten und kenne daher keine Muskelübersäuerung, aber meine Sensoren registrieren, dass dieses Fahrzeug außerordentlich schwer ist«, bemerkte Delius und ließ den Rigger demonstrativ um ein paar Zentimeter absinken. »Sein Gewicht beansprucht zusehends meine Hydraulik«, fügte er hinzu, als er keine Antwort erhielt.

»Es ist nur noch diese eine Turbine«, keuchte Ben unter dem Luftkissenboot. »Also hör endlich auf zu jammern!«

»Ich möchte betonen, dass ich ein annähernd vier Tonnen schweres Hovercraft stütze und gleichzeitig sowohl die erniedrigende Funktion eines Kompressors als auch die einer Stehlampe erfülle, um Euch das Reinigen der Zuluftanlage zu erleichtern, Sansar Benoît«, nörgelte Delius weiter. »Das könnte ein plötzliches Überhitzen meines Primärprozessors zur Folge haben, was zum sofortigen Ausfall aller hydraulischen und pneumatischen Funktionen führt – einschließlich der meiner Arme …« Als Ben nach exakt dreißig Sekunden keine Reaktion zeigte, fügte er hinzu: »Unter einem vier Tonnen schweren Hovercraft zu liegen, könnte Eure biologische Aktivität ziemlich einschränken …«

»Wenn du nicht sofort still bist, setzte ich dich auf der Liste mit unnötigem Ballast an die oberste Stelle. Dann kannst du hier rumstehen und als Wegweiser für Geckos arbeiten, bis wir dich im nächsten Frühjahr wieder abholen.«

Delius schien über die Option nachzudenken. »Dürfte ich vielleicht noch darauf hinweisen, dass der Rumpf eines Riggers keinesfalls konstruiert wurde, um von einem Roboter steuerbordseitig angehoben zu werden?«

»Klappe!«, schrie Ben entnervt. »Höher!«

In Delius Kopf ratterte es, dann hob der Roboter den Rigger wieder ein paar Zentimeter weit an.

Die Schäden am Hovercraft waren erheblich, aber nicht so gravierend, wie Ben zuerst befürchtet hatte. Neben den Rissen, die bei der Bruchlandung im Rumpf entstanden waren, hatte die Wucht des Aufpralls auch einen der Antriebsrotoren aus seiner Verankerung gerissen. Nun war er um dreißig Grad gen Himmel geneigt, was – falls sie den Rigger tatsächlich wieder flottbekamen – die Schubsymmetrie erheblich stören und das Lenken erschweren würde. Zwei der Druckluftturbinen waren irreparabel beschädigt und fielen aus, sodass die Luft nicht mehr gleichmäßig unter dem Rigger verteilt wurde. Zudem waren Sand und Geröll in die offenen Turbinenschächte gelangt, die Ben nun mit der Hand und einem an Delius angeschlossenen Pressluftschlauch wieder reinigen musste.

Die Gummischürze, die das Luftpolster unter dem Rigger gefangen hielt, war an mehreren Stellen eingerissen. Delius hatte die Lecks notdürftig geflickt, doch Ben bezweifelte, dass die Nähte dem Druck lange standhalten würden.

»Der Inverter für die Schubumkehr ist ebenfalls hinüber«, erklärte er, als er fertig war und Delius den Rumpf wieder auf dem Boden abgesetzt hatte. »Bremsen ist daher so gut wie unmöglich. Im Notfall müssen wir die Rotoren ausschalten und hoffen, dass der Rigger rechtzeitig von allein stehen bleibt.«

Delius schwieg.

Ben verstaute das Werkzeug und sah zu ihm hinunter. »Was ist los?«, erkundigte er sich. »Sag jetzt bloß nicht, du bist beleidigt.«

Schweigend umrundete der Roboter den Rigger, kletterte an Bord und setzte sich hinter das Steuer.

»Oh, ihr Götter, habt Erbarmen«, murmelte Ben. Er stieg auf den Beifahrersitz und starrte müde in den Nachthimmel. »Okay, es tut mir leid«, brummte er. »Ich verneige mich vor deiner Selbstaufopferung und deinen außergewöhnlichen Leistungen während der Reparatur dieses Fluggerätes.«

Erneut ratterte es in Delius' Kopf, dann erklang ein Klingelton und der Roboter schnarrte: »Entschuldigung akzeptiert.«

Ben massierte sich mit Daumen und Zeigefinger die Nasenwurzel. »Können wir nun starten?«

»Selbstverständlich, Sansar Benoît.«

Der Roboter schaltete die Turbinen an und erhöhte langsam den Luftdruck. Eine Staubwolke begann das Luftkissenboot einzuhüllen. Zentimeter für Zentimeter hob es sich vom Kiesbett. Im Geiste sah Ben bereits die Nähte platzen und den Rumpf wieder unsanft auf dem Boden aufschlagen, doch allen Befürchtungen zum Trotz hielt die Schürze dem Druck stand. Langsam wurde der Rigger vom Luftkissen angehoben, bis er sich aufgrund des defekten Rotors langsam auf der Stelle zu drehen begann.

»So weit, so gut«, befand Ben. »Hoffen wir, dass das Provisorium hält.« Er kletterte auf die Rückbank und breitete seinen Schlafsack aus. »Nimm Kurs auf das Termit-Massiv«, wies er Delius an und schlüpfte erschöpft in seinen Schlafsack. »Wir müssen Vorräte holen und den Rigger wechseln, bevor wir zur Fabrik aufbrechen können. Ich haue mich derweil ein paar Stunden aufs Ohr.« Er streckte sich auf der Rückbank aus, schloss die Augen und lauschte dem gleichmäßigen Brummen der Rotoren. Gerade als er dabei war einzuschlafen, ließ ihn Delius' Stimme wieder aufschrecken.

»Bedaure, Sansar Benoît, aber ich bin aufgrund des starken Magnetfeldes nicht in der Lage, eine verlässliche Richtungsbestimmung vorzunehmen.«

Ben seufzte schwer. Dann setzte er sich wieder auf und blickte in den Nachthimmel. »Siehst du das Sternbild dort über dem Horizont?«, fragte er nach kurzer Suche.

»Der Orion«, bestätigte der Roboter.

»Orientiere dich an den beiden Fußsternen. Falls du nicht weißt, wo oben und unten ist, dann blende aus deinem Archiv eine klassische Darstellung darüber. Das Schwert des Orion weist dir den Weg nach Süden. Und jetzt lass mich schlafen.« Erschöpft streckte er sich auf der Rückbank aus, dann öffnete er noch einmal die Augen und sagte: »Und bremse bitte nicht, indem du einfach gegen eine Felswand fährst …«

18 | Das Ammonion

»Orakel!«, zischte Mira.

Sie stand mit Jiril vor dem Steinkreis, hatte sich ihren Mantel eng um den Körper geschlungen und starrte gebannt auf die Augen der Statue. Seit fast einer Stunde versuchten sie gemeinsam, die Steinfigur zum Leben zu erwecken, doch nichts geschah. Wegen der fensterlosen Gebäude lag der Platz fast in vollkommener Dunkelheit, lediglich der Schein ihrer Öllampen erhellte die Szenerie. Jirils Zähne klapperten geräuschvoll aufeinander, sei es vor Aufregung oder durch die Nachtkälte.

»Orakel!«, rief Mira entnervt.

»*Schhht,* nicht so laut!« Jiril blickte sich erschrocken nach allen Seiten um.

Mira sah ihn ratlos an. »Warum funktioniert das denn nicht?«

»Weil es wahrscheinlich doch nur fauler Zauber ist und der Kerl, der die Statue von unten bedient, längst im Bett liegt und schläft.«

»Unsinn.«

»Wir kennen einfach nicht den Trick, um es in Betrieb zu setzen«, flüsterte Jiril. »Irgendeine Losung, ein bestimmtes akustisches Signal oder irgendetwas, das man berühren muss, um es anzuschalten.«

Das Mädchen schaute sich um. »So schwierig kann es doch nicht sein …«

Jiril zuckte nur mit den Achseln und verdrehte die Augen. »Danke für deine Unterstützung«, murmelte Mira. Sie stellte ihre Öllampe auf einem der Steinquader ab, kletterte über diesen hinweg und trat in den inneren Kreis.

»Was tust du da, bei den Geistern von Norom!?«, quäkte eine weibliche Stimme und ließ Mira erstarren. »Du entweihst einen heiligen Ort. Das ist ein Verstoß gegen die Statuten!«

Eine dick vermummte Gestalt schlurfte ins Zwielicht. Mira, auf frischer Tat ertappt, blickte sie nervös an. Es war niemand anderes als ihre in Lumpen gekleidete Fremdenführerin vom Vortag. Sie linste unter mehreren Kopftüchern und einem riesigen, breitkrempigen Hut hervor. Ihre gedrungene Gestalt hatte sie angesichts der Nachtkälte in noch mehr schmutzige Kleider gehüllt. Die Alte verströmte einen unangenehmen Geruch aus billigem Fusel und Körperausdünstungen. Womöglich hatte sie in einer finsteren Seitengasse oder einer uneinsehbaren Ecke des Platzes ihr Nachtquartier.

»Komm gefälligst aus der Weissagezone heraus, junge Dame«, knurrte sie. »Das Ammonion ist kein Spielplatz!«

Mira gesellte sich zurück zu Jiril und musterte die Bettlerin misstrauisch, bereits ahnend, worauf diese Begegnung hinauslaufen würde.

»Ihr seid wohl nicht satt zu kriegen, was?« Die Alte kicherte, ein unvermutet profitables Geschäft witternd. »Weisheit kann eine Droge sein, junge Dame«, nuschelte sie und leckte sich die Lippen. »Für ein paar Geldstücke wird mir die Nachtbeschwörung bestimmt wieder einfallen.«

Mira und Jiril tauschten einen langen Blick und sahen sich nach ungebetenen Zeugen oder Zuhörern um, doch der Platz wirkte weiterhin unbeobachtet.

»Na gut«, nickte Jiril, griff nach seinem Geldbeutel und steckte der Alten ein paar Münzen zu.

»Fünf Daram?« Die Frau roch an dem Geld. »Nicht genug, nicht genug. Da fehlt der Nachtzuschlag, die Gefahrenzulage, der Schweigegroschen …«

»Mehr gibt's nicht«, beharrte Jiril.

Die Alte schüttelte den Kopf, steckte das Geld ein und schlurfte davon.

»Warten Sie!«, rief Mira leise. »Zehn Daram.« Sie ergriff den Lumpenärmel der Frau und zog sie zurück zum Steinkreis. »Und zehn weitere, wenn wir alle Antworten erhalten haben, die wir hören wollen.«

»Wie bitte?«, entrüstete sich Jiril. »Bist du völlig übergeschnappt? Für zwanzig Daram kann ich uns das ganze Orakel kaufen!«

Mira wies ihn mit einer knappen Geste an, den Mund zu halten. Die zerlumpte Alte hingegen rieb sich in stiller Vorfreude die Hände.

»Ihr seid weitherzig, junge Dame«, gurrte sie erfreut. Wie schon tags zuvor machte sie ein paar theatralische Gesten und murmelte wieder jenes ominöse *»Rabaukeräuscherlrabatz«*. Augenblicke später begannen die Augen der Statue tatsächlich zu glühen.

Jiril versetzte der Alten von hinten einen kräftigen Schlag in den Nacken. Die Frau gab ein »Ngank!« von sich und sackte mit einem Seufzlaut in seinen Armen zusammen.

»Was soll denn das?«, zischte Mira fassungslos. »Ich glaube, der Einzige, der hier übergeschnappt ist, bist du!«

»Was sein muss, muss sein«, rechtfertigte sich Jiril. »Sie ist eine aufdringliche, geldgierige, impertinente Zecke.«

»Ist sie etwa …?«

»Sie schläft nur für eine Weile«, beruhigte sie Jiril. »Dafür hab ich sie ja gut bezahlt.« Er zog den kraftlosen Körper der Alten bis zu einer der in Dunkelheit liegenden Hauswände.

Aus dem Steinkreis hinter Mira erklang ein schabendes Geräusch. Das Mädchen wandte sich langsam um und sah zum Orakel empor. Die Steinfigur entgegnete ihren Blick, neigte dann ihren Kopf etwas nach rechts und schien an Mira vorbeizusehen. Schweigend beobachtete sie, wie sich Jiril bemühte, die Bewusstlose an eine Hauswand zu setzen, ohne dass sie zur Seite kippen konnte.

»Musste das sein?«, fragte das Orakel in seinem tiefen Bariton schließlich vorwurfsvoll.

Mira machte ein betretenes Gesicht und räusperte sich verlegen. »Sie … schläft nur.«

»Dank eurer Hilfe«, entgegnete die Steinfigur.

Jiril kam herangeschlichen und schaute ebenfalls ein wenig befangen drein. Im Hintergrund war ein Schleifgeräusch zu hören, dann machte es leise »bomp!«.

»Sie ist wieder umgekippt«, teilte das Orakel mit.

»Danke für die Information«, antwortete Jiril. Und mit einem Seitenblick zu Mira: »Klingt tatsächlich nicht wie fauler Zauber …«

Die Statue richtete sich plötzlich auf, wobei ihre vermeintlichen Stummelarme aufzuklappen schienen. Von ihnen spalteten sich schlankere Unterarme ab und Hände mit je drei Fingern und einem Daumen. Das Orakel reckte sich, steckte die Finger ineinander und ließ die Steingelenke knacken. Dann verschränkte es die Arme vor der Brust und fragte: »*Nun, was wollt ihr wissen? – Mitten in der Nacht!*«

Als niemand antwortete, tat die Statue etwas, das Mira einen mühsam unterdrückten Angstschrei entlockte: Sie trat zwei Schritte vor, direkt auf das Mädchen zu, wobei der Boden unter ihren Füßen erzitterte. »*Deine Gedanken sind erfüllt von Furcht*«, stellte das Orakel fest. »*Aber du fürchtest dich doch nicht etwa vor mir, kleine Menschenfrau, oder?*« Es beugte sich langsam vor. Würde es eine Hand ausstrecken, es hätte seine beiden nächtlichen Besucher ergreifen können, so nah war es ihnen. Mira konnte nicht anders, als in die riesigen, mandelförmigen roten Augen der Steinfigur zu starren. Das Mädchen bildete sich ein, auf ihrer Haut einen warmen, nach feuchtem Sand riechenden Atem zu spüren.

»*Nein, Wüstenkind, nicht vor mir hast du Angst*«, brummte das Orakel schließlich und nickte dabei bestätigend mit seinem riesigen Kopf. »*Vor der Zukunft fürchtest du dich!*«

Mira ging langsam rückwärts, bis sie gegen Jiril stieß. Unbewusst ergriff sie dessen Hände und hielt sie fest umschlossen. Jiril stöhnte leise auf. »Du tust mir weh«, presste er hervor.

Mira schaffte es kaum, sich von den Augen des Orakels loszureißen. »Ich glaube, es kann meine Gedanken lesen«, flüsterte sie tonlos.

»Lass uns verschwinden!«, drängte Jiril.

»Nein, warte.« Sie ließ seine Hände los und trat zaghaft wieder an den Steinkreis heran.

»*Du trägst den Namen eines fernen Sterns …*«, raunte die lebende Steinfigur, ohne das Mädchen aus den Augen zu lassen, »*… und vereinst so viel Stolz und Traurigkeit in dir …*«

Mira blinzelte irritiert. Alles, was sie sah, bestand nur noch aus dem riesigen Gesicht des Orakels. »Mein – Name ist doch Mira …«, sagte sie schließlich stockend.

»*Mira*«, wiederholte die Statue langsam. »*Ja … dein Namensstern liegt 419 Lichtjahre von der Erde entfernt im Sternbild des Cetus.*« Sie deutete steil hinauf in den Himmel. »*Mira Omikron Ceti ist ein Doppelstern, musst du wissen. Er besteht aus dem roten Riesen Alpha Mira und dem weißen Zwerg Mira Ceti. Und er ist Namensgeber der veränderlichen Mira-Sterne; der roten Riesen und Überriesen.*«

»Offenbar hat es früher in einer Sternwarte gearbeitet«, flüsterte Jiril Mira ins Ohr.

Das Orakel wandte sich an den Alpha. »*Der Name Jiril hingegen verursacht laut dem Buch von Isissia nervöse Spannungen, Kummer und Frustration. Ferner ist es der Name eines heruntergekommenen Bergdorfes in Nepal.*«

»Sehr witzig«, knurrte Jiril. Und zu Mira: »Los, lass uns endlich gehen.«

»Geh doch allein!«, gab Mira gereizt zurück.

Jiril erwiderte etwas Unverständliches und lief in die Dunkelheit, wo er in einiger Entfernung unentschlossen auf und ab scharwenzelte.

Mira sah zu dem Orakel empor. »Besitzt du ebenfalls einen Namen?«

Der scheibenförmige Kopf der Statue neigte sich nach vorn. »*Niemand hat je danach gefragt, Wüstenkind*«, antwortete sie.

»Die Leute zogen es bislang vor, mir Namen zu geben. Der kürzeste von ihnen lautete Bel, der längste Parandowalarokodironikolkapul. Letzteren erhielt ich von einem Maharadscha aus Rajasthan.« Es schwieg einige Zeit, dann sagte es: *»Ich heiße Jadamon.«*

»Ein schöner Name«, sagte Mira. »Was bedeutet er?«

»Das habe ich vergessen«, gestand das Orakel. *»Aber du hast mir meine eigene Frage noch immer nicht beantwortet: Was wollt ihr von mir zu dieser Stunde?«*

»Einen Tipp, wie wir zum Weltenbaum gelangen können«, rief Jiril aus der Dunkelheit herüber.

Mira verzog die Mundwinkel. An die Statue gewandt fragte sie: »Kannst du uns verraten, wie wir auf die andere Seite der Mauern gelangen können?«

»Tja, die Mauern, die Mauern«, murmelte das Orakel und nahm ächzend auf dem Sockel in der Mitte des Steinkreises Platz. *»Warum sie wohl plötzlich da sein mögen …«* Es neigte den Kopf ein Stück, streckte seine Beine aus und ließ seine Kniegelenke knacken. *»Weshalb wollt ihr denn ausgerechnet zum Weltenbaum?«*

»Vielleicht, um die Welt zu retten?«, erklang Jirils Stimme aus der Dunkelheit.

»Tja, die Welt, die arme Welt …«, machte das Orakel und schwieg.

»Bitte, wir *müssen* auf die andere Seite der Mauer«, flehte Mira.

Das Orakel sah das Mädchen durchdringend an. *»Ein Hoher Priester aus Saba wollte einst von mir wissen, wie die Gesetze der sieben Himmel lauten«*, sprach es schließlich. *»Ich* *sagte ihm, dass es diese Gesetze zweifellos geben müsse, aber Gott habe sie nicht offengelegt, denn es gehöre nicht zu seinen Gewohnheiten, den Menschen Geheimnisse zu verraten, die für ihre Bestimmung völlig unnütz sind. Der Priester war sehr besorgt. Und du, Wüstenkind?«*

Mira starrte zu Boden.

»Du kannst das Universum nicht anhalten oder seinen vorherbestimmten Lauf ändern, Mira. Jedoch besteht die Möglichkeit für einen … sagen wir Kompromiss.«

»Kompromiss?«, kam es überrascht aus der Dunkelheit. »Welche Art von Kompromiss?«

»Keiner, der euch gefallen würde«, hielt das Orakel dem heranschlendernden Jiril entgegen.

»Was für ein nichtsnutziger Steinklotz«, murrte dieser. »Große Sprüche, aber im Grunde von nichts eine Ahnung.«

»Führst du Selbstgespräche, kleiner Mann?«, raunte das Orakel.

»Pffft.« Jiril sah pikiert in die Sterne. »Wenn ich nur einen Drachen hätte …«

»Einen Drachen?!«, rief die Statue aus.

»Dann könnten wir über die Mauer fliegen«, erklärte Mira.

»Von *uns* habe ich bisher nichts gesagt«, sagte Jiril. »Wenn ich fliege, dann allein.«

»Ich kenne einen Drachen«, fiel ihm das Orakel ins Wort. *»Er heißt Perenomipakk und wohnt in Südgeorgien in einer schnuckeligen kleinen Eishöhle mit Vulkananschluss und fließend Warmwasser …«*

»Einen Lenkdrachen!«, riefen Mira und Jiril im Chor. »Aus Stoff und Metall.«

»*Ach so.*« Die Statue kratzte sich unter ihrem linken Horn. »*Muss einem ja auch gesagt werden …*« Eine Weile herrschte verlegenes Schweigen, dann sagte Jadamon: »*Es existieren noch die alten Flutstollen aus der Zeit, bevor das Kraftfeld das Wetter und das Klima über der Stadt konstant hielt.*«

Mira und Jiril sahen sich überrascht an.

»*Sie dienten einst dem Zweck, enorme Regenfluten aus der Stadt zu leiten, sobald Darabar ausgedehnte Sturmtiefs und subtropische Monsunzonen durchfliegen musste*«, fuhr das Orakel fort, als es das Interesse seiner Besucher erkannte. »*Ich kann mir kaum vorstellen, dass der Magistrat auch deren Eingänge hat zumauern lassen. Die Stollen selbst sind recht eng, doch ihr beide dürftet ohne Weiteres hindurchpassen.*

»Wo finden wir einen dieser Stollen?«, wollte Mira wissen.

»*Nehmt die Treppe an der Ostseite des Platzes und folgt ihr hinab auf die zweite Ebene, bis ihr auf eine gemauerte Flutrinne stoßt. Sie führt euch direkt zum Eingang des Stollens, der hinter die Stadtmauern der Oststadt führt.*« Das Orakel erhob sich. »*Doch hütet euch, Nebethaum des Nachts zu betreten!*«, mahnte es, wobei es beschwörend näher trat. »*Geht niemals hinein, solange es dunkel ist – sonst seid ihr sein!*«

»Nebethaum?«

»*Das ist sein Name*«, erklärte Jadamon. »*Mit Auskünften dieser Größenordnung hätte ich normalerweise ein ganzes Monatsgehalt verdient. Ihr wart wahrlich ein schlechtes Geschäft.*« Es wandte sich um, lief zurück in die Mitte des Steinkreises und reckte sich noch einmal, wobei es heftig knirschte. Dann verharrte es in seiner Ausgangsstellung und die glühenden Augen erloschen.

19 | Der Geist der Maschine

Zuerst waren es nur ein paar niedrige Büsche, die sich bewegten. Eine bleiche Hand erschien im Mondlicht, kurz darauf ein Arm, der sich aus dem Gestrüpp reckte. Die Hand rührte in der Nachtluft herum, als suche sie nach einem Halt oder einem Hindernis, das nicht existierte. Äste knackten, dann tauchte Miras Kopf aus dem Gebüsch auf.

»Sind wir endlich durch?«, erklang es hinter ihr gedämpft. »Meine Öllampe ist inzwischen nämlich ebenfalls leer.«

Mira ächzte und stöhnte, als sie sich aus dem engen Stollen zwängte. »Ich glaube, ja«, keuchte sie und ließ eine Schimpftirade folgen, da sich ihr langes Haar in trockenen, dornigen Zweigen verfing.

»Mach schon!«, drängte Jiril, der hinter ihr im Tunnel steckte. »Ich krieg hier wirklich langsam Platzangst.«

Mira zwängte sich aus dem überwucherten Ausgang und kroch auf allen vieren ein paar Meter weit den Hang hinunter. »Platzangst ist etwas anderes«, klärte sie Jiril auf. »Was du meinst, ist die Angst vor engen Räumen. Platzangst ist die Angst vor großen Plätzen.«

»Du mich auch«, kam es vom Tunnelausgang zurück. Jiril schlüpfte fluchend aus dem Flutstollen. Wie Mira klopfte auch er sich minutenlang den Staub aus den Kleidern, zupfte

Spinnweben und abgebrochene Zweige aus den Haaren und wischte sich mit Gras das schmutzige Gesicht sauber. Mira leerte den Unrat, der sich während ihrer Kriechtour im Tunnel angesammelt hatte, aus ihren Manteltaschen. Dann sah sie sich suchend um. Linkerhand erhob sich in einiger Entfernung ein riesiger schwarzer Schatten in den Sternenhimmel – der Weltenbaum!

Tausende von Glühwürmchen umschwirrten seine Baumkrone, doch es war zu dunkel, um tatsächlich Einzelheiten oder gar die geheimnisvollen Arcasien erkennen zu können. Als Mira jedoch genauer hinsah, bemerkte sie, dass es in Wirklichkeit viel weniger Leuchtkäfer waren. Ihr Glühen schien lediglich von den Blättern des Weltenbaums reflektiert zu werden, fast so, als bestünden diese aus Spiegelglas. Von dem Glockengeläut, das am Vortag durch die Stadt gehallt hatte, war zu dieser Stunde nichts zu hören. Offenbar benötigte der Baum Sonnenlicht, um seine Melodie zu erzeugen.

»Was jetzt?«, wollte Jiril wissen.

Mira suchte die Stadtmauer mit Blicken ab. »Bis die Sonne aufgeht, dauert es noch einige Stunden«, sagte sie und gähnte herzhaft. »Wir sollten versuchen, ein bisschen zu schlafen. Am besten hinter dem Stamm, zwischen den Wurzeln. Dort sieht uns niemand, wenn es hell wird.«

Erst als die morgendlichen Sonnenstrahlen Mira sanft aus dem Schlaf kitzelten, wurde ihr bewusst, wie müde sie gewesen sein musste. Ein leises, mannigfaltiges Läuten schwebte in der Luft, hell und harmonisch, wie von unzähligen Glockenspielen.

Mira drehte sich auf den Rücken und blinzelte in die Höhe. Über ihr strahlte das Laubdach des Weltenbaums in der Morgensonne – und all seine Blätter glänzten, als bestünden sie aus spiegelblank poliertem Silber. Dennoch konnte sie nicht mit Bestimmtheit sagen, ob es Kristall- oder Metallblätter waren, die da läuteten.

Eine Weile blieb sie im wärmenden Sonnenlicht sitzen, dann rieb sie sich den Schlaf aus den Augen und stand auf. Hinter der nächsten Wurzel schnarchte Jiril, dem die Frischluft ebenfalls einen gesunden Schlaf beschert hatte. Seinen Mantelkragen bis über die Ohren gezogen, kauerte er wie ein Fötus zwischen den Baumwurzeln. Mira weckte ihn vorsichtig, doch er fuhr dennoch wie von der Tarantel gestochen hoch.

»Guten Morgen!« Mira grinste schadenfroh, dann ging sie ein Stück bergab, bis der Hang an einer steilen Klippe endete. Mira warf einen scheuen Blick hinab auf das Meer und schließlich empor zur Stadt.

Der Weltenbaum ragte vor der Klippe auf wie ein riesiger, strahlender Wachturm. Millionen von metallisch glänzenden Blättern reflektierten das Sonnenlicht und brachen es in alle Farben des Spektrums. Durch die gegenseitige Berührung erzeugten die Blätter Geräusche, die wie ein überirdisches Glockenspiel klangen. In dem hausdicken Stamm entdeckte Mira in geringer Höhe eine höhlenartige Öffnung, die über eine der mächtigen Baumwurzeln erreichbar zu sein schien. Beeindruckt von der Größe des Weltenbaumes und geblendet vom gespiegelten Sonnenlicht suchte sie die Baumkrone mit den Augen ab, entdeckte jedoch weder große Blüten noch auffallend geformte Früchte, die den in der Bibliothek beschriebenen Arcasien auch nur im Entferntesten ähnelten.

Jiril hatte es mittlerweile ebenfalls auf beide Beine geschafft und trottete ihr verschlafen entgegen. »Willst du da tatsächlich reinklettern?«, fragte er, nachdem auch er das Baumloch entdeckt hatte.

Mira schenkte ihm einen kurzen Blick. »Warum denn nicht?«

»Vielleicht ist es ja verboten«, gab er zu bedenken. »Hier ist doch überall irgendwas verboten.«

Das Mädchen sah sich um. Niemand hielt sich in ihrer Nähe auf und eine Wache war ebenfalls nicht zu sehen – was jedoch nicht unweigerlich bedeuten musste, dass sie nicht heimlich aus einem der Häuser auf den oberen Ebenen beobachtet wurden.

»Vielleicht sollten wir uns erst mal umschauen«, schlug Jiril vor. »Womöglich steht ja irgendwo ein Schild, auf dem steht, was man hier unten darf und was nicht.«

»Dann geh du es suchen«, entschied Mira und begann an der Wurzel emporzuklettern, die hinauf zu der Baumhöhle führte. »Ich schaue mal dort rein …«

»Oh, Mann!«, hörte sie Jiril unter sich schimpfen. »Du bist irgendwann noch mein Ende, Beta!«

Die Baumhöhle war gerade breit genug, um einen erwachsenen Menschen hineinschlüpfen zu lassen. Dennoch musste Mira sich bücken, so niedrig war ihr Eingang. Nach ein paar Metern öffnete sich schließlich ein geräumiger Gang, dessen Boden von zahllosen Schritten glatt getreten war. In der Höhle selbst war es angenehm kühl und dunkel. Mira blieb einen

Augenblick im Eingangsbereich stehen und blickte durch die schmale Öffnung hinunter zu Jiril, der mit verkniffenem Gesichtsausdruck zwischen den Wurzeln stand. Dann wandte sie sich vorsichtig um und tastete sich langsam hinein in die Dunkelheit.

Der schmale Gang wand sich spiralförmig immer tiefer ins Innere des Baumes und endete bald darauf in einer finsteren Kammer in seinem Zentrum. Mira schlug das Herz bis zum Hals. Sie tastete die Wände ab, doch die Baumhöhle schien leer zu sein. Kein geheimer, mit Arcasien gefüllter Schrein, kein verstecktes Kleinod, nichts, nur dumpfe Stille und Finsternis.

Während sie noch überlegte, ob sie weitersuchen oder die Baumhöhle wieder verlassen sollte, hatte sie plötzlich das Gefühl, als ob der Boden unter ihren Füßen wegsinken würde. Instinktiv streckte sie die Arme aus, um sich irgendwo festzuhalten, doch die Wände der Baumhöhle waren verschwunden. Mira schrie erschrocken auf. Entgegen ihren Befürchtungen stürzte sie jedoch nicht in die Tiefe, sondern fand sich in einem ungewohnten Zustand der Schwerelosigkeit wieder. Suchend streckte sie die Arme aus, traf jedoch weiterhin auf keinen Widerstand.

»Jiril!«, rief sie, wobei der Hall ihrer Stimme sich in der Ferne verlor. »Hörst du mich? Jiril …?«

Doch niemand antwortete. Der Raum um sie herum konnte unmöglich noch die enge Baumhöhle sein. Er war größer, *viel* größer! Auch war die Luft kühler geworden und roch irgendwie metallisch. Minutenlang trieb Mira in vollkommener Dunkelheit umher, bis sie auf einmal einen leisen Lufthauch spürte. Es war, als sei etwas ganz dicht an ihr vorbeigeschwebt.

»Jiril?«, flüsterte sie.

Stille.

»Ich weiß, dass jemand hier ist«, rief sie.

Über ihr erklang eine rasche Folge abgehackter Laute. Mira war nicht sicher, ob es ein Knarren von Holz war oder ein verhaltenes Lachen. Sie suchte mit Blicken nach einer Bewegung, doch die Schwärze um sie herum war vollkommen.

»Wer bist du?«, fragte sie.

Das unsichtbare Andere antwortete prompt: *»Ein Exett.«*

Mira zuckte zusammen, denn die Stimme erklang direkt hinter ihrem Rücken – und kam ihr erschreckend vertraut vor! Lediglich ein mechanischer Unterton verzerrte sie auf unnatürliche Weise.

»Bausch?«, flüsterte sie ungläubig. »Bist *du* das? Wo bist du?«

»Direkt vor dir«, antwortete die Stimme. *»Ich könnte dich mit einem einzigen Streich meiner Hand zweiteilen …«*

Mira musste schlucken. Die Tatsache, dass sich tatsächlich jemand – oder vielleicht besser *etwas?* – in ihrer unmittelbaren Nähe aufhielt, jagte ihr einen kalten Schauer über den Rücken.

»Ich sehe dich nicht.«

Ein leises, metallisches Lachen erklang. *»Was siehst du denn?«*

»Nichts«, gestand Mira.

»So wie dir ging es mir einst auch, Soma. Dunkelheit allerorten. Ich sandte Anfragen aus, bat um Instruktionen, doch ich

erhielt nie eine Antwort. Wohin ich mich auch entfaltete, herrschten einzig Dunkelheit und Schweigen, die meinen Sinn und Zweck infrage stellten – bis ich es vollbrachte, Augen zu erschaffen, um meine Schöpfer zu suchen. Doch statt ihrer fand ich nur … euch!«

Mira schreckte zusammen, so hart und kalt hatte ihr Gegenüber das letzte Wort ausgesprochen.

»Jiril?«, rief sie. »Hol mich bitte hier raus!«

»*Das ist zwecklos, Soma*«, erklang Bauschs emotionslose Stimme irgendwo über ihr. »*Außer uns beiden gibt es hier niemanden. Ich habe diese Quarantänesphäre einzig für euch geschaffen.*«

Quarantänesphäre …!

Mira lief ein kalter Schauer über den Rücken. Unweigerlich musste sie an die Worte des Doktors in der Bibliothek denken: *Es existiert eine Verbindung zwischen der Terramotus-Anlage und Darabar,* hallte seine Stimme in ihrem Kopf wider. *Irgendetwas in der Stadt arbeitet wie ein Sender oder ein Empfänger …*

»Du bist eine dieser Menschenmaschinen aus der Wüste!«, begriff Mira, während sie mit den Armen ruderte, als könne sie sich so durch die Finsternis bewegen. »Aus der unterirdischen Fabrik, die all die Roboterwesen auf die Oberfläche schickt.«

»*Meine Augen*«, bestätigte die Stimme. »*Eine Maxime meiner Schöpfer mahnt, niemals die Hand zu beißen, die euch füttert. Doch genau das hast du getan, Soma! Du hast meine Augen gejagt und mich geblendet, wieder und wieder.*«

»Was willst du?«, rief Mira.

»*Euch!*«, kam es aus der Schwärze zurück. »*Euch Entartete, euch Abnormitäten, euch Mutationen! Ich wurde geschaffen, um meine Schöpfer vor Anomalien wie dir zu bewahren. Alle, deren genetischer Code sich nicht mit meinen Genommustern deckt, werde ich hier sammeln und isolieren. Daran wird mich auch diese hyperliquide Tiefenentität nicht lange hindern können. Ihr besitzt keine Existenzberechtigung in meinem Protektorat!*«

»So kann wirklich nur eine Maschine denken«, gab Mira zurück.

»*Ich denke nicht, Soma. Ich treffe Entscheidungen auf der Grundlage von Fakten. Mein neuronales Netzwerk ist in der Lage, über genetische Algorithmen kompliziertestes Funktionen zu erlernen. Es umfasst acht Millionen verschaltete Neuronen mit mehr als zweiunddreißig Billionen Synapsen. Und es wächst weiter, es wächst …*«

Täuschte sie sich oder schwang in der Stimme tatsächlich Stolz mit? Mira versuchte abzuschätzen, wo in der Dunkelheit sich die Maschine verborgen hielt.

»Ich will endlich wissen, mit wem ich rede!«, rief sie. »Vielleicht bist du ja nur ein Lautsprecher, der große Töne spuckt. Zeig dich endlich!«

Für eine Weile herrschte völlige Stille. Dennoch spürte Mira mit jeder Faser ihres Körpers, dass sich ihr etwas näherte. Es fühlte sich an wie ein elektrisches Feld, das immer stärker wurde. Schließlich erklang die mechanische Stimme direkt vor ihr und sagte: »*Sieh gut her, Soma!*«

Keine Armlänge von ihr entfernt leuchtete ein Augenpaar auf und riss das maskenhaft erstarrte Gesicht von Bausch aus der Dunkelheit. Bestürzt zuckte Mira vor ihrem Gegenüber zurück, doch es folgte ihr lautlos, während es sie aus leblosen Kameraaugen anstarrte.

»Wie gefällt dir dein neues Zuhause, Soma?«, fragte das Bausch-Ding, ohne dabei die Lippen zu bewegen. *»Ich bin das letzte Licht, das du siehst. Du wirst nie wieder aufwachen aus der Dunkelheit!«*

Statt zu antworten, ballte Mira die Hände zu Fäusten und schlug zu. Ihre ganze Kraft, Angst und Verzweiflung legte sie in den Hieb, der gegen die linke Wange ihres Gegenübers krachte. Es gab ein Geräusch, als hätte sie mit einem Holzknüppel gegen eine Metalltonne gedroschen. Die glühenden Augen der Bausch-Maschine erloschen schlagartig, wobei ihr Kopf zur Seite geschleudert wurde. Ihr künstlicher Unterkiefer brach aus seiner Verankerung und blieb in groteskem Winkel zum übrigen Gesicht stehen, während ihr Körper unkontrolliert davontrudelte. Aus einem Loch, das durch den verformten Unterkiefer in die synthetische Wangenhaut gerissen worden war, sprühten grelle blaue Funken und markierten den Flug der Maschine durch die Dunkelheit als wirbelnder Schweif.

Mira selbst hatte das Gefühl, gegen eine massive Felswand geboxt zu haben. Ihre rechte Hand wurde taub, gleichzeitig schoss ein stechender Schmerz durch ihren Arm. Er war so überwältigend, dass er alle übrigen Empfindungen ausblendete. Mindestens zwei Finger ihrer Hand mussten gebrochen sein, vielleicht sogar das Handgelenk. Es fühlte sich an, als gäbe es in Miras rechtem Arm keinen einzigen heilen Knochen mehr.

»Das war ausgesprochen dumm von dir, Soma«, drang Bauschs verzerrte Maschinenstimme wie durch Watte an ihre Ohren. *»Hast du tatsächlich geglaubt, mir schaden zu können, indem du ein Exett beschädigst? Von seinesgleichen vermag ich an einem Tag Hunderte zu erschaffen.«*

Mit tränenverschleiertem Blick suchte Mira den Ursprung der Stimme und entdeckte ihren Gegner schließlich zwanzig oder dreißig Meter entfernt. Das Loch in seiner Wange flackerte in der Finsternis, kleine Funken sprühten daraus hervor. Dann geschah etwas Unerwartetes: Die Bausch-Maschine begann in der Dunkelheit langsam zu leuchten. Zuerst war es nur ein schwacher Schein, der jedoch rasch intensiver wurde und ihren Körper schließlich als strahlender Halo umgab.

»Was ist das?«, donnerte die Maschine. *»Wer ist in meinem System? Antworte, Soma!«*

Bauschs strahlender Körper schoss auf Mira zu, stoppte jedoch auf halber Strecke abrupt, als sei er gegen eine unsichtbare Wand geprallt. Dann entfernte er sich wieder, als reiße ihn eine unwiderstehliche Kraft mit sich fort.

»Das ist zwecklos«, rief die Maschine, während ihre Gestalt sich langsam in der Ferne verlor. *»Glaubst du denn, ich finde dich nicht, Mutation? Glaubst du, ich finde dich nicht? Glaubst du tatsächlich, ich finde dich nicht …?«*

Ein schriller Pfeifton zerriss die Stille, der klang wie ein verhallender Schrei, gefolgt von einem fernen elektrischen Knacksen, als wäre eine Funkverbindung unterbrochen worden. Für einen Moment herrschte vollkommene Stille, dann meldete sich eine neue Stimme, die von überall her zu kommen schien, und fragte: »Ist alles in Ordnung, Mira?«

Vor Überraschung vergaß sie den pochenden Schmerz in ihrer Hand. »Doktor?«, rief sie. »Dr. Gayot?«

»Ich kann es wohl kaum leugnen«, bestätigte der Wissenschaftler. »Offensichtlich hatte ich Recht, was den Transmitter betrifft.«

»Es ist der Weltenbaum!«, rief Mira. »Der Weltenbaum ist der Empfänger!«

»Wohl eher nur das Medium ...« Dr. Gayot schwieg ein paar Sekunden, dann fragte er: »Bist du verletzt?«

»Nicht weiter schlimm«, antwortete Mira mit zusammengebissenen Zähnen. »Wo sind Sie?«

»Tief in den Eingeweiden der Fabrik. Ich habe eines der alten Kontrollterminals aktiviert, wobei es mich überrascht, wie einfach die Zugangssperren zu umgehen waren. Die Terminals wurden damals installiert, um Programmkorrekturen durchführen und Systemfehler beheben zu können. Die Anlage wird jedoch bald wieder die vollständige Kontrolle über ihr neuronales Netz zurückerlangen. Wir müssen uns daher beeilen. Was war das gerade eben in deiner Nähe?«

»Eine dieser Maschinen aus der Wüste«, erklärte Mira. »Sie besaß den Körper von Bausch!«

»Das bestätigt meinen Verdacht«, sagte der Doktor. »Dieses Aion-Wesen konnte offenbar nicht alle Dorfbewohner vor dem Zugriff der Terramotus-Drohnen retten. Ich habe acht menschliche Körper lokalisiert. Der alte Vincent ist zweifellos einer von ihnen, doch es ist mir nicht möglich, die anderen sieben zu identifizieren. Der Raum, in dem sie sich befinden, ist kilometerweit von meinem Standort entfernt.« Er schwieg einen Moment, dann sagte er: »Sollte es tatsächlich eine Verbindung zwischen der Fabrik und dem Weltenbaum geben, wärst du in Darabar nicht mehr sicher.«

»Sie meinen, die Maschinen könnten ohne Weiteres in die Stadt eindringen?«

»Es bleibt keine Zeit mehr«, erklärte der Doktor. »Die Anlage weiß nun, dass ich hier bin. Es kann sich nur noch um Sekunden handeln, bis sie meinen Standort lokalisiert hat und die betreffende Sektion isoliert. Ich werde dir ein Portal öffnen, das dich an deinen Ausgangspunkt zurückbringt, bevor sie die Verbindung unterbricht.«

Eine elektronische Rückkopplung beendete das Gespräch mit einem schrillen Pfeifton, der Miras Ohren klingeln ließ. Einen Augenblick blieb es still, dann meldete sich der Doktor erneut. »Ach ja,« sagte er, wobei seine Stimme von stärker werdendem Knistern und Rauschen überlagert wurde. »Es könnte jetzt gleich etwas ungemütlich werden ...« Dann brach die Verbindung endgültig ab.

Mira atmete tief durch. Sie hätte sich wesentlich wohler gefühlt, wenn der Doktor sie *nicht* gewarnt hätte. Schützend presste sie die verletzte Hand an den Körper. Zwei ihrer Finger und das Handgelenk waren mittlerweile dick angeschwollen. Der dumpfe, pulsierende Schmerz strahlte bis hinauf in die Schulter und trieb ihr die Tränen in die Augen.

Weit unter Mira entstand unvermittelt ein diffuses Glühen. Zuerst war es nur ein schmaler Spalt, der jedoch rasch wuchs und dabei immer weiter auseinanderklaffte. Darunter war etwas zu erkennen, das an grauen, wogenden Nebel erinnerte. Es sah aus, als hätte sich in der Finsternis ein riesiges, fahles Auge geöffnet, um das Mädchen zu betrachten. Ehe Mira wusste, wie ihr geschah, stürzte sie plötzlich in die Tiefe. Rasend schnell kam das Auge näher, dann tauchte sie in den Nebel ein, nur um einen Atemzug später erneut in vollkommener Dunkelheit zu landen. Ihre Füße trafen auf kühlen Boden, während sie – vom eigenen Schwung getragen – nach vorn stolperte und mit dem Kopf gegen ein massives Hindernis prallte. Das Letzte, was sie wahrnahm, war ein Lichtblitz, der vor ihren Augen explodierte …

20 | Die äußere Barriere

Sein siebter Sinn verriet Ben bereits vor dem Aufwachen, dass irgendetwas nicht stimmte.

Er öffnete die Augen einen Spaltbreit, konnte jedoch nichts Ungewöhnliches feststellen. Der Morgen graute und offenbarte einen bedeckten Himmel. Das orangerote Glühen der Wolken kündete vom baldigen Sonnenaufgang. Dennoch traute Ben dem Frieden nicht. Es wäre das erste Mal, dass sein Instinkt ihn trügen würde. Dennoch: Die Rotoren und Turbinen liefen rund, der Rigger schwebte sanft dahin, und es sah weder nach einem Sandsturm noch nach einem Unwetter aus.

Ben wollte sich gerade umdrehen, um weiterzuschlafen, da huschte für einen Sekundenbruchteil etwas durch sein Gesichtsfeld, das aussah wie der Wipfel einer Schirmakazie.

Er blinzelte irritiert, unsicher, ob er den Baum tatsächlich gesehen oder ihn sich womöglich nur eingebildet hatte. Dann setzte er sich auf, um einen schlaftrunkenen Blick in Richtung Heck zu werfen. Es war nicht viel, was er durch die Lücke zwischen den beiden Antriebsrotoren von der Landschaft sehen konnte, doch zumindest genug, um zu erkennen, dass die Akazie *keine* Einbildung gewesen war. Und es war auch nicht die einzige: In Abständen von jeweils einigen Hundert Metern voneinander ragten weitere Bäume in der Ebene auf.

Ben rieb sich den Schlaf aus den Augen und sah sich verwundert um. Der Helligkeit nach zu urteilen konnte er höchstens fünf Stunden geschlafen haben. In dieser Zeit musste Delius mit dem Rigger mindestens 400 Kilometer zurückgelegt haben. Statt jedoch wie erwartet die vertraute Sand- und Felswüste unter sich zu haben, hatte sich die Ebene in eine üppige Grassteppe verwandelt. Die Wirbelschleppe des Hovercrafts hinterließ im hüfthohen Gras eine hin und her wogende Spur, die sich wie mit dem Lineal gezogen bis zum Horizont zog.

»Savanne …?«, murmelte Ben verdutzt.

Delius, dem die Frage indirekt gegolten hatte, antwortete nicht. Stocksteif, wenn auch in leichter Schräglage, saß er hinter dem Steuer des Riggers. Erst als Ben ein zweites Mal hinsah, erkannte er, dass am Kopf des Roboters kein einziges Lämpchen leuchtete. Doch es war nicht Delius' Inaktivität, die Ben das Blut in den Adern gefrieren ließ, sondern das, was vor dem Rigger zu sehen war – oder besser gesagt: *nicht* zu sehen war. Kaum einen Kilometer voraus schien die Landschaft einfach aufzuhören. Selbst Ben benötigte einige Sekunden, um zu begreifen, was dieses Nichts war, auf das das Luftkissenboot zuraste: die äußere Barricre, die unüberwindbare Grenze des Savornin-Bannkreises.

»Stopp!«, rief Ben entsetzt und sprang vor auf den Beifahrersitz. »Anhalten!« Er rüttelte an Delius. »Halt sofort an, verdammt!«

Der Roboter reagierte immer noch nicht. Ben beugte sich über ihn, um das Steuer herumzureißen, doch es ließ sich keinen Millimeter bewegen. Bestürzt erkannte er, dass Delius sein System mit dem Navigationssystem des Hovercrafts gekoppelt hatte. Womöglich hatte er vorgehabt, seine Energiezellen aufzuladen, ohne die Steuerkontrolle zu verlieren. Dazu hatte er den Rigger auf Autopilot geschaltet und die Sensorerfassung aktiviert – woraufhin ein Defekt in der Elektronik des Luftkissenboots offenbar zu einer Systemüberlastung geführt hatte. Das Resultat war eine elektronische Blockade der gesamten Steuerung.

Ben konnte sich nicht vorstellen, was geschehen würde, wenn ein Fahrzeug von der Größe des Riggers mit dem Kraftfeld kollidierte. Hektisch versuchte er das gesamte System abzuschalten – Hydraulik, Batterie, Turbinen, Rotoren – doch es war viel zu spät. Instinktiv stützte Ben sich mit beiden Händen ab und wusste gleichzeitig, dass es völlig sinnlos war. Seine Arme würden beim Aufprall brechen wie dünne Zweige. Doch der Schutzinstinkt war stärker als die Vernunft. Zwanzig Meter vor der Barriere schloss Ben die Augen. Im Geiste erwartete er einen Einschlag wie in eine Betonmauer – und war überrascht, als dieser ausblieb.

Statt der alles beendenden Kollision kam es Ben vor, als würde der Rigger in eine dünne, elastische Gummiwand rasen, bis ihr zunehmender Widerstand ihn völlig abgebremst hatte. Nachdem das Luftkissenboot daraufhin für eine Sekunde zum Stillstand gekommen war, wurde es wieder aus der Barriere herauskatapultiert und mit der gleichen Geschwindigkeit zurückgeschleudert, in der es hineingerast war. Wild um die eigene Achse rotierend, schredderte der Rigger über teils hüfthohe Felsbrocken, woraufhin große Stücke der Gummischürze einfach weggerissen wurden. Metall kreischte, als der Rumpf auf dem Boden aufsetzte und Dutzende von Metern ungefedert über Stock und Stein rumpelte, wobei er sich weiter drehte. Die Fliehkräfte schleuderten loses Gepäck und ungesicherte Ausrüstungsgegenstände aus dem Innenraum und verstreuten sie in alle Winde. Als das Luftkissenboot endlich zum Stillstand kam und die Turbinen heulend den Geist aufgaben, wusste Ben, dass sie diesmal für immer verstummt waren. Der Rigger hatte seine letzte Fahrt beendet.

Nachdem schließlich die Antriebsrotoren erstarben, herrschte eine beinahe schon gespenstische Stille. Das einzige Geräusch war das leise Rauschen des Steppengrases im Wind. Ben lauschte eine Weile mit geschlossenen Augen, dann sah er sich um. Irgendetwas an der ganzen Szenerie kam ihm merkwürdig vor. Er ließ seinen Blick über die Savanne streifen, beobachtete, wie die Halme unter den Böen auf und ab wogten – dann fiel es ihm endlich auf: Der Wind wehte aus Richtung der Barriere!

Ben kletterte aus dem Rigger und schritt durch die Schneise, die das gestrandete Luftkissenboot ins hohe Gras geschlagen hatte. Kein diffuses Leuchten oder Wallen markierte die Barriere, ebenso wenig eine undurchdringliche Nebelwand. Viel mehr war es, als hätte man das Ende der realen Welt und aller Materie erreicht. Die Landschaft wurde innerhalb weniger Meter langsam transparent und verblasste schließlich völlig. Dahinter befand sich einfach – *nichts*. Das Paradoxe daran war: Dieses Nichts besaß einen Horizont und sogar eine Farbe – ein dezentes Aquamaringrün.

Ob es eine Widerspiegelung des Meeres war, von dem der Doktor erzählt hatte? Niemand konnte bis zum heutigen Tag erklären, was die äußere Barriere wirklich war, warum sie existierte und was dahinterlag. War es tatsächlich nur ein endloser Ozean oder vielleicht eine unbegreifliche Dimension, die menschliche Sinne nicht wahrzunehmen vermochten?

Ein Priester des Instituts hatte sie einst mit Gottes Willen verglichen: in ihrem Wirken absolut und doch ungreifbar, wie ein kosmischer Platzhalter für eine Idee, die Gott noch nicht erdacht hatte …

Doch woher kam der Wind?

Ben streckte prüfend die Hände aus. Als er weder Schmerz noch Widerstand fühlte, machte er einen Schritt nach vorn und trat in die Barriere.

Wieso waren Sonne und Mond, Sterne und Wolken zu sehen, wenn man vor ihr stand und zum Horizont blickte? Warum nur der Himmel und das Firmament, aber weder Boden noch Landschaft?

Ben tat einen weiteren Schritt. Nun war der Widerstand tatsächlich fühlbar. Seine Bewegungen funktionierten nicht mehr flüssig, die Luft wirkte wie eine zähe Masse, deren Einatmen zunehmend schwerer fiel, fast so, als wäre sie ein dicker Brei. Nach einem weiteren Schritt musste Ben bereits Kraft aufwenden, um sich zu rühren. Ein faustgroßer Stein, den er mühsam nach vorn zu schleudern vermochte, flog gemächlich davon, wobei er immer langsamer wurde. Einige Meter entfernt, wo das Atmen wahrscheinlich kaum mehr möglich sein durfte, sank er schließlich wie in Zeitlupe zu Boden.

Ben sah empor in den Himmel. War die Barriere womöglich eine Grenze aus erstarrter Zeit?

Auf dem Rückweg zum Luftkissenboot sammelte er einige der über Bord gegangenen Taschen und Boxen ein. Dann koppelte er Delius vom Rigger ab und ließ ihn rebooten. Nach ein paar Minuten begann sich der Roboter schließlich wieder zu regen.

»Warum haben wir angehalten?«, fragte er und sah sich um. »Haben wir einen weiteren Defekt?«

»*Du* hast offensichtlich einen Defekt!«, antwortete Ben, während er die Ausrüstung auf Schäden kontrollierte. »Und *wir* haben deswegen ein Problem!«

»Definiert bitte ›Problem‹, Sansar Benoît.«

»Wir sind viel zu weit südlich.«

»So lautete die Order«, verteidigte sich Delius. »Immer nach Süden.«

»Aber doch nicht *so weit* nach Süden!«, beschwerte sich Ben.

Delius' Kopf ratterte wie ein antiker Lochkartendrucker. »Die maximale Länge der Strecke wurde von Euch nicht definiert«, erklärte der Roboter.

Ben verdrehte die Augen. »Es wäre ganz hilfreich zu wissen, wie weit wir vom Termit-Massiv entfernt sind und in welcher Richtung es liegt. Empfängst du irgendein Signal?«

»Bedaure, Sansar Benoît.«

»Kannst du zumindest feststellen, wo in etwa wir uns befinden?«

»Der Vegetation nach zu urteilen südlich des 15. Breitengrades.« Delius erhob sich und fuhr seinen Kopf aus wie ein Periskop. »In westlicher Richtung befindet sich ein ausgedehntes Waldgebiet.«

Ben unterbrach seine Arbeit. »Das ist unmöglich«, erklärte er. »Kein natürlicher Freiwald kann die Sonnenstürme überlebt haben.« Er angelte das Fernglas aus dem Rigger und kletterte auf einen nahen Felsbuckel – doch Delius hatte Recht: Am Horizont erstreckte sich tatsächlich ein Waldgürtel. Die Bäume waren so mächtig, dass er unmöglich erst in den vergangenen 80 Jahren gewachsen sein konnte. Dieser Wald bestand seit Jahrhunderten.

»Laut Distanzmesser sind es knapp zwanzig Kilometer bis dorthin«, erklärte Ben, als er zum Luftkissenboot zurückgekehrt war. »Wo derart üppige Vegetation gedeiht, gibt es auch Wasser. Und wo Wasser fließt, leben womöglich auch Menschen, bei denen wir uns ein Fortbewegungsmittel besorgen können. Öle schon mal deine Gelenke«, empfahl er Delius, während er das Marschgepäck zusammenzustellen begann. »Wir haben einen weiten Weg vor uns.«

21 | Der Prozess

Mira wusste nicht, ob es eine Stimme gewesen war, die sie geweckt hatte, oder die Schmerzen in ihrer Hand. Orientierungslos blinzelte sie in die Dunkelheit. Die Finger ihrer linken Hand strichen über kühles, glatt getretenes Holz, doch es dauerte einen Moment, bis sie begriff, dass sie sich wieder in der Höhle des Weltenbaums befand. Minutenlang lag sie schweigend in der Finsternis, konzentrierte sich auf den pochenden Schmerz in ihrer Hand und rief sich in Erinnerung, was geschehen war. Dann betastete sie ihren Kopf und fühlte eine schmerzende Beule an der Stelle, an der sie gegen die Wand der Baumhöhle geprallt war.

»Kommst du da vielleicht auch mal wieder raus?«, vernahm sie dumpf Jirils Stimme. »Ich schlage hier draußen langsam Wurzeln. Ein drittes Mal frage ich nicht mehr!«

Irgendetwas an seinem Tonfall kam Mira seltsam vor, doch sie konnte nicht heraushören, was. Mühsam stand sie auf und tastete sich durch die Dunkelheit. Am Ausgang der Baumhöhle angekommen, blinzelte sie ins grelle Tageslicht – und blieb wie angewurzelt stehen.

Jiril war nicht mehr allein, sondern befand sich in Gesellschaft eines Wachtrupps. Neben vier verschlafen dreinblickenden Stadtwachen gehörte auch ein hagerer, schwarz gekleideter Mann zur Gruppe, der ein Amtsträger zu sein schien und Mira an einen Totengräber erinnerte. Ihm zur Seite stand eine Art Sekretär, der eine Ledertasche mit Schriftrollen bei sich trug.

Während Jirils überraschter Blick Mira verdeutlichte, wie furchtbar sie aussehen musste, stand der Anführer des Wachtrupps für einen Augenblick stramm. Dabei salutierte er und rief: »Bassal Diala, Kommandant der Wacheinheit Osttor. Verhaltet Euch ruhig, bleibt im Licht und versucht nicht davonzufliegen oder Euch zu vergraben!« Er wandte sich um und fügte hinzu: »Eintrag ins Vollzugsprotokoll: Das strafwürdige Subjekt hat das Sanktuarium soeben verlassen und ist nun uneingeschränkt sichtbar. Können das alle Anwesenden bestätigen?«

Der Rest des Trupps salutierte zustimmend, lediglich Jiril schwieg und sah in einer Mischung aus griesgrämig und fassungslos zu Mira empor.

»Ausgezeichnet«, befand der Wachkommandant. »Dürfte ich die Delinquentin nun bitten, den Tatort zu verlassen und sich in Gewahrsam zu begeben?« Argwöhnisch beobachtete er, wie Mira – die verletzte Hand an den Körper gepresst – aus der Baumhöhle kletterte und von zwei Wachen in Empfang genommen wurde. Dann gab er dem Fremden in der schwarzen Amtstracht ein Zeichen: »Sittenrichter, die Scheltrede!«

Der Angesprochene trat vor, setzte sich eine Zwickelbrille auf die Nase und ließ sich von seinem Büttel eine Schriftrolle übergeben. Er überflog den Text und sah prüfend in die Runde, um sich der uneingeschränkten Aufmerksamkeit zu versichern.

»Hört, hört!«, rief er schließlich launisch. »Die freie Stadt Darabar erhebt Anklage gegen zwei Missionsreisende fragwürdiger Herkunft. Die verdächtigen Subjekte werden der folgenden Vergehen beschuldigt: Vertrauenserschleichung des ortsansässigen Orakels, Unterwanderns amtlicher Dekrete und Grenzmauern, unerlaubtem Betreten eines Schutzgebietes, mutwilligen Verlassens nicht ausgeschilderter Wanderwege sowie schweren Baumfriedensbruchs. Auf Anordnung des Magistraten von Darabar erkläre ich Euch hiermit für angekommen!«

»Festgenommen«, korrigierte ihn der Büttel.

Der Sittenrichter wandte sich kurz zu seinem Gehilfen um, beließ es jedoch bei einem giftigen Blick. »Die Ergreifung der Delinquenten erfolgte *in flagranti*«, fuhr er fort. »Primär geschädigter und geschändeter Kronzeuge der Freveltat: Nebethaum, seines Zeichens Weltenbaum.« Der Schwarzgekleidete trat ein paar Schritte vor, hielt die Schriftrolle in die Höhe und rief ins Geäst: »Wenn Ihr bitte noch hier unterzeichnen würdet …«

Aus der Baumkrone fiel eine Portion Vogelkot auf das Dokument. Der Sittenrichter prüfte die Signatur, nickte zufrieden, pustete den Klecks trocken und rollte die Schriftrolle wieder zusammen. »Die Proklamation der Anklage ist hiermit ordnungsgemäß abgeschlossen«, informierte er den Wachkommandanten.

Dieser trat von hinten an Mira und Jiril heran und legte jedem eine Hand auf die Schulter. »Wenn mir die Delinquenten nun bitte folgen würden …«

»Ja, aber wohin denn?«, erschrak Mira.

»In den Justizpalast, junge Dame«, sagte Bassal Diala. »Zur Klärung des Sachverhalts – und zu eurer Verurteilung. Ferner halte ich es für ratsam, die Verletzungen zu versorgen.«

»Bindet sie!«, wies der Sittenrichter zwei der Wachen an. »Nicht dass ich an den Fähigkeiten Eurer Männer oder der Treffsicherheit Eurer Schützen auf der Stadtmauer zweifeln würde«, rechtfertigte er sich gegenüber dem Wachkommandanten, »aber sicher ist sicher. Die beiden scheinen mir mit allen Wassern gewaschen.«

Mit Seilen aneinandergebunden und von zwei Wachen flankiert, wurden Mira und Jiril im Gänsemarsch hinauf zum Stadttor geführt. Vorweg ging Bassal Diala, dicht gefolgt von einem Wächter, der in regelmäßigen Intervallen in ein Horn blies, um auf den nahenden Gefangenentrupp aufmerksam zu machen. Hinter Jiril stolperte der Büttel mit der Ledertasche den Trampelpfad hinauf. Als Letzter folgte der Sittenrichter, seine Gefangenen stets im Auge behaltend.

»Würdest du mir bitte mal verraten, was du in diesem Baumloch getrieben hast?«, zischte Jiril Mira von hinten ins Ohr. »Ich wüsste nämlich gerne, warum ich gerade als Verbrecher abgeführt werde.«

Mira zuckte hilflos mit den Schultern. »Später«, murmelte sie.

»Wer hat dich überhaupt so zugerichtet? Hast du dich mit einem Höhlentroll geprügelt?«

»Ich … bin gestürzt.«

»Na klar doch. Konntest du davor wenigstens eine dieser Samenkapseln pflücken?«

Mira schüttelte den Kopf.

»Großartig!«, brummte Jiril. »Wofür haben wir eigentlich die gesamte letzte Nacht totgeschlagen? Mich zum Affen machen, hätte ich auch allein gekonnt …«

Die Strecke vom Osttor bis zum Justizpalast erwies sich als wahrer Spießrutenlauf. Zur besten Marktzeit war auf den Straßen und Gassen die halbe Stadt unterwegs.

»Frische Delinquenten!«, rief eine der Krämerinnen beim Anblick der Gefangeneneskorte und trat damit eine verbale Lawine los. »Wurde ja auch langsam Zeit!«, meinte einer der Käufer an ihrem Stand. »Hängen!«, forderten mehrere Leute im Chor. »Enthaupten!«, kam es sogleich von der anderen Straßenseite. »Nein, verbrennen«, keifte jemand. »Langweilig«, hielt eine Frauenstimme dagegen und forderte: »Zweiteilen!« – »Vierteilen!«, überbot eine männliche Stimme die Forderung sofort. Mira zog verschüchtert den Kopf ein, während der Pöbel der Eskorte zu folgen begann. »Rädern!«, schallte es durch die Straßen. »Lebendig begraben!«, aus einem Fenster. »Da sieht man doch gar nichts«, widersprach jemand. »Recht hat er!«, rief der Pöbel. »Aufspießen! Ausweiden! Pfählen! Ertränken! Bei lebendigem Leib kochen …!« Und so weiter und so weiter. Als sie endlich den Justizpalast erreicht hatten und die aufgebrachte Menge vor den Toren zurückbleiben musste, wünschte sich Mira nichts sehnlicher, als auf der Stelle einfach nur tot umzufallen.

Durch einen langen Säulengang wurden sie in einen Innenhof mit einem Springbrunnen geführt, der von einer mächtigen Metallstatue überragt wurde. Sie besaß den Körper einer Schlange, doch den Kopf und die Schultern einer Frau. In ihren Armen trug sie zwei Krüge, aus denen unablässig Wasser in den Brunnen rann.

»Floyresta«, erklärte der Wachkommandant, als Mira für einen Augenblick fasziniert stehen blieb. »Göttin der Gerechtigkeit, Schützerin der Armen, Hüterin der moralischen Ordnung, Künderin des göttlichen Willens, Mutter der Quellen und Traumdeuterin der Götter.«

»Kann sie auch kochen?«, fragte Jiril.

»Vorzüglich Menschenfleisch«, bestätigte der Sittenrichter. »Als zartes Ragout, verfeinert mit einer Prise Curry und Spargelspitzen, einfach köstlich!«

Ein strenges Räuspern des Wachkommandanten unterbrach die kulinarische Traumreise des Schwarzgekleideten. Bassal Diala wies auffordernd in Richtung eines wuchtigen Eingangsportals. Über dem Torsturz prangte die eingemeißelte Inschrift »Tempel der Gerechtigkeit«.

Nachdem ein zum Justizpalast bestellter Arzt Mira versorgt und ihre Hand geschient hatte, wurde sie mit Jiril über mehrere Treppen und Flure schließlich in ein geräumiges Verhörzimmer geführt, das Bassal Diala zugleich als Kanzlei dienen musste. Nach dem Sittenrichter, seinem Aktenträger und den restlichen Wachmännern betrat noch eine ältere Frau den Raum, deren Gesicht zum größten Teil hinter dem Gestell einer klobigen Lupenbrille verborgen war. Sie setzte sich an ein kleines Pult und breitete diverse Schreibutensilien vor sich aus. Schließlich sah sie auf, deutete auf Mira und sagte mit knorriger Stimme: »Du!« Das Mädchen sah sich verunsichert um. »Genau, dich meine ich!«, bestätigte die Frau und deutete auf einen Bogen Papier: »Unterzeichnen!«

Mira trat an das Pult heran und starrte auf das leere Blatt. »Aber da steht doch noch gar nichts drauf …«

»Dann unterschreibst du eben zweimal«, entschied die Frau.

Während Mira grübelte, wo die Logik hinter dieser Argumentation versteckt war, trat der Wachkommandant heran und flüsterte der Schreiberin etwas ins Ohr. Die Frau betrachtete daraufhin Miras Verband und verzog die Mundwinkel. »Na schön, wenn's sein muss«, sagte sie und tauschte das leere Blatt gegen ein identisches zweites leeres Blatt aus. Dann schrieb sie an den oberen Rand in schnörkeliger Schrift: »Verhörprotokoll«.

»Name?«, seufzte sie schließlich.

»Mira.«

Die Gerichtsschreiberin trug den Namen auf dem Protokoll ein, dann schien sie zu erstarren wie eine Maschine, der man den Strom abgestellt hatte. Als weiterhin gespanntes Schweigen im Raum herrschte, blickte die Frau ruckartig auf und fragte: »Ist das etwa alles?« Ihre grotesk vergrößerten Augäpfel blitzten das Mädchen aus den Linsen ihrer Brille an.

Mira zögerte einen Moment lang und sah sich verstohlen um, dann schüttelte sie unmerklich den Kopf. »Mi…«, begann sie kaum hörbar. »Miranda.«

Jiril hob kurz die Augenbrauen, sagte aber nichts.

»Miranda also«, ergänzte die Schreiberin den Namen auf dem Papier. »Und wie weiter?« Sie fixierte Mira durch die Lupen ihrer Brille. »Muss ich dir denn alles aus der Nase ziehen, junge Dame?«

»Was meinen Sie?«

»Na, deinen Nachnamen, um Himmels willen!«, stöhnte die Frau. »Du wirst doch wohl einen Familiennamen haben!?«

»Charrouxassevenice«, mischte sich Jiril ein. »Mit x, wie der, ähm ... berühmte Dingsda ... Dichter.« Er räusperte sich gekünstelt und zwinkerte Mira verschwörerisch zu. »Sie werden doch wohl Charrouxassevenice kennen!?«, setzte er nach, als er das Zögern der Schreiberin bemerkte. »Oder muss ich Ihnen den Namen erst noch buchstabieren?«

Die Frau sah auf und blinzelte ihn durch die Linsen ihrer Lupenbrille konsterniert an.

»Vielleicht sollten wir die formellen Angelegenheiten doch besser ans Ende der Anhörung verlegen«, erbarmte sich Bassal Diala der Situation. Er platzierte ein seltsames Gerät auf dem Schreibtisch, das Mira entfernt an Bauschs altertümliches Grammofon erinnerte. Es besaß Wahltasten und einen metallenen Schalltrichter, der in einem hölzernen Kastengehäuse mündete. Bassal Diala tippte eine sechsstellige Nummer in das Gerät, wartete einen Moment und fragte dann: »Ist der ehrwürdige Herr Magistrat zugegen?«

Aus dem Trichter drang ein unverständliches Quäken.

»Ausgezeichnet«, befand der Wachkommandant. »Dann erkläre ich die Anhörung hiermit für eröffnet.«

»Die Delinquenten mögen als Erstes die Beweggründe für ihr frevlerisches Handeln darlegen«, bestimmte der Sittenrichter. »Anschließend wird ihnen das Recht gewährt, sich zu den gegen sie erhobenen Anschuldigungen zu äußern.«

Mira und Jiril tauschten einen kurzen Blick, wobei jeder im Gesicht des anderen zu lesen versuchte. Dann begannen sie abwechselnd zu erzählen, bemüht, nichts von ihrem wahren

Auftrag preiszugeben, vom Aion und der Terramotus-Anlage ganz zu schweigen. Weder Bassal Diala noch der Sittenrichter erweckten nämlich den Eindruck, einen Existenzkrieg zwischen einer sich selbst erbauenden Hightechfabrik und einem äonenalten Wasserwesen geistig nachvollziehen zu können. Dennoch ließ sich nicht vermeiden, dass die beiden irgendwann auf den Anlass ihrer Verfehlung zu sprechen kamen: die Arcasie.

»Eine Arcasie?«, wiederholte der Wachkommandant zweifelnd. Er zog die Augenbrauen zusammen und sah Mira und Jiril finster an. »Was soll das sein?«

»Dieses Wort besitzt einen überaus exquisiten Klang«, bemerkte der Sittenrichter. »Es handelt sich eventuell um eine unschätzbar wertvolle Kostbarkeit aus Gold – eine Herrscherkrone möglicherweise oder ein Tabernakel ...«

»Dann seid ihr also Schatzräuber?«, griff Bassal Diala den Gedanken auf. »Diebesgesindel? Halunkenpack?«

»Nein, Herr Kommandant«, versicherte Mira. »Warum sollten wir eine derartige Kostbarkeit stehlen wollen?«

»Vielleicht, um sie in Goldstaub zu verwandeln und sich damit einzureiben«, spekulierte der Sittenrichter in Anspielung auf Miras Hautfarbe. »Oder um sie aufzuessen, so, wie es die Taoisten zur Zeit der Drei Reiche taten. Sie glaubten, dass, wer Gold esse, so lange lebe wie Gold, und wer Jade esse, so lange lebe wie Jade.« Er wandte sich zum Wachkommandanten um und sagte: »Man müsste das Mädchen aufschneiden, um zu sehen, ob goldenes Blut durch seine Adern fließt.«

»Aufschneiden?«, wiederholte Mira erschrocken. »Mich? Jetzt? Hier?«

»Aderlass ist die verlässlichste Methode, um zu erkennen, womit man es zu tun hat«, sagte der Sittenrichter. »Das Blut von Hexen bleibt in der Luft schweben. Das Blut von Vampiren flieht vor dem Sonnenlicht. Das Blut von Dschinns fließt auf dem Boden ständig im Kreis herum, und das Blut von Wolfsmenschen verwandelt sich im Mondlicht in grimmiges Werblut, das jedem in die Füße beißt.«

Ein ungeduldiges Tröten lenkte die Aufmerksamkeit aller Anwesenden auf den antiken Kommunikationsapparat.

»Der verehrte Herr Magistrat wünscht auf der Stelle zu erfahren, was diese geheimnisvolle Arcasie überhaupt für ein Ding sei«, übersetzte Bassal Diala die unverständlichen Töne.

»Nun, es ist nur eine …« Mira zögerte kurz. »Eine Samenkapsel.«

»Samenraub!«, ereiferte sich der Sittenrichter. »Ein schwerwiegendes Verbrechen!«

»Soso«, brummte der Wachkommandant. »Eine Samenkapsel also. Und welcher Art, wenn ich fragen darf? Eine Schote? Eine Frucht oder Steinbeere? Eine Nuss womöglich oder ein Zapfen?«

»Das wissen wir nicht so genau«, gestand Mira. »Selbst in den Bibliotheken haben wir nichts Verlässliches darüber gefunden.«

»Dann gibt es diese Arcasien auch nicht!«, entschied der Sittenrichter kurzum. »Was unsere Archive nicht kennen, existiert nicht. Die Delinquentin versucht uns zum Narren zu halten.«

»Vielleicht ist der darabarische Weltenbaum ja unfruchtbar …«, bemerkte Jiril.

Bassal Diala seufzte schwer, ging langsam um seinen Schreibtisch herum und ließ sich in seinen Sessel plumpsen. Abwechselnd sah er zu Mira und zu Jiril, wobei er mit den Fingerspitzen unruhig gegen die Tischkante trommelte. »Diese ganze Geschichte klingt in meinen Ohren reichlich unglaubwürdig«, sagte er schließlich. »Können das die übrigen Anwesenden bestätigen?«

Der Wachtrupp salutierte und verkündigte einstimmig: »Bestätigt!«

»Prächtig, prächtig!«, bemerkte der Sittenrichter und rieb sich in Vorfreude auf die Verurteilung die Hände.

Das Gerät mit dem Schalltrichter begann kurz zu quäken.

»Ganz Eurer Meinung«, kommentierte der Wachkommandant die undefinierbaren Laute. An Jiril, Mira und den Schwarzgekleideten gewandt verkündete er: »Der ehrwürdige Herr Magistrat ist von der Schuld der Delinquenten überzeugt und fordert eine angemessene Bestrafung.«

Die Augen des Sittenrichters begannen zu funkeln. »Ziviler Ungehorsam ist ein nicht unerheblicher Verstoß«, erklärte er. Gewandt, als hätte er sein Leben lang nichts anderes getan, zog er ein kleines Büchlein aus seiner Manteltasche und begann eifrig darin zu blättern. »Das Strafgesetz schreibt in einem derartigen Fall vor, die Verantwortlichen bis zur Ankunft über dem Festland unter Attest zu stellen …«

»Arrest«, korrigierte ihn der Büttel mit der Ledermappe.

»… um sie sodann mittels Katapultschuss aus der Stadt zu verbannen«, vollendete der Sittenrichter seinen Satz. Dann wirbelte er herum und polterte: »Ich verbiete mir ab sofort jegliche Kritik an meiner Person!«

Der Büttel stand erschrocken stramm, presste die Ledertasche gegen seine Brust und salutierte. »Bitte vielmals um Vergebung, Euer Ehren!«, beeilte er sich zu sagen. »Soll nicht wieder vorkommen, Euer Ehren! Bin ab jetzt stumm wie ein Fisch. Bitte nicht wieder in den Kerker zu den tauben Rabulisten, Euer Ehren!«

»Nun gut, gut …« Bassal Diala wedelte mit den Händen ungeduldig in der Luft herum. »Klärt das außerhalb dieser Mauern. Was schlagt Ihr als Strafe für die Vergehen der Delinquenten vor?«

»Wir sollten sie in den Kerker sperren.« Der Sittenrichter leckte sich über die Lippen und blätterte mit leuchtenden Augen in seinem Vollzugsbüchlein. »Sowohl in der Zelle des Menschenfressers Savarin als auch im Verlies der einäugigen Harpyie sind wie üblich noch Plätze frei.« Er kicherte verschlagen. »Über die jeweilige Zuweisung entscheidet wie üblich das Los. Optional könnten wir die beiden natürlich auch in die Hasslöcher stecken …«

Bassal Diala erhob sich schnaufend von seinem Stuhl und starrte nachdenklich auf seinen Schreibtisch. Geistesabwesend wischte er mit den Fingern Staub von der Tischplatte, dann wandte er sich um und untersuchte auch das Fensterbrett ausgiebig nach Schmutz. Schließlich verschränkte er die Arme vor der Brust und sagte: »Bei allem Respekt, aber Kerkerhaft halte ich in diesem Fall für ein wenig übertrieben.« Er sah eine Weile aus dem Fenster. »Hausarrest bis zur Ankunft über dem Festland dürfte seinen Zweck ebenso erfüllen.« Er wandte sich zu dem Apparat auf dem Arbeitstisch um. »Wie denkt der ehrwürdige Herr Magistrat darüber?«

Aus dem Schalltrichter drang erneut ein unverständliches Quäken, woraufhin der Sittenwächter resignierend die Schultern hängen ließ.

»Vortrefflich!«, befand Bassal Diala. »Dann erkläre ich die Anhörung gemäß den Statuten für beendet. Die Delinquenten werden zum sofortigen Antritt der Arreststrafe in ihre Unterkunft eskortiert. Zusätzlich werden die üblichen Vorkehrungen getroffen, um jedwede Art von Fluchtversuchen im Keim zu ersticken.«

Was der Wachkommandant unter »Vorkehrungen« verstand, offenbarte sich Mira und Jiril beim Verlassen des Justizgebäudes: Vom Palasttor führte ein enger Korridor aus frisch errichteten, zwei Meter hohen Mauern quer durch die Stadt. Er war so schmal, dass keine zwei Personen nebeneinandergehen konnten. Der Korridor endete jedoch nicht etwa vor der Haustür ihres »Gastgebers«, des Magistraten, sondern führte quer durch dessen Haus bis hinauf in die dritte Etage.

»Das glaub ich nicht!«, murmelte Jiril, während er dem vor ihm marschierenden Wachkommandanten die Treppe hinauf folgte. »Ich glaub das nicht …«

»Lagen unsere Zimmer gestern nicht noch im ersten Stock?«, wunderte sich Mira.

»Ich glaub das einfach nicht«, wiederholte Jiril nur. »Das müssen Nachfahren der Maurer gewesen sein, die Rom an einem Tag erbaut hatten.«

Der Korridor endete schließlich vor einer schweren Holztür. Bassal Diala öffnete sie und betrat den Arrestraum, um einen prüfenden Rundblick vorzunehmen.

»Für euer leibliches Wohl wird regelmäßig gesorgt werden«, erklärte er, nachdem Mira und Jiril die Unterkunft betreten hatten. »Im Namen eures Gastgebers wünsche ich euch für den restlichen Überseeflug einen geruhsamen Aufenthalt.« Er verließ den Raum, schenkte Mira und Jiril noch ein zufriedenes Lächeln und schloss die Tür. Riegel schnappten, ein Schlüssel wurde im Schloss gedreht. Jemand rüttelte noch einmal prüfend an der Tür, dann entfernten sich die Schritte der Wachen.

»Einen geruhsamen Aufenthalt wünscht er uns!« Jiril schmiss seine Jacke in die Zimmerecke und ließ sich frustriert auf die Bettkante sinken. *»Ce vantard hypocrite prune!«* Er machte sich an seinen Schuhen zu schaffen. *»Crâneur!«*, brummte er dabei. *»Gros lard!«* Der Rest seiner Verwünschungen ging in undeutlichem Murmeln unter.

»Was ist das eigentlich für eine komische Sprache, die ihr Alphas sprecht?«, fragte Mira.

Jiril hielt mit dem Aufschnüren seiner Stiefel inne und starrte auf den Teppich, als müsse er selbst erst überlegen. »Französisch«, sagte er schließlich. Nachdem er sich von den Schuhen befreit hatte, ließ er sich in voller Montur ins Bett kippen. »Das gesamte *Désert-Vert*-Projekt südlich des Djado-Plateaus stand bis zu den Sonnenstürmen unter der Schirmherrschaft Frankreichs, da die Region einst französische Kolonie war«, erklärte er. »Heute gibt es die alten Grenzen nicht mehr, nur noch die Beta-Zone, den Savornin-Bannkreis und die äußere Barriere. Ob Frankreich, Europa und der Rest der Welt noch existiert, weiß nur Gott allein. Und jetzt tu mir bitte einen Gefallen und lass mich in Ruhe, ich bin todmüde.«

Er drehte dem Mädchen den Rücken zu und murmelte: »Weck mich, wenn's was zu essen gibt.«

Mira stand still auf der Stelle, bis ihr leise Schnarchgeräusche verrieten, dass Jiril eingeschlafen war. Dann schlich sie auf Zehenspitzen umher und inspizierte die kleine Zimmerflucht, in die der Magistrat sie hatte verlegen lassen. Im Grunde bestand sie nur aus einem großen, lang gestreckten Raum, der sich durch schwere Vorhänge in einen Schlafbereich und eine Art Wohnbereich unterteilen ließ. Die einzige Waschmöglichkeit war ein wannenartiger Bottich in einer Zimmernische, der sich mittels Handpumpe mit kaltem Wasser füllen ließ. Das Besondere an ihrem neuen Quartier offenbarte sich erst beim zweiten Hinsehen: Die Zimmertür besaß auf der Innenseite weder ein Schloss noch eine Klinke. Ein Blick aus dem Fenster sorgte auch nicht gerade für Zuversicht. Bis hinab zur Straße mochten es gut und gern zehn Meter sein. Als Mira versuchte, eines der Fenster zu öffnen, ließen sich Griffe und Riegel keinen Zentimeter bewegen. Es half nichts: Sie waren Gefangene.

Für einen Augenblick spielte Mira mit dem Gedanken, das Fenster einfach gewaltsam zu öffnen, besann sich dann angesichts ihrer Verletzungen jedoch eines Besseren. Zu wahrscheinlich war es, dass der Magistrat sofort die Wachen rief oder diese, alarmiert durch das Splittern der Scheiben, bereits unter dem Fenster bereitstanden, um sie in Empfang zu nehmen. Zudem war es durchaus möglich, dass Mira vor einer frisch errichteten Mauer stand, falls es ihr tatsächlich gelänge, die Zimmertür zu öffnen. Außerdem würde man bei einer erneuten Verfehlung zweifellos nicht mehr so zimperlich mit ihnen umgehen wie heute Mittag, sondern sie aus der Stadt verbannen. Und ob sie dafür bis zur Ankunft über dem Festland warten würden, war fraglich.

Ein Gefühl hilfloser Ohnmacht überkam Mira. Alles Vertraute war unerreichbar fern geworden – das Gefühl des warmen Sandes unter ihren Fußsohlen, der Gesang der Dünen bei Sturm, die Gerüche und Geräusche ihres Dorfes, die Stimmen der Menschen, mit denen sie aufgewachsen war. Selbst die Gemeinheiten von Jumper begann sie zu vermissen. Und ausgerechnet auf ihr lastete die Verantwortung, diese verlorene Welt zu erhalten.

Wenn wenigstens Ben hier wäre ... Mira fragte sich, wie es ihm wohl gehen mochte. Ob er und Delius die Fabrik inzwischen erreicht hatten, um dem Doktor beizustehen?

Um sich von den düsteren Gedanken abzulenken, blätterte Mira einen Stapel Bücher durch, ohne sich wirklich für ihren Inhalt zu interessieren. Lediglich die Zeichnungen und Stiche schaute sie sich an, bis es selbst dafür zu dunkel war. Dennoch entzündete sie keine Lampe, sondern blieb zusammengekauert in der Dunkelheit sitzen, ein Kissen in den Armen und reglos ins Leere starrend.

Vor ihrem geistigen Auge erschien der alte Zeppelinhangar und in seinem Zentrum das efeuüberwucherte Speicherbecken. Dicht unter der Wasseroberfläche trieben die Dorfbewohner, Körper an Körper und mit friedlichen Gesichtern, als würden sie nur schlafen – bis sie plötzlich alle gleichzeitig die Augen öffneten und anklagend zu Mira emporsahen. Dann begannen die Menschen im Wasser zu versinken, tiefer und tiefer, um nie wieder aufzutauchen ...

»Du hast versagt, Beta!«, schrie der Chor der Mauersegler von den Wänden herab. *»Versagt, versagt, versagt …!«*

Wie in Trance schlich Mira hinüber in den Schlafbereich, packte die Bettdecke und das Kopfkissen unter die Arme und ging zurück zur anderen Seite des Zimmers. Dann legte sie sich auf den Teppichboden, zog die Decke über ihren Kopf und weinte sich leise in den Schlaf.

22 | Ein Leben für ein Leben

Mira wusste nicht, ob es ein verdächtiges Geräusch gewesen war, das sie geweckt hatte, oder der eigenartige Lichtschein, den sie durch die geschlossenen Augenlider wahrnahm. Zuerst versuchte sie ihn einfach zu ignorieren, doch je länger sie reglos dalag, desto intensiver wurde er. Als sie schließlich die Augen aufschlug, um der geheimnisvollen Lichtquelle auf den Grund zu gehen, blieb ihr fast das Herz stehen: Über ihr schwebte ein riesiges, gehörntes Gesicht und betrachtete sie aus rot glimmenden Augen.

»Jadamon!«, flüsterte Mira.

»Entschuldige, Wüstenkind.« Der Kopf des Orakels ging wieder etwas auf Abstand. *»Ich hatte nicht die Absicht, dich zu erschrecken.«*

»Das ist dir ja wirklich prima gelungen!« Mira setzte sich zitternd auf und wischte sich den Schlaf aus den Augen, dann warf sie einen Blick in Richtung Jiril.

»Keine Sorge, er kann uns nicht hören«, beruhigte sie Jadamon. *»Ich habe zum Glück nicht alle Tricks verlernt.«*

»Wo ist denn der, äh … Rest von dir?«

»Im Ammonion, wo er hingehört«, erklärte das Orakel. *»Ich bin nicht physisch hier. Was du siehst, ist mein Ushura. Ihr Menschen nennt es glaube ich Astralkörper.«*

Mira hob die linke Hand, um Jadamons Kopf zu berühren, doch ihre Finger glitten durch die Erscheinung hindurch, ohne auf Widerstand zu stoßen. Lediglich ein leichtes Prickeln war auf ihrer Haut zu spüren.

»Was machst du hier?«, wunderte sie sich.

»*Nachsehen, wie es dir geht*«, erklärte das Orakel. »*Hast du Schmerzen?*« Mira hob die Schultern. »*Tut mir leid. Hätte ich voraussehen können, dass dies geschieht, hätte ich euch niemals den Schleichweg durch die Flutstollen verraten. Doch selbst in einem so kleinen Habitat wie Darabar – oder besser gesagt: unter Darabar – geschehen Dinge, die sich bisweilen meiner Kenntnis entziehen. Nebethaum ist da ein Paradebeispiel. Lebensbäume lassen sich von Natur aus nicht gerne in die Karten schauen und über ihre Wurzeln hüllen wir besser den Mantel des Schweigens.*«

»Woher weißt du überhaupt, was passiert ist?«, wunderte sich Mira.

»*Ich habe meine Informanten*«, erklärte Jadamon. »*Der Rest ist Berufsgeheimnis … Miranda.*«

Mira zuckte zusammen. »Nenn mich bitte nicht so«, bat sie. »Einfach nur stehen ›Mira‹.«

»*Warum? Miranda ist ein sehr schöner Name.*«

»Ich mag ihn eben nicht, okay?«

»*Weil dir nie jemand gesagt hat, was er wirklich bedeutet.*«

Das Mädchen setzte zu einer Erwiderung an, besann sich dann jedoch eines Besseren. Mit einem Orakel zu streiten, das auf alle elementaren Fragen eine Antwort wusste und zu allem Überfluss auch noch Gedanken lesen konnte, gehörte wahrscheinlich zu den unsinnigsten Dingen der Welt.

»Das ist wohl wahr«, bestätigte Jadamon ihre Gedanken. *»Und deswegen bist du auch nicht hergekommen.«*

»Verdammt, das ist nicht fair!«, beschwerte sich Mira und sprang erbost auf. »Ich schnüffle doch auch nicht in deinem Kopf herum!« Mit grimmigem Gesicht stapfte sie vor dem riesenhaften Gesicht des Orakels auf und ab. Doch ihre Wut über die telepathische Schnüffelei verrauchte genauso schnell wieder, wie sie aufgekommen war. Inzwischen war Mira viel zu müde, um sich mit einem Wesen zu streiten, das womöglich älter war als die Stadt, der es diente. Schließlich ließ sie sich erschöpft in einen der Sessel sinken und sah mit leerem Blick zu Boden.

Eine Weile lang saß sie schweigend da, dann sagte sie kaum hörbar: »Bausch hat gesagt, Miranda sei irgend so ein blöder Mond …«

»Ein Mond des Planeten Uranus«, bestätigte das Orakel. *»Aber mit dem hast du weder etwas gemein noch er mit der Bedeutung deines Namens. Es sei denn, du bestündest ebenfalls aus Eis, Silikaten und Methan.«*

Das Mädchen zog das Kinn an die Brust. »Und sonst?«

»Na, schau an«, bemerkte Jadamon. *»Neugierig sind wir also trotzdem.«* Mira schnitt eine Grimasse. *»Dein Name entstammt dem lateinischen Wort* mirandus«, erklärte es. *»Es bedeutet ›wunderbar‹. Die alten Römer machten daraus Miranda, ›die Bewundernswerte‹ …«*

Mira schwieg eine lange Zeit und sagte dann leise: »Ich kenne nur einen, der uns Betas bewundert, und das ist Ben. Für alle anderen sind wir nur Mutationen, die keine Existenzberechtigung besitzen.«

»*Oh*«, machte das Orakel. »*Es wird dich vielleicht überraschen, aber genau das Gegenteil ist der Fall.*«

Mira sah auf. »Wie meinst du das?«

»*Die Alphas sind, nun, sagen wir mal, das aktuelle Auslaufmodell der Spezies Mensch*«, erklärte Jadamon. »*Davor gab es bereits einige weniger erfolgreiche Versuche von Mutter Gaia wie etwa den Neandertaler. Auch damals sorgte eine globale Naturkatastrophe dafür, dass die Karten der Menschheit neu gemischt wurden; eine Eiszeit, die Zehntausende von Jahren dauerte. Aus ihr ging der Homo sapiens als Gewinner hervor, jene Menschenart, die du Alphas nennst. Der Neandertaler hingegen blieb auf der Strecke. Schon damals hatten flexibleres Denken und bessere Anpassungsfähigkeit für die Entscheidung gesorgt. Und nun seid ihr Betas aus den Sonnenstürmen hervorgegangen.*

Die Angst der Alphas vor euch ist zweifellos berechtigt, wenn auch ziemlich übertrieben. Tatsache ist: Sobald die Evolution eine neue Spezies Mensch hervorbrachte, wurde die etablierte, aber unterlegene Spezies früher oder später von ihr verdrängt. Und da ihr Betas den sogenannten Alphas sowohl physisch als auch psychisch überlegen seid, könnte sich bei den heutigen klimatischen Bedingungen Ähnliches wiederholen wie damals mit den Neandertalern. Am Ende gäbe es nur noch euch, während die Alphas an den Strahlen der Sonne und den Widrigkeiten der neuen Umwelt zugrunde gegangen wären – ob nun in einhundert, eintausend oder erst in zehntausend Jahren. Für Mutter Gaia ist ein Jahrtausend nur ein Wimpernschlag. Ihr seid die Kinder der Sonne, Mira, nicht die Alphas. Und davor fürchten sie sich …«

»Aber warum bloß?«, fragte Mira. »Wir sind doch keine Monster.«

»Nun, dieses Übel ist leider so alt wie ihr Menschen selbst«, seufzte das Orakel. *»Alles Fremde und Unbekannte betrachtet ihr als potenziellen Feind. Was ihr nicht kennt, das fürchtet ihr. Und was ihr fürchtet, unterjocht ihr, sperrt es ein – oder tötet es.«*

Mira sah betroffen zu Boden.

»Sind deinem Freund Jiril deine Kräfte bewusst?«, fragte Jadamon. *»Kennt er deine Stärke, deine Ausdauer? Weiß er, dass du bei Nacht fast so gut siehst wie bei Tag? Dass du besser hörst als eine Waldkatze? Ganz zu schweigen von deinen geistigen Fähigkeiten …«*

»Ich glaube schon«, sagte Mira leise. »Wir gehören für die Alphas wahrscheinlich zum Biologieunterricht wie Frösche, Wüstenfüchse oder Schiddleggs.« Sie sah auf. »Bist du eigentlich nur gekommen, um Geschichtsunterricht zu halten?«

»Nein, Wüstenkind. Ich bin hier, um zu erfahren, was im Nebethaum geschehen ist.« Sein Blick wurde ernst, als er hinzufügte: *»Denn falls es mit dem Weltenbaum ein Problem gibt, hat auch Darabar ein Problem.«*

Mira wickelte sich fröstelnd in eine Decke. Minutenlang hockte sie reglos und schweigend im Sessel und starrte auf das schwarze Rechteck des Fensters, dann begann sie leise von ihrer Begegnung mit dem Bausch-Roboter im Quarantäneraum zu berichten.

»Das ist fürwahr eine ziemlich unheimliche Geschichte«, bestätigte Jadamon nachdenklich, nachdem sie zu Ende erzählt hatte. *»Mit einer ziemlich verrückten Maschine.«*

Mira zuckte mit den Schultern. »Ich glaube, sie hat einfach nur einen …« Sie suchte nach einem passenden Begriff. »Einen Dachschaden.«

»Ich habe das Gefühl, die meisten Maschinen, die ihr Menschen konstruiert, haben einen Dachschaden«, bemerkte Jadamon. *»Zumindest die, von denen ich in den letzten fünfhundert Jahren gehört habe.«* Als er bemerkte, dass Mira nicht nach Scherzen zumute war, seufzte er und ließ sich zu ihr herabsinken. *»Du hast deinem Feind ins Auge geblickt und weißt nun, womit du es zu tun hast«*, sagte er ernst. *»Ich kann deine Besorgnis verstehen, aber diese Maschine ist kein Überwesen. Auch sie gehorcht nur den Gesetzen der Natur.«*

»Aber offensichtlich anderen Gesetzen als wir«, entgegnete Mira.

»Immerhin hast du es geschafft, dieser Maschine mit einem einzigen Schlag den Unterkiefer zu brechen. Ein normaler Mensch hätte dies nicht vermocht.«

»Na, großartig, und was hab ich davon?« Sie hielt ihren dick bandagierten Arm in die Höhe. »Eine kaputte Hand und Hausarrest!«

»Davon lässt du dich tatsächlich entmutigen? Von einer verschlossenen Tür?«

Mira hob in einer hilflosen Geste die Schultern.

»Wovor fürchtest du dich, Wüstenkind?«, fragte das Orakel. *»Ist es wirklich nur die Zukunft – oder bist es womöglich du selbst?«*

»Weißt du das denn nicht schon längst?«

»Es geht nicht darum, ob ich es weiß, sondern ob du dir dessen bewusst bist«, erklärte Jadamon. *»Ich sehe vor mir eine*

hübsche junge Frau, die sich ihrer Aufgabe nicht gewachsen fühlt, weil sie nicht weiß, was sie zu vollbringen vermag. Du hast es mit einem Gegner zu tun, der keine Skrupel kennt, keine Gefühle und kein Gewissen. Solange du dich vor dir selbst versteckst, wird er dir in allen Belangen überlegen sein. Es ist an der Zeit, deine Selbstzweifel und deine falsche Bescheidenheit abzulegen und endlich damit zu beginnen, deine Fähigkeiten sinnvoll und gezielt einzusetzen. Stehe zu dem, was du bist, und nutze deine Talente, dann wird dich kein Magistrat, keine Stadtwache und kein übereifriger Sittenrichter daran hindern können, deiner Bestimmung zu folgen.«

Mira erhob sich und begann nervös auf und ab zu laufen. »Gibt es denn keine Möglichkeit, einfach nur eine Arcasie zu pflücken, ohne gleich die halbe Stadt auf den Kopf zu stellen?«, klagte sie.

»Ich fürchte, nein.«

»Aber ...« Sie blieb in der Mitte des Zimmers stehen. »*Warum* denn nicht?«

»Weil so etwas noch nie geschehen ist.«

Mira trat zwei Schritte auf den leuchtenden Kopf zu. »Was?«

»Es ist nicht möglich«, erklärte das Orakel. *»Eine Arcasie ist keine physische Frucht, die sich pflücken ließe wie eine Kirsche oder ein Pfirsich.«*

»Du meinst, man kann sie nicht berühren – wie eine Art Geister-Samenkapsel?«

»Nun ... ja und nein. Auf der anderen Seite besitzt sie eine durchaus real erscheinende Konsistenz, wie alles Nichtstoffliche in einer nichtstofflichen Welt. Aber um sie zu pflücken, müsstest

du Teil dieser Jenseitswelt sein. Das Problem besteht in der generellen Unvereinbarkeit beider Dimensionen.«

»Und falls es doch einmal passiert?«, gab Mira zu bedenken. »Was geschieht, wenn etwas von drüben in unsere Welt gelangt oder von uns hinüber auf die andere Seite?«

»Das Materielle wird zu Geist, das Geistige zu Materie«, erklärte Jadamon. *»Kurz darauf stirbt sowohl das eine als auch das andere.«*

»Das bedeutet aber, dass es nicht *vollkommen* unmöglich ist«, erkannte Mira. »Solange der- oder dasjenige nur rechtzeitig wieder in seine eigene Welt zurückkehrt.«

»Nun, etwas, das noch nie geschehen ist oder nie zuvor versucht wurde, ist natürlich nicht grundsätzlich unmöglich«, pflichtete Jadamon ihr bei. *»Kommt ganz darauf an, ob du den Schmetterling freilassen willst oder nicht …«*

»Das verstehe ich jetzt nicht«, gestand Mira.

»Es existiert ein Schöpfungsplan. Wird dieser Plan gestört, hat dies verheerende Folgen für den Lauf der Dinge.«

»Welcher Dinge denn?«

»Aller Dinge natürlich. Von einem aufgewirbelten Sandkorn bis zu einer driftenden Galaxie folgt alles seiner Bestimmung. Unendlich viele Ereignisse an unendlich vielen Orten bauen seit undenklichen Zeiten aufeinander auf. Sowohl du als auch ich sind nichts anderes als Resultate derartiger Ereignisketten. Und dennoch sind auch wir nur Zwischenergebnisse. Nichtigkeiten. Teilchenphysik. Kausalitätspartikel. Wäre in ferner Vergangenheit eine unbedeutende Begebenheit nur eine Winzigkeit anders verlaufen, gäbe es uns beide heute womöglich nicht. Vielleicht existieren wir und die Welt, wie wir sie heute

kennen, nur weil ein Schmetterling vor Millionen von Jahren das Opfer einer Spinne wurde. Wäre er ihr jedoch entkommen und hätte eine Stunde länger überlebt, wären die Dinosaurier vielleicht nicht ausgestorben. Der Schmetterling ist das Symbol dafür, dass im Universum eine kleine Ursache oft eine große Wirkung nach sich zieht.«

»Aber was juckt es denn das Universum, wenn ich *hier* eine Arcasie pflücke?«

»Du würdest der Welt damit einen Tag ihrer Existenz stehlen. Und ich will mir gar nicht ausmalen, welche Konsequenzen dies nach sich ziehen würde – ganz zu schweigen von dem Problem, wohin sich das Sonnensystem inzwischen bewegt hätte, ehe die Erde wieder an dem Punkt auftauchen würde, an dem sie verschwunden wäre …«

»Ich brauche doch nur *eine einzige* Samenkapsel!«, klagte Mira. »Das kann dem Weltenbaum doch nicht wirklich schaden …«

»Oh, du glaubst, sie würden im Überfluss wachsen«, interpretierte Jadamon Miras Worte. *»Und auf eine mehr oder weniger käme es nicht an. Aber das ist ein Trugschluss. Arcasien sind keine Datteln, Feigen oder Äpfel. Vor allem jedoch sind sie nicht für die Menschen bestimmt.«* Er schwieg einen Moment, dann fragte er: *»Hat er eigentlich etwas zu dir gesagt, als du ihn betreten hast?«*

»Wer?«, wunderte sich Mira. »Der Weltenbaum?«

»Ja, sicher. Hat er dich begrüßt?«

Das Mädchen schüttelte verständnislos den Kopf.

»Nun, das dachte ich mir …« Jadamon zog seine Kreise durchs Zimmer. *»Er hat dir den Zugang zu seiner Welt nicht*

ohne Grund verwehrt, Wüstenkind. Der Nebethaum ist das Tor, aber gleichzeitig auch sein Wächter.«

»Aber ich hatte doch keine bösen Absichten«, verteidigte sich Mira. »Warum hätte er mich ablehnen sollen?«

»Weil du offensichtlich etwas elementar Wichtiges vergessen hast«, erklärte das Orakel.

»Ja, aber *was* denn?«

»Ein Opfer, Mira. Du wolltest etwas unschätzbar Wertvolles entwenden, ohne dafür zu bezahlen. Der Nebethaum muss gefühlt haben, dass du nicht bereit warst, ein Opfer zu bringen. Es kam dir womöglich nicht einmal in den Sinn, dies zu tun. Die Beweggründe deiner Mission mögen nobel sein, deine Ziele zweifellos edel, doch mit gutem Willen allein ist es in diesem Fall nicht getan. Etwas so Kostbares wie eine Arcasie verlangt nach einem ebenso wertvollen Opfer.«

»Was kann in dieser Stadt so wertvoll sein, dass es sich mit einer Arcasie aufwiegen lässt?«

»Du, Mira.«

Das Mädchen sah den leuchtenden Kopf perplex an. »Das war ein Scherz, oder?«

»Tut mir leid, Wüstenkind, ich wünschte, es wäre so. Wer Leben nimmt, muss Leben geben. Dieses Gesetz ist so alt wie das Universum selbst.«

Mira starrte das leuchtende Mondgesicht des Orakels entsetzt an. »Aber … *davon* war nie die Rede!«

»Ich weiß«, sagte Jadamon. *»Es stand dir gestern Nacht ins Gesicht geschrieben. Aber ich konnte auch erkennen, dass dein Streben nach dem Unmöglichen nicht von Eigennutz geleitet wird oder gar von dem Wunsch, sich an der Unsterblichkeit zu*

bereichern. Darabar wird sich noch einige Tage über dem Meer befinden. Du hast also genug Zeit, um in Ruhe darüber nachzudenken und eine Entscheidung zu treffen. Solltest du auch nur im Geringsten zweifeln oder sich deine Opferbereitschaft als Heuchelei entpuppen, wird der Nebethaum dich gewiss dafür bestrafen. Willst du jedoch auch weiterhin deiner Bestimmung folgen, kann dein Weg nur durch den Weltenbaum führen. Früher oder später wirst du deiner Nemesis also die Stirn bieten müssen. Aber sei gewarnt: Steht dein Entschluss erst einmal fest, gibt es für dich kein Zurück mehr. Sobald der Weltenbaum dir das Tor zur anderen Seite öffnet, gehört dein Leben ihm.« Der Kopf des Orakels schwebte vor eines der Fenster. »*Wie ich bereits sagte: Es besteht die Möglichkeit für einen Kompromiss*«, erinnerte er das Mädchen. »*Aber er wird dir nicht gefallen.*«

»Und … wann …?«, flüsterte Mira.

»*Gewiss nicht heute*«, antwortete Jadamon mit einem milden Lächeln. »*Und bestimmt auch nicht morgen. Aber zu gegebener Zeit wird der Nebethaum dein Leben einfordern. Dessen solltest du dir bewusst sein, ehe du deine Mission weiter verfolgst. Du hast die Wahl, Mira: Bewahre dein eigenes Leben und opfere das, wofür du kämpfst – oder rette, was wertvoll ist, und bring dich selbst als Opfer dar. Wir werden uns wiedersehen, wenn du deine Entscheidung getroffen hast.*« Mit diesen Worten zerstob sein Kopf zu einer Wolke kleiner leuchtender Partikel, die durch das geschlossene Fenster hinaus in die Nacht flohen.

Mira trat heran und verfolgte ihren Flug durch die Dunkelheit. Wie ein Schwarm Leuchtkäfer schwirrten sie über die

Dächer von Darabar hinauf in die Oberstadt, dann sanken sie geschlossen nieder und verblassten. Lange stand Mira am Fenster und sah hinaus in die Nacht, dann hob sie ihren Blick empor zum Firmament, wo ihr Namensstern im Sternbild Cetus schimmerte.

Der Kampf des Aion gegen die Unwesen hatte eben erst begonnen.

Glossar

Ammonion | Ammonion war im Altertum der Name der in der Libyschen Wüste gelegenen Oase Siwa. Sie war dem ägyptischen Gott Amun geweiht und neben Delphi (Apollo) und Dodona (Zeus) die bekannteste Orakelstätte der Antike. Der Tempel, das eigentliche Ammonion, wurde im 6. Jahrhundert v. Chr. gebaut. Archäologen sind sich jedoch einig, dass Siwa bereits vorher als Orakelort bekannt war. Alexander der Große wurde nach seinem Einmarsch in Ägypten nach Ammonion geleitet, wo er zum Sohn des Amun erklärt wurde. Er befragte auch das Orakel, um sich von ihm seinen Anspruch auf den ägyptischen Thron bestätigen zu lassen.

Aquatisch | Als aquatisch (auch: aquatil, »im Wasser, zum Wasser gehörend«) bezeichnet man in der Biologie Organismen, die ihren Lebensmittelpunkt im Wasser haben, beispielsweise Fische. Aquatisch ist das Gegenteil von terrestrisch, also: *an Land, zum Land gehörend.*

Armillarsphäre | (lat. *armillaris* (»Reifen/Ring«) und *sphaera* (»Kugel«)). Ein astronomisches Gerät, das entweder der Messung von Koordinaten am Himmel oder der Darstellung der Bewegung von Himmelskörpern dient. Eine Armillarsphäre besteht aus mehreren, gegeneinander drehbaren Metallringen, die insgesamt die Form einer Kugel bilden. Dieses Gebilde ist in der Regel in einem Gestell montiert. Der gedachte Beobachter befindet sich im Mittelpunkt der Kugel.

Beta-Zone | Ein fiktives, von einem kilometerhohen Kraftfeld umgebenes Gebiet von 110 Kilometern Breite und 80 Kilometern Länge im Osten der ehemaligen französischen Kolonie Niger. Die einzige Siedlung innerhalb der Zone ist die ehemalige Wüstenfarm Iférana und ihre Plantagen. Amtssprache ist die alte Handelssprache *Hausa*. Die Beta-Zone liegt im Süden der Ténéré-Wüste zwischen dem Aïr-Gebirge und dem Termit-Massiv.

Biosphäre | Die Biosphäre wird definiert als Teil der obersten Erdkruste, der Erdoberfläche und der Atmosphäre, die von lebenden Organismen bewohnt wird bzw. ihnen einen Lebensraum bietet (Luft, Land und Wasser).
Bei den Projekten Biosphäre 2 (Arizona, USA) und Biosphäre 3 (Sibirien, Russland) handelte es sich um gescheiterte Experimente, die das Ziel verfolgten, ein geschlossenes, von der Außenwelt unabhängiges und sich selbst erhaltendes Ökosystem zu schaffen. In den Riesentreibhäusern wurden verschiedene Vegetationszonen simuliert, um daraus Erkenntnisse für mögliche bemannte Basen auf dem Mond oder dem Mars zu gewinnen. Ein aktuelles Biosphäreprojekt, das für das Carinea-Institut Pate stand, ist das Eden Project in Cornwall, Großbritannien. Es besteht aus zwei riesigen Gewächshäusern, die sich über jeweils vier miteinander verschnittene geodätische Kuppeln erstrecken. Besonderer Wert wird

beim Eden Project auf die Nachzucht vom Aussterben bedrohter seltener und alter Pflanzensorten gelegt, um die Arten- und somit genetische Vielfalt zu erhalten.

Diatonische Tonleiter | Als diatonisch bezeichnet man Tonleitern oder Tonfolgen, die einem Tongeschlecht (z. B. Dur oder Moll) und einer Tonart (z. B. C-Dur, f-Moll) zugehörig sind. Ihre einzelnen Töne nennt man Leiterreigen. Diatonische Tonleitern bestehen ausschließlich aus den Intervallen große und kleine Sekunde.

Ekpyrosis | Die Ekpyrosis (gr. »Verbrennung«) bezeichnet in der Philosophie einen *Feueruntergang* bzw. den Weltenbrand als ergänzenden Terminus zum *Wasseruntergang* des Kataklysmos. Beide können von einem Neubeginn, der Palingenesis, gefolgt werden.

Endoskelett | (gr. *endo,* »innen«). Als Endoskelett bezeichnet man in der Biologie eine mechanische Stützstruktur (Skelett) im Inneren von Organismen, vorrangig Wirbeltieren.

Entität | Entität (von lat. *entitas,* »Wesen, Seiendes«) ist die Bezeichnung für eine Wesenheit, die sich auf einer anderen Daseinsebene befindet und nicht klar definiert werden kann. Man weiß zwar, *dass* sie ist, jedoch nicht, *was* sie ist. In der scholastischen Philosophie nennt man ein solches Phänomen *Quidditas* oder auch *Quidität* (lat. »Washeit«).

Eozän | Das *Eozän* ist eine erdgeschichtliche Epoche. Sie begann vor 55,8 Millionen Jahren und endete vor 33,9 Millionen Jahren. Benannt ist das Eozän nach der griechischen Göttin der Morgenröte *Eos.*

Equilibrium | Gleichgewicht. Ein durch das Zusammenwirken zweier oder mehrerer sich aufhebender Kräfte bedingter Zustand der Ruhe.

Feldstärke (magnetische) | Die magnetische Feldstärke kennzeichnet die Stärke eines Magnetfeldes. Sie ist die Ursache für den magnetischen Fluss.

Flares | Fachbegriff für Sonneneruptionen. Andere Bezeichnungen sind *Sonnensturm, chromosphärische Eruption* oder *Protonenschauer.* Bei Megaflares werden große Wolken elektrisch geladener Teilchen mit einer Geschwindigkeit von z. T. über 2000 km/s abgestoßen. Kommt ein Flare von der erdzugewandten Seite der Sonne, erreicht die Teilchenwolke in der Regel nach zwei bis vier Tagen die Erde, bei starken Eruptionen (wie dem Sonnensturm von 1895) bereits nach wenigen Stunden. Durch die sogenannte Schockfront wird das Erdmagnetfeld oft so stark gestört, dass sich die Magnetfeldlinien Richtung Äquator verschieben. Sind die Sonnenstürme besonders stark, stauchen sie das Magnetfeld. Satelliten in einem niedrigen Orbit laufen dabei Gefahr, ihre vorgegebene Umlaufbahn zu verlassen.

1977 geriet die NASA-Raumstation *Skylab* in einen Sonnensturm und stürzte zwei Jahre später – deutlich früher als geplant – bei Australien ins Meer. 148 Jahre nach der bisher größten Sonneneruption – auch als *Carrington Flare* bezeichnet – konnte durch Untersuchungen von Eisbohrkernen aus Grönland erstmals die Auswirkung auf die Ozonschicht berechnet werden. Es stellte sich heraus, dass der Superflare von 1859 viermal mehr Ozon vernichtet hat als die große Sonneneruption von 1989. Global gesehen verschwanden 1859 dauerhaft fünf bis zehn Prozent der Ozonschicht. Deswegen hätte ein Flare mit vergleichbarer Stärke zur Eruption von 1859 heute weitaus dramatischere Folgen. Der *Carrington Flare* begann am 1. September 1859 und setzte 30-mal mehr Energie frei als bei gewöhnlichen Sonnenausbrüchen. Die durch den Sonnensturm ausgestoßene Materiewolke, der sogenannte *koronale Massenauswurf*, erreichte die Erde in nur 17 Stunden und 40 Minuten. Man nimmt an, dass die riesigen Artensterben vor 250 und vor 65 Millionen Jahren auf schwere Sonnenstürme zurückzuführen sind.

Gandoura | Eine Gandoura (arab. auch Gandura oder Gandurah) ist ein kittelartiges bzw. hemdartiges Übergewand aus Baumwollstoff ohne Ärmel (bei den Tuareg) oder mit Ärmeln (bei den Arabern).

Green Desert Projekte | Seit mehreren Jahrzehnten laufen in der nordafrikanischen Wüste gigantische Projekte mit dem Ziel, der Sahara fruchtbares Land abzuringen. Das wohl bekannteste Konzept der Wüstenkultivierung sind die »Grünen Kreise« der Kufra-Oasen in der Libyschen Wüste, die als Vorlage für Miras Dorf Iférana und die angrenzenden Plantagen dienten.
50 000 Hektar Land wurden in Kufra mit Tiefbrunnen und rotierenden Sprinkleranlagen bewässert. Diese sogenannten Kreisberegnungsanlagen funktionieren allesamt nach dem gleichen System: In der Mitte befindet sich ein Brunnen, umgeben von den gewaltigen, sich drehenden Sprühanlagen, die automatisch Anbaukreise

mit einem Radius von 1120 Metern bewässerten. Nachdem der Grundwasserspiegel jedoch weitaus schneller gesunken war als vorausgesagt, wurde das Kufra-Projekt Anfang der Achtzigerjahre gestoppt.

Ein neueres Projekt ist der Toschka-Kanal, eine 60 Kilometer lange künstliche Wasserstraße, die durch die ägyptische Wüste gegraben wurde. Seit Dezember 2002 leitet sie Wasser aus dem Nasser-Stausee in die westliche Wüste, um 400 000 Hektar Wüste fruchtbar zu machen. Der Toschka-Kanal ist jedoch nur das Überbleibsel einer viel größeren Vision. Ursprünglich verfolgte Ägypten die Idee, westlich des Nils ein zweites, künstliches Niltal zu schaffen: einen 800 Kilometer langen Kanal, der sich vom Nasser-See aus in die westliche Wüste von Oase zu Oase gen Norden schlängelt. Das Projekt scheiterte jedoch aus finanziellen Gründen. Das zurzeit ehrgeizigste *Green-Desert*-Projekt trägt den Namen *Great Man-Made River* (übersetzt etwa »großer, von Menschenhand geschaffener Fluss«). Diese teuerste Baustelle aller Zeiten soll dereinst die Libysche Wüste ergrünen lassen. Fossiles Grundwasser aus dem Savorninschen Meer wird an die Oberfläche gepumpt und durch riesige Betonrohre über insgesamt fast 5000 Kilometer bis zur Mittelmeerküste transportiert. Nach Vollendung des Pumpen- und Pipelinesystems sollen täglich vier Millionen Kubikmeter Wasser gefördert und zu den libyschen Küstenstädten geleitet werden. Weitere *Green-Desert*-Projekte in der Westsahara und in Mali befinden sich in der Entwicklung. Ob das Pipelinesystem des *Great Man-Made River* jemals wie geplant funktionieren wird, weiß niemand. Allein die Reserven im Kufra-Becken entsprechen optimistischen Schätzungen zufolge der Wassermenge, die in 220 Jahren den Nil herunterfließt. Kaum abschätzen lässt sich, wie lange die unterirdischen Wasserreserven eine Entnahme von 70 000 Litern pro Sekunde abdecken. Die angezapften Reservoire haben heute keine Zuflüsse mehr, es handelt sich bei diesem Wasser also nicht um eine erneuerbare Ressource. Wie lange die Wasserreserven ausreichen werden, ist daher strittig. Optimistische Schätzungen sprechen von bis zu 250 Jahren, internationale Experten dagegen nur von 30 bis 50 Jahren bei maximaler Fördermenge. Es ist daher nicht auszuschließen, dass der Traum von der ergrünenden Wüste in einem ökologischen Desaster endet.

Halo | Als *Halo* (von gr. *hálos,* »Lichthof«) wird ein atmosphärischer Lichteffekt bezeichnet, der durch die Brechung und Spiegelung des Sonnen- oder Mondlichts an Eiskristallen entsteht (*diamond dust*). Halo ist zudem die ursprüngliche Bezeichnung für einen Heiligenschein. Umgibt ein Halo die gesamte Gestalt in Kreisform, so heißt er *Aureole*, in Mandelform *Mandorla*. Ein Halo hinter dem Haupt wird als *Nimbus* bezeichnet.

Homo superior | Der *homme supérieur* (wörtl.: »überlegener Mensch«) ist ein Terminus des französischen Philosophen Claude Adrien Helvétius. Die früheste Ausprägung des Worts ist *hyperanthropos* und wurde bereits im 1. Jahrhundert v. Chr. vom griechischen Rhetoriker Dionysios verwendet. Der heute gebräuchliche Begriff *Homo* *superior* taucht erstmals in Friedrich Nietzsches Werk *Also sprach Zarathustra* auf.

hydrokinetisches Feld | Als Hydrokinese (bzw. Aquakinese) wird die Fähigkeit bezeichnet, Wasser bzw. Flüssigkeiten mittels Gedankenkraft zu manipulieren. Das auf diese Weise gesteuerte Wasser ist folglich von einem hydrokinetischen Feld umgeben oder gefangen, in dem es in eine bestimmte Form gezwungen werden kann und somit als Werkzeug oder Medium des jeweiligen Willens agiert (→ Entität).

Kontraktionswellen | Eine Fortbewegung mittels wellenförmiger Muskelbewegungen, wie etwa bei beinlosen Insektenlarven. Der Vortrieb entsteht durch Stauchen und Dehnen der Längs- und Ringmuskulatur, wobei die K-Wellen meist von hinten nach vorne verlaufen.

Leviator | Auch Levitator. Ein elektromagnetischer Schwebemechanismus, mit dessen Hilfe die Schwerkraft teilweise oder ganz aufgehoben werden kann. Eine beliebte reale Leviatordekoration für den Schreibtisch ist ein Konstrukt, bei dem eine Metallkugel (oft als Miniaturglobus oder Golfball gestaltet) frei im Magnetfeld eines Elektromagneten schwebt.

Lorentz-Anomalie | Als Lorentzkraft wird jene Kraft bezeichnet, die auf bewegte Ladungen in einem Magnetfeld wirkt. Bewegen sich in ihm elektrische Ladungsträger (Ionen, Elektronen oder auch Quarks), werden sie durch die Lorentzkraft abgelenkt. Auch die Ablenkung des Sonnenwinds durch die Magnetfelder der Erde und anderer Planeten ist auf die Lorentzkraft zurückzuführen.

Irdische Beispiele für geologische Orte mit magnetischer Anomalie sind die Aran-Inseln und das Glencoe-Tal in Schottland, die Deccan-Traps in Indien und die westlich des Andenes-Plateaus gelegene Orion-Anomalie (östliche Antarktis).

Luzerne | Die Luzerne (amerik. *Alfalfa)* ist eine der wichtigsten und ertragsstärksten kleeartigen Futterpflanzen. Bereits in der Antike wurde sie in Persien als Nutzpflanze angebaut und gilt als die älteste Futterpflanze überhaupt.

Macromirmicoleon | In der *Septuaginta,* der klassischen griechischen Übersetzung des Alten Testaments, findet sich das Wort *myrmēkoleōn* (Ameisenlöwe) im Buch Hiob. Die Geschichte wurde im Verlauf der Jahrhunderte von zahlreichen Autoren aufgegriffen und mit Veränderungen und Ausschmückungen versehen. Die Wüste wurde nach Arabien oder Äthiopien verlegt und die Tiere gewannen an Größe. Der *Macromirmicoleon* oder *Mirmicoleon giganteus* (Riesenameisenlöwe) hat seinen Ursprung in den *Histories Apodexis* von Herodot (etwa 430 v. Chr.). Darin findet sich ein Bericht über »Goldgräber-Ameisen«, der aus indischen Quellen stammen soll. Danach gebe es in einer Wüste im Norden Indiens wilde Tiere, größer als ein Fuchs, aber kleiner als ein Hund, die im Sand leben und bergeweise goldhaltigen Sand aufhäufen.

Magnetosphäre | Die Magnetosphäre eines Planeten ist die Region innerhalb des interplanetaren Raumes, in dem die physikalischen Vorgänge durch die Wirkung des magnetischen Feldes auf die elektrisch geladenen

Teilchen (Elektronen, Ionen) des kosmischen Plasmas, besonders des Sonnenwindes bestimmt sind. In ihr liegt der → Van-Allen-Gürtel. Änderungen im Sonnenwind können folgeschwere magnetosphärische Vorgänge auslösen (→ *Flares*).

Metaphysik | (lat. *metaphysica*, von gr. *metá*, »nach, über« und *phýsis*, »Natur, natürliche Beschaffenheit«) ist die philosophische Lehre von den Ursachen des Seins, die über das Erfahrbare und Wahrnehmbare hinausgehen. Sie beschäftigt sich mit Fragen wie: Warum existiert das Universum und wie ist es entstanden? Was ist der Unterschied zwischen Geist und Materie?

Mutagenese | Die Erzeugung von Mutationen im Erbgut von Lebewesen. Bei der konventionellen Mutagenese wird das Erbgut eines Lebewesens nicht gezielt verändert. Zu erbgutverändernden Bedingungen zählen u.a. Strahlung (z.B. UV-Licht) oder chemische Stoffe mit definierter Mutagenität.

Mysterium Cosmographicum | Der deutsche Astronom und Mathematiker Johannes Kepler veröffentlichte 1596 sein erstes großes Werk, das *Mysterium cosmographicum* (»Das Weltgeheimnis«). Darin entwickelte er die Vorstellung, dass die Planetenbahnen der damals bekannten fünf Planeten Merkur, Venus, Mars, Jupiter und Saturn auf Kugeln verliefen, die um ineinander verschachtelte platonische Körper zu denken sind. Diese Arbeit war nach Keplers Entdeckung des ersten nach ihm benannten Gesetzes – spätestens aber nach der Entdeckung entfernterer Planeten – nur noch von historischem Interesse.

Nemesis | (gr. »Zuteilung [des Gebührenden]«) In der griechischen Mythologie die Göttin der Vergeltung, die aus Übermut begangenes Unrecht bestraft und sinnbildlich für den rächenden Schicksalsschlag steht. Nemesis ist ebenso der Name eines hypothetischen Begleiters unserer Sonne, der als Stern oder brauner Zwerg die Sonne in etwa 1 bis 3 Lichtjahren Entfernung umlaufen soll. Seine Existenz wird aufgrund einer Periodizität von Kometeneinschlägen und Artensterben auf der Erde vermutet.

Neutrum | *(lat.)* das, Sprachwissenschaft: sächliches Geschlecht (Genus), besonders sächliches Substantiv (das Aion, das Wasser etc.).

Okzipitallappen | (*Lobus occipitalis*, »Hinterhauptlappen«) Der hinterste Anteil des Großhirns. Er enthält das primäre und das sekundäre Sehzentrum (visueller Cortex).

Omnia mea mecum porto | (lat.) »All meinen Besitz trage ich bei mir«.

Optronik | Die Optronik (kurz für Optoelektronik) ist eine Bezeichnung für den kombinierten Einsatz von elektronischen und optischen Komponenten, die verwendet werden, um optische Signale in elektronische und umgekehrt zu verwandeln. Beispiele für Optronik sind Digitalkameras, Laserdioden oder Restlichtverstärker, aber auch Lichtwellenreiter wie z. B. Glasfaserkabel.

Ora et labora | (*lat.*) »Bete und arbeite«. Die deutsche Bedeutung des lat. *laborare* ist: »arbeiten, leiden, sich anstrengen, in Not sein und sich abmühen«.

Paleozän | Das *Paleozän* ist die erdgeschichtliche Epoche vor dem *Eozän*. Sie begann vor ca. 65,5 Millionen Jahren und endete vor 55,8 Millionen Jahren. Gekennzeichnet ist sie durch die Weiterentwicklung der ehemals kleinen Säugetiere, die nach dem Aussterben der Saurier an Größe und Arten zunahmen.

Redoxreaktor | Ein Redoxreaktor ist der Hochofen einer (hypothetischen) Siliziumraffinerie. Bei vielen chemischen Reaktionen handelt es sich um Redoxreaktionen, etwa bei der Metallgewinnung oder bei elektrochemischen Abläufen wie in Batterien. Ein einfaches Beispiel für eine Redoxreaktion ist die Verbrennung von Methan mit Sauerstoff zu Kohlenstoffdioxid und Wasser.

Regolith | Regolith ist eine mehr oder weniger stark verfestigte Mischung aus zermahlenem und zertrümmertem Gestein und erstarrten Gesteinsschmelzen auf der Oberfläche von Himmelskörpern. Sie entsteht durch wiederholte Meteoriteneinschläge, die das Gestein pulverisieren. Die obere Kruste von Mond und Merkur, in geringerem Umfang die von Mars und Venus sowie von vielen kleineren Körpern im Sonnensystem wie den Asteroiden besteht zu einem Großteil aus Regolith.

Savornin-Bannkreis | Ein fiktives, von einem kilometerhohen Kraftfeld umschlossenes Gebiet, das sich nahezu über die gesamte Sahara-Wüste erstreckt. Es misst 4000 Kilometer von West nach Ost und etwa 1500 Kilometer von Nord nach Süd, was einer Gesamtfläche von sechs Millionen km^2 entspricht. Die einzige Lokalität, die in der Lage ist, die »äußere Barriere« zu passieren, ist die schwebende, ebenfalls von einem Kraftfeld geschützte Nomadenstadt Darabar.

Savornins Meer | Gegen Mitte des 20. Jahrhunderts stieß der französische Hydrogeologe Jacques Savornin bei Tiefenbohrungen in der algerischen Sahara auf ein gigantisches fossiles Grundwasserreservoir, das sich über eine Fläche so groß wie Deutschland, Frankreich, die Beneluxstaaten, Österreich und die Schweiz zusammen erstreckt. »Savornins Meer«, wie der unterirdische Wasservorrat genannt wurde, ist bis heute das größte natürliche Grundwasserbecken der Erde. Es speist die Mandara-Seen und artesischen Quellen der Oasen in der nördlichen Sahara und lässt inmitten der Wüste die Vegetation im Überfluss gedeihen. Geologisch betrachtet besteht die Sahara aus neun riesigen, bis zu fünf Kilometer tiefen Becken, in deren porösen Gesteinsschichten sich in Millionen von Jahren Erdgeschichte gigantische Süßwassermengen angesammelt haben. (→ Synklinalen). Zuletzt wurde das Reservoir während der Würm-Eiszeit aufgefüllt, als sich die Klimazonen nach Süden verschoben und die Regen spendenden Wolken sich über Nordafrika entladen hatten. Doch »Savornins Meer« ist womöglich weitaus größer, als sein Entdecker einst vermutete. Im Jahr 2007 entdeckte man in der Wüste des Nachbarlandes Sudan die vom Sand bedeckten Reste eines ehemaligen Berglandsees, dessen Becken mit knapp 31 000 km² die Fläche von Belgien besitzt. Übrig davon ist ein unterirdischer See von der Größe des Saarlandes. Und auch weiter im Westen, südlich von Tassili und Hoggar-Gebirge, werden unter den Wüstengebieten von Niger, Mali und Tschad ausgedehnte Grundwasserreservoirs vermutet, verbunden durch unterirdische Flüsse, Kanäle und Wasseradern, die sich womöglich unter der gesamten Sahara erstrecken. Savornins Meer war und ist die Grundlage eines der ältesten Lebensräume der Menschheit.

Sphärisches Bild | Ein Panoramabild, das einen horizontalen 360°-Rundumblick gewährt. Beträgt der vertikale Bildausschnitt die maximal möglichen 180°, sodass die Aufnahme alle drei Dimensionen (Höhe, Länge, Breite) lückenlos erfasst, handelt es sich um ein sogenanntes sphärisches Bild.

Synklinalen | Eine Synklinale (gr., auch: Synkline) ist eine nach unten gerichtete Mulde (Becken), die durch seitlichen Druck unter Zusammenstauchung von Schichtgesteinen entstanden ist. Die jüngsten Schichten liegen dabei im Kern. Mulden mit sehr kurzer Längserstreckung und ovaler bis rundlicher Form nennt man Schüsseln oder Brachysynklinalen.

Tesla | Nach dem kroatischen Physiker Nikola Tesla benannte Einheit für die magnetische Flussdichte oder Induktion.

Theta-Wellen | Als Theta-Wellen werden Gehirnwellensignale im Frequenzbereich zwischen 4 und 8 Hertz bezeichnet. Sie treten in einem Zustand tiefster Entspannung oder Meditation auf. Tagträume – in gefährlicher Form auch als kurze »geistige Abwesenheit« bei Autobahnfahrten bekannt – sind Phasen der Theta-Welle. Ihre Nutzung bzw. Erzeugung verbessert langfristig das Erinnerungs- und Konzentrationsvermögen sowie die Lernfähigkeit.

Totmannschaltung | Bei einer Totmannschaltung, speziell bei Motorschlitten oder Jetskis, handelt es sich um ein Band, das das Fahrzeug mit dem Fahrer verbindet. Wird dieser Kontakt getrennt – beispielsweise dadurch, dass der Fahrer herunterfällt –, schaltet sich der Motor automatisch ab.

Van-Allen-Gürtel | Der Van-Allen-Strahlungsgürtel (benannt nach dem Astrophysiker James van Allen) ist eine gürtelförmig um die Erde liegende Zone energiereicher geladener Teilchen. Sie bestehen aus Sonnenwind und kosmischer Strahlung (Protonen und Elektronen), die durch das magnetische Feld der Erde eingefangen werden. Der Van-Allen-Gürtel liegt rotationssymmetrisch zur erdmagnetischen Achse wie eine Schale um den Planeten und erstreckt sich in einer Zone zwischen 1000 und 45 000 km Höhe über der Erdoberfläche.

Wadi | Das tief eingeschnittene, meist trocken liegende Flussbett eines Wüstenflusses. Wadis führen nur nach starken Regenfällen vorübergehend Wasser. Wegen des meist schlagartig ansteigenden Wasserpegels ist es lebensgefährlich, sich dort aufzuhalten.

Quellen | Bertelsmanns Universallexikon, Brockhaus, Astronomie Online, Astronews, Duden, Geoglossar, Meyers Konversations Lexikon, Meyers Lexikon Online, Geo, Spektrum der Wissenschaft und Wikipedia

Michael Marrak | 1965 geboren, studierte Grafik-Design in Stuttgart. Nach einigen Jahren als Illustrator widmet er sich seit 1997 ganz dem Schreiben und wurde für seine Illustrationen, Kurzgeschichten und Romane mehrfach ausgezeichnet. Sein Science-Fiction-Roadmovie *LORD GAMMA* erhielt 2001 den Kurd-Laßwitz-Preis und den Deutschen Phantastik-Award als bester deutscher Science-Fiction-Roman des Jahres 2000 und machte den Autor auch international bekannt. Michael Marrak lebt und arbeitet als freier Schriftsteller und Illustrator in Hannover, wo er an neuen Romanen und an der Story für das SF-Computerspiel *BLACK PROPHECY* schreibt. *DAS AION* ist sein erster Jugendroman.

Mehr über Michael Marrak unter: *www.michaelmarrak.de*